UN ÉTAT DE GRÂCE MATHÉMATIQUE LIVRES UN ET DEUX

FRAGMENT: FUSION FINALE

Cathy McGough

Stratford Living Publishing

CE QUE DISENT LES LECTEURS

apprécier, notamment des personnages formidables, des éléments fantastiques sympas et une belle écriture descriptive."

"Il y a une qualité flottante dans l'histoire qui plie l'esprit pour ouvrir des possibilités."

ROYAUME-UNI :

"Une excellente écriture et une intrigue foudroyante font avancer ce roman à un rythme superbe."

"Une fille geek, un garçon sportif - jetés dans le monde chaotique des vents étranges, des tremblements de terre et confrontés à être les seuls êtres vivants restants dans le monde. Une histoire de survie et d'amour."

Table des matières

CITATION

*"Je pense que pendant que nous étions encore en train d'approcher
avant d'entrer en contact,
nous étions dans un état de grâce mathématique."*

Ian McEwan, ENDLESS LOVE AMOUR SANS FIN

POUR MABEL ET MICHAEL AVEC AMOUR

LIVRE UN :
FRAGMENT

CHAPITRE 1

G RACE GREENWAY, 16 ANS, aimait faire la grasse matinée, surtout les jours d'école.

Sa mère, Helen Greenway, a poussé la porte et est entrée à grands pas. Les deux têtes de ses chaussons koala ouvrent la voie. Les têtes chuchotaient en se frayant un chemin sur le plancher de bois franc frais.

Quand Helen a atteint l'autre côté de la pièce, elle a baissé sa garde. Elle a retiré le mouchoir rempli de parfum avec lequel elle se couvrait le nez. L'air de la pièce était mûr en raison des expériences de la nuit dernière qui, d'après l'odeur, avaient quelque chose à voir avec le soufre.

Une fois arrivée à la fenêtre, Helen souleva la vitre pour l'ouvrir en grand. Elle passe la tête à l'extérieur et remplit ses poumons d'oxygène pur. Rafraîchie, elle a tiré les rideaux. Helen se dirigea, avec ses pantoufles, vers la masse qui se trouvait sur le lit : sa fille Grace.

De l'autre côté de la pièce, l'ordinateur de Grace s'est fait remarquer en sonnant une alarme. Il a commencé à faire clignoter des chiffres aléatoires sur l'écran. Il les lit à voix haute d'une voix qui n'est pas sans rappeler celle de Stephen Hawking.

Helen réfléchit à la signification de ces chiffres. Ils n'avaient guère de sens pour son cerveau qui n'était pas orienté vers les mathématiques. Ses pantoufles à tête de koala se sont penchées, feignant la compréhension. Helen a traversé la pièce, tandis que les koalas hochaient la tête et chuchotaient entre eux. Helen elle-même n'avait aucune idée des mathématiques. Elle n'avait aucune idée de qui sa fille avait hérité de ses gènes numériques. Helen a réfléchi à ce transfert génétique en étudiant la forme cocoonée de sa fille.

"Il est temps de te réveiller, mon amour !" dit Helen.

Grace a bougé un peu et a rejeté les couvertures en arrière. Se calant, elle s'étira et bâilla sans ouvrir les yeux.

"Bonjour, la dormeuse", dit Helen en embrassant sa fille sur le front.

"Bonjour, maman", répond Grace en ouvrant enfin les yeux.

"Le bus sera là dans quinze minutes ! Il faut que tu te dépêches. Je vais te préparer quelque chose à manger pendant le trajet."

"D'accord, maman", dit Grace en se dépliant des couvertures. Elle s'est assise, pour retomber ensuite contre son oreiller. Elle avait tellement envie de retourner dans son état de rêve, dans l'état d'esprit de Vincente Marino.

"Allez, Grace !" Helen répéta en se dirigeant vers la porte, "Sois en bas dans cinq minutes !"

Grace a murmuré le nom de Vincente à voix haute, doucement, doucement, presque comme si elle imaginait qu'il pouvait l'entendre. Elle l'a imaginé en train de grimper sur le treillis à l'extérieur de la fenêtre. Tap-tap-tap.

Le bruit de son ordinateur l'a réveillée. Elle a frotté ses yeux pour les débarrasser du sommeil. Elle baisse les yeux sur la chemise de nuit qu'elle porte. Elle détestait cette chose, avec sa dentelle blanche et son nœud de ruban rouge. Elle était absolument virginale.

Grace a passé son doigt sur la cravate rouge, et il s'est enfoncé dans sa chair. Ça lui a fait très mal, comme le ferait une coupure de papier, mais le ruban était en tissu. Elle l'a détachée de sa chemise de nuit. Elle l'a regardé dériver vers le sol, suivi quelques secondes plus tard par des gouttes de sang cramoisi.

Grace a sucé son doigt qui saignait, mais il a continué à couler sur le sol. Il se confondait avec le ruban rouge, qui se tordait comme un serpent. Elle a fermé les yeux et s'est laissée tomber sur son oreiller. Elle a pensé à Vincente Marino. Elle avait hâte de le voir aujourd'hui.

Grace se dirigea vers le bord du lit où se trouvaient les gouttes de sang, mais elles avaient maintenant disparu. En haussant les épaules, elle a ramassé le ruban rouge. Grace le rattache au col en dentelle de sa chemise de nuit et se dirige vers la salle de bain.

Helen a hurlé un autre rappel depuis l'étage inférieur, mais Grace n'en a pas tenu compte. Au lieu de cela, elle a fermé la porte derrière elle et, avec un bâillement, a laissé sa chemise de nuit blanche tomber sur le carrelage froid.

Grace se pencha dans la cabine de douche et ouvrit l'eau chaude à fond. Elle laisse la vapeur monter tout en jetant un coup d'œil par-dessus son épaule. Sa chemise de nuit, empilée sur le sol, ressemblait presque à un esprit qui était venu et reparti.

Puis elle se plongea dans l'eau chaude et fumante. Seulement chaude, jamais froide. Elle se lava les cheveux, le visage et le reste du corps, puis laissa l'eau chaude tomber sur elle.

Lorsqu'elle fut aussi chaude qu'une crêpe beurrée, elle coupa l'eau et recula. Elle a ouvert l'eau froide à fond, a compté jusqu'à trois et s'y est plongée. La secousse dans son système a été comme une réaction chimique, un choc électrique. C'est à ce moment-là qu'elle s'est sentie le plus vivante. Tous ses sens étaient en éveil. C'était comme si elle venait de renaître.

Grace contemplait l'eau qui s'écoulait dans l'égout. Elle remarque que la cravate rouge est tombée dans l'égout. Prise dans le tourbillon, elle tournait, tournait et tournait.

Elle a attrapé le ruban rouge et l'a mis en boule dans la paume de sa main pour évacuer l'excès d'eau. Lorsqu'elle a ouvert le poing, il a repris vie et s'est mis en forme.

Intriguée, elle a répété ce processus : Froisser le ruban, faire un poing, ouvrir le poing. Voyez le résultat encore une fois. Et encore une fois. Et encore.

C'est toujours le cas.

Encore et encore, il se coule dans la même forme : la forme d'un cœur.

CHAPITRE 2

GRACE A JETÉ LA chemise de nuit dans le panier de linge sale. Elle a commencé à revêtir son uniforme scolaire, en remontant la jupe aussi haut qu'elle le pouvait. Toutes les filles de l'école faisaient cela pour la rendre plus courte qu'elle n'était censée l'être. Lorsque son uniforme fut acceptable, elle retourna dans sa chambre et commença à sécher et à brosser ses longs cheveux auburn.

Elle jette un coup d'œil à l'écran de l'ordinateur par-dessus son épaule : Toujours en recherche. Grace espérait que l'ordinateur trouverait la réponse du jour au lendemain. Elle l'avait programmé avec un seul objectif : trouver la prochaine séquence de Fibonacci. Si elle réussissait, le nom de Grace Greenway serait inscrit dans les livres d'histoire. Sa découverte rivaliserait avec le nombre d'or.

Grace sourit et remet ses cheveux en place. Elle se souvient du surnom qu'elle donnait à Vincente Marino. Elle l'appelait son Golden Mean. C'était son petit secret.

Pour finir, elle est allée chercher loin dans le tiroir où elle cachait son maquillage et sa brosse. Elle a mis du fond de teint et un peu de blush. Grace a vaporisé une petite goutte de parfum sur son cou avant de descendre. Elle espérait passer devant sa mère. Elle espérait que sa mère ne remarquerait pas la jupe raccourcie ou toute autre chose qu'elle avait mise en valeur ce matin. Sinon, ce serait le drame.

Le chauffeur du bus a klaxonné sur le trottoir et Grace s'est mise à courir. Elle a attrapé ses livres et un morceau de pain grillé en passant devant sa mère. Elle se dirigea vers la porte en passant devant les yeux espions de sa mère, monta les escaliers et monta dans le bus.

Helen regarde sa fille monter à bord, sachant très bien que sa jupe est plus courte qu'elle ne devrait l'être.

Helen continue de regarder sa fille se diriger vers le fond du bus. Elle se souvient de la première fois où elle était restée là à regarder sa fille monter dans le bus. Helen avait voulu marcher jusqu'au bus avec sa fille. Grace était tellement excitée et déterminée à devenir une grande fille qu'elle voulait le faire toute seule. Helen s'en souvenait comme si c'était hier : sa fille était prête à couper le cordon. Helen n'était pas préparée à la douleur écrasante qui lui tordait le cœur. Elle a suivi des yeux le bus dans son voyage jusqu'à ce qu'elle ne puisse plus le voir. Une larme roula sur sa joue. Helen la repousse.

Dans le bus, Grace a trouvé sa place habituelle puis a ouvert son livre. Elle s'est cachée derrière le manuel comme s'il s'agissait d'un mur, d'un déguisement. Là, elle pourrait attendre l'arrivée de Vincente Marino, incognito.

Alors que le bus gémissait sur la route, Grace perdit de vue l'endroit où elle se trouvait pendant une seconde. Elle est revenue à la réalité lorsque Vincente Marino est monté à bord.

Grace s'est alors redressée, comme si une décharge d'adrénaline l'avait traversée. Elle a tenu un manuel devant elle comme un bouclier. À l'intérieur, son cœur battait la chamade et cognait si fort qu'on aurait presque dit qu'il s'était fait pousser des ailes et qu'il était sur le point de s'envoler. Son pouls battait la chamade et elle devait penser à prendre chaque respiration.

Vincente passait d'un siège à l'autre, saluant les gens, jusqu'à ce que le chauffeur de bus lui dise de prendre un siège. Après avoir sifflé si fort que tous les chiens du quartier ont dû l'entendre, Vincente s'est glissé dans son siège aux côtés de sa petite amie, Missy Malone.

Grace était amoureuse de Vincente Marino, mais elle ne l'aimait que de loin. Elle savait qu'il n'était pas du tout à sa hauteur, mais en même temps, elle avait de l'espoir. Elle croyait que l'amour était une équation mathématique. Elle croyait que le véritable amour était prédéterminé.

C'était comme n'importe quelle autre formule mathématique : il suffisait de chercher. Chercher jusqu'à ce que tu trouves le nombre d'or parfait. Avec tous les chiffres de la bonne séquence en place, l'univers conspirerait pour que deux personnes tombent amoureuses. Grace Greenway attendait que son nombre d'or s'enclenche dans la séquence. Elle et Vincente Marino seraient alors dans un état d'amour parfait.

Grace a levé les yeux de derrière son manuel. La voix de Vincente flottait vers elle. Elle a regardé ses cheveux blonds briller sous l'effet de la lumière du soleil. Ses mèches dorées lui frôlaient les épaules. Il a ri et a murmuré quelque chose à l'oreille de Missy, puis il s'est tourné vers l'arrière du bus.

Le cœur de Grace s'est arrêté lorsque leurs yeux se sont croisés pendant une fraction de seconde. Ses joues ont viré au cramoisi. Elle s'est à nouveau couvert le visage avec le manuel, comme un rideau. Grace pouvait encore voir ses pieds, ses chaussures. C'est alors que les chaussures de course athlétique Vincente Marino ont touché les siennes. Elle a baissé le livre, et ses yeux cobalt se sont verrouillés avec ses yeux noisette. Elle a toussé quand elle s'est enfin souvenue de respirer.

"Hé, Grace, dit Vincente. "Je me demandais si tu pouvais me sauver la vie ?"

Elle acquiesce.

"Le match d'hier soir s'est prolongé tard, et puis on a dû sortir pour fêter ça, je veux dire, on a gagné ! Tu sais ce que c'est."

"Oui, je sais", a-t-elle murmuré.

"Et puis ce matin, je me suis rendu compte que je n'avais pas fait mon devoir de maths, et tu sais que le vieux monsieur Dense en a après moi. Il aimerait bien me faire virer de l'équipe".

"Oui, je sais."

"Grace ?" Elle a inspiré profondément lorsqu'il a prononcé son nom, alors qu'il continuait. "Si tu pouvais trouver dans ton cœur la possibilité de me prêter tes devoirs, je te serais éternellement redevable. Tu me sauverais absolument la vie."

Elle a plongé la main dans son sac sans hésiter.

"Je te les rendrai avant le cours." Puis il a fait le mouvement de croiser son cœur et d'espérer mourir. Il lui a adressé un sourire. "Merci bébé", dit-il en lui envoyant un baiser tout en fourrant son livre dans son sac à dos. Vincente est retourné s'asseoir à sa place, où Missy Malone surveillait leur interaction.

Les yeux de Grace et de Missy se sont croisés pendant une seconde par-dessus l'épaule de Vincente. Elles n'étaient pas rivales. Missy savait que Grace n'était pas une menace, mais elle voyait bien que la pauvre idiote était éprise de son Vincente. Tout le monde savait qu'elle le suivait partout comme un chiot errant.

Grace a remis en place la barrière du manuel et s'est souri à elle-même. En fait, elle arborait le plus grand et le plus stupide sourire possible. Elle était tellement excitée à l'idée de parler à nouveau avec Vincente. Même la pensée de Fibonacci ne pouvait pas la distraire.

Puis elle s'est rendu compte que le bus s'était arrêté et que tous les passagers étaient en train de grimper dans l'allée. Elle s'y engouffra à son tour, jusqu'à ce qu'elle se trouve juste derrière Vincente. Il laissa Missy sortir devant lui. L'odeur de l'eau de Cologne de Vincente flottait dans sa direction. Grace l'a respiré, elle l'a respiré.

Une fois qu'il s'est avancé dans la lumière du soleil, les rayons ont embrassé l'anneau d'or sanguin à son doigt, et pendant un instant, l'ont aveuglée. Elle le heurta, mais il ne sembla pas s'en préoccuper. Il se mit à rire et lui adressa un sourire édenté.

Grace a oublié de respirer.

Missy Malone a hué, a passé son bras dans celui de Vincente et l'a emmené.

Grace est arrivée à son casier. Elle a pris une grande inspiration et a jeté son sac à dos à l'intérieur. Elle regarde son emploi du temps de la matinée : Études autochtones, mathématiques, arts plastiques, puis déjeuner, suivi d'autres cours d'arts plastiques, d'anglais et d'arts plastiques. Elle pourrait aller voir le match. La cloche a sonné. Elle a fermé son casier d'un coup sec. Elle a couru le long du couloir et s'est assise le long des fenêtres.

Son professeur, Miss Smart, a pris les présences, puis a présenté un invité spécial à la classe. L'invitée était une femme de la génération volée.

Elle a raconté à la classe comment elle avait été enlevée. Puis elle a été adoptée par une famille blanche. Comment elle n'a pas été autorisée à pratiquer ou à suivre les traditions du peuple Gadigal.

Grace a eu pitié d'elle. Après tout, aucun enfant ne devrait être abandonné, et encore moins volé. Aucun enfant ne devrait être exclu de sa propre histoire. C'était absurde.

Grace ne pouvait pas comprendre pourquoi les parents de cette femme avaient laissé faire. Grace imagine la situation se déroulant chez elle. Des étrangers se présenteraient. Exigeant qu'on l'emmène. Les parents de Grace auraient engagé tous les avocats de la ville et auraient arrêté les choses avant même qu'elles ne commencent. Elle a pensé à poser cette question à la femme. Une autre camarade de classe l'a devancée.

La femme s'est souvenue que l'homme blanc avait apporté des armes avec lui, y compris des fusils. Ses parents savaient que le sang coulerait s'ils résistaient, alors ils ne l'ont pas fait. Selon elle, il ne servait à rien de se battre, car le fait d'emmener les enfants avait été sanctionné par la loi.

"Cela n'est pas arrivé qu'en Australie", a expliqué la femme à la classe. "C'est arrivé aux Aborigènes canadiens et aux Amérindiens, aux indigènes néo-zélandais, et à beaucoup d'autres peuples dans différents endroits du monde. Chaque cas était différent, mais ces choses terribles ont changé nos familles pour toujours."

Même si Grace se sentait empathique, elle pensait que la femme devait oublier le passé et aller de l'avant. Elle pensait que la vie était comme une formule mathématique. Tu devais toujours continuer à chercher et à aller de l'avant. Reconfigurer. Faire des progrès.

Grace se rendit au cours de mathématiques, où Vincente lui fit passer son devoir juste à temps pour le rendre. M. Dense était le genre de professeur qui faisait tout dans les règles de l'art. Il a semblé satisfait lorsque Vincente Marino a été le premier à rendre son devoir.

Fibonacci a été étudié en classe aujourd'hui. Comme Grace Greenway, 16 ans, était une enfant prodige reconnue, son professeur l'a renvoyée plus tôt. Grace a passé son temps libre à étudier à la bibliothèque. Elle s'est rendue à ses autres cours, au déjeuner, à l'anglais. Puis elle est retournée à la bibliothèque pour son temps libre jusqu'à l'heure du jeu.

Après avoir lu et choisi une brassée de manuels à emprunter, elle se rendit sur le terrain pour assister au match de cricket. C'est à ce moment-là que Vincente Marino s'est présenté à la batte. La foule du lycée s'est mise à applaudir à tout rompre.

Grace, distraite par l'uniforme de cricket blanc de Vincente qui reflétait la lumière du soleil de fin d'après-midi, a perdu le contrôle de son paquet de livres. Elle a bercé les volumes et a jonglé avec eux comme on le fait dans l'espoir d'un rétablissement réussi. Pourtant, sa seule détermination à rester debout en berçant les œuvres complètes de mathématiciens modèles : Sophie Germain, Hypatie, Lise Meitner et Mary Somerville. Lorsque les livres ont touché le sol, elle a elle aussi été renversée à plus d'un titre.

✳✳✳

QUAND GRACE EST REVENUE à elle, tout était flou et trouble. Elle avait des vertiges et avait envie de vomir. Sa tête lui faisait horriblement mal. C'était comme si son cerveau essayait de trouver un moyen de sortir de sa tête. "Tout le monde recule !" a crié quelqu'un, "Grace ? Grace ? Est-ce que tu vas bien ? Parle-moi, Grace ! Tu m'entends ?"

Lorsqu'elle a ouvert les yeux et regardé vers le ciel, un ange appelait son nom. Grace se demande si elle est morte. Aurait-elle pu mourir et passer dans une autre dimension ? Refusant de croire que c'était vrai, elle a serré les yeux et les a rouverts. Un garçon flottait au-dessus d'elle avec un halo aussi grand que le soleil.

"Je suis vraiment, vraiment désolé Grace", dit-il en prenant l'une de ses mains dans la sienne.

Une foule s'était rassemblée autour d'elle, poussant, bousculant et criant. Créant un désordre général chez les adolescents.

Grace pouvait les voir se pencher sur elle, certains avec leurs visages rieurs à l'envers. Dans sa tête, il y avait un bourdonnement constant. S'il n'y avait pas eu un visage familier, celui du jeune homme, elle se serait sentie ou aurait eu peur.

Elle a essayé d'être courageuse et de se lever. Ses jambes ne voulaient pas coopérer. Elles s'agitaient et vacillaient comme des spaghettis trop cuits. Dans ses oreilles, le bruit de l'océan était omniprésent.

Elle s'assit à nouveau et posa sa tête contre la poitrine du jeune homme. Il n'avait pas l'air de s'en préoccuper.

CHAPITRE 3

L E VISAGE DU GARÇON se rapprocha de celui de Grace, de sorte que les rayons du soleil dissipaient la forme de son auréole. Elle pouvait sentir son doux souffle de cannelle sur son cou. Grace savait ce qu'il voulait. Elle a tourné son cou nu vers lui. Elle lui a donné la permission de la mordre. De la goûter.

"Que quelqu'un appelle Triple Zéro !" a crié le garçon en soulevant Grace et en maintenant son corps.

Grace se sentait mal. Elle avait l'intention de suivre un programme de perte de poids. Elle n'était pas vraiment légère comme une plume. Elle a appuyé sa tête sur sa poitrine dans l'espoir d'entendre les battements de son cœur. Tout ce qu'elle a pu entendre, c'est le grondement de l'océan.

Grace a levé les yeux vers son beau visage. Il avait l'air si inquiet.

Ensemble, ils se sont déplacés parmi les murmures et les chuchotements de la foule. Ils sont entrés dans un endroit calme. Enfin, ils ont monté des escaliers et franchi une porte battante. Puis Grace Greenway a été déposée sur un lit de camp moelleux dans une pièce qui sentait l'antiseptique et les chaussettes de gymnastique. Elle enfonça son visage dans le sien, essayant de reprendre possession de sa cannelle.

"C'est le poste des infirmières. Attends ici. Je vais aller chercher de l'aide."

"Ne me laisse pas", dit-elle. "S'il te plaît, ne me laisse pas."

"Elle ne respire pas !" a crié quelqu'un à temps pour le lui rappeler.

Bientôt, Grace s'est sentie à nouveau elle-même. Elle souhaitait seulement que les vagues cessent de s'écraser sur les rivages de son esprit.

"Tu m'entends ?" a demandé une femme. Grace acquiesce. "Je suis l'infirmière Hands."

"Infirmière, 5. Mains, 5-amazing !" Grace s'est exclamée.

"Elle délire !" dit l'infirmière Hands. Elle a tâté le pouls de Grace et son front, puis elle a levé les yeux vers Vincente et a secoué la tête.

"Non, elle pense au cours de mathématiques. M. Dense l'a laissée partir plus tôt. Nous étions en train de faire Fibonacci", a expliqué Vincente.

"Tu connais son nom ?"

"Oui, elle s'appelle Grace. Grace Greenway."

Grace a froissé la chemise de Vincente dans la paume de sa main.

"Il faut vraiment que je retourne au jeu".

"Grace, dit l'infirmière Hands, nous attendons l'ambulance. Vincente doit retourner au match. S'il te plaît, lâche sa chemise."

Grace a crié : "Ne me laisse pas !"

Vincente s'est remis à genoux à côté d'elle et l'a regardée dans les yeux.

Il est resté.

Elle a soupiré.

Et puis tout est devenu noir.

CHAPITRE 4

À L'HÔPITAL, L'INFIRMIÈRE S'EST arrêtée au chevet de Grace et a vérifié ses statistiques vitales. Son état est stable pour l'instant. L'infirmière a remis les couvertures sur les bras de Grace. Elle a récupéré le plateau de verres d'eau inutilisés, s'arrêtant momentanément pour jeter un coup d'œil au jeune homme en uniforme de cricket, Il dormait profondément dans la chaise sous la fenêtre.

Vincente n'avait pas quitté Grace depuis son arrivée inconsciente. En sortant, elle regarda sa montre et calcula qu'il lui restait encore six heures de travail. Elle aimait son travail, mais la journée allait être longue.

De retour dans la chambre de Grace, la patiente commence à s'agiter et à bouger. Elle découvre bientôt qu'elle est attachée au lit par un ensemble de machines bruyantes.

Elle était dans une chambre d'hôpital. Pourquoi était-elle là ? Comment s'est-elle retrouvée là ? Elle ferme les yeux et essaie de se concentrer. Elle essaie de se souvenir, mais aucun souvenir ne lui vient.

Soucieuse de se libérer du bip-bip-bip et du goutte-à-goutte, Grace a tenté de s'asseoir. Comme elle ne parvenait pas à réaliser ce simple désir, elle s'est rejetée sur l'oreiller. Elle avait un désir intense de s'enfuir.

Pourquoi suis-je ici ? se dit Grace. Et pourquoi tout le monde m'a-t-il abandonnée ?

Grace a remarqué un garçon qui dormait profondément sur la chaise à côté de son lit. Elle n'était pas seule après tout, et elle se serra contre elle du mieux qu'elle put avec les machines attachées à son corps.

Elle se sentait plus heureuse maintenant, sachant que quelqu'un était là. Que quelqu'un se souciait d'elle.

Bien qu'elle ne puisse pas voir son visage, elle regarda ses cheveux blonds entrer et sortir à chaque respiration. Il dormait profondément. Grace a continué à le regarder, ainsi que l'uniforme blanc qu'il portait. Elle se demanda s'il travaillait à l'hôpital. Il semblait étrange qu'un membre du personnel s'endorme aux côtés d'un patient.

Grace se sentait étrange lorsqu'elle regardait les bras croisés du garçon et sa tête blonde en chute libre.

Les instants passèrent, et elle continua à regarder fixement. Puis, presque comme s'il avait senti ses yeux sur lui, le garçon s'est réveillé en sursaut. Il ramena ses cheveux en arrière, révélant un visage d'ange.

Grace se couvrit la bouche avec sa main. Il est stupéfiant. Le garçon s'est levé et s'est approché d'elle.

Grace ne pouvait plus respirer. À mesure qu'il se rapprochait, ses yeux bleu foncé faisaient battre son cœur de plus en plus vite. Elle a cru qu'elle allait s'évanouir. C'est alors qu'il a parlé. "Tu es réveillée, Gracie ! Dieu merci ! J'étais tellement inquiet. Nous étions si inquiets."

"Oui", a-t-elle dit, ne sachant pas quoi dire d'autre. Ce n'était pas un membre du personnel. Il représentait quelque chose de plus pour elle, elle le sentait dans son cœur, et elle le savait au plus profond de son esprit. Mais qui diable était-il ?

Elle lui tendit la main, s'attendant à ce qu'il la prenne. Il ne l'a pas fait. Au contraire, il a reculé d'un pas. C'est avec une certaine réticence qu'elle a retiré sa main.

Le garçon continuait à fixer Grace, comme s'il attendait quelque chose. Après le faux pas de Je veux te tenir la main, il s'est protégé. Il a enfoncé ses mains dans ses poches. Après quelques secondes, il les a ressorties.

Grace s'est sentie à la fois chaude et froide.

"Tu vas bien ?" a-t-il demandé. "Tu as mal quelque part ?"

Grace a attendu et réfléchi avant de répondre. Elle voulait que sa réponse soit succincte, mais pas tranchante. Ce qu'elle ressentait n'avait pas d'importance ! Ce qu'elle voulait savoir, c'était pourquoi elle était ici. Ce qu'elle voulait savoir, c'était qui il était.

"C'est à la tête que j'ai le plus mal. C'est comme si tout me faisait mal en même temps, si ça a un sens. Et toi ?"

Il affiche un sourire qui révèle des dents d'une blancheur parfaite et éclatante. Grace pense que ses dents devraient être accompagnées d'un avertissement : LUNETTES DE SOLEIL OBLIGATOIRES. Il a passé ses doigts dans ses cheveux et leurs yeux se sont connectés.

Grace a senti une énergie venant de lui qui l'a d'abord frappée en pleine poitrine, puis qui a semblé rebondir sur les murs. Si elle n'était pas déjà allongée, cela l'aurait fait tomber à la renverse. Elle était amoureuse. Elle en était certaine. Mais il se comportait bizarrement. Comme s'il ne savait pas quoi dire ou quoi faire. C'était comme s'il voulait lui tendre la main mais qu'il ne savait pas comment faire. "Ça va, merci", dit-il. Il ressemblait à Winnie l'ourson avec sa main prise dans le pot de miel.

Grace est retombée en arrière sur l'oreiller une fois de plus, sans jamais rompre le contact visuel avec le garçon. Elle voulait lui poser des questions, beaucoup de questions, mais par où commencer ? Devrait-elle les poser à brûle-pourpoint ? Il avait l'air si mal à l'aise. Pourquoi ?

Elle modifie sa position sur le lit. Elle s'est penchée vers lui, la tête reposant sur un bras - autant de repos qu'il est possible de faire quand on est connecté à des machines - et lui a fait signe de s'approcher.

Il s'est arrêté et a regardé ses chaussures. Puis il a avancé en traînant les pieds. Elle savait qu'il n'allait pas lui offrir d'informations, elle le sentait, le pressentait, mais elle devait savoir. Elle perdait du temps. "Qu'est-ce qui m'est arrivé ?" finit-elle par lâcher.

Le garçon recula un peu, commença à dire quelque chose, puis s'arrêta. Il a ouvert la bouche, puis l'a refermée, comme un poisson.

Grace a essayé de l'aider en lui posant des questions plus directes. "Qu'est-ce que je fais dans cet hôpital ? Comment suis-je arrivé ici ?"

Il est resté silencieux, passant ses doigts dans ses cheveux.

Grace continua, imperturbable : "Et qui es-tu ?"

CHAPITRE 5

LE GARÇON AVAIT L'AIR affligé à la question numéro un et inquiet pour les questions deux et trois. La question numéro quatre a provoqué la réaction la plus étonnante.

Tout le monde savait qui était Vincente Marino, et Grace Greenway en particulier. Il l'a vue lui faire des yeux de chiots. Parfois, quand elle pensait qu'il ne regardait pas, elle le suivait dans toute l'école. Elle le faisait même parfois quand il était avec sa petite amie, Missy Malone. Alors, est-ce qu'elle se moque de lui ? Vincente est presque sûr qu'elle lui fait perdre la tête.

Il s'est approché d'elle et a plongé son regard dans ses yeux noisette, jusqu'au plus profond de son âme. Il avait besoin de savoir ce qu'elle préparait. Pour voir si elle lui jouait un jeu ou un tour, mais Grace ne clignait pas des yeux et ne laissait rien paraître.

Grace n'avait aucune idée de qui il était.

Quand le garçon l'a regardée dans les yeux, Grace s'est demandé si elle n'avait pas le mauvais bout du bâton. Peut-être qu'il ne savait pas non plus qui il était ? Après tout, il était blond.

"Je m'appelle Vincente", dit-il, tout en scrutant le visage de Grace à la recherche d'un signe de reconnaissance. Comme il n'y en avait pas, il a répété son nom. En fait, il l'a presque chanté, "Vincente Marino".

La chair de poule a remonté le long des bras de Grace et elle a frissonné. Elle ne reconnaissait pas son nom, mais quelque chose au fond d'elle s'agitait. Peut-être était-ce le ton de sa voix.

Elle a répété son nom à haute voix. Rien n'a réveillé le moindre souvenir. La chair de poule commence à s'estomper. Elle essaya d'épeler son nom, en faisant rouler chaque lettre sur sa langue comme si elle tâtait le terrain dans l'obscurité :

"V- I-N-C-E-N-T."

"J'épelle le mien avec un e à la fin", dit Vincente. Il a expliqué comment il a été nommé en l'honneur de l'un des navigateurs de Christophe Colomb. À l'origine, ses parents voulaient l'appeler Christopher. Lorsque sa mère l'a dit à sa tante, sans savoir qu'elle était également enceinte, cette dernière a volé le nom. Ses parents lui ont choisi un autre nom, Vicente, en référence à Vicente Pinzon. Quand ils l'ont vu, ils ont changé d'avis et l'ont appelé Vincente à la place.

"C'est intéressant", dit-elle. "Mais vraiment, qui es-tu pour moi ?"

"Tu ne plaisantes pas ?" demande Vincente. "Tu ne te souviens vraiment pas de moi ?"

"Je n'en suis pas sûre. Je sens quelque chose en toi, mais... je ne me souviens même pas de mon propre nom."

"C'est Grace. Tu es Grace."

"Mais tout à l'heure, tu m'as appelée Gracie."

"Oui, c'est vrai."

"Pourquoi ? Si je m'appelle Grace..., pourquoi m'as-tu appelée Gracie ? Je n'aime pas ça."

"Whoa, d'accord alors, je ne t'appellerai plus jamais Gracie".

Il a reculé, faisant à nouveau glisser ses doigts dans ses mèches blondes. Il n'arrêtait pas de faire ça. Probablement une habitude nerveuse. Grace voulait elle aussi passer ses doigts dans ses cheveux. Pourquoi avait-elle de telles pensées ? Elle essayait de comprendre ce qu'elle ressentait. Les coups de chaud et les coups de froid. Elle essayait de donner un sens à tout cela. De retrouver un souvenir stocké quelque part dans sa tête. Pourtant, chaque fois qu'il faisait ça, qu'il passait ses doigts dans ses cheveux, ça la distrayait, ça faisait trembler ses genoux comme de la gelée.

"Vous ne vous souvenez vraiment pas de moi, en croisant votre cœur et en espérant mourir ?" demanda Vincente.

"Je pense que c'est un choix de mots étrange. Sachant que je suis à l'hôpital et tout ça."

"Ah, je suis désolé. Je n'ai pas réfléchi. S'il te plaît, essaie de te rappeler qui je suis, d'accord ? Tu m'inquiètes. Peut-être que je devrais sortir et aller chercher quelqu'un ?"

"Tu t'inquiètes ? J'ai peur ! Si tu dis que je devrais te connaître, c'est qu'il y a forcément un souvenir de toi stocké quelque part ici." Elle se frappa la tête avec un poing fermé. "Pourquoi je ne te trouve pas ici ?"

Il lui a attrapé la main, l'empêchant de se frapper à nouveau. Il a tiré une chaise à côté du lit et s'est assis. Il avait décidé de tout lui raconter. Lui expliquer pourquoi elle était ici, comment tout cela était dû à lui. Comment il l'avait blessée, puis amenée à l'hôpital.

Comment il était resté à ses côtés pendant des jours alors qu'elle était absente. Il attendait. Priant. "C'est à cause de moi que tu es ici."

"Tu m'as fait du mal ?"

"Oui, je t'ai fait du mal."

Elle grimace. "Tu m'as fait mal !"

"Oui, mais c'était un accident. Je joue au cricket. Tu étais au match.

Il y a trois jours."

"Il y a trois jours ?"

"Oui. Il y a trois jours, j'ai frappé une balle et elle t'a touché à la tête. Depuis, tu es ici. Je suis à tes côtés. J'attends."

"Tu m'as frappé ? Dans la tête ? Et maintenant, j'ai perdu la mémoire ?"

"Il semblerait que oui."

"Et après ?"

"Je t'ai porté jusqu'au poste d'infirmières de l'école. Une ambulance t'a amenée ici."

Grace a examiné son corps. Dans sa forme, elle ne pouvait pas l'imaginer en train de la porter. Il était en forme, il portait un uniforme, oui, mais pour la porter ? Ce n'est pas possible. "Tu m'as portée ?"

"Oui.

Elle eut l'envie irrépressible de le frapper et de le serrer dans ses bras exactement en même temps. Mais sa tête lui faisait encore plus mal.

"Je suis vraiment, vraiment désolé", dit-il.

L'envie de le prendre dans ses bras l'emporta sur l'envie de le frapper. "C'était un accident, donc tu n'as pas à être désolée".

"Merci", a-t-il dit en baissant la tête. Grace a tendu la main pour le caresser comme s'il était un bon chien.

Une femme étrange a poussé dans la pièce à travers les portes battantes comme un tourbillon. Elle s'est précipitée vers eux. Petite par la taille, mais pleine d'énergie, elle s'est avancée vers eux. Son jean bleu moulant chuchote et ses talons claquent sur le sol antiseptique de l'hôpital.

La femme fixe Vincente comme s'il était un furoncle qui attend d'être transpercé.

Il a parlé d'une voix sensiblement calme. Il leur a proposé de les laisser tous les deux tranquilles. Avant qu'elles n'aient eu le temps de répondre, il s'est levé et est sorti.

"Ne pars pas", supplia Grace, mais il était trop tard. Grace a regardé la porte pendant un moment, espérant qu'il reviendrait. Il n'est pas revenu. Elle a reporté son attention sur l'étrange femme. Elle se demanda dans quel genre d'hôpital elle se trouvait pour permettre à son personnel d'être vêtu de jeans et de bottes.

"Et comment vas-tu, mon amour ?", a demandé la femme, puis elle s'est penchée et a posé ses lèvres sur le front de Grace.

Grace a jugé qu'il s'agissait d'un geste de familiarité excessive et l'a dit. "Ne fais pas ça !" s'exclame-t-elle, "Pour qui te prends-tu ?" demande-t-elle en entreprenant d'essuyer les germes à l'endroit où la femme l'avait touchée avec ses lèvres.

"Comment ça, qui suis-je ?"

"Tu ne le sais pas non plus ?" Grace demande, offensée par le manque de décorum et de professionnalisme de la femme.

"Qui suis-je ?"

"Y a-t-il un écho ici ?" Grace a demandé.

"Alors tu ne sais vraiment pas qui je suis ?"

Grace haussa les épaules. La femme s'est retournée et a filé hors de la pièce. Elle courait vite pour une femme de petite taille portant des bottes à talons hauts.

Alors qu'elle sortait, Vincente entrait. Elle a failli le renverser. Grace était consternée en entendant la femme crier comme une banshee dans le couloir.

Grace pensa que les portes devraient être tournantes et le dit.

Vincente lui a souri, ce qui a encore une fois fait palpiter son cœur.

Grace se demande dans quel genre d'hôpital elle se trouve. Une unité psychiatrique ?

"Qui était cette femme folle ?"

"Ce n'était pas une folle. C'était ta mère."

✳✳✳

"MA MÈRE ? COMMENT pourrait-elle l'être ?" Grace a fait une pause et a regardé ses mains. Elle ne pouvait pas s'empêcher de les regarder. Qu'est-ce que c'est ? Il y avait quelque chose qui se cachait là. Quelque chose d'important. Elle devait s'en souvenir, quoi que ce soit, car elle sentait que c'était profondément sérieux.

Puis c'est arrivé. Elle volait dans les airs, à toute vitesse, dans les bras d'un ange. Elle a levé les yeux vers le visage au-dessus d'elle, et le soleil a pénétré derrière l'ange, créant un halo naturel. Elle a tendu les yeux pour découvrir son identité, mais le visage était flou. Elle se demanda s'il était possible de déterminer les traits d'un ange. Elle pensait que les traits d'un ange ne pouvaient pas être distingués par les vivants. C'était bien cela ! Grace a décidé qu'elle avait dû vivre une expérience de mort imminente.

Elle a tenu quelque chose dans son poing pendant qu'elle volait vers l'avant, et elles ont plongé dans un tunnel. Pendant une seconde, il faisait noir, ou alors elle avait fermé les yeux. Puis elle a levé les yeux, et l'identité de son ange s'est révélée. En fait, ce n'était pas du tout un ange - c'était le garçon qui se tenait à côté d'elle.

Elle a murmuré son nom à plusieurs reprises. C'était comme de la musique, un fredonnement. Un battement de tambour dans sa tête.

"Tu vas bien ?" demande Vincente.

Grace a souri.

Il lui a demandé à nouveau : "Tu vas bien, Grace ? Veux-tu que j'aille chercher quelqu'un ?"

"Je te suis reconnaissante", a-t-elle répondu. "Pour quoi faire ?"

"Pour toi, bien sûr. Pour toi, mon ange."

Vincente a regardé ses pieds. Il a commencé à enfoncer ses poings dans ses poches. Il avait l'air très inquiet, comme s'il pensait qu'elle avait vraiment perdu la tête maintenant.

Il pensait qu'il l'avait déjà vue le quitter, non pas de corps, mais d'esprit. Elle avait voyagé très loin dans son esprit. Vous pouviez dire quand quelqu'un était "absent", parce que ses yeux devenaient vitreux et rêveurs.

Vincente souhaitait que la mère de Grace Greenway revienne pour qu'il puisse se tirer de là. Elle commençait à lui donner la chair de poule.

Puis, sans crier gare, Grace lui dit : "Vincente, es-tu mon petit ami ?".

"Non !" s'exclama-t-il, d'un ton qui ne pouvait pas être mal interprété. Au cas où ce serait le cas, il a reculé encore plus, jusqu'à ce que son dos soit contre le mur.

Il avait l'air absolument, complètement mortifié. Grace est confuse. Sa dénégation, ce seul mot, l'a frappée de plein fouet dans la poitrine. Le point d'exclamation lui a fait l'effet d'un bec de corbeau qui lui aurait perforé le cœur. Elle se sentait blessée, mais sa confusion était écrasante. Elle l'a observé et a attendu qu'il fasse quelque chose, qu'il dise quelque chose. N'importe quoi.

"Écoute, Grace, tu dois savoir que je ne suis pas ton petit ami. Je t'ai seulement amenée ici parce que c'est moi qui t'ai blessée."

"Alors, d'habitude, tu es trop cool pour me parler ?"

"Grace, tu m'as aidé à faire mes devoirs de maths, et tu m'as aidé à rester dans l'équipe. Je te suis reconnaissant pour ton aide, mais..."

"Reconnaissante..." Elle s'est appuyée sur l'oreiller et a fermé les yeux.

Elle voulait disparaître dans les plumes de l'oreiller.

Il voulait disparaître de la pièce.

Ils sont restés ensemble, partageant le même espace, bien que chacun d'eux ait l'impression d'être une île.

"Je vais aller chercher ta mère, d'accord ? Je pense que tu dois être en famille." Il s'est retourné et a quitté la pièce.

Grace se sentait idiote. Elle ne savait pas qui il était, mais quelque part dans son cœur, elle savait qu'elle l'aimait. C'était idiot de sa part de l'avoir dit comme ça. Peut-être l'avait-elle aimé de loin ? Peut-être était-il amoureux de quelqu'un d'autre, et maintenant elle s'était mise dans l'embarras en lui disant ce qu'elle ressentait.

Elle enfonça son visage dans l'oreiller et se mit à sangloter.

***

GRACE VOULAIT COURIR APRÈS Vincente Marino. Elle tirait sur les machines dans une vaine tentative de les détacher lorsque la cavalerie est arrivée.

"Que diable fais-tu, Grace ?" Helen Greenway a exigé.

"Tu as failli les arracher, petite sotte, petite sotte", gronda l'infirmière.

Vincente, qui était revenu, n'a rien dit. Il traînait les pieds et creusait ses poings dans et hors de ses poches comme s'il cherchait de la petite monnaie.

"J'étais -" Grace commença.

Elle n'a pas pu terminer car l'infirmière a commencé à incliner et à ajuster le lit. Grace a perdu l'équilibre et est tombée de côté, sur le point de heurter le sol. Elle l'aurait fait si Vincente n'avait pas sorti ses poings de ses poches et ne l'avait pas rattrapée.

Il la prit à nouveau dans ses bras, comme dans son souvenir. Il était un cadeau, un cadeau venu d'en haut, et une fois de plus, les souvenirs de Grace sont revenus. Les souvenirs affluaient comme des flashbacks. Vincente dans le bus scolaire. Vincente jouant au cricket sur le terrain. Vincente lui souriant, lui prenant ses devoirs.

Vincente, Vincente, Vincente. Des flots de souvenirs l'inondent et Grace en tire deux certitudes.

Premièrement, elle aimait Vincente Marino. Deuxièmement, il ne l'aimait pas.

Elle a regardé ses yeux. C'étaient des bassins de lumière vides, penchés vers elle, voulant la sauver du mal, être un héros. Mais derrière ces yeux bleu foncé, il n'y avait pas d'amour. Pas d'amour pour elle.

Grace était le soleil, tendant ses rayons, à la recherche de la lune : la face cachée de la lune. Elles étaient sur des côtés opposés, tournoyant l'une contre l'autre.

"Ahem", Helen s'est raclée la gorge, provoquant un clignement d'œil entre Grace et Vincente.

" Vous voyez, infirmière, elle est complètement hors de contrôle. Elle ne se rend pas compte de la gravité de sa situation. À quel point elle est vraiment malade." Helen s'est mise à pleurer. Pas de petites larmes. Non, un flot presque soudain de sanglots qui déchirent le corps.

"Ça va aller, maman", dit Grace en tendant la main pour prendre celle de sa mère.

"Tu te souviens de moi ?"

"Bien sûr", dit Grace en mentant. Elle ne la connaissait pas et n'avait aucun souvenir d'elle ; pas plus que de l'infirmière qui se tenait toujours debout, la bouche grande ouverte.

"Le médecin est en route", a annoncé l'infirmière. Elle soulève le bras de Grace et prend son pouls. "Vos signes vitaux sont excellents, mais vous devez vous reposer. Il est peut-être temps pour votre ami de rentrer chez lui. Il a lui aussi besoin de se reposer."

Elle jeta un coup d'œil à Vincente.

La subtilité de son appréhension ne lui échappa pas.

"Oui, je crois que je devrais y aller." dit Vincente. Il s'est éloigné de quelques pas du lit. Il se passa les doigts dans les cheveux. Il est revenu vers le lit, comme s'il attendait l'approbation de Grace. "Ou je pourrais rester, si tu le souhaites".

"Seulement si tu le veux", a dit Grace avec une lueur d'espoir dans la voix. Elle s'est rendu compte qu'il ne restait que par culpabilité, mais elle a décidé qu'elle le prendrait de n'importe quelle façon qu'il consentirait. "Peut-être juste jusqu'à ce que je m'endorme ?"

Helen bavarde avec l'infirmière comme si elles étaient des amies perdues de vue depuis longtemps alors qu'elles se dirigent vers la sortie de la chambre.

"Elle sera sortie dans quelques minutes", dit l'infirmière. "Je lui ai donné suffisamment de sédatifs pour qu'elle passe une bonne nuit de sommeil".

Helen leur jeta un coup d'œil en arrière, puis souffla un baiser à sa fille.

Grace pensait qu'il était difficile pour sa mère de la laisser là, seule, avec une quasi-inconnue. Sa mère ne s'est pas plainte. Elle l'a porté comme une cicatrice de combat.

✱✱✱

G RACE N'A PAS MIS longtemps à s'endormir.

Vincente en a profité pour allumer son téléphone portable et appeler sa mère. Il lui a envoyé des textos pour l'informer de l'état de Grace. Il refusait de la quitter tant qu'il n'était pas certain qu'elle était hors de danger. Il avait besoin de rentrer chez lui et de prendre une douche, sans oublier de se changer enfin de son uniforme de cricket.

Bientôt, Grace fut plongée dans un profond sommeil, un sommeil dans lequel elle imaginait des voix tout autour d'elle. Des voix qui chuchotent. Puis les voix sont devenues de plus en plus fortes. Elles ont rempli son esprit de rires. Des rires diaboliques suivis de cris et de grattements, comme si quelqu'un avait été enterré vivant. Les voix étaient piégées. Elles criaient et se grattaient, criaient et se grattaient.

Grace se réveilla en sursaut, la transpiration ruisselant sur son front. Ses draps étaient humides et froids. Elle est désorientée. Elle avait trop peur d'ouvrir les yeux. Elle se demandait si ce qu'elle entendait dans ses rêves se trouvait dans la pièce avec elle. Si elle ouvrait les yeux, elle le verrait, et si elle le voyait, elle devrait s'enfuir.

Elle écoute attentivement. Les seuls sons étaient le tic-tac et le glissement de l'équipement médical.

Elle a ouvert les yeux, tout en se répétant un glissement, deux slops, trois tick, quatre tock. Grace est seule. Elle commence à frissonner dans la chambre froide. Elle a besoin de changer de vêtements. Elle ne pouvait pas se rendre là où elle devait aller, alors elle a appuyé sur le bouton de panique. En quelques secondes, l'infirmière est arrivée et l'a aidée à enfiler une blouse propre.

"Vous devez... partir ?" a demandé l'infirmière. Celle-ci était plus petite et plus amicale que l'autre, et elle souriait gentiment. Grace a rougi comme une puce lorsque l'infirmière a placé le bassin sous elle.

Ensuite, Grace a demandé si elle pouvait se rapprocher de la fenêtre. L'infirmière a poussé le lit vers l'avant, en gardant l'équipement intact. Elle a écarté les rideaux, laissant entrer la lumière du jour. Grace a été aveuglée par l'intensité soudaine de la lumière. Elle a regardé les herbes folles qui pliaient sous l'effet de la brise. Elle a levé les yeux vers le ciel d'un bleu profond et sans nuages. Après avoir passé tant de temps à l'hôpital, elle se sentait vivante.

"Si vous avez besoin de quoi que ce soit d'autre, faites-le moi savoir", a dit l'infirmière.

Grace a pris sa main dans la sienne et a dit : "Merci".

Une fois de plus, elle est seule, mais cette fois-ci, elle a regardé plus loin le long du sentier. Elle a repéré un petit jardin de fleurs, et juste au-delà, un arbre. À côté de celui-ci, elle vit un morceau de papier qui flottait vers le haut, se moquant au passage. Il passait devant les fleurs immobiles, comme s'il disait : "Regardez-moi ! Vous avez peut-être de jolis pétales et des couleurs vives, mais je peux faire quelque chose que vous ne pouvez pas faire. Tu as des entraves, mais je peux voler. Regarde-moi voler !

Le morceau de papier continua son voyage. Grace l'a suivi alors qu'il volait très haut, très haut, et encore plus haut, jusqu'à ce qu'elle ne puisse plus le voir. Grace rit. C'était comme regarder de la magie.

"Qu'est-ce que tu fais ?" s'exclame la mère de Grace en voyant sa fille presque debout. Helen Greenway a repoussé sa fille sur son oreiller et a repoussé le lit contre le mur. Elle a ensuite mis sa fille au lit. Grace a apprécié qu'on la chouchoute. Elle pensait que cela pourrait évoquer un souvenir - un souvenir de cette femme qui se tenait devant elle. Mais une fois de plus, aucun souvenir n'est apparu.

CHAPITRE 6

"J'ESPÈRE QUE TU TE sens d'attaque pour une visite du docteur Christiansson", dit Helen. "Il viendra bientôt pour parler de ton état de santé".

"J'ai une maladie ?" dit Grace.

"En effet, Grace."

Grace était inquiète lorsque le médecin s'est frayé un chemin à l'intérieur. Il les a reconnues et a pris une chaise. Il s'est assis un moment, puis s'est levé. Il a pris le pouls de Grace. Il a palpé le front de Grace. "Hmmm. Comment te sens-tu, Gracie ?"

"S'il te plaît, appelle-moi Grace."

"Oh, désolé. C'est donc Grace. Comment te sens-tu aujourd'hui ?"

"Je me sens mieux. Le mal de tête n'est plus aussi fort, mais docteur, je ne me souviens de rien."

"Rien ?"

Grace avait l'air embarrassée. Elle ne voulait pas que sa mère sache qu'elle ne se souvenait pas d'elle. Elle a hésité. "J'ai des flashs de souvenirs."

"Des flashs ?"

"Oui."

"Dis-m'en plus", a-t-il dit tout en grattant des notes sur un bloc-notes.

"Des flashs, surtout à propos d'un garçon. Vincente Marino", dit Grace.

Le médecin a regardé Helen en haussant les sourcils.

"Le garçon. Celui qui l'a frappée avec le ballon", dit Helen.

"Oh, oui. C'est normal, puisque c'est la dernière personne que tu as vue avant de perdre connaissance." Il a hésité, a griffonné quelque chose. Alors tu te souviens de ta maman, n'est-ce pas ?"

Grace avait espéré et prié pour qu'il ne lui pose pas cette question. Devait-elle continuer à mentir pour que sa mère soit heureuse ? Elle savait qu'elle devait dire à son médecin la vérité, toute la vérité et rien que la vérité pour qu'il puisse l'aider. Elle secoue la tête. Helen se met à sangloter.

Le médecin a tapoté la main d'Helen, puis il a concentré son attention sur la patiente. "Grace, vous avez subi ce que nous appelons une lésion cérébrale traumatique. Que pensez-vous que cela signifie ?"

"Je ne sais pas."

"Eh bien, laissez-moi essayer de vous l'expliquer alors", dit le médecin. "Tu as été frappé par une balle de cricket." Il a hésité, puis a regardé Helen. Elle sanglotait tellement que sa poitrine tremblait. Il était évident qu'elle tentait de prendre le contrôle de ses émotions.

Grace voulait qu'il aille droit au but.

"L'impact initial de la balle qui t'a frappée, sa simple force, a suffi à provoquer la blessure. Il y a des complications. Des complications sérieuses."

D'abord une condition. Maintenant des complications. Que se passe-t-il d'autre ? Sa vie était-elle en danger ?

"Oui, des complications sous forme de caillots de sang ou d'anévrismes près du cerveau. La pression exercée par les anévrismes pourrait être à l'origine de tes pertes de mémoire. Nous espérons que ce ne sera qu'un état temporaire."

"Temporaire ?"

"Oui. Si nous entrons et les retirons, nous espérons que tous tes souvenirs reviendront. Mais l'opération est extrêmement dangereuse."

"Vous voulez dire que je pourrais mourir ?"

Les sanglots d'Helen s'amplifient.

"Pour parler franchement, oui. Tu pourrais mourir si nous t'opérons, Grace. Mais voilà : tu pourrais aussi mourir si nous n'opérons pas."

"Hein ?"

"Les caillots grossissent, te causent des douleurs et des pertes de mémoire. Ils sont dangereux. D'autres peuvent se former, bien que nous ne sachions pas quand. Malheureusement, ils ne disparaîtront pas, à moins qu'ils n'éclatent, ne se désagrègent et ne passent dans ton sang."

"Alors, comment puis-je m'en débarrasser ?" Grace demande, en essayant de ne pas pleurer.

"Nous te donnons des anticoagulants. Nous finissons par t'opérer. Aujourd'hui. Ou demain. Dès que tu auras donné ton consentement. Nous ferons de notre mieux pour les éliminer tous. Nous avons les experts ici à votre disposition. La chirurgie est ta meilleure chance de survie et de rétablissement complet."

"Et si je dis non ?"

"Tu as seize ans, ta mère peut donc signer les papiers à ta place. Nous pensons vraiment que tu dois prendre la décision et être d'accord avec elle. Ce sera mieux pour tout le monde. C'est pourquoi je te dis la vérité, sans détour."

"Est-ce que j'ai vraiment le choix ?"

"Si tu dis non, les caillots se désagrégeront quand même lorsqu'ils seront prêts à le faire. Le résultat pourrait être fatal, et sans avertissement."

"Pourquoi ne pouvons-nous pas attendre et opérer plus tard ? S'il le faut."

"Nous pouvons. C'est à toi de décider. Tu peux attendre. Il est plus que probable que tu deviendras plus forte chaque jour, que tu seras en meilleure santé. Mais nous prendrions un risque. Si tu rechutes, si tu t'affaiblis, tes chances de guérison totale risquent aussi de diminuer."

"Alors, le plus tôt sera le mieux ?"

"Grace, tu prends cela très calmement", dit Helen, toujours en sanglotant. "Ma petite fille si forte. Tellement courageuse." Elle l'a prise dans ses bras.

"Je ne veux pas mourir. Je n'ai que seize ans."

"Nous ferons tout ce qui est en notre pouvoir pour que tu t'en sortes", a dit le médecin.

"Comment saurons-nous quand les choses deviendront plus urgentes ?" Grace a demandé.

"Lorsque les caillots éclateront, tu passeras sur notre liste des cas critiques. Nous t'emmènerons immédiatement dans la salle d'opération. À ce moment-là, c'est une question de vie ou de mort."

Grace se retenait de pleurer. Elle voulait vivre. Elle ne voulait pas mourir, pas comme ça. Elle avait besoin de temps, mais le temps n'était pas de son côté. Elle voulait être seule. Elle voulait avoir du temps pour elle. Du temps pour réfléchir. Du temps pour réfléchir.

"Je t'ai donné beaucoup de choses à penser, Grace. C'est beaucoup pour un adulte, et encore plus pour un adolescent. Parle à ta famille et à tes amis. Tu auras besoin de leur soutien et de leur amour. Oh, et encore une chose. Ton état, les caillots, peuvent être comme ça depuis un certain temps. Peut-être en sommeil depuis des mois, voire des années. Il se peut qu'ils t'aient affecté sur le plan émotionnel. Ils te fatiguaient, te donnaient des maux de tête. Jusqu'à ce que ce garçon te frappe avec la balle, nous n'en savions rien. Maintenant que nous le savons, nous devons considérer que cet accident a été un heureux catalyseur pour t'aider à te rétablir."

Grace n'avait pas envisagé les choses de cette façon. Elle acquiesce.

"Tu comprends - passer à l'action, c'est impératif ?"

"Vous avez été parfaitement claire, Doc."

"Bonne fille", dit-il. "Parle à ta mère. Elle t'aime beaucoup. Puis repose-toi un peu. Réfléchis bien. Je reviendrai demain pour répondre à toutes tes questions."

Grace acquiesce. Helen se rapprocha de sa fille. "Et toi, Helen, repose-toi un peu. Grace aura besoin de tes forces. Quand as-tu dormi pour la dernière fois ?"

"Je ne dors pas très bien ces jours-ci", a admis Helen.

"Je vais demander à l'une des infirmières de te donner quelque chose pour t'aider à dormir. Tu dois te reposer, manger et prendre soin de toi, pas seulement pour ton propre bien, mais aussi pour celui de Grace."

"Oui, je comprends. Merci, docteur Christiansson", dit Helen.

Il s'est retourné et est parti. La maman de Grace se tenait près du lit, perdue dans ses propres pensées.

"Maman, j'aimerais être seule un petit moment, pour pouvoir réfléchir".

"Mais tu n'es pas seule. Tu n'as pas à prendre cette décision toute seule."

"Je sais, maman, et je te remercie."

Helen embrasse sa fille sur le front et quitte la pièce.

Enfin seule, les larmes de Grace ont débordé. Elle s'est serrée très fort dans ses bras. Elle s'est laissée aller à sangloter.

***

L'AIR DE LA NUIT était glacial. Il tournait autour d'elle. Il tranchait sa chemise de nuit, qui se gonflait derrière elle comme un voile. Grace a caché son visage dans la poitrine de Vincente. Ils ont continué à voler vers le haut. De plus en plus haut. Dans les ténèbres. Laissant tout derrière eux.

Grace a tremblé.

Vincente l'a serrée contre lui. Ses bras se sont repliés autour d'elle. Il l'a serrée dans ses bras. Elle se sent en sécurité.

C'était maintenant. Maintenant ou jamais.

Elle a écarté la chemise de nuit à col montant de son cou et a défait la cravate en dentelle rouge. Elle s'est penchée en arrière et l'a attendu. Elle a attendu la douleur et le plaisir.

Vincente a claqué des dents et elle a commencé à tomber. A la dérive.

En bas. S'écraser. En bas.

Elle pouvait le sentir profondément, profondément sous sa peau alors qu'elle dégringolait vers le trottoir qui l'attendait.

Elle a ouvert les yeux et a crié.

CHAPITRE 7

Quand Grace est revenue à elle, quelqu'un était en train de border les couvertures autour de son cou. Elle a senti une main fraîche frôler sa joue. L'homme a demandé : "Tu es réveillée ?"

Grace a ouvert les yeux en clignant des paupières, essayant de se concentrer. Elle pouvait distinguer ses yeux - profonds et noisette. Ses joues attiraient son attention, car lorsqu'il souriait, elles s'étalaient comme celles d'un enfant. Elle tenta de se frotter les yeux, mais l'homme avait rentré ses bras. Elle ne pouvait pas les sortir de sous les couvertures. Elle se sentait prise au piège. Elle ne se sentait pas effrayée.

"Grace", dit-il.

"Euh, je ne peux pas sortir mes bras".

"Oh, je suis vraiment désolée. Je t'ai trop serrée", dit-il en tirant les couvertures vers le bas, permettant à Grace de se frotter les yeux et de se concentrer. Elle remarque alors qu'un deuxième homme plus jeune se rapproche d'elle. Il avait les bras croisés sur sa poitrine.

"Merci."

"Grace, tu veux un verre d'eau ?"

"Oui, ce serait charmant", dit-elle, tandis que l'homme s'en verse et place le gobelet dans sa main tremblante. Il l'a tenue, comme un parent tient la main d'un enfant lorsqu'elle apprend à boire toute seule pour la toute première fois. Une fois qu'elle eut vidé le contenu, il le lui prit et le posa sur la table de nuit. Il attend.

Grace a regardé autour de la pièce, sachant très bien qu'elle devait savoir qui étaient ces deux personnes. Ils s'attendaient à ce qu'elle le sache.

"Je suis ton père", dit l'homme souriant, "et voici ton grand frère Daryl".

Grace pouvait le voir maintenant : l'air de famille, les yeux noisette.

Oui, elle avait les yeux de son père.

"Ta maman a mentionné que tu ne te souvenais peut-être pas de nous", a-t-il dit. Il a tapoté la main de sa fille. Daryl s'est rapproché, le long du lit. Il tendit la main à Grace.

"Tu as l'air en forme, ma fille", dit Benjamin Greenway.

Grace s'est sentie à la fois mal à l'aise et réconfortée. "Merci."

"Nous étions si inquiets pour toi, quand nous l'avons appris". Son père a essuyé une larme. "Je suis désolé de ne pas avoir pu venir plus tôt. J'étais en voyage d'affaires, tu sais."

"Je comprends."

"Rien n'est trop beau pour ma petite fille, cependant, et nous ferons venir les meilleurs experts ici. Nous ferons tout ce qui est en notre pouvoir pour que tu redeviennes normale."

"Normale ?"

"Comme tu l'étais, tu sais... avant".

"Euh, merci", a dit Grace, puis elle a traîné les pieds sous les couvertures, les réveillant d'un profond sommeil. C'était comme ça ces derniers temps. Une partie de son corps était éveillée tandis que d'autres parties dormaient profondément.

"Nous voulons que tu redeviennes comme avant", dit son frère. Il s'est penché vers elle et l'a embrassée sur le front. Ses lèvres étaient fraîches, comme s'il avait récemment fini de boire une boisson gazeuse.

"Je vais bien", dit Grace. "Je suis juste fatiguée... et bien sûr, il y a toute cette histoire d'absence de mémoire."

"Oui, c'est dommage de ne pas pouvoir se souvenir de quelqu'un ou de quoi que ce soit". Daryl répond. Puis il a fredonné un peu et s'est mis à rire.

Gênant.

Grace a fermé les yeux pendant une seconde, puis les a rouverts.

Son père et son frère avaient l'air de se méfier. Elle essaya à nouveau d'évoquer un souvenir, n'importe lequel, mais n'y parvint pas.

"Tu as décidé d'aller de l'avant avec l'opération, alors ?" demande papa.

"Je n'ai encore rien décidé."

"Chaque chose en son temps ma chérie, chaque chose en son temps", a-t-il dit. Il s'est approché pour toucher la main de Grace. Lorsque leur peau s'est rencontrée, elle s'attendait à sentir de la chaleur, mais sa peau était froide.

"J'ai parlé avec le médecin hier", a dit son père. "Je lui ai dit de tout mettre en œuvre. Je lui ai dit que l'argent n'était pas un problème. Je lui ai dit de faire appel aux gros bras. De faire n'importe quoi pour ramener ma petite fille."

"Je suis là, papa", dit-elle, alors que Vincente passe la tête à l'intérieur de la porte de sa chambre.

"Entre, Vincente", a-t-elle invité, "tu ne m'interromps pas".

Il a regardé la pièce et s'est dirigé vers elle. Il s'est passé les doigts dans les cheveux. Enfonça profondément ses mains dans les poches de son Levi's noir.

"J'aimerais te présenter mon père et mon frère, Daryl".

"Ton père et ton frère ?"

"Oui."

"Euh, c'est pour ça que je ne suis pas entré directement. Je, euh, j'ai cru t'entendre parler à quelqu'un."

Grace a trouvé qu'il agissait très bizarrement, presque au point d'être impoli.

"Tu veux que j'appelle quelqu'un ? Ton médecin ? Une des infirmières ? Tu as besoin d'aide ?"

"Qu'est-ce que tu veux dire ?" Grace s'est sentie vraiment fâchée contre lui, mais elle a souri. "Papa, voici Vincente Marino, le garçon qui m'a amenée à l'hôpital. Daryl, voici Vincente Marino. Vincente, mon père et mon frère."

Vincente regarde autour de lui. Il n'y avait personne dans la pièce. Pas une seule âme. Mais la pauvre Grace, qui se berçait d'illusions, pensait qu'il y avait quelqu'un. Devrait-il suivre ses illusions ? Faire semblant ? Lui tendre la main ? Serrer une main imaginaire en retour ? Vincente n'est pas un professionnel de la santé. Il n'avait aucune idée de l'endroit où chercher ou de ce qu'il fallait faire. Il ne voulait pas prendre la responsabilité de pousser Grace Greenway à bout. Il lui en avait déjà fait assez.

"Je vais aller chercher le médecin pour toi, d'accord ?" dit Vincente en se passant les doigts dans les cheveux.

"Pourquoi ? Parce que je te présente à ma famille ? Ce n'est pas comme si je te demandais de m'épouser ou quoi que ce soit d'autre !"

"Grace ? Et si je te disais..."

"Oui ?"

"Et si je te disais qu'il n'y avait personne d'autre que toi et moi dans cette pièce ?"

Grace a regardé son père puis son frère dans les yeux. Ils l'ont reconnue en hochant la tête.

"Qu'est-ce que tu veux dire ? Ils se tiennent juste ici !"

"Grace, écoute-moi. S'il te plaît. Ton père et ton frère ont été tués, dans un accident de voiture. C'était une collision frontale. Il y a eu un service commémoratif à l'école."

"Ils n'ont pas pu être tués", dit Grace. "À moins que, à moins que... je vois des gens morts !"

"Je suis sûre qu'il y a une explication parfaitement innocente, Grace. Il s'agit probablement d'un effet secondaire des médicaments contre la douleur. S'il te plaît, laisse-moi appeler à l'aide."

Grace a tendu la main à son père. Il s'est éloigné. Elle a tendu la main à Daryl. Il a également reculé.

"Ma chérie, nous devons vraiment partir maintenant... maintenant que Vincente est là. Nous reviendrons une autre fois.

Une autre fois, quand tu seras seule", dit son père. Darryl et lui ont reculé contre le mur. Ils ont disparu.

Grace s'est couvert les yeux et a commencé à crier. Et à crier et à crier.

***

L ORSQUE LE PERSONNEL MÉDICAL est enfin arrivé, il était trop tard. Grace avait déjà retiré certains tubes.

Après lui avoir administré un sédatif, elle s'est tout de suite calmée. Elle s'est rapidement endormie.

Vincente est resté aux côtés de Grace jusqu'à l'arrivée d'Helen. Il lui a expliqué ce qui s'était passé.

Helen était bouleversée parce qu'elle n'avait pas été là. Elle se demande ce que tout cela signifie. Sa fille perdait-elle la tête ? Devait-elle demander au médecin de la placer dans un autre type d'hôpital ? Un hôpital où elle serait surveillée 24 heures sur 24, 7 jours sur 7 ? Elle tremble à cette idée.

Vincente tente de la rassurer en lui disant que Grace n'est pas folle. En même temps, il essayait aussi de se convaincre lui-même.

Il regardait par la fenêtre un sac en plastique qui voguait dans le vent comme un fantôme diurne. Il a pensé aux livres qu'il avait lus sur les morts qui reviennent réclamer les vivants. Y aurait-il une explication surnaturelle ?

Helen contemple la forme endormie de sa fille. Elle avait l'air d'une âme si innocente. Helen croise les bras autour d'elle. Cela faisait si longtemps qu'elles n'avaient pas parlé, vraiment parlé. Elle jeta un coup d'œil au garçon qui se tenait à côté d'elle et se demanda s'il ne connaissait pas mieux sa fille qu'elle. Elle détestait l'idée qu'un jour, elle et sa fille pourraient s'éloigner l'une de l'autre.

Grace s'est agitée dans son sommeil. Puis elle a commencé à compter à haute voix.

Helen l'écoute jusqu'à ce que Grace atteigne presque la centaine. Sa fille s'arrêta alors de compter. Elle était toujours tombée sur le chiffre cent. Grace avait été amoureuse des chiffres pendant toute sa vie. Elle trouvait du réconfort dans les chiffres.

Helen y réfléchit. Bien que sa fille ait perdu la mémoire, elle faisait encore des choses normales comme compter dans son sommeil. Helen pensait que c'était un bon signe. Elle a failli en faire part au garçon Marino. Comme il était occupé à regarder par la fenêtre, elle décida d'aller chercher une tasse de thé.

Vincente a assuré à Helen qu'il resterait dans la chambre jusqu'à ce qu'elle revienne. Helen lui est reconnaissante de son aide.

Vincente feuillette un magazine et continue de regarder par la fenêtre.

Grace s'écrie : "S'il vous plaît, ne m'emmenez pas. S'il vous plaît, ne me prenez pas !"

Vincente l'a soulevée et l'a prise dans ses bras. Elle dormait encore profondément, elle faisait juste un cauchemar. Quand son corps s'est détendu, il a posé sa tête sur l'oreiller.

"S'il te plaît, ne meurs pas", a murmuré Vincente. Il a ouvert la porte et a cherché Helen à l'extérieur. Il voulait sérieusement être sauvé de cette situation. Où était Helen Greenway ?

Grace s'est à nouveau agitée dans son sommeil.

En soupirant, il referma la porte et retourna à son poste.

CHAPITRE 8

G RACE S'EST RÉVEILLÉE DÉSORIENTÉE. Elle a passé une nuit remplie de rêves terrifiants.

Elle a rêvé qu'elle avait deux visiteurs : son père et son frère décédés. La chambre était plongée dans le noir et lorsqu'elle a ouvert les yeux, il y avait dans l'air une odeur distincte de savon et d'antiseptique. Elle se demanda combien de temps elle avait dormi.

Grace se tâta le front, qui était extrêmement chaud. La fièvre la brûlait et elle avait encore besoin de changer de vêtements de nuit. Elle a traversé le lit, a appuyé sur la sonnette et a attendu. Rien.

Elle a essayé de se verser un verre d'eau, mais le pichet était vide. Elle a attendu que l'infirmière vienne dans la chambre, mais personne n'est venu. Elle a de nouveau appuyé sur la sonnette. Sa soif grandit. Elle se tâta à nouveau le front et appuya sur la sonnerie.

Elle se redressa et aperçut Vincente. Il dormait profondément, allongé sur deux chaises juste sous la fenêtre. Ses pieds et ses jambes étaient sur l'une des chaises. Le haut de son corps était sur l'autre. Le problème, c'est que son milieu s'affaissait vers le bas, s'affaissait.

Il allait bientôt tomber par terre. Le seul moyen de l'arrêter était de le réveiller.

Grace l'a appelé par son nom. Surpris, son corps a écarté les chaises. Son milieu a heurté le sol.

Il s'est levé d'un bond. "Qu'est-ce qu'il y a ? Où ?"

Grace ne peut s'empêcher de rire.

Il a jeté un coup d'œil dans sa direction pendant un instant, puis il a brossé ses vêtements avec ses mains. Enfin, il s'est peigné les cheveux avec les doigts. Il la regarda encore une seconde ou deux, puis se frotta les yeux et réalisa où il était. Il s'est passé les mains dans les cheveux une fois de plus, puis il s'est dirigé vers Grace et a dit : " Whoa, désolé. J'ai dû m'assoupir."

"Ce n'est pas grave. J'espérais t'empêcher de tomber, mais désolé, je n'ai fait qu'empirer les choses."

"Il n'y a pas de mal." Vincente dit. Il a fait quelques sauts d'obstacles, pour essayer de se réveiller.

"Il est vraiment tard ! Pourquoi ne sont-ils pas venus me chercher ? Ta mère était censée prendre le relais. Les invités de la famille ne sont autorisés qu'après dix heures maintenant. C'est le règlement de l'hôpital."

"Cela fait un moment que je buzze pour une infirmière", dit Grace, "mais jusqu'à présent, rien. Laisse-moi réessayer." Elle a appuyé sur la sonnerie et s'est contentée d'attendre.

Vincente pouvait entendre le son se répercuter dans tout le couloir. C'est étrange. Il décida d'aller voir. Où diable était Helen ? Vincente avait expressément indiqué à Helen Greenway qu'il devait être sorti de là à dix heures précises. Elle avait promis de le réveiller. Sa mère venait le chercher et il avait un match de cricket le lendemain. Il avait besoin d'une bonne nuit de sommeil. Elle le prenait pour acquis. Elle le traitait comme un membre de sa famille. Qu'est-ce que... ?

Vincente était de plus en plus agacé au fur et à mesure qu'il se promenait. Au début, tout semblait normal, mais l'absence de tout le personnel de l'hôpital l'alarmait. Il a fouillé dans sa poche et en a sorti son téléphone portable. Il l'a allumé et a attendu que la 4G se mette en marche, mais le signal était faible, une seule barre. Il a vérifié s'il y avait des textos et des courriels, mais il n'y en avait pas. Il a jeté un coup d'œil à l'horloge au bout du couloir. Elle indiquait 2 h 30 du matin.

Curieux, il a ouvert l'une des chambres d'hôpital, prêt à s'excuser de son intrusion, mais elle était vide. Il a continué à ouvrir porte après porte, et le résultat a été le même à chaque fois : vide.

Il monte dans l'ascenseur. Il descendit d'un étage : la même chose que précédemment. Où était passé tout le monde ? Ça commence à devenir bizarre. Il prend l'ascenseur pour descendre au rez-de-chaussée. C'était la même histoire. Même le bureau de la réceptionniste était vide. Il n'y avait aucun patient ou membre de la famille dans la salle d'attente ou dans le box des urgences.

Il sortit et inspira profondément. L'air avait une odeur étrange, un mélange de gaz d'échappement et d'eucalyptus. Il n'entendait qu'un bourdonnement incessant.

Au loin, ses yeux se connectèrent à la pleine lune, dont l'éclat illuminait le ciel nocturne. Les étoiles étaient au rendez-vous. Il s'est attardé sur ces choses pendant quelques instants parce que c'était ce qu'il s'attendait à voir, c'est-à-dire normal.

Quelques secondes plus tard, le bourdonnement le ramena à la réalité et ses yeux balayèrent le parking. Il toussa en se dirigeant vers le véhicule le plus proche, dont le pot d'échappement débordait.

La portière avant du conducteur était grande ouverte, il s'y est donc penché et l'a trouvée vide. Il a vérifié sur la banquette arrière et a constaté qu'elle était également vide. Il a coupé le contact, mais la voiture a immédiatement redémarré. Il a finalement retiré la clé, et cela a semblé faire l'affaire.

Il s'est rendu à la voiture suivante, également vide et dont le moteur tournait toujours. Il s'est placé au milieu du parking. Chaque véhicule était en marche, mais il n'y avait ni conducteur ni passager en vue. Vincente a frissonné et a couru à l'intérieur pour trouver Grace.

* * *

GRACE ÉTAIT TOUJOURS ASSISE là où il l'avait laissée. Il n'avait jamais été aussi heureux de voir quelqu'un dans sa vie. Il se mordit la lèvre supérieure en entrant dans la pièce, se demandant s'il devait lui dire ce qui se passait. De toute façon, il ne savait pas ce qui se passait. Il a passé les faits en revue dans son esprit :

Fait : l'hôpital est désert.

Fait : le parking est désert.

Ce sont les faits, froids et durs.

Vincente se demande comment il doit lui expliquer la situation. Devrait-il l'enjoliver pour elle ? Ou doit-il tout dire à Grace ? Il ne peut s'empêcher de s'interroger sur sa santé mentale actuelle. Elle avait semblé si proche du bord du gouffre il y a encore peu de temps. Il ne voulait pas être celui qui la ferait basculer. Il lui a déjà fait assez de mal.

Vincente remarque que Grace transpire beaucoup. Elle semblait déjà inquiète et anxieuse, et il ne lui avait encore rien dit... pour l'instant. Il lui demanda si elle voulait un verre d'eau fraîche, et elle répondit par l'affirmative.

Il a rempli le petit pichet d'eau et en a versé un verre. Grace, pensant que c'était pour elle, lui tendit la main. Mais Vincente semblait être dans un monde à part et, au lieu de le lui tendre, il a vidé le verre lui-même. Il a ensuite répété tout le processus et a vidé le deuxième verre jusqu'à la dernière goutte.

Lorsqu'il revint à la réalité, Grace commençait à avoir de plus en plus peur. Quelque chose n'allait vraiment pas. Vincente avait vu quelque chose, et il avait peur de lui en parler. C'était si grave.

Les yeux de Vincente rencontrèrent ceux de Grace. Il se verse un verre d'eau et le place dans la main de Grace qui attend. Elle a bu, en regardant les expressions faciales de Vincente changer d'un moment à l'autre.

Grace n'en pouvait plus. Elle voulait que Vincente s'en sorte. "Je, euh, dois vraiment aller dans les toilettes des petites filles". Elle s'appuya à nouveau sur la sonnette. Elle espérait qu'une des infirmières serait dans la pièce dans une seconde.

Vincente n'avait plus beaucoup de temps. Il observe Grace. Elle attendait qu'une infirmière vienne l'aider, bien qu'il n'y en ait aucune autour d'elle. Que diable allait-il faire ? Elle traversait une grave crise de santé et avait besoin de médicaments. Il n'était pas médecin et n'avait aucune idée de la façon dont il allait s'occuper d'elle.

Puis il a eu une idée : il allait l'emmener dans un autre hôpital.

Oui, c'est ce qu'il allait faire.

"Désolé pour hier. Je veux dire pour le fait d'avoir vu des morts", dit Grace.

"Ce n'est pas grave."

Il allait devoir lui dire. Le plus tôt sera le mieux.

$$\ast\ast\ast$$

"**C**ETTE INFIRMIÈRE DEVRAIT ÊTRE renvoyée !" Grace s'est exclamée. Il fallait vraiment qu'elle s'en aille.

"Quand as-tu reçu tes médicaments pour la dernière fois ?" demande Vincente.

"Je ne sais pas. Je dors tellement que c'est difficile de savoir si c'est le jour ou la nuit parfois."

"C'est la nuit maintenant. Bien après les heures de visite."

"Alors, ils t'ont encore laissé rester tard ?"

"Je ne crois pas. Ta mère était censée me réveiller. Elle devait passer la nuit avec toi. Considérant..."

"Envisager quoi ? Elle pense que je perds la tête ?"

"Euh, en quelque sorte, en quelque sorte. Je veux dire, elle veut juste garder un œil sur toi."

"Eh bien, elle devrait s'assurer que je prends mes médicaments, alors", dit Grace.

"Pour empêcher le sang de coaguler, tu as besoin de tes médicaments".

"Je sais", dit Grace, agacée, "ils notent toujours les choses sur le tableau au bout du lit. Jette un coup d'œil. Il devrait te dire tout ce que tu as besoin de savoir."

"Bonne idée", dit Vincente en soulevant le presse-papiers. Il comportait des abréviations ressemblant à un code secret. Il a réussi à en saisir les grandes lignes.

Grace n'avait vu personne, ni infirmière ni médecin, depuis plus de vingt-quatre heures.

Il fallait vraiment qu'elle aille aux toilettes. Le goutte-à-goutte de la machine à côté d'elle ne l'aidait pas. Elle essaie de ne pas y penser. Elle a essayé de ne pas penser à la version vampire de Vincente Marino. Et elle a essayé de ne pas penser au fait de voir des morts, mais c'était difficile de ne pas penser à tout cela. Surtout quand sa vessie est pleine.

Vincente décida que c'était maintenant ou jamais. Il devait lui dire. Il devait lui dire la vérité. Il devait les faire sortir de cet hôpital, les emmener ailleurs. Dans un endroit où Grace pourrait recevoir les soins dont elle a besoin.

Il se dirigea vers la fenêtre et écarta les rideaux. Il a décidé qu'il ne pouvait pas attendre un instant de plus. Il devait lui dire... maintenant.

✳✳✳

"GRACE, TOI ET MOI sommes seuls ici à l'hôpital", a fulminé Vincente. Brutal, pensa-t-il. Absolument brutal.

"Quoi ?"

"Ils sont tous... partis."

"C'est impossible ! Infirmière ! Infirmière !" crie-t-elle, tout en appuyant à nouveau sur le bouton d'urgence.

"J'ai vérifié les alentours il y a quelques minutes, et cet hôpital est désert. Totalement."

"Tu essaies de me faire peur ?"

"Oui. Enfin, non, mais je pense qu'on devrait sortir d'ici".

"Mais à l'extérieur... je veux dire, à l'extérieur de l'hôpital, as-tu vu des gens ?" Grace demande.

"Non. Je n'ai trouvé personne ici, ni à l'extérieur du bâtiment. Nous devons partir. Partir d'ici. Va en ville. J'ai vu des voitures dehors, avec les moteurs en marche, mais il n'y a personne derrière les roues. Pas de passagers. Beaucoup de voitures vides."

"Mais je ne peux pas quitter l'hôpital. Qu'en est-il de mon état ?" Grace s'exclame. Elle a regardé Vincente, et pendant un instant, elle s'est demandé si elle rêvait encore. Elle a fermé les yeux, puis les a ouverts. Non, elle était bien réveillée. Peut-être que c'était Vincente qui dormait et qu'elle était dans son rêve ? Ou pire : peut-être que ce qu'elle avait était contagieux ? Peut-être étaient-ils en train de perdre la tête ?

"Si nous partons maintenant, nous pourrons retrouver nos familles. Elles sauront quoi faire."

"Mais je suis connectée à ça", indiqua-t-elle en désignant les machines et les fils.

"Pas de problème, je vais te déconnecter", a dit Vincente.

"Tu sais ce qu'il faut faire ?"

"Cela semble évident, mais vous devrez me faire confiance".

CHAPITRE 9

G RACE A RÉFLÉCHI AUX options qui s'offraient à elle. Si Vincente avait raison et pourquoi mentirait-il ? Alors tout le monde à l'intérieur et autour de l'hôpital s'est volatilisé. Même après l'avoir reconnu, Grace s'interrogeait encore sur sa propre santé mentale. D'abord, elle a cru que Vincente pouvait être un vampire. Ensuite, elle a cru que son frère et son père lui avaient rendu visite, même s'ils étaient morts. Et maintenant, il y avait ça.

"Bien sûr, je te fais confiance, Vincente. Mais j'ai peur. Je ne comprends pas ce qui m'arrive."

"Ce n'est pas seulement ce qui t'arrive. Cela m'arrive à moi aussi. Toi et moi, nous sommes dans le même bateau. Il n'y a personne d'autre ici que toi et moi."

"Mais est-ce que je rêve ? Es-tu certain que ce n'est pas un rêve, Vincente ? Dis-moi que ce n'est pas un rêve ! Je crois que je perds la tête !"

Vincente attire Grace contre lui et la serre dans ses bras. Son souffle chaud lui chatouille l'oreille. Il lui chuchota : "Tu ne perds pas la tête. C'est la réalité. Toi et moi sommes dans le même bateau... et nous devons sortir d'ici."

"Et si le caillot éclate ? Et si ?" Commence Grace.

"Alors nous nous en occuperons. Je t'emmènerai dans un autre hôpital. Dans un autre endroit."

Grace a acquiescé, tandis que Vincente détachait le moniteur cardiaque. "J'ai peur", a-t-elle avoué.

"Et j'ai peur de ce qui se passera si nous restons ici", dit Vincente. Il a retiré la dernière attache velcro, ce qui a provoqué une violente mise à plat de la machine. La machine a hurlé et clignoté jusqu'à ce que Vincente retire la prise du mur.

Le silence s'est alors installé dans la pièce.

"Maintenant, c'est le plus difficile", dit Vincente. "Je dois retirer l'aiguille de ta main, et ça va faire mal".

"Parle-moi. Distrais-moi."

"D'accord. Est-ce que je t'ai dit que j'avais un grand match à jouer ? J'avais tellement hâte de jouer. J'ai l'impression que cela fait longtemps que je n'ai pas joué." Vincente hésite. "Tout est fini."

"Ça ne m'a pas fait mal du tout. Merci", dit Grace en balançant ses jambes sur le lit. C'étaient des jambes nues, qui s'étaient cachées sous les couvertures jusqu'à présent.

Vincente détourna le regard lorsqu'elle posa le pied sur le sol froid en linoléum. La fraîcheur provoqua un frisson involontaire qui prit le contrôle de son corps affaibli. Vincente la soutint et l'aida à se relever. Elle regarda la porte de la salle de bains. Elle se dirigea vers elle. Il l'a soutenue jusqu'à ce qu'elle soit en sécurité à l'intérieur.

Grace a vidé sa vessie. Elle a tiré la chasse d'eau et s'est dirigée vers le lavabo pour se laver les mains. Elle a regardé son reflet dans le miroir et a sursauté. Ses cheveux étaient en désordre et son teint était pâteux. Elle avait l'air très malade - ce qui était le cas. Grace s'est brossé les dents, s'est peigné les cheveux. Elle a ouvert la porte et a vu Vincente mettre l'appartement à sac.

Avant qu'elle n'ait eu le temps de dire quoi que ce soit, il lui a demandé : "Où sont tes vêtements ?".

"Je n'en ai aucune idée. Peut-être que maman les a ramenés à la maison pour les laver ?" Elle se dirigea vers le lit. "Je me disais qu'on devrait peut-être rester ici et attendre qu'ils reviennent ? Ils reviendront sûrement. Ou peut-être que je pourrais me réveiller, ou que tu pourrais te réveiller, et alors tout redeviendra normal ?"

"Non, Grace. Nous devons sortir d'ici... maintenant. Tu n'es pas en train de rêver, et tu ne perds pas la tête - à moins que je ne perde la mienne aussi ! Ne t'inquiète pas pour les vêtements. Ta blouse d'hôpital fera l'affaire jusqu'à ce qu'on te trouve autre chose."

Elle frissonna à nouveau. Vincente enroula une couverture autour de ses épaules.

"Allez, Grace. Arrêtons de parler de ce qui était et pensons à nous ici et maintenant. Il faut que nous sortions nos fesses d'ici."

"Peut-être que tu devrais juste me laisser. Je ne ferai que te ralentir."

"Je ne te quitterai pas, Grace. Nous devons rester ensemble. Nous sommes dans le même bateau maintenant. Allez, viens."

"Mais Vincente, peut-être que si je m'allonge ici sur le lit et que je dors un peu, tu pourras trouver de l'aide par toi-même. Je me sens vraiment fatiguée." Elle se dirigea vers le lit et commença à monter dessus.

Vincente a tendu la main et l'a tirée vers lui. Il a posé ses mains sur ses épaules. "Grace, tu ne me fais pas confiance ?"

"Si, mais..." Grace se tenait là, frissonnante, tout en regardant les yeux sombres de Vincente. Elle avait peur. Elle avait peur d'être réveillée. Elle avait peur d'être endormie. Elle voulait de la distraction, et elle voulait en savoir plus sur lui, plus sur sa vie. Elle voulait se retenir, s'assurer qu'il était bien le vrai Vincente Marino. Elle avait commencé à tout remettre en question.

"Où vivais-tu avant de venir habiter ici ?"

"Ma famille a beaucoup déménagé", dit Vincente. "Nous sommes ici à Sydney depuis près de cinq ans maintenant, et cinq ans, c'est une longue période pour ma famille qui reste au même endroit."

Grace s'est étonnamment souvenue de la toute première fois où Vincente est venu à l'école. C'était un don de mémoire. Elle l'a laissé couler dans sa conscience, et elle a revécu la scène. Elle l'a regardée à plusieurs reprises dans son esprit.

"Ça va, Grace ?"

Elle était tellement impliquée dans ses souvenirs. Elle a oublié que le vrai Vincente se tenait juste devant elle. Grace hésitait à lui révéler son rêve. Elle voulait que ce soit pour elle, et elle seule. Mais elle a finalement décidé qu'il n'y avait rien à craindre.

"Je me souvenais du premier jour où tu es venu dans notre école. C'était comme si un rayon de lumière m'avait traversé le cœur, transperçant mon âme. Je ne pouvais plus respirer."

Vincente ne savait pas quoi répondre à cet aveu, alors il n'a rien dit.

Grace était certaine qu'il ne se souvenait pas de l'avoir vue lors de son premier jour à l'école. Pourquoi le ferait-il ?

"Je me souviens de toi", a-t-il dit.

"Tu dis ça pour que je vienne avec toi", a répondu Grace.

"Pourquoi mentirais-je ? C'était sur l'herbe, devant l'école. Tu étais assise. Tu lisais un livre. Tu étais sous un arbre, toute seule."

"Oui. Je lisais Les Hauts de Hurlevent."

"Et je suis passée à côté et j'ai fait semblant de trébucher. J'ai fait tomber un stylo près de toi."

"Je l'ai ramassé et je te l'ai rendu."

"Oui, mais Grace, tu m'as regardé comme si j'étais une créature d'une autre planète."

"Oui, cette histoire de réveil de mon cœur et de mon âme. Je suis restée sans voix."

"Mais tu ne me connaissais même pas."

"Je te connaissais, Vincente. Je t'ai toujours connu."

"Grace, réfléchis à ce que tu viens de me dire. Tu as des souvenirs spécifiques stockés dans ton cerveau, à mon sujet. Je pense que c'est un signe incroyablement positif. Un signe que tu vas mieux."

Elle a réfléchi puis a affiché un sourire d'une oreille à l'autre. "D'accord", dit-elle, "maintenant, partons d'ici".

"Je ne te laisserai pas, Grace. Nous devons rester ensemble. Nous sommes dans le même bateau. Allez, viens."

Le téléphone à côté du lit de Grace s'est mis à sonner. Grace a tendu le bras pour décrocher le combiné. Vincente l'a empêchée de répondre parce qu'un autre téléphone dans la chambre s'est aussi mis à sonner. Puis un autre a sonné dans la chambre voisine. Puis un autre a sonné, et encore un autre. La sonnerie des téléphones résonnait dans les couloirs. Le son était assourdissant.

"Allons-y !" Vincente cria alors qu'ils s'engageaient dans le hall. La sonnerie se répercutait et devenait de plus en plus forte.

Ils se bouchèrent les oreilles et arrivèrent à l'ascenseur. Les portes s'ouvrirent et se refermèrent, puis s'ouvrirent et se refermèrent. Il était trop risqué d'y entrer. Ils se sont dirigés vers la cage d'escalier.

Le tintement s'est atténué pendant qu'ils descendaient les marches. Lorsqu'ils sont arrivés au rez-de-chaussée et qu'ils ont ouvert la porte, le son était plus fort que jamais.

"Allez !" Vincente cria tandis qu'ils se dirigeaient vers la porte d'entrée. Ils ont trouvé une voiture. Il a attaché Grace sur le siège passager.

Il a appuyé sur l'accélérateur et ils ont démarré en trombe dans la nuit d'encre.

***

V INCENTE A CHANTÉ UNE chanson sur la conduite vers une destination inconnue. Ils ont traversé le quartier intérieur de Sydney. Il a remarqué que Grace était silencieuse et qu'elle s'était endormie. Il se dit que c'était sans doute une bonne chose, car il avait besoin de temps pour réfléchir. Pour élaborer un plan.

Les voitures étaient alignées pare-chocs contre pare-chocs partout, bloquant la chaussée principale. Il devait se faufiler entre les voitures. Parfois, il devait monter sur le trottoir pour passer.

En chemin, il a vu de nombreux véhicules abandonnés et en marche. Il y avait aussi des camions de transport, des taxis, des voitures de police et des ambulances. Tous tournaient au ralenti dans la rue - même des avions et des hélicoptères. L'air était chargé de fumées. On se serait cru dans un roman de Stephen King, dans une apocalypse absolue.

Au début, Vincente s'est arrêté aux passages piétons, gardant un œil sur les enfants, les adultes et même les chiens qui traversaient. Ne voyant rien, il y renonça.

Il semblait qu'il n'y avait plus personne. Pourtant, Vincente espérait trouver sa famille et son ami qui l'attendaient dans la banlieue. Il a essayé d'appeler sa maman sur son portable, mais il n'y avait pas de réponse. Il a laissé un message. Il a fait la même chose chez ses grands-parents.

Grace s'est réveillée et a demandé : "Où sommes-nous ?"

"On est juste en train de se promener dans Sydney. On cherche à savoir ce qui se passe. Pendant que tu dormais, je suis allé à l'hôpital royal et j'ai vérifié."

"Tu aurais dû me réveiller."

"Non, ce n'était pas nécessaire. J'entendais les téléphones sonner là-bas aussi. Je savais que l'hôpital était vide sans même y entrer." Vincente s'est engagé dans une intersection. Grace lui a attrapé le bras et lui a dit de s'arrêter.

Il a freiné brusquement. Ils ont attendu, car c'était un passage pour piétons, mais il n'y avait personne à traverser.

Grace a parlé du linge qui battait dans la brise, du linge qui avait été laissé dehors pendant je ne sais combien de temps. Elle a remarqué qu'il n'y avait pas d'oiseaux visibles dans le ciel. Aucun chien n'aboie. Elle a vu que les commerces étaient encore ouverts, mais qu'aucun employé ne travaillait et qu'il n'y avait pas de clients pour acheter quoi que ce soit.

Il y avait aussi des véhicules calcinés.

"La ville est totalement déserte", dit Vincente.

"C'est sans espoir", a grommelé Grace.

"Ne perds jamais espoir".

***

"TOUT VA BIEN SE passer", assure Vincente en tendant la main à Grace. Elle a ressenti une secousse lorsque sa peau s'est connectée à la sienne.

"Qu'est-ce qu'on va faire ?" demande Grace.

"Eh bien, nous allons continuer avec le plan A", a dit Vincente.

"Nous avons un plan A ?"

"Pendant que tu dormais, Grace, j'ai conçu le plan A. Il s'agit de vérifier l'autre hôpital et les banlieues familières. Je me suis dit que si quelqu'un avait besoin de notre aide, nous aurions toutes les chances de le trouver."

"C'était un bon plan."

"Jusqu'à présent, on n'a rien vu, ni mort ni vivant."

"Où sont passés les oiseaux ?" Grace demande.

"Probablement vers l'eau. Ils voudraient s'éloigner des voitures bruyantes qui polluent l'air", a dit Vincente.

Il a remarqué que le réservoir était presque vide. Il a fait le plein dans une station-service. Puis il a pris quelques affaires à la supérette. Vincente a lancé une barre de chocolat à Grace et il a ouvert une barre de Mars. "J'ai laissé l'argent sur le comptoir".

"Tu as laissé de l'argent ?" Grace était vraiment surprise.

"Oui. Je ne peux pas prendre de l'essence sans payer. Ce serait la fin de la civilisation telle que nous la connaissons si nous prenions tout ce que nous voulons ! En plus, le propriétaire de cette station connaît ma famille depuis que nous avons emménagé ici. Il a aidé maman quelques fois quand elle avait des problèmes avec la voiture et que papa n'était pas en ville."

"J'aime bien ta logique là."

"Oui, on ne veut pas d'anarchie maintenant, n'est-ce pas ?", dit-il en riant.

Grace était encore plus impressionnée par Vincente qu'elle ne l'avait été auparavant. Elle admirait son attitude de prise en charge. Son honnêteté. Pour une raison ou une autre, le destin les avait réunis. Vincente et elle vivaient une aventure. C'était à la fois excitant, effrayant et étrange.

Vincente tourna rapidement dans une maison en pain d'épices. "Nous y sommes", dit-il.

CHAPITRE 10

"C'EST LA MAISON DE mes grands-parents. Je reste toujours ici pendant les vacances scolaires et lorsque mes parents sont en voyage d'affaires. Comme ma famille a beaucoup déménagé, cela a toujours été ma deuxième maison."

En respirant l'odeur d'eucalyptus dans l'air, Grace dit : "C'est vraiment très tôt le matin. Tu crois qu'ils vont s'en préoccuper ?"

"J'ai essayé de sonner hier soir, mais il n'y a pas eu de réponse. J'ai laissé un message. S'ils dorment, ça ne les dérangera pas. Nous pouvons simplement entrer car j'ai ma propre clé. Et puis, c'est un peu une urgence ici".

Vincente ouvre la porte.

Grace regardait toujours le jardin, se concentrant sur un énorme arbre au milieu de la cour. L'arbre était penché et la plupart de ses racines étaient exposées. Elle a frissonné et s'est entourée de ses bras.

Vincente, qui était déjà à l'intérieur, a crié : "Entrez !"

Maintenant à l'intérieur, Grace essaya de se sentir chez elle. Soudain, un coup de vent est entré par la porte ouverte et a attrapé le dos de sa blouse d'hôpital. Elle était frigorifiée jusqu'à l'os et elle frissonna à nouveau.

Vincente s'est penché sur le dossier du canapé et a retiré un afghan multicolore crocheté à la main que sa grand-mère avait confectionné. Il l'a drapé autour de ses épaules.

Grace s'y blottit et en respire le parfum.

"Attends ici", dit Vincente. "Je vais monter à l'étage et aller les voir".

"D'accord", Grace a regardé Vincente monter les escaliers et contourner le haut du couloir.

Quand il a été hors de vue, Grace est allée à la fenêtre et a jeté un coup d'œil à travers les rideaux. Les racines de l'arbre semblaient se déplacer. Les branches se sont mises à osciller. Elle frissonna à nouveau puis ferma les rideaux.

Elle regarda autour d'elle sans être trop curieuse. La maison était un sanctuaire pour Vincente. Il y avait des photos de lui partout. Vincente bébé. Vincente petit garçon. Vincente dans ses uniformes de sport. Vincente avec ses parents. Vincente avec ses trophées. Les photos n'en finissaient pas. Elle prit note d'un type de photo particulier qu'elle ne voyait pas parmi les autres, à savoir Vincente et une petite amie. C'était bon signe.

Vincente est retourné en bas. Elle devina à son expression et à sa hâte que ses grands-parents n'étaient pas dans la maison.

"Ils ne sont pas là, et il n'y a pas du tout de signe qu'ils étaient là la nuit dernière. On n'a pas dormi dans le lit et il n'y a rien dans le panier à linge. Grand-mère était toujours très pointilleuse pour mettre le linge sale dans le panier avant d'aller au lit."

Il s'assit et passa ses doigts dans ses cheveux, puis posa ses mains sur sa tête, les doigts entrecroisés. S'asseoir dans cette position l'aidait à se concentrer. Il le faisait souvent lorsqu'il avait besoin de bloquer la foule lors d'un de ses matchs.

Grace se tenait à proximité, aussi silencieuse qu'une souris.

Vincente se ressaisit et dit "Ah !" avant de se lever d'un bond et de se déplacer rapidement dans la maison.

Grace le suivit le long du couloir, après la cuisine et la salle de bains, jusqu'à une minuscule pièce au bout du couloir. C'était un bureau.

Il vérifia si l'ordinateur fonctionnait. Il ne l'était pas - la prise avait été retirée du mur. "Grand-père a encore dû économiser sur l'électricité", dit-il. "Cela va prendre quelques minutes pour redémarrer, alors autant prendre un en-cas et un café en attendant. Allez, viens."

Grace et Vincente se dirigent vers la cuisine, dont les appareils électroménagers sont vert avocat. Les torchons avaient des décalcomanies de fruits et de légumes. Au centre de la table, des salières et poivrières en forme de lapin leur adressaient un sourire malicieux.

"Mamie garde toujours le réfrigérateur bien rempli", dit Vincente en ouvrant la porte. Il lance une cuisse de poulet à Grace et commence à grignoter l'autre tandis qu'il met la bouilloire à bouillir. Ensuite, il a pris du café et du sucre, le blanchisseur et deux tasses. Quand l'eau fut chaude, il leur en versa, puis ils retournèrent dans le couloir en direction de la salle informatique.

Une fois à l'intérieur, Vincente s'assit et commença à cliquer sur le clavier. Lorsque Facebook s'est affiché, il est allé dans son profil pour le mettre à jour, puis il a vérifié si l'un de ses amis était en ligne. Aucun ne l'était.

Il a cliqué plusieurs fois et a vérifié le fil d'actualité. Aucun message ou mise à jour n'avait été fait par l'un de ses amis depuis bien plus de vingt-quatre heures.

"Je n'arrive pas à croire que personne n'est venu ici. Même pas Liz, ma cousine aux États-Unis, qui met son profil à jour au moins cinq fois par jour. J'ai peur que cela n'arrive pas qu'à nous, ici à Sydney. C'est peut-être partout."

Grace s'est couvert la bouche, essayant de retenir un souffle, mais celui-ci s'est échappé et a rempli la pièce silencieuse. "Peut-être qu'ils sont tous ensemble quelque part ? Sous terre ou dans un endroit sûr, quelque part sans ordinateurs, en train d'attendre."

"Le monde entier, sous terre et en train d'attendre ? Ça, ce serait vraiment quelque chose", dit Vincente en se déconnectant de Facebook. "Je consulte ma messagerie", a-t-il expliqué.

"You've Got Mail !" (Tu as un message !) l'a salué le navigateur. Il s'agissait d'un court message de son Mamie qui lui demandait des nouvelles de son match de cricket.

"Alors, qu'est-ce qu'on fait maintenant ? Où est-ce qu'on devrait encore vérifier ?" demande Grace.

"Je-je ne sais pas", a dit Vincente, et de nouveau, il a posé ses mains sur sa tête et a mis sa tête entre ses genoux.

Grace a tendu la main et l'a posée sur son épaule. Il prit sa main dans la sienne, acceptant son réconfort avec reconnaissance. "Je sais qu'il est tôt le matin et tout ça, dit-elle, mais je suis épuisée. Nous devrions peut-être faire une sieste, nous reposer un peu ici. Quand nous nous réveillerons, les choses auront peut-être changé, ou nous aurons peut-être une idée géniale sur ce qu'il faut faire ensuite."

"Oui, je suis épuisée aussi, et tu as raison, peut-être qu'un courriel sera arrivé, ou que quelqu'un ira sur Facebook d'ici là. Qui sait ? Nous n'avons rien à perdre.

"Laisse-moi juste essayer une dernière chose", dit Vincente en sortant son portable. Il a envoyé un texto de groupe à toutes les personnes de son carnet d'adresses. "Voilà", dit-il. "Si quelqu'un a son téléphone, il répondra. Maintenant, nous pouvons nous reposer. Ils ne répondront pas si nous restons assis à regarder l'ordinateur et le téléphone." Il a branché son portable pour le recharger, puis s'est dirigé vers les escaliers.

"Où dois-je dormir ?" demande Grace.

"Monte, je vais te faire visiter les lieux".

Vincente et Grace ont monté les escaliers et sont entrés dans une chambre à coucher avec un lit à baldaquin. "C'est la chambre de mes grands-parents, et tu peux dormir ici. J'ai ma propre chambre au bout du couloir. Deux portes plus loin."

Pour être honnête, Grace se sentait un peu effrayée et n'avait pas envie de se retrouver toute seule dans cette chambre. Mais que pouvait-elle faire ? Demander à Vincente de dormir sur la chaise à côté du lit ou partager le même lit qu'elle ? Elle acquiesça puis, reconnaissante pour le lit moelleux devant elle, s'y laissa tomber et s'endormit directement.

Vincente se rendit compte de la fatigue de Grace, mais il n'était pas assez fatigué pour s'endormir lui-même. Pour y remédier, il s'est promené dans la maison et a mangé quelques sandwichs au Vegemite. Il est retourné à l'ordinateur, espérant que les choses avaient changé. Ce n'était pas le cas.

Il a allumé la télévision, espérant une petite distraction. Toutes les chaînes n'étaient pas diffusées et étaient remplies de parasites blancs comme neige. Même chose à la radio : que des parasites. Il commença à penser que le monde avait pris fin, pour tout le monde, sauf pour lui et Grace Greenway.

C'est étrange que cela arrive à deux personnes qui se connaissent à peine. Ils se sont retrouvés dans une situation aussi étrange. C'était une gentille fille et il l'aimait bien, mais ce n'était pas son genre. Il se demandait si, sachant ce qu'elle ressentait pour lui, il ne risquait pas de lui causer plus de tort en la menant en bateau. Il savait depuis un certain temps que Grace avait le béguin pour lui. Bien qu'ils aient le même âge, leurs cercles sociaux et leurs expériences sont très différents.

Vincente pensa à leur cours de mathématiques. Grace était toujours en avance sur tout le monde, y compris sur le professeur. Elle était destinée à devenir mathématicienne - cela ne faisait aucun doute. Il était destiné à devenir un athlète professionnel - il n'y avait aucun doute là-dessus non plus. Que feraient-ils tous les deux, ou que seraient-ils, s'ils étaient les seuls à rester sur la planète ? Que leur réserverait l'avenir ?

Il secoua la tête et se condamna à avoir des pensées aussi négatives. Il monta les escaliers et regarda Grace. Elle dormait profondément. Il se dirigea vers sa propre chambre.

Il se dirigea vers la commode pour trouver ses vêtements, mais son pyjama n'y était pas. C'est étrange. Il avait dormi dans ses vêtements toute la nuit, et il était prêt à porter autre chose. Il vérifia l'autre tiroir, et trouva une paire de sous-vêtements noirs et une paire de chaussettes. Il les enfile et se met au lit. Il ne tarda pas à s'endormir profondément.

***

"VINCENTE ! VINCENTE !" Grace a appelé. Quelques instants plus tard, il était à ses côtés.

"Tu vas bien ?" a-t-il demandé.

"J'ai oublié où j'étais", dit Grace. Elle s'est éloignée du lit et a jeté ses bras autour de lui. Bientôt, ils se sont retrouvés dans une étreinte inattendue et vigoureuse. Lorsqu'elle s'en est rendu compte, elle s'est retirée et s'est excusée.

"Tu n'as pas à t'excuser", dit-il. Il a baissé les yeux et s'est rendu compte qu'il était pratiquement nu.

Elle s'en est aperçue aussi. Elle rougit profondément. "Je vais m'habiller maintenant, si tu es d'accord ?"

Alors que Vincente commençait à s'éloigner, les lumières au-dessus d'eux se mirent à trembler. Les luminaires fixés au plafond se sont mis à trembler, à clignoter et à s'éteindre. La chambre de ses grands-parents ressemblait à une chambre de motel miteux avec une lumière stroboscopique.

Les objets posés sur la commode ont commencé à trembler et à s'agiter dans une danse rythmée - puis le sol s'est mis de la partie.

"Je crois que c'est un tremblement de terre ! Crie Vincente. "Allez, viens ! On n'est pas en sécurité ici."

Les deux hommes montèrent l'escalier et, d'un seul coup, il commença à s'animer. Il se déplace d'un côté à l'autre dans un rythme de deux pas. Grace a essayé de s'accrocher à la rampe, mais elle avait du mal à avancer. Vincente lui saisit la main, et elle descendit les escaliers.

Dès qu'ils arrivèrent au rez-de-chaussée, les secousses cessèrent. L'escalier n'était plus aligné maintenant, et sa disparition était imminente.

"Il y aura forcément une réplique", dit Vincente. "Restons près de la porte d'entrée, au cas où".

Une deuxième secousse s'est produite. Seulement, cette fois-ci, elle a été plus critique. L'escalier s'est transformé en escalator. Les marches se sont écrasées au rez-de-chaussée dans un énorme tas.

Des vases et des tableaux volèrent dans la pièce. Les chaises se sont mises à osciller. Un miroir s'est brisé, produisant un craquement assourdissant. Grace a crié.

Ils se sont précipités vers la porte d'entrée.

∗∗∗

AVANT QUE VINCENTE N'OUVRE la porte d'entrée, une forte rafale de vent l'a fait basculer. Les deux hommes s'accrochèrent l'un à l'autre pour sortir sur la véranda.

Juste devant eux, l'arbre géant, celui que Grace avait déjà remarqué, se tordait et se retournait. Ses branches se tendaient comme de vieux doigts arthritiques. Il prenait une pose inquiétante en s'étirant dans toutes les directions. Ses racines se déplaçaient comme des serpents.

Devant eux, des objets inanimés, autrefois non destinés à voler, passaient en zigzaguant. Des parapluies, des poubelles, des barbecues et des arbres à linge tournaient en rond. Ils s'écrasaient partout. Une pelle volante a frappé le côté de l'arbre, et un gémissement presque humain a rempli l'air.

"C'est juste le vent", apaise Vincente en ramenant Grace à l'intérieur. "Nous ne pouvons pas sortir, c'est trop dangereux. C'est comme une tempête de grêle d'objets Home Depot !"

Avec le vent qui poussait sur l'arrière de la porte, il fallut leur poids combiné pour fermer la porte. Ils se tenaient debout, le dos fermement appuyé contre elle. Elle s'est déplacée et a poussé dans leur dos. Vincente et Grace ont tenu bon.

"Alors, qu'est-ce qu'on fait maintenant ?" demande Grace. Elle tremblait. Ses genoux ne la soutenaient plus. Pourtant, elle a tenu bon, côte à côte avec Vincente.

"Eh bien, j'ai lu des choses sur les tremblements de terre, et en général, ils empirent avant de s'améliorer. Il y a généralement des secousses annonciatrices, puis un gros tremblement qui frappe. Je suppose que nous devons décider si c'était le gros, ou si nous devons nous tirer d'ici pendant que tout va bien."

"Je pense que ça va empirer."

"Alors suivons notre intuition, parce que la mienne me dit exactement la même chose. D'abord, prends l'annuaire pour qu'on puisse vérifier l'adresse et le numéro de téléphone de ton domicile. Tu pourras appeler ta mère une fois que nous aurons ces informations. Bon, maintenant, sortons d'ici !" Crie Vincente, alors qu'une nouvelle secousse se produit.

Celle-ci est d'une puissance phénoménale. Elle fut suivie d'un fracas, d'un claquement et d'un craquement. Puis le grand arbre s'est abattu sur la maison, traversant le toit de part en part. Les deux jeunes gens regardèrent l'arbre, maintenant fermement implanté dans le salon. Il semblait ironique que la porte qu'ils protégeaient soit toujours intacte, alors que le plafond était maintenant le ciel.

"Allez !" Vincente cria tandis qu'ils couraient vers la porte d'entrée.

Les objets soufflants volaient tout autour d'eux alors qu'ils se dirigeaient vers la sécurité de leur voiture. Alors que Vincente s'apprêtait à ouvrir la porte, Grace remarqua que la bague qu'il portait au doigt brillait et luisait comme un troisième œil. Elle semblait aspirer la lumière du ciel.

Des pensées étranges volaient dans la tête de Grace, tandis que des objets s'éparpillaient et s'écrasaient autour d'elle. Elle regarda Vincente et considéra que s'il était un vampire, alors il était immortel. Il pourrait faire d'elle un vampire, elle aussi. Si cela se produisait, aucun des deux ne serait plus jamais seul. Cette idée était folle, elle le savait.

C'est alors que quelque chose d'étrange mais de distinct apparut dans son esprit. Un souvenir lointain où il était question de tuer des vampires avec des pieux en bois. Elle regarda Vincente alors qu'une branche d'arbre se dirigeait vers eux. Elle allait perforer le dos de Vincente si elle ne faisait rien.

"Montez !" cria-t-elle. "Attention à tes arrières !"

Il a sauté à l'intérieur juste à temps, alors que le morceau de bois impactait et cabossait la voiture.

"Merci ! On l'a échappé belle !" s'exclame Vincente.

Une fois à l'intérieur, un derviche tourneur en forme de parapluie métallique passe sous leurs yeux.

Un craquement retentit. Si fort qu'ils ont dû se boucher les oreilles. Un autre craquement suivit. La terre a commencé à s'ouvrir devant eux comme une noix de coco cassée. La fissure dans la terre se déplaçait le long de la route, s'approchant dangereusement d'eux. Des choses tombaient dedans, comme des maisons entières, des arbres et des voitures.

"Vas-y !" Grace a crié alors que la fissure dévastatrice serpentait pour se rapprocher d'eux.

Vincente a reculé, puis a donné un coup de frein. Leurs nuques ont volé en arrière comme des élastiques alors qu'ils décollaient dans un nuage de poussière.

"Ne te retourne pas !" crie Vincente.

Il conduisit comme il ne l'avait jamais fait auparavant. Il a esquivé les voitures abandonnées et les débris comme un pilote de course professionnel. Il a continué à avancer ; il les a gardés en sécurité et hors de la trajectoire de destruction mortelle du tremblement de terre.

Ils ont roulé, roulé, roulé, sans se retourner.

✳✳✳

IL S'EST ÉCOULÉ UN certain temps avant qu'ils ne s'arrêtent. Avant que leur rythme respiratoire ne revienne à la normale.

" Nous pourrons repartir, quand nous serons en sécurité ", dit Grace.

"Je crains que ce ne soit pas la peine", a dit Vincente en prenant une grande inspiration. "La maison est sûrement dans le trou. Elle a disparu. Tout a disparu."

"Je suis vraiment désolé, Vincente."

"Ce n'est pas grave, j'ai de bons souvenirs de cette maison. Ils sont ici." Il a pointé son cœur du doigt. "Et ici." Il a montré sa tête. "Personne ne peut me les enlever."

Grace réfléchit à sa situation actuelle. Comment ses souvenirs lui ont été enlevés. Une seule larme a coulé sur sa joue.

"Je suis désolé, Grace. Je ne voulais pas..."

"Je sais que tu ne voulais pas, mais c'est vrai. Les miens m'ont été enlevés."

"Mais tu les retrouveras. Je le sais."

"Merci de dire ça, mais personne ne sait avec certitude si je le ferai ou non, surtout en l'absence de médecins."

"Je sais que les souvenirs sont toujours là, quelque part, à l'intérieur de toi. Ils ne sont pas complètement perdus. Il faut juste que tu trouves un moyen d'y puiser."

Grace acquiesce. Elle aimait bien l'idée de puiser dans ses souvenirs.

"En parlant de ça," dit Vincente. "Pourquoi ne pas feuilleter les pages blanches et trouver le numéro de téléphone et l'adresse de ta famille ? Nous pourrons alors passer un coup de fil à ta mère."

Grace a souri et a commencé à parcourir les pages avec ses doigts, s'arrêtant lorsqu'elle a trouvé Greenway. Vincente lui a donné son portable et elle a commencé à composer le numéro. Quand elle a entendu une voix à l'autre bout du fil - la voix de sa mère - elle a souri. Elle a commencé à lui parler, mais on lui a demandé de laisser un message au son du bip.

"C'est juste une machine.

"C'était la même chose chez moi. C'est bon. Nous avons l'adresse, alors maintenant nous pouvons y aller et vérifier."

"On dirait qu'on a un plan C."

CHAPITRE 11

"OH MON DIEU !" Grace s'exclame. "Attention !"

Vincente a reporté son attention sur la route. Grace a tendu le bras et a saisi le volant. Le véhicule a viré brusquement à droite. Vincente essaya de garder le contrôle de la voiture, mais avec les mains de Grace serrées sur les siennes, il n'y parvint pas.

"Attention !" cria-t-elle à nouveau.

Vincente se débat avec Grace. Il reprend le contrôle de la voiture. Il était alors trop tard pour l'arrêter - la route était tracée. Les pneus ont commencé à faire des queues de poisson, et bientôt la voiture s'est arrêtée complètement en fonçant dans le tronc d'un arbre.

"Tu es fou ?" souffla Vincente.

"I-" Grace a dit.

"Qu'est-ce que tu crois faire ?" Il secoue la tête d'un côté à l'autre, comme s'il venait de sortir d'une douche. "On s'est à peine sortis vivants de l'autre situation et maintenant, bon sang, Grace ! Qu'est-ce que... ?"

"I-" Grace a dit.

"Pourquoi as-tu fait ça ?"

"Tu veux que je te réponde maintenant ?" dit Grace, très calmement.

"C'est bien vrai, j'aimerais bien." Vincente dit. "Tu as failli nous faire tuer. K-I-L-L-E-D !"

"Je sais comment épeler tué, merci beaucoup. Tu veux que je m'explique ou pas ?"

"Oui", dit Vincente, exaspéré. Il essayait de se calmer en prenant de grandes respirations.

"D'abord, dit-elle, je dois retourner là-bas et voir si je peux la trouver. Ensuite, je t'expliquerai."

"Elle ?"

"La petite fille", a-t-elle expliqué.

Et bientôt, elle s'est mise à courir. Sa blouse d'hôpital claquait dans le vent, mais elle s'en fichait. Tout ce qui l'intéressait, c'était la petite fille.

Vincente la suivit en courant. Il était sur ses talons. Il pensait qu'elle avait perdu la tête. Une petite fille ? Il n'avait vu personne. Grace a dû l'imaginer.

Grace s'est arrêtée. Elle tourna en rond, cherchant la petite fille dans chaque buisson, dans chaque cachette possible. Grace, essoufflée et incapable de la trouver, s'est arrêtée. Elle écouta attentivement.

"C'était une enfant, vêtue d'une chemise de nuit blanche avec de la dentelle sur tout le pourtour et une attache rouge sur le col. Elle avait de longs cheveux noirs qui coulaient sur ses épaules, et les plus grands yeux vert olive en forme d'amande."

Vincente se tenait à côté d'elle et écoutait sa description. Il était attentif à elle et essayait de comprendre, mais ne comprenait pas.

"Elle était juste là. Nous - vous - l'avons presque frappée."

"Une petite fille ?"

"Oui."

"Grace, il n'y avait pas de petite fille ici."

"Elle était là ! Je l'ai vue ! Elle se tenait juste là, au milieu de la route. Elle était magnifique."

"Grace, je ne l'ai pas vue. Elle n'était pas réelle."

"Elle était réelle, aussi réelle que tu l'es pour moi ici en ce moment."

"Es-tu en train de dire qu'elle n'est apparue qu'à toi ?" Vincente lui demande en espérant la faire sortir de ses gonds.

"Je ne sais pas. Je n'y avais pas pensé."

Vincente ne voulait pas le faire, mais il devait les remettre sur la bonne voie. Il hésite. "Vraiment comme l'étaient ton père et ton frère ?"

"C'est un coup bas et tu le sais !" Grace a dit, alors qu'elle traversait la route en courant, à travers les arbres. Loin.

Vincente était plus certain qu'elle perdait la tête.

Grace a essayé de sauver une petite fille du danger. Elle a vu la petite fille comme le jour, debout là. Qu'était-elle censée faire - le laisser la frapper ? Elle avait tellement envie de le frapper, et fort. Au lieu de cela, elle a continué à courir. Courir vers n'importe où. N'importe où.

✳✳✳

LORSQU'IL FINIT PAR LA rattraper, elle était sur l'herbe dans un champ, en train de regarder les nuages passer au-dessus de sa tête.

"Puis-je me joindre à vous ?" demanda-t-il.

"Bien sûr."

Il a senti l'herbe douce et s'est imprégné de son parfum. Ils sont restés silencieux pendant un moment.

"Raconte-moi encore une fois ce que tu as vu sur la route avec la petite fille".

Elle resta silencieuse.

"Je te promets que j'écouterai ce que tu as à dire".

"Regarde les nuages là-haut, qui continuent comme si de rien n'était. Ils sont si beaux, haut dans le ciel, flottant en apesanteur."

"Grace, dis-moi."

Elle inspira profondément, jeta un coup d'œil à Vincente, puis, regardant à nouveau le ciel, dit : "Il y avait une petite fille. Elle m'a vue. Elle m'a reconnue. Elle m'a fait un signe comme celui-ci." Elle a levé la main en faisant le signe d'arrêt en langue des signes.

"Quand as-tu appris la langue des signes ?" Vincente fronce les sourcils, réalisant qu'elle ne se souviendrait pas quand ni pourquoi elle l'avait appris. "Désolé, question stupide."

Grace est restée silencieuse, observant les nuages, leur accordant toute son attention.

"Attends une minute, tu ne peux pas te souvenir de ton numéro de téléphone, mais tu peux te souvenir du langage des signes ?".

"Je suppose que oui."

"Tu ne te rends pas compte de ce que cela signifie, Grace ?"

Elle est restée silencieuse.

"Cela signifie que j'avais raison. Tu peux accéder, puiser dans tes souvenirs quand tu le souhaites", dit Vincente avec de l'excitation dans la voix.

"Je crois que c'est un peu ce que j'ai fait avec mon père et mon frère".

"Et maintenant, cette petite fille. Qui était-elle ? Qu'était-elle pour toi ?"

"Je ne sais pas, mais maintenant je pense à la façon dont je nous ai mis dans un tel danger. Nous aurions pu mourir quand nous nous sommes écrasés contre cet arbre."

"Oui."

Grace s'est levée, se sentant à nouveau pleine d'espoir. Elle se demandait si l'enfant ne se cachait pas, si elle n'avait pas peur. Elle appela : "Petite fille, où que tu sois, viens me parler. Nous ne te ferons pas de mal. Tu seras en sécurité. Nous pouvons t'aider."

Seuls le bruit des feuilles qui s'agitent et le sifflement du vent emplissaient l'air. Grace mit ses mains sur ses hanches. Elle était persuadée que la petite fille ne pouvait pas avoir disparu dans la nature. Elle devait être là quelque part.

Vincente était toujours dubitatif. Il a essayé de toucher Grace, mais elle l'a repoussé comme un insecte.

Elle a continué à appeler la petite fille pour qu'elle sorte. Grace était singulièrement concentrée sur sa tâche, criant jusqu'à ce que sa voix soit rauque.

***

Toute l'énergie de Grace a été dépensée. Toujours aucun signe de la petite fille. Il est temps d'abandonner et elle retourne à la voiture. Vincente la suit en silence. Son langage corporel disait tout ce qu'il y avait à dire : elle comprenait la vérité maintenant. La petite fille n'était qu'une illusion. La question était de savoir pourquoi.

Vincente a donné un coup de pied dans le pneu de la voiture, puis a levé les yeux vers Grace. Elle était épuisée et embarrassée. Elle n'arrivait même pas à le regarder dans les yeux. Pourtant, malgré cela, il la trouvait extrêmement séduisante. Elle avait l'air si dépourvue d'espoir et si seule. Comme si elle avait besoin d'être sauvée.

Il s'approcha d'elle et prit une mèche de cheveux entre ses doigts. Il l'enroula autour d'elle, attirant Grace de plus en plus près de lui. Puis il l'a embrassée. Doucement, doucement. Un petit baiser, suffisant pour qu'elle en redemande. Elle a d'abord répondu, puis il s'est éloigné. "Je suis désolé."

"Je ne le suis pas", a dit Grace, en souriant à l'intérieur comme à l'extérieur. "Mais la prochaine fois que je te dis d'arrêter la voiture, arrête-toi, d'accord ?".

"Je le ferai, je te le promets."

"Même si tu ne vois personne ?"

"Même si je ne vois personne."

"D'accord."

"D'accord."

"Je pense que nous devrions peut-être rester ici un peu plus longtemps, au cas où elle reviendrait."

"Grace, elle ne reviendra pas. S'il te plaît, monte dans la voiture."

Le moteur a démarré tout de suite. Elles sont parties. Grace a essayé de ne pas regarder en arrière, mais l'impulsion était trop forte.

CHAPITRE 12

ALORS QUE LA VOITURE continue de rouler à vive allure, Grace se concentre sur le présent. Elle baisse la vitre et tend son bras. Elle laissa la brise chatouiller les poils de son avant-bras, provoquant la chair de poule. Elle se sentait vivante. Comme si Vincente et elle avaient maintenant une chance d'être ce qu'elle rêvait qu'ils soient. Pourtant, elle avait peur de trop y penser, de trop se concentrer dessus, parce qu'elle ne voulait pas se porter la poisse.

Grace rit tandis que le vent passe entre ses doigts. Pendant une seconde, elle s'est souvenue de ce moment. Le moment du baiser : leur premier baiser. Il avait été agréable, doux, chaud, collant, et elle pouvait sentir le désir qu'il avait pour elle se presser contre elle.

C'était étrange de rouler le long d'une vague de véhicules immobiles. Pas de klaxon. Aucune sirène ne retentit. Personne ne criait. Ces bruits ne lui manquaient pas. Ces bruits, dont elle n'avait qu'un vague souvenir, étaient généralement irritants. En revanche, les chants d'oiseaux lui manquaient. Leur activité, leurs chants, leur voltige d'un arbre à l'autre lui manquaient. Le bourdonnement des abeilles lui manquait. Elle se demandait comment la nature allait s'y prendre, comment la pollinisation allait se faire maintenant. La nature s'adaptait à de nombreux changements. Mère Nature trouverait un moyen de survivre.

Grace regarda Vincente. Il se concentrait sur la conduite.

Il semblait plongé dans ses pensées.

Vincente était inquiet et en colère contre lui-même. Tout d'abord, il s'est dit qu'il ne fallait pas la pousser à bout. Il savait qu'elle n'était pas son genre. Pas du tout son genre. Elle était Grace Greenway : un phénomène mathématique cérébral. Elle pensait en chiffres.

Elle rêvait probablement en chiffres.

Il essaya de ne pas penser au baiser, à leur premier baiser. Il avait décidé que leur premier baiser serait le dernier. Même s'il avait été inattendu et agréable. Doux. Innocent. Elle ne s'y attendait pas, et puis il y avait... Ugh, il ne voulait pas penser à ce qu'il avait ressenti lorsqu'elle l'avait embrassé. Il ne voulait pas penser à ce qu'il avait ressenti lorsqu'elle l'avait embrassé, à la façon dont il avait été excité si rapidement par un simple baiser. C'était probablement parce qu'il était dans le monde, en train de se promener en sous-vêtements. Son désir pour elle n'était probablement qu'une envie incontrôlable, une réaction naturelle. Pas quelque chose qu'il voulait qu'il se produise.

Il s'arrêta un instant, sentant les yeux de la jeune femme braqués sur lui, et ajusta sa prise sur le volant. Il essaya de penser à d'autres choses pour se distraire de ses pensées. Il pensa à des films. Aux jeux vidéo. À la nourriture.

Pendant ce temps, Grace pensait au monde. Le grand monde, qui était le leur, le sien et celui de Vincente, à partager. Elle pensait à son passé, au fait qu'elle se sentait incomplète sans tous ses souvenirs à sa disposition. Elle pensa aussi que c'était une bonne chose, plutôt qu'un point négatif. C'était un moyen pour elle de se recréer. En même temps, elle savait qu'elle ne serait jamais entière sans la plus grande partie d'elle-même restaurée. La partie qui était sa nature mathématique : l'état de grâce mathématique.

Elle essaya de se souvenir de tout ce qu'elle savait autrefois sur Pythagore. Elle connaissait tout de sa vie et de ses théories mathématiques. Aujourd'hui, les faits et les chiffres se confondent dans son esprit. Elle a essayé de se souvenir des nombres de Fibonacci, mais ils n'étaient plus clairs dans son esprit non plus. Elle décida d'aller à la bibliothèque et de se documenter sur ces deux-là, ainsi que sur d'autres, dont Einstein et Galilée. Elle apprendrait par elle-même tout ce qu'elle savait auparavant et, ce faisant, elle espérait ouvrir sa banque de mémoire, y puiser.

"J'ai vu ce film il y a longtemps", dit Vincente. "Il s'agissait d'extraterrestres qui venaient sur Terre et attaquaient dans leurs vaisseaux spatiaux.

Grace fut surprise. Elle s'était habituée au silence confortable qu'ils partageaient. Elle l'encouragea à lui en dire plus sur le film. "Ça a l'air intriguant."

"C'était justement cela. Mais je ne t'ai pas encore raconté le plus fascinant".

"Eh bien, ne me faites pas languir."

"Dans le film, il ne restait que deux survivants, un homme et une femme."

"C'est pas possible !"

"Et pourquoi les extraterrestres ne les ont-ils pas tués ?" demande Vincente. Grace haussa les épaules. "Parce qu'ils voulaient les observer. Pour les étudier." Il s'arrêta et attendit, observant Grace du coin de l'œil. "Ensuite, ils ont mis les deux humains dans une cage, comme dans un zoo. Pour les regarder procréer."

"Et s'ils ne voulaient pas procréer ?" dit Grace, la voix tremblante.

"Ils les ont créés."

"Comment ont-ils pu les forcer à faire ça ?"

"Ils ne voulaient pas mourir, et ils avaient besoin de nourriture pour survivre. Alors, ils ont fait ce qu'ils avaient à faire, et les extraterrestres les ont observés, observant ce qui faisait fonctionner les humains."

"Dégoûtant."

"Si vous y réfléchissez, les humains mettent des animaux en cage depuis des siècles. Ils les regardent procréer. Les étudier, et même parfois les utiliser pour des expériences, pour faire avancer la médecine et tout le reste. Alors est-ce qu'ils seraient vraiment pires ?"

"Non, je pense que non, pas si on le dit comme ça. Mais toi et moi, nous avons l'occasion de changer les choses. Nous ne pouvons pas changer le passé."

"C'est vrai. Si nous sommes les deux derniers survivants", suppose Vincente, "alors nous pouvons vivre comme nous l'entendons".

"Que s'est-il passé... je veux dire, à la fin du film ?"

"Je n'ai jamais vu la fin. J'étais à une soirée pyjama chez un ami. Nous étions des enfants et nous n'aurions pas dû veiller si tard. Quand ses parents nous ont découverts, nous avons couru jusqu'à sa chambre. Je n'ai jamais retrouvé ce film."

"Qu'ont fait les extraterrestres à tous les autres habitants de la Terre s'il ne restait plus qu'eux ?"

"Ça, je le sais. Ils les ont zappés ! C'est assez ironique, quand on y pense, parce que dans le film, les extraterrestres les ont tous abattus au fusil à pompe - pouf - et ils ont tout simplement disparu. Ils n'ont rien laissé derrière eux, aucun vestige. Je veux dire, pas d'os, pas de corps, pas de cendres. C'était comme s'ils n'avaient jamais existé."

Grace croisa les bras autour d'elle, réalisant trop tard que cela lui donnait la chair de poule. Elle espérait qu'il en avait terminé maintenant, afin qu'elle puisse retourner à ses belles pensées sur l'avenir, leur avenir, ensemble.

Vincente interrompit son bonheur en parlant encore de cinéma. "Un autre film dont je me souviens parlait d'extraterrestres qui venaient sur terre et incinéraient tout le monde. Tout ce qui restait, c'était un tas de poussière à la place de chaque être humain. C'était le seul témoignage de ceux qui avaient vécu. La preuve qu'il y avait eu des gens." Il marqua une pause. Elle ne fit aucun commentaire. Elle espérait qu'il avait terminé. "Puis il y en a eu un autre, où ils ont exploité tous les esprits humains en implantant une puce dans leur cerveau et en les contrôlant. Ces films sont devenus de plus en plus effrayants."

"N'oubliez pas E.T." dit Grace.

"Quoi ? Vincente sursaute, fasciné, attendant que Grace se rende compte qu'elle a fait appel à un souvenir sans le savoir.

Tu sais, "E.T. téléphone à la maison" ?

"Oui, je sais", dit-il, et il sourit d'un sourire si grand que Grace se demanda un instant pourquoi il souriait.

Puis elle a compris. Elle avait débloqué un souvenir. Certes, ce n'était pas l'information la plus fascinante, mais c'était tout de même un souvenir. Elle lui rendit son sourire.

Il était si fier qu'il lui tendit la main et la prit dans la sienne pendant un moment, puis ils se turent à nouveau.

✳✳✳

Lorsque Vincente devait tourner sur un rond-point ou dans un virage, il lâchait la main de Grace. Leurs yeux se sont croisés pendant une seconde, puis il s'est à nouveau concentré sur la route.

Il était fier d'elle.

Grace était extrêmement fière de sa petite pause mémoire. Elle visualisait l'intérieur de son esprit comme une bibliothèque. Elle marchait dans les allées, à la recherche de souvenirs. Elle s'approcha des étagères, les prit et les examina individuellement. Elle choisit un livre épais à la couverture rouge, espérant y trouver quelque chose sur elle, mais rien ne se produisit. Elle n'allait pas abandonner cette technique. Elle avait l'intention de continuer à essayer.

Vincente pensait aux progrès de la technologie au fil des ans. Tant d'inventions ont été créées, certaines bonnes et d'autres moins bonnes. En regardant autour de lui, avec seulement eux deux pour s'occuper, il se demandait à quoi avait vraiment servi tout ce dur labeur.

Au loin, le son d'une cloche retentit. Il devint de plus en plus fort lorsqu'ils s'arrêtèrent devant un bâtiment.

Grace lut le panneau : "Queen Victoria's High School, The School Where You Make Your Dreams Come True" (Le lycée de la Reine Victoria, l'école où vous réalisez vos rêves). Elle ne s'en souvient pas.

"C'est notre lycée", dit-il.

"Je m'en doutais, mais je n'en étais pas sûre", dit Grace. Elle a regardé autour du campus et a finalement trouvé le terrain de cricket à l'arrière : Le terrain où elle avait été blessée lors de son dernier jour à l'école. "Je me demande à quoi servait cette cloche. demanda Grace.

"J'y ai pensé moi-même. Elle est probablement réglée sur une minuterie. Automatique. Mais il y a une chance que quelqu'un soit coincé à l'intérieur et ait besoin d'aide, alors j'aimerais aller vérifier. Tu veux rester ici ?"

"Non, je veux venir avec vous."

"D'accord, mais reste derrière moi. Nous ne savons pas à quoi nous attendre. Ce n'est probablement rien, mais on ne sait jamais", dit Vincente. Il avait imaginé quelqu'un de coincé à l'intérieur, trop effrayé pour sortir.

Grace avait imaginé des extraterrestres, comme dans les films, attendant d'attraper et de piéger les deux dernières personnes sur Terre. Elle frissonna lorsque Vincente ouvrit les portes et qu'ils pénétrèrent dans le long couloir. C'était très calme ; les seuls bruits étaient ceux de leurs pieds qui claquaient sur le sol en linoléum frais.

Vincente se rappela combien il s'était amusé entre ces murs. Il avait toujours été un peu un héros sportif, faute de mieux. Il arriva à son casier, l'ouvrit et en sortit son sac de sport. Il enfila un short de cricket par-dessus ses sous-vêtements noirs et mit son maillot. On pouvait encore voir ses sous-vêtements noirs à travers le short. Grace rit.

"Ce n'est pas comme si tu ne les avais pas déjà vus", dit Vincente, qui rit lui aussi.

La plupart des portes des casiers étaient grandes ouvertes et leur contenu était éparpillé. "C'est probablement dû au tremblement de terre", a supposé Vincente.

Grace tremblait encore.

"Respirez profondément", lui dit-il en essayant de la calmer et de la rassurer.

Le cœur de Grace battait de plus en plus vite. Elle avait une mauvaise impression de l'endroit.

Vincente demanda à voix haute : "Bonjour, il y a quelqu'un ?".

Sa voix résonnait dans les couloirs, sans réponse. Puis la cloche de l'école retentit à nouveau. Comme ils étaient à l'intérieur, le son résonnait.

Plus loin dans le couloir, Vincente repoussa les portes et entra dans le gymnase. Il avait été laissé en préparation d'un match de basket. Les gradins et le terrain vides donnaient une impression de tristesse.

"Tu étais bon au basket, toi aussi ? demanda Grace.

"J'étais étonnamment douée pour la plupart des sports. J'aimais l'excitation. Les encouragements de la foule. L'excitation que je ressentais quand je lançais un panier, ou quand nous gagnions un match. C'était très excitant.

"Oui, je vois ça. On dirait une drogue puissante."

"J'avais l'impression d'être une drogue parfois, mais ce n'est que le lycée, avoir une chance dans le grand jeu, vous savez ? Devenir pro, c'était juste un rêve."

"Tu voulais devenir pro ?"

"Oui, mais ça me semble un peu idiot maintenant."

"Les rêves ne sont jamais idiots", dit Grace sérieusement.

"C'est le genre de choses que ma mère et mon père m'auraient dit".

"J'aurais aimé les rencontrer", dit Grace. "Tu les rencontreras un jour."

Elles sursautèrent lorsque la cloche retentit à nouveau.

"Sortons d'ici, ça me donne la chair de poule", dit Grace.

"Non, on va d'abord vérifier les bureaux, au bout du couloir. Assurez-vous qu'il n'y a pas de problème, et ensuite nous pourrons partir."

Grace suivit Vincente hors du gymnase. Le mauvais pressentiment dans l'estomac de Grace passa d'un grondement à un rugissement.

***

O H NON, OH NON, oh non, voilà ce qui traversait l'esprit de Grace. Elle n'avait aucun contrôle sur ces pensées et continuait à marcher derrière Vincente.

"C'est le bureau de la secrétaire. Là-bas, c'est le bureau du conseiller." Il regarda à l'intérieur, puisque la porte était grande ouverte, confirmant qu'elle était vide. "Voici le bureau du vice-principal. Et voici le bureau du principal." Il essaie la porte. Elle est fermée à clé. Il a appelé : "Bonjour !".

Ils ont entendu quelque chose. C'était un tap-tap-tap. Faible, mais constant. Cela venait de l'intérieur du bureau du directeur.

Vincente frappa à la porte. "Il y a quelqu'un ?"

Pas de réponse.

"Les extraterrestres ne parlent probablement pas anglais", dit Grace.

Vincente poussa la porte avec son épaule, mais elle ne bougea pas.

Le tapotement s'arrêta. Ils attendirent, retenant leur souffle. Le tapotement recommença.

Quoi qu'il en soit, il était à court d'énergie. Ils devaient entrer. Il n'y avait plus de temps à perdre.

✳✳✳

"RÉFLÉCHISSEZ ! RÉFLÉCHIS !" se dit Vincente en faisant les cent pas. Quelques secondes plus tard, il dit : "C'est bon, j'ai trouvé. Suivez-moi."

Grace fit ce qu'on lui demandait. Bientôt, ils sont de retour à l'intérieur du gymnase. Vincente dit à Grace de se tenir derrière les gradins pendant qu'il pousse l'un des paniers de basket. Ils ont commencé à le traîner le long du couloir.

Vincente a expliqué que sa base était remplie de sable. Une fois qu'ils l'auraient ramené au bureau, ils pourraient l'utiliser pour enfoncer la porte.

"Quel bon plan ! dit Grace. "Je pense que ça pourrait marcher."

"Nous devons utiliser la force maximale. Je veux dire, donner tout ce qu'on a."

Alors qu'elles passaient devant les toilettes, Grace réalisa qu'elle avait besoin d'y aller depuis un certain temps et hésita avant d'essayer d'ouvrir la porte.

"Pas question !" s'écrie Vincente. a crié Vincente, "Tu n'iras pas là sans que j'aie vérifié d'abord."

"Ça va aller."

"Tu ne t'en souviens probablement pas, mais la plupart des choses horribles dans les films d'horreur se passent dans les toilettes des filles. Je vais aller vérifier, et si c'est bon, tu pourras y aller après moi. Alors, tu restes ici. Je veux dire, ne bouge pas d'un pouce."

"D'accord, patron", dit Grace.

Il y a eu une bouffée d'air, puis Vincente est revenu, disant à Grace que tout était clair.

Elle entra, mais se rendit compte qu'elle ne pouvait pas partir après tout, même si elle savait qu'elle devait le faire. Elle commença à faire couler l'eau par un, deux puis trois robinets jusqu'à ce que ses reins réagissent. Après s'être soulagée et avoir tiré la chasse, elle sortit des toilettes.

Ils poursuivirent leur chemin, leur arme athlétique à la main. De retour à l'extérieur du bureau, ils s'arrêtèrent tous les deux et réévaluèrent la méthode d'entrée.

"D'abord, changeons de côté", dit Vincente. Il pensait qu'il serait préférable qu'il ait l'arrière, la partie la plus lourde de leur arme, afin d'obtenir le maximum de résultats sur la cible : la porte du bureau. Lorsqu'ils furent en position, Vincente continua à expliquer ce qu'il avait en tête.

"Quand je compterai jusqu'à trois, poussez-la vers l'avant avec toute la force dont vous êtes capable. Puis arrêtez-vous. Je compte à nouveau jusqu'à trois, et nous poussons à nouveau. Et ainsi de suite, jusqu'à ce que nous ayons franchi le seuil."

"C'est un bon plan", dit Grace en s'agrippant bien à l'avant de l'appareil.

Vincente compta, et leur premier coup fut parfait, mais ne fit pas bouger la porte. Au deuxième coup, la porte s'est déplacée dans le cadre et ils ont senti l'une des charnières du haut sauter. Ils ont recommencé, gagnant en force, et à la quatrième fois, la porte s'est effondrée vers l'intérieur, tombant avec fracas sur le bureau du directeur. Un nouveau problème se pose alors : la porte est à moitié ouverte et à moitié fermée, à la verticale. Ils n'étaient pas plus avancés pour entrer.

"Il y a quelqu'un ? demanda Vincente.

Le silence fut la seule réponse.

✳✳✳

SE TENANT CÔTE À côte et regardant par l'ouverture, ils hésitent tous deux à grimper sur la porte et à entrer.

Depuis le couloir, ils aperçoivent une branche d'arbre. Elle avait traversé la fenêtre et se trouvait au-dessus du bureau du directeur. Ils ont également observé une grande quantité de débris de verre brisés qui jonchaient le sol.

Une idée leur vient simultanément à l'esprit. Comme la fenêtre était grande ouverte, si quelqu'un avait été coincé à l'intérieur, il serait déjà sorti par la fenêtre. À moins qu'ils ne soient blessés. Il ne semblait pas y avoir de sang. Peut-être était-il ou elle inconscient(e), sous le bureau ?

Vincente décida d'utiliser la porte comme planche. Après tout, elle était ancrée à l'autre bout, par le bureau.

"J'entre", cria Vincente. Il prit appui sur la porte et s'avança. Il s'exclama "Pas possible !" en entraînant Grace dans le bureau.

C'était un corbeau noir. Il les fixait en plein visage en se balançant de droite à gauche sur l'extrémité de la branche. Son bec cliquetait contre le bureau dans un violent mouvement de tapping.

"Comme c'est étrange", dit Vincente. "Très Edgar Allan Poe."

À ce moment-là, le vent semble se lever. Il fit osciller la branche. La tête de l'oiseau heurta le bureau à plusieurs reprises, produisant des bruits de tapotement encore plus forts.

Vincente et Grace sursautèrent.

Grace, désireuse de s'éloigner, se prépara à sortir du bureau. Alors qu'elle reculait, Vincente l'a arrêtée en lui mettant la main dans le dos.

Elle se retourna.

La branche se soulevait avec l'aide du vent. Se soulever ? Oui, étrangement, elle s'élevait, de plus en plus haut, presque au niveau de la fenêtre ouverte.

Il regarda la branche porter l'oiseau vers le haut. Tout à coup, la branche s'est retrouvée complètement à l'extérieur de la fenêtre. La rafale continua à l'emporter dans le ciel.

"Viens ici, Grace, il faut que tu voies ça", murmura-t-il.

La branche frôla la fenêtre brisée dans son voyage vers l'extérieur. Elle attira l'oiseau de plus en plus haut.

Les deux hommes regardèrent par la fenêtre, se demandant où l'arbre emmenait le corbeau mort.

Grace ne pouvait détacher son regard des yeux de l'oiseau mort. Ils captaient les rayons du soleil et les renvoyaient. C'était comme un masque, un masque de mort.

"Il faut qu'on sorte d'ici ! dit Grace.

"Non, attends. Je veux..." Vincente commença à dire, puis le vent balaya la branche.

Les autres branches prirent soudain vie. Elles s'élevèrent d'elles-mêmes. Elles suivaient de près la branche à laquelle était attaché l'oiseau mort.

Le bruit de toutes les branches, bougeant ensemble, se balançant au gré du vent, s'élevant vers le haut, créait une cacophonie épouvantable. On aurait dit des os qui s'écrasent.

Grace s'entoura de ses bras tandis que la chair de poule se formait sur sa peau exposée. Lorsque le bruit devint trop fort pour être supporté, elle se boucha les oreilles. Malgré tout, elle ne pouvait détourner son regard des yeux morts du corbeau.

Le défunt oiseau continuait à se balancer d'avant en arrière, d'arrière en avant, dans une berceuse. Tout en restant embroché au bout de la branche comme un shish kebab.

Grace retient son souffle. De toutes les fibres de son être, elle voulait s'enfuir.

Pourtant, elle ne pouvait s'empêcher de regarder les yeux de l'oiseau. Elle était transie. Engloutie.

Tout comme Vincente.

Ils étaient figés dans le temps.

Ils attendaient de voir ce qui allait se passer ensuite.

*** * ***

LES BRANCHES CONTINUENT DE s'élever. Un silence inquiétant règne dans le bureau tandis que l'oiseau poursuit son voyage. Il était toujours entouré de branches, qui l'encerclaient et le ramassaient comme s'il était en apesanteur. Puis, à l'aide de leurs doigts arthritiques semblables à ceux d'un crâne, les branches ont commencé à bercer l'oiseau et à le balancer, d'avant en arrière, d'arrière en avant.

Le spectacle était si horrible que Grace avait envie de crier. Au lieu de cela, elle se mit à se balancer d'avant en arrière, tout comme Vincente. C'était la beauté en mouvement, l'élévation. Le balancement. Le balancement et l'élévation.

Ils devaient avancer, s'approcher de la fenêtre pour la voir maintenant. Ils firent attention à ne pas marcher sur les éclats de verre qui recouvraient le sol autour d'eux, tout en se penchant pour passer à travers le verre brisé et sortir par la fenêtre. De plus en plus haut, l'oiseau se balançait toujours doucement, emporté vers le ciel.

Puis tout s'est arrêté, en plein vol.

Le silence envahit la scène.

Le tronc de l'arbre bougea.

Ce fut d'abord un petit mouvement.

À peine perceptible.

Il trembla, comme quelqu'un qui vient de se réveiller.

Il toussait. Il cracha.

Il a oscillé et s'est convulsé.

Puis il bâilla d'un visage grotesque. Un visage avec une énorme bouche béante dans laquelle le corbeau mort est tombé.

Des bruits de craquement se firent entendre. Des bruits épouvantables, comme des os qui se brisent, des grincements.

Il rota. Quelques plumes noires s'envolèrent de sa bouche. L'une d'elles a dérivé vers le bas et s'est posée sur le rebord de la fenêtre où Grace et Vincente se tenaient, bouche bée.

Puis les branches reprirent leur mouvement. Elles changèrent de direction. Pointées vers le bas.

✳✳✳

"C OUREZ !" S'EXCLAMA VINCENTE.

Derrière eux, ils pouvaient entendre l'arbre bouger rapidement. Lorsque les branches rentrèrent par la fenêtre, d'autres fragments de verre s'écrasèrent sur le sol.

En se tenant par la main, Vincente entraîna Grace le long du couloir. Ils volaient, comme si l'esprit du corbeau était entré dans leur corps.

Les doigts de bois arthritiques avancèrent à tâtons le long du couloir, suivant, frappant, détruisant et grattant tout ce qui se trouvait à leur portée.

Une fois Vincente et Grace sortis de l'école, il sortit les clés de sa poche et les lui tendit. Il lui dit d'ouvrir la porte, de démarrer la voiture, et qu'il reviendrait la voir dans un instant. Sinon, qu'elle s'en aille.

"Je ne sais pas conduire."

"Tu apprendras vite !"

Une fois dans la voiture, elle l'a regardé enlever sa chemise. Elle l'a regardé nouer le maillot autour des poignées de porte. Il se faufilait autant de fois qu'il le pouvait dans l'espoir de leur faire gagner du temps.

Lorsque les branches ont tourné au coin du couloir, Vincente a tourné et s'est mis à courir. Il sauta dans la voiture, claqua la portière et mit le pied au plancher.

La voiture s'éloigna lorsque les branches se fracassèrent sur les portières.

"Wow, c'était un peu trop près pour le confort", dit Grace, une fois qu'ils furent à quelques pâtés de maisons de l'école. Elle respirait encore bruyamment et avait du mal à reprendre son souffle.

"Je ne plaisante pas ! Tout à propos de ça, cette chose était folle !"

"Quel genre d'arbre était-ce, d'ailleurs ?" demanda Grace.

"Je pense que c'était un olivier. La question est de savoir pourquoi il se nourrissait d'oiseaux. Pourquoi avait-il une bouche presque humaine, et le besoin de manger de la chair ?"

"J'ai entendu parler d'oiseaux qui nichent dans les arbres, mais jamais d'arbres qui mangent des oiseaux !

"Oui, eh bien, nous sommes dans un monde complètement différent maintenant, Grace, et je pense que nous devrions peut-être faire en sorte de nous procurer des armes. Qui sait ce qu'il y a d'autre là-bas ? Nous devons penser à nous protéger. Le plus tôt sera le mieux."

"Où pourrions-nous trouver des armes ?"

"Je connais un endroit en ville. On peut y trouver des armes, des couteaux, tout ce dont on a besoin. En fait, il n'y a pas de meilleur moment que le présent. Je suis assez secoué pour aller chercher les armes maintenant."

"Je suis épuisée, mais je ne pense pas m'endormir de sitôt", dit Grace en croisant les bras sur sa poitrine.

Alors qu'ils roulaient le long des rues bordées d'arbres, ils avaient maintenant une peur dans leur cœur, qui n'avait jamais été là auparavant : les arbres ! Des arbres mangeurs de chair.

"J'ai toujours pensé que les oliviers étaient symboliques, qu'ils représentaient la paix. Et je me souviens d'histoires d'oliviers dans la Bible et dans la mythologie", explique Vincente.

"Sont-ils originaires d'Australie ?"

"Certainement pas. Mais en quoi cela est-il important ?"

Ni l'un ni l'autre n'en était certain. Ils ne savaient pas non plus pourquoi l'arbre carnivore avait pris un caractère si peu caractéristique.

Ils essaient de ne pas y penser alors qu'ils se dirigent vers l'armurerie située au cœur de Sydney

CHAPITRE 13

U N PANNEAU CLIGNOTANT À l'avant de la maison indique Guns ! Armes ! Armes ! En dessous : Permis requis par la loi de l'État de Nouvelle-Galles du Sud. Ce n'était plus la loi du pays.

Vincente Marino et Grace Greenway n'avaient pas de permis. Ils n'avaient pas 18 ans. Ils n'avaient ni pièce d'identité, ni argent. Mais cela n'avait pas d'importance. Ils étaient ici pour se protéger. Rien ne les arrêterait.

Vincente a poussé la porte et ils sont entrés. Grace se tenait derrière Vincente, se sentant dépassée par toutes ces armes. Elle regarda autour d'elle, essayant de se mettre dans l'esprit des choses, mais c'était un effort qui dépassait son imagination.

"C'est une bonne arme", dit Vincente. "Tu peux le remplir de beaucoup de balles, comme ça tu n'auras pas à recharger autant. Ce serait bien de l'avoir dans une bataille. Il peut facilement percer le tronc de n'importe quel arbre."

"Hmmm", dit Grace sans s'engager parce qu'elle ne trouvait rien d'autre à dire.

Vincente s'est ensuite déplacé et il a ramassé une autre arme. "Maintenant, celle-ci est aussi bien parce qu'elle est petite et facile à cacher. Tu vois, je peux la mettre juste devant mon pantalon, et personne ne saura que je la porte."

"Mais n'est-ce pas dangereux ? Pour toi, je veux dire. Il ne pourrait pas, euh, se déclencher accidentellement ?"

Vincente sourit, "Je laisserais la sécurité enclenchée. Je ne voudrais pas tirer sur quelque chose."

Grace a souri et rougi. Elle n'arrivait pas à croire qu'ils avaient cette conversation alors que Vincente mettait le pistolet dans la paume de sa main. "Il est aussi assez petit pour que tu puisses le mettre dans ton sac à main".

Elle a senti le pistolet. Il n'avait aucun poids, et il tenait bien dans la paume de sa main. Elle était surprise qu'il ne lui paraisse pas plus étranger, mais il n'était pas trop effrayant, sans doute parce qu'il ressemblait à un jouet.

"Il n'est pas chargé", dit Vincente. "En fait, aucune des armes n'est chargée. N'ayez pas peur de les prendre et de les regarder de plus près."

"Essayer avant d'acheter ?"

"Oui, très drôle. Continuons à regarder."

Il regarda Grace ouvrir son esprit, acceptant le fait que leur nouvelle réalité nécessitait des armes.

Grace a pris un panier en plastique et a commencé à examiner les couteaux. Il y en avait de toutes les tailles et de toutes les formes, et il y avait aussi des épées. Intriguée, elle prit quelques couteaux dans des étuis métalliques et les glissa dans le panier. Elle pourrait toujours les utiliser pour couper des carottes et des oignons, au pire.

"Wow, ce bébé", Vincente désigna l'un des couteaux que Grace avait dans son panier, "pourrait probablement couper une bûche en deux. Très bon choix."

Grace rayonne. Vincente avait empilé pas mal d'armes dans une malle d'allure militaire. Il portait plusieurs grandes cibles portables sous le bras.

"Je t'apprendrai à utiliser les armes une fois que nous serons sortis de la ville. Il faudra aussi que je fasse une remise à niveau avec de vraies armes, car toute mon expérience en matière d'armes vient des jeux vidéo."

"Nous pourrions tirer un coup de feu tout droit dans George Street et personne ne l'entendrait", dit Grace.

"C'est vrai, c'est vrai, mais ça ferait trop bizarre. Non civilisé, si tu vois ce que je veux dire ?"

"Oui, c'est vrai", dit Grace. "Après tout, Sydney est notre maison. Nous devons la traiter avec le respect qu'elle mérite."

"Oui, c'est notre ville, notre Sydney, et je ne peux pas imaginer une plus belle ville pour y être bloqué avec toi, Grace."

Elle rougit lorsqu'il s'approcha d'elle. Il prit le récipient en plastique contenant les couteaux et se dirigea vers la voiture. Elle ne l'avait jamais autant aimé. Plus il prenait les choses en main, plus il suintait la sensualité et la testostérone. Elle aurait aimé pouvoir courir vers lui et l'embrasser ouvertement. Mais il penserait probablement qu'elle était trop pressée et qu'elle avait encore perdu la tête.

Vincente pensait que Grace était très sexy en tenant le pistolet dans la paume de sa main. Il pensait qu'elle serait encore plus sexy s'il lui apprenait à tirer. Il s'est arrêté. Grace n'était pas son genre. Elle avait été très courageuse au bureau du directeur. Elle avait gardé son sang-froid alors que beaucoup d'autres l'auraient complètement perdue. Pourtant, il était inquiet, surtout parce qu'il pensait trop à elle. Pourquoi ? Ils passaient déjà 24 heures sur 24 et 7 jours sur 7 ensemble. Pourquoi n'aspirait-il pas à un peu de temps seul ?

Avec Missy Malone, au bout de quelques heures - s'ils ne s'embrassaient pas - il s'ennuyait. Il voulait faire du sport ou sortir avec les autres. Elle était son type : jolie et populaire. Elle n'était pas la plus brillante des étincelles, mais cela n'avait pas d'importance tant qu'ils s'entendaient bien.

En réalité, Missy était probablement partie maintenant, comme toutes les autres. Elle lui manquait et il se demandait si les choses seraient différentes s'ils étaient les derniers à rester. Différentes de ce qu'elles étaient maintenant entre lui et Grace. Il se sentait à l'aise avec Grace, et elle n'était pas exigeante.

"Sommes-nous prêts à partir MAINTENANT ?" Grace l'a demandé, ce qui l'a ramené à la réalité.

"Oui, désolé. Je me suis juste endormi pendant une seconde."

"Il commence à faire nuit. Peut-être devrions-nous trouver un endroit où passer la nuit ?"

"Oui, je connais l'endroit idéal. Allons nous installer dans le port de Sydney. On pourra s'y détendre et faire semblant d'être des touristes."

"Ça me paraît parfait."

Ils ont roulé en direction du Quay et se sont arrêtés juste devant le Marriott. Ils sont entrés, et après s'être fait à manger dans la cuisine vide de l'hôtel, ont continué à monter dans la suite penthouse avec plusieurs chambres.

Dans leurs chambres séparées, ils se sont endormis et ont rêvé d'arbres mangeurs de chair.

Et qu'ils s'embrassaient.

CHAPITRE 14

L E LENDEMAIN MATIN, VINCENTE se tient sur son balcon. Il regarde le pont du port de Sydney puis scrute l'horizon en apercevant l'opéra. Tout semblait normal, comme avant. La plupart des ferry-boats du port étaient ancrés au quai, bousculés par les vagues. Ils attendent les passagers. De près, tout cela ressemblait à ce dont il se souvenait. Puis il a élargi son champ de vision et s'est rendu compte que quelques ferries s'étaient écrasés sur le rivage. Ils étaient à moitié dans l'eau et à moitié sur la terre ferme.

Grace l'a appelé. Quand il a rappelé, elle est passée par sa chambre et l'a rejoint sur le balcon. Il leur a préparé une tasse de café à tous les deux. Ils se sont assis dehors.

Grace avait déjà pris une douche. "Je crois qu'il faut vraiment qu'on s'achète de nouveaux vêtements aujourd'hui".

"Oui, je suis d'accord. J'aurais dû y penser hier."

"Allons nous promener, prendre quelques affaires, et ensuite nous pourrons essayer de profiter un peu de la journée et du soleil."

"C'est un bon plan pour la matinée. Ensuite, dans l'après-midi, je te déposerai ici et tu pourras peut-être acheter un livre, ou nous pourrons te trouver un ordinateur portable."

"Je pense que je préfère rester avec toi."

"Ah, alors tu dois te sentir beaucoup mieux ce matin", observe Vincente.

"Oui, je me sens mieux. Je me sens... Eh bien, je me sens vraiment très heureux aujourd'hui."

"Allons prendre quelque chose pour le petit déjeuner et ensuite faire un peu de shopping".

"Allons-y !"

✱✱✱

I LS ONT ESSAYÉ BEAUCOUP de vêtements, des plus chics comme des plus pratiques, mais faire du shopping n'est pas la même chose quand on peut avoir tout ce que l'on veut. Au bout d'un moment, elles s'en sont lassées et n'ont pris avec elles que ce dont elles avaient besoin.

De retour dans la chambre, Grace enfile un jean bleu moulant, un dos nu bleu ciel et une paire de baskets Nike. Elle a aussi trouvé des tongs confortables rouge vif.

Vincente porte un jean Levi's noir, un t-shirt blanc et une paire de pompes Reebok.

Dans la voiture, ils étaient sensiblement silencieux alors qu'ils roulaient le long des rues bordées d'arbres. Ils ont remarqué toutes sortes d'arbres morts, qui semblaient se moquer d'eux pendant leur voyage. Les squelettes des arbres, mourants ou déjà morts, leur laissaient un peu moins d'espoir. Les longs doigts osseux des branches se tendaient, les narguaient.

Il semblait que la nature se retournait contre eux. Un arbre mangeur de chair. Les arbres morts ou mourants. Plus de pommes. Plus d'oranges. Plus de poires. Plus de citrons. Plus de citrons verts.

Plus d'olives. Pas d'arbres de Noël. Pas de chênes majestueux se balançant dans la brise.

Au bord de la route, ils ont trouvé la structure en bois la plus pliée et la plus tordue qu'ils aient jamais vue. Ses membres tourmentés et en décomposition s'étiraient vers le ciel, comme s'ils cherchaient à atteindre ce qu'ils ne pouvaient pas avoir, pour l'éternité.

Grace frissonna, puis aperçut un seul arbre au loin. Cet arbre était différent des autres. Ses bras s'étendaient sur son tronc, en forme de croix.

Vincente arrête la voiture. "Ma mère est une artiste", dit Vincente. "Je crois me souvenir d'un tableau de quelqu'un, peut-être Delacroix, avec des arbres similaires et Jacob combattant un ange."

"Tu penses que c'est un signe ?"

"Si c'est le cas, un signe, je ne sais pas comment le lire".

"Peut-être qu'il a simplement poussé du sol de cette façon".

"Peut-être."

Grace a remarqué quelque chose d'autre. C'était un groupe de buissons. Des rosiers. Au bout d'une branche, une seule rose rouge a poussé. C'était la dernière. Peut-être la dernière fleur de l'histoire.

Grace s'est penchée à côté d'elle, comme si elle s'agenouillait devant elle. Elle la priait.

Vincente l'observait, ne sachant que faire ou que dire.

Grace a senti son parfum, l'a bercée. Elle l'abritait de la brise. Grace pensait qu'elle aimerait s'allonger à côté d'elle, rester là, à la vue de cette belle rose rouge unique.

"Viens, Grace", interrompt Vincente dans ses pensées. "Il fait de plus en plus sombre maintenant."

"Je veux rester ici."

"Nous ne pouvons pas rester ici. On ne peut pas faire en sorte que le temps s'arrête."

"Je le sais ! Je ne suis pas folle. Je veux juste rester ici, en m'accrochant à cette rose." Elle la berce. "Je veux faire partie de quelque chose de vraiment beau. Je veux tenir quelque chose qui a poussé sur le sol, sur la terre que nous avons connue. Je veux remplacer le souvenir de cet arbre sanguinaire par le souvenir de cette rose. Un objet de beauté..."

"-est une joie pour toujours", dit Vincente. "Cours d'anglais. John Keats."

Grace était toujours fascinée par la rose.

Vincente commençait à s'inquiéter, car il faisait si sombre maintenant, et ils se trouvaient actuellement dans un champ entouré de toutes sortes d'arbres et de buissons.

Et si l'un d'entre eux était comme l'autre arbre, qu'ils pensaient être un olivier ? Et s'ils étaient tous comme ça ? Il voulait sortir de là, les sortir tous les deux de là. Hors du danger imminent.

"Grace, dit-il en se penchant à côté d'elle, cette fleur tombera quand elle sera prête. Tu peux la cueillir maintenant et l'emporter avec toi. De cette façon, elle restera avec toi. La beauté restera avec toi pendant quelques jours. Ou bien tu peux t'en remettre au destin, au hasard, à la nature ou à Dieu, s'il existe, et t'en aller."

Le vent reprenait de la vigueur, et Grace commença à frissonner.

"Une tempête se prépare, Vincente. Regarde les nuages là-haut. Ils se construisent ensemble, presque comme s'ils essayaient de se pousser l'un l'autre hors du ciel."

Il a levé les yeux, mais tout ce qu'il voyait, c'était l'obscurité.

"Tu ne le sens pas ?" demanda-t-elle. Elle a de nouveau frissonné, et ses dents se sont mises à claquer. Elle mit ses bras autour d'elle, lâchant la rose.

Ensemble, ils restèrent debout dans le champ, jusqu'à ce que le ciel, semblable à la nuit, se mette à tourner, à tourbillonner et à s'enrouler. Puis la pluie s'est mise à tomber en gouttelettes d'encre noire, les obligeant à se cacher le visage et à courir pour se mettre à l'abri.

Des faisceaux de lumière ont été projetés du ciel sombre en forme de lances en Z vers la terre, frappant au hasard là où ils étaient dirigés.

Tout autour d'eux, des éclairs frappent les arbres et les maisons, qui s'enflamment. La pluie tomba plus fort, et les éclairs frappèrent à nouveau.

"Elle a dû apprendre à se battre pour survivre", dit Grace. Elle faisait référence à la rose, mais elle savait qu'elle aussi devait se battre, et que la nature elle-même allait livrer le combat de sa vie.

"Tant pis pour nos nouveaux vêtements", dit Vincente.

Ils s'échappèrent de cet endroit, tout en jouant au dodgem avec les éclairs.

CHAPITRE 15

L ORSQUE LE CIEL NOCTURNE s'est enfin consumé sous l'effet des éclairs et de la pluie, Grace et Vincente se sont arrêtés sur le bord de la route. Ensemble, ils ont regardé le soleil se lever à l'horizon.

"C'est une toute nouvelle journée", dit Grace.

"Oui, et c'est aujourd'hui que je pense que nous devrions faire un tour chez ta mère - chez toi".

"Vraiment ? C'est un peu effrayant. Tu penses que c'est peut-être trop tôt pour que je retourne là-bas, pour que je revive ma maison ? Et si... ?"

"Pas de 'et si' aujourd'hui. Allons-y, c'est tout, et on trouvera ce qu'on trouvera en arrivant, d'accord ?".

"C'est loin ?"

"Pas très loin de l'endroit où nous étions avant, près de l'école".

Grace a pensé à sa maison pendant un moment. Elle a imaginé sa mère à la porte d'entrée, en train de lui ouvrir. Elle l'accueille en la serrant dans ses bras. Heureuse de la voir. Grace a senti une larme couler sur sa joue et elle l'a balayée avec la paume de sa main, en espérant que Vincente ne l'avait pas remarquée.

"C'est normal, tu sais, de penser à ta mère. Tu ne devrais pas avoir peur de te souvenir."

"C'est juste que... j'imagine des choses, je les invente, au lieu d'avoir de vrais souvenirs pour vivre. J'ai l'impression que c'est un mensonge."

"Hé, tu n'es pas la première personne à te mentir, et tu ne seras pas la dernière ! Quand j'étais petit, je rêvais d'être un artiste, comme ma maman, et regarde-moi maintenant : Je suis un athlète. Et si j'avais été artiste au lieu d'athlète, crois-tu que j'aurais été populaire ? Aurais-je été accepté ?"

"Pourquoi est-ce si important pour toi ? Je veux dire, être accepté par d'autres personnes, dont certaines que tu ne connais probablement même pas ?"

"Je... je n'y ai pas vraiment réfléchi avant", dit Vincente. Maintenant, il se ment à lui-même, et il ment aussi à Grace. Il ne pouvait pas lui dire qu'il était effectivement un artiste à part entière parce qu'il n'avait jamais parlé à personne ni montré son travail à qui que ce soit. Il les gardait toujours cachées dans sa chambre. Personne ne le savait, à l'exception de ses parents et de ses grands-parents.

Il la regarda de l'autre côté. Grace Greenway, la fille qui autrefois faisait ses devoirs de maths à sa place. Grace Greenway, la fille dont la capacité à formuler des équations mathématiques était bien supérieure à son âge.

Et lui, Vincente Marino, le sportif, celui qui était vénéré et adoré, celui qui comptait sur son aide pour maintenir ses notes à un niveau suffisamment élevé pour qu'il puisse continuer à jouer.

Parce que s'il ne faisait pas de sport, il n'était rien et il n'était personne. C'est Grace qui lui a permis de continuer à jouer, et elle ne lui a même pas demandé de le remercier ou de l'apprécier en retour. En fait, elle ne l'a jamais refusé, même lorsqu'il se mêlait à la foule et qu'il n'était pas toujours le plus gentil avec elle. En d'autres termes, il ne l'a jamais ouvertement soutenue, même lorsque les autres garçons se moquaient de son poids et de son esprit de calcul supérieur.

Mais il l'appréciait maintenant, plus qu'elle ne le pensait, et il était déterminé à ne pas tomber dans le même piège qu'avant. Il ne voulait plus être le genre de gars qui prenait Grace Greenway pour acquise.

"Ça y est", dit Vincente, alors qu'ils s'arrêtent dans l'allée du 15 Wheat Field Lane.

"Avant d'entrer, je dois te dire quelque chose". Grace a hésité, puis a poursuivi : "Là-bas, tu as senti que quelque chose souffrait ? Ces gouttes de pluie noires, je dis bien noires ! ? Je le sens encore, mais ce n'est pas aussi fort. C'est comme si quelque chose bouillonnait sous la surface, attendant de se venger - mais de qui, je ne sais pas. C'est comme si la nature elle-même souffrait et appelait à l'aide.

"Grace, je pense que tu as peut-être raison, et c'est quelque chose à laquelle nous devons réfléchir. Y réfléchir vraiment, et peut-être même faire des recherches sur ces gouttes de pluie. Elles n'étaient que temporaires et se sont lavées directement sur nos vêtements. Mais pour l'instant, concentrons-nous sur le présent.

Tu es à la maison, et tout ce qui se passait avant est maintenant calme. Profitons de cette nouvelle journée."

"Je vais essayer", dit Grace, "mais quoi que ce soit qui se passe dehors, je pense que nous devons être prêts".

"Nous sommes prêts. Nous avons des armes. Mais surtout, nous sommes là les uns pour les autres. Aucun de nous n'est seul dans cette affaire. Nous sommes une équipe maintenant."

"Une équipe", a répété Grace en sortant de la voiture et en regardant sa maison pour la première fois. Elle a passé sa main le long des briques jaune rougeâtre jusqu'à ce qu'elle atteigne la porte d'entrée.

Elle s'est arrêtée un instant, contemplant sa beauté. S'attendant à se souvenir d'une porte d'entrée aussi significative, mais aucun souvenir ne vint.

"C'est une..." dit Grace, en admirant la verrerie teintée, qui prenait la forme d'un oiseau en vol. Grace passa ses doigts le long des bords extérieurs, espérant saisir un lien avec lui.

"Phoenix", note Vincente. "Selon la légende, il éclate en flammes, puis renaît".

"Un oiseau combustible. Mes parents ont un oiseau combustible sur notre porte d'entrée ?"

"On dirait bien. Je pense que c'est vraiment cool. C'est aussi un symbole de paix et de vérité. Je suppose que c'est une autre raison pour laquelle ils ont pu le choisir."

"Oui, ça a l'air d'être un bel oiseau pour garder ta maison". Grace s'avança prudemment sur la pelouse, en regardant les choses en face.

"N'essaie pas de te pousser trop loin, Grace. Ouvre simplement ton esprit aux souvenirs. Fais-leur savoir que tu es prête à les recevoir."

"Je suis prête à les recevoir depuis le jour où je me suis réveillée !" Grace s'est exclamée, mais elle comprenait parfaitement ce qu'il voulait dire. Elle ne voulait pas renforcer les doutes et les barrières inutiles. Elle voulait être comme une rivière, une rivière dans laquelle ses souvenirs pourraient lui revenir librement.

"Laisse tes sentiments te guider", a dit Vincente. "Laisse tes sens prendre le contrôle."

"D'accord, d'accord", dit Grace. "Vous donnez l'impression que c'est facile, mais ce n'est pas le cas. Je me sens comme une toile vierge, et je ne devrais pas me sentir comme ça. Pas quand je suis à la maison."

"Donne-lui du temps. Sois patiente. Maintenant, allons à l'intérieur. Peut-être à l'intérieur..." Grace savait exactement à quoi il pensait. Elle a attrapé la poignée. Elle ne voulait pas bouger. Elle frappa à la porte et sonna, mais il était clair qu'il n'y avait personne à la maison.

"Peut-être qu'il y a une clé quelque part par ici", suggère Vincente. "Essaie de réfléchir - où ta mère laisserait-elle une clé ?"

"Je n'en ai aucune idée", dit Grace. Bien qu'elle ait eu une idée, une inclinaison, sa mère pourrait l'avoir laissée dans la boîte aux lettres. Elle a suivi l'impulsion, a ouvert le rabat, mais la recherche a été infructueuse.

"Tu t'en sors très bien !" dit Vincente.

Grace savait qu'il essayait de l'encourager. Elle se sentait juste tellement dépassée qu'il était difficile d'apprécier ou d'accepter ses petits messages de soutien sans avoir l'impression qu'ils étaient condescendants.

Grace a fermé les yeux et a essayé d'imaginer une clé. Elle pensa qu'elle se trouvait sous un paillasson, mais il n'y avait pas de paillasson à la porte d'entrée.

"Vincente, je crois qu'elle est sous un paillasson.

"C'est là que ma mère laisse toujours la clé pour moi. Tu es sûr que tu n'es pas en train de puiser dans mes souvenirs ?" Vincente plaisante.

Ils se sont mis à rire.

"Peut-être à l'arrière ?"

Ils ont trouvé un tapis et la clé. Grace Greenway était enfin chez elle.

CHAPITRE 16

G RACE A HÉSITÉ AVANT de mettre la clé dans la serrure. Elle se disait qu'elle était très reconnaissante qu'ils aient trouvé la clé. Elle redoutait ce qui se passerait si elles n'en trouvaient pas. Ils seraient obligés de briser une fenêtre ou d'enfoncer une porte. Elle entrerait dans sa propre maison comme le ferait un intrus, et cette pensée la faisait frissonner, même maintenant.

" J'y suis presque ", dit Vincente, en essayant de pousser Grace à ouvrir la porte. Il sait très bien à quel point elle doit être effrayée. C'était tout un monde, son propre monde, et si elle n'en avait aucun souvenir ? Eh bien, ce serait difficile, mais ensemble, ils y feraient face.

"Es-tu prête ?" demanda-t-il en se tournant vers elle.

"Je suis en train de me dire à quel point je suis reconnaissant que nous ayons trouvé la clé".

"Nous ne l'avons pas trouvée, c'est toi qui l'as trouvée, et c'est bon signe, mais nous ne sommes pas pressés. Quand tu seras prête." Il s'assit sur la marche supérieure, lui laissant l'espace nécessaire pour ouvrir la porte à son rythme. Une chose qu'ils avaient en abondance maintenant, c'était le temps. Ce n'était certainement pas comme ça avant, quand ils avaient des cours à suivre, des bus à prendre, des amis à fréquenter, des devoirs, des examens, des sports scolaires et des affaires de famille aussi. Les journées étaient toujours pleines de choses à faire.

"Bon, c'est parti", dit Grace. Elle a tourné la clé dans la serrure puis a poussé la porte. Elle invita Vincente à la rejoindre à l'intérieur, et un flash lui traversa à nouveau l'esprit, à propos des vampires qui avaient besoin d'une invitation avant de pouvoir entrer dans une maison.

Elle sourit, se demandant pourquoi le thème des vampires lui revenait sans cesse à l'esprit aux moments les plus étranges. S'il était un vampire, comment pouvait-il se nourrir ? Alors qu'ils étaient les deux seuls corps chauds au monde ? À moins que ce qui s'est passé n'ait changé son système et qu'il n'ait plus besoin de sang pour survivre ? Pourquoi se souvient-elle de toutes ces histoires de vampires et de rien d'autre ?

Grace secoue la tête. Elle essaya de faire disparaître les étranges pensées vampiriques pour pouvoir revenir au moment présent. Le moment où elle est rentrée dans sa propre maison. Mais encore une fois, c'était peut-être exactement ce à quoi elle essayait d'éviter de penser.

Le bout de la maison était un atrium, avec beaucoup de plantes et de coussins. Un endroit où l'on peut s'asseoir, regarder le jardin et se détendre. Grace fit demi-tour, remarquant une balançoire et un toboggan cachés derrière l'abri de jardin.

Elle s'imagina un instant glisser et se balancer comme une petite fille. Elle essaya de se souvenir de sa mère ou de son père qui la poussait sur la balançoire, ou de Daryl et d'elle-même qui couraient dans le jardin. Elle pouvait tout imaginer, mais ce n'était que cela : son imagination. Pas des souvenirs de ce qui s'est réellement passé.

Vincente se tenait à côté d'elle, il la regardait et ne la regardait pas en même temps. Il pensait qu'elle avait besoin d'espace, et il ne voulait pas la gêner ou la mettre mal à l'aise. En même temps, il voulait qu'elle ouvre la voie. Après tout, même si elle ne s'en souvenait pas, c'était sa propre maison, et il n'était rien d'autre qu'un étranger ici. Il la regarda tranquillement, perdue dans ses pensées, tandis que ses yeux parcouraient le jardin.

"Je ne m'en souviens pas", dit finalement Grace.

"Ça viendra." Vincente dit. "Rentrons à l'intérieur et essayons de nous détendre".

"D'accord", dit Grace, et elle se dirigea vers le couloir. Elle est passée devant une pièce dont la porte était fermée. Curieuse, elle l'a ouverte et a découvert la buanderie. Plus loin, elle est entrée dans la cuisine. Elle a eu l'impression d'entrer dans un rayon de soleil. La cuisine était entièrement jaune. Jaune canari, y compris les appareils électroménagers, les rideaux, le papier peint, la nappe et les sets de table. Grace s'est approchée, remarquant de petites empreintes de tournesols sur presque tout. Sa mère était manifestement une grande fan de jaune, et une fan encore plus grande de tournesols.

"Tournesols", dit Grace en souriant. Elle a sorti les tiges sèches du vase, l'a rempli à l'évier, puis les a replacées dans de l'eau fraîche. Elles se sont tout de suite redressées. Grace a regardé par la fenêtre, découvrant une rangée de tournesols morts le long de la maison.

Ceux qu'elle venait de toucher avaient été cueillis par sa mère. Peut-être par elle-même. Ils ont été apportés dans la cuisine et placés dans ce vase précis.

"Ta maman savait vraiment comment faire entrer le soleil à l'intérieur", dit Vincente en essayant de rassurer Grace, qui était à nouveau perdue dans ses pensées. Il s'assit à la table de la salle à manger, veillant à ne pas faire trop de bruit en repoussant la chaise. Il regarda la pièce et se dit qu'elle était plutôt jolie, mais un peu surfaite à son goût. Un peu de soleil dans la maison, c'était bien, mais là, c'était vraiment, eh bien, lumineux. En ce moment, ses lunettes de soleil lui manquaient sérieusement.

Grace a passé sa main le long du comptoir, essayant de se reconnecter. Elle a ouvert quelques placards et a trouvé une tasse à café avec son nom dessus. Il y en avait une qui disait "Papa numéro 1", une autre qui disait "Meilleure mère du monde", et enfin une tasse qui ne disait qu'un seul mot : Daryl. C'était sa maison. Il y avait des preuves. Des preuves. Pourquoi ne se souvient-elle pas ?

S'il te plaît, laisse-moi me souvenir, pensa-t-elle, quelque chose, n'importe quoi. S'il te plaît.

Vincente pensa que Grace s'était perdue dans ses pensées pendant assez longtemps et décida qu'il était temps de la distraire. Il recula la chaise, pas sans bruit cette fois, faisant un bruit de raclement en disant : "Oups désolé, mais mon estomac gargouille tellement que j'aurais vraiment besoin d'une collation."

Grace se replongea dans les pensées du vampire pendant une seconde, puis se retourna et ouvrit le réfrigérateur. Il n'y avait pas grand-chose dedans, car sa mère avait passé la plupart de son temps à l'hôpital. Elle ouvrit le placard du haut, sortit un pot de café et en prépara un pour chacun d'entre eux. Elle y ajouta une cuillère de fausse crème. Ils sirotent en silence pendant quelques instants.

"Si tu pouvais manger n'importe quoi, n'importe comment, qu'est-ce que tu prendrais ?" demande Grace. S'il répondait une bouteille de sang, elle s'évanouirait tout de suite.

"Je prendrais un gros steak juteux, saignant, et une pomme de terre au four avec de la crème aigre et du beurre qui fondent partout, et pour le dessert, un Lamington."

"Faisons-nous un festin la prochaine fois que nous resterons à l'hôtel, d'accord ?" dit Grace.

"Es-tu une bonne cuisinière ?"

"Je n'en ai absolument aucune idée ! Mais je suis prête à essayer."

"Je n'ai pas beaucoup cuisiné. D'habitude, c'est maman qui cuisine, et à l'occasion, quand elle n'est pas là, j'utilise le micro-ondes ou je me fais livrer des plats à emporter."

Elles sont restées silencieuses pendant encore quelques instants. Grace regardait le hall d'entrée, se décidant à jeter un coup d'œil au reste de la maison. Elle vérifia l'horloge au-dessus de l'évier, qui lui indiqua qu'il était un peu plus de six heures.

Bientôt, cependant, elles seraient fatiguées et auraient besoin de dormir. Bientôt, il fera nuit. Il est vrai qu'ils pourraient allumer les lumières, mais elle préférait regarder la maison maintenant, pendant qu'ils avaient encore toute cette belle lumière naturelle pour travailler.

"D'accord, je suis prête à poursuivre l'exploration", dit Grace. Elle s'est levée, a rincé les tasses vides dans l'évier. Puis elle sortit de la cuisine et continua le long du couloir.

Vincente la suivait en silence, lui laissant une fois de plus le temps et l'espace d'explorer librement. Il lui a donné l'occasion d'ouvrir grand son esprit.

CHAPITRE 17

GRACE A HÉSITÉ AVANT de mettre la clé dans la serrure. Elle se disait qu'elle était très reconnaissante qu'ils aient trouvé la clé. Elle redoutait ce qui se passerait si elles n'en trouvaient pas. Ils seraient obligés de briser une fenêtre ou d'enfoncer une porte. Elle entrerait dans sa propre maison comme le ferait un intrus, et cette pensée la faisait frissonner, même maintenant.

" J'y suis presque ", dit Vincente, en essayant de pousser Grace à ouvrir la porte. Il sait très bien à quel point elle doit être effrayée. C'était tout un monde, son propre monde, et si elle n'en avait aucun souvenir ? Eh bien, ce serait difficile, mais ensemble, ils y feraient face.

"Es-tu prête ?" demanda-t-il en se tournant vers elle.

"Je suis en train de me dire à quel point je suis reconnaissant que nous ayons trouvé la clé".

"Nous ne l'avons pas trouvée, c'est toi qui l'as trouvée, et c'est bon signe, mais nous ne sommes pas pressés. Quand tu seras prête." Il s'assit sur la marche supérieure, lui laissant l'espace nécessaire pour ouvrir la porte à son rythme. Une chose qu'ils avaient en abondance maintenant, c'était le temps. Ce n'était certainement pas comme ça avant, quand ils avaient des cours à suivre, des bus à prendre, des amis à fréquenter, des devoirs, des examens, des sports scolaires et des affaires de famille aussi. Les journées étaient toujours pleines de choses à faire.

"Bon, c'est parti", dit Grace. Elle a tourné la clé dans la serrure puis a poussé la porte. Elle invita Vincente à la rejoindre à l'intérieur, et un flash lui traversa à nouveau l'esprit, à propos des vampires qui avaient besoin d'une invitation avant de pouvoir entrer dans une maison.

Elle sourit, se demandant pourquoi le thème des vampires lui revenait sans cesse à l'esprit aux moments les plus étranges. S'il était un vampire, comment pouvait-il se nourrir ? Alors qu'ils étaient les deux seuls corps chauds au monde ? À moins que ce qui s'est passé n'ait changé son système et qu'il n'ait plus besoin de sang pour survivre ? Pourquoi se souvient-elle de toutes ces histoires de vampires et de rien d'autre ?

Grace secoue la tête. Elle essaya de faire disparaître les étranges pensées vampiriques pour pouvoir revenir au moment présent. Le moment où elle est rentrée dans sa propre maison. Mais encore une fois, c'était peut-être exactement ce à quoi elle essayait d'éviter de penser.

Le bout de la maison était un atrium, avec beaucoup de plantes et de coussins. Un endroit où l'on peut s'asseoir, regarder le jardin et se détendre. Grace fit demi-tour, remarquant une balançoire et un toboggan cachés derrière l'abri de jardin.

Elle s'imagina un instant glisser et se balancer comme une petite fille. Elle essaya de se souvenir de sa mère ou de son père qui la poussait sur la balançoire, ou de Daryl et d'elle-même qui couraient dans le jardin. Elle pouvait tout imaginer, mais ce n'était que cela : son imagination. Pas des souvenirs de ce qui s'est réellement passé.

Vincente se tenait à côté d'elle, il la regardait et ne la regardait pas en même temps. Il pensait qu'elle avait besoin d'espace, et il ne voulait pas la gêner ou la mettre mal à l'aise. En même temps, il voulait qu'elle ouvre la voie. Après tout, même si elle ne s'en souvenait pas, c'était sa propre maison, et il n'était rien d'autre qu'un étranger ici. Il la regarda tranquillement, perdue dans ses pensées, tandis que ses yeux parcouraient le jardin.

"Je ne m'en souviens pas", dit finalement Grace.

"Ça viendra." Vincente dit. "Rentrons à l'intérieur et essayons de nous détendre".

"D'accord", dit Grace, et elle se dirigea vers le couloir. Elle est passée devant une pièce dont la porte était fermée. Curieuse, elle l'a ouverte et a découvert la buanderie. Plus loin, elle est entrée dans la cuisine. Elle a eu l'impression d'entrer dans un rayon de soleil. La cuisine était entièrement jaune. Jaune canari, y compris les appareils électroménagers, les rideaux, le papier peint, la nappe et les sets de table. Grace s'est approchée, remarquant de petites empreintes de tournesols sur presque tout. Sa mère était manifestement une grande fan de jaune, et une fan encore plus grande de tournesols.

"Tournesols", dit Grace en souriant. Elle a sorti les tiges sèches du vase, l'a rempli à l'évier, puis les a replacées dans de l'eau fraîche. Elles se sont tout de suite redressées. Grace a regardé par la fenêtre, découvrant une rangée de tournesols morts le long de la maison.

Ceux qu'elle venait de toucher avaient été cueillis par sa mère. Peut-être par elle-même. Ils ont été apportés dans la cuisine et placés dans ce vase précis.

"Ta maman savait vraiment comment faire entrer le soleil à l'intérieur", dit Vincente en essayant de rassurer Grace, qui était à nouveau perdue dans ses pensées. Il s'assit à la table de la salle à manger, veillant à ne pas faire trop de bruit en repoussant la chaise. Il regarda la pièce et se dit qu'elle était plutôt jolie, mais un peu surfaite à son goût. Un peu de soleil dans la maison, c'était bien, mais là, c'était vraiment, eh bien, lumineux. En ce moment, ses lunettes de soleil lui manquaient sérieusement.

Grace a passé sa main le long du comptoir, essayant de se reconnecter. Elle a ouvert quelques placards et a trouvé une tasse à café avec son nom dessus. Il y en avait une qui disait "Papa numéro 1", une autre qui disait "Meilleure mère du monde", et enfin une tasse qui ne disait qu'un seul mot : Daryl. C'était sa maison. Il y avait des preuves. Des preuves. Pourquoi ne se souvient-elle pas ?

S'il te plaît, laisse-moi me souvenir, pensa-t-elle, quelque chose, n'importe quoi. S'il te plaît.

Vincente pensa que Grace s'était perdue dans ses pensées pendant assez longtemps et décida qu'il était temps de la distraire. Il recula la chaise, pas sans bruit cette fois, faisant un bruit de raclement en disant : "Oups désolé, mais mon estomac gargouille tellement que j'aurais vraiment besoin d'une collation."

Grace se replongea dans les pensées du vampire pendant une seconde, puis se retourna et ouvrit le réfrigérateur. Il n'y avait pas grand-chose dedans, car sa mère avait passé la plupart de son temps à l'hôpital. Elle ouvrit le placard du haut, sortit un pot de café et en prépara un pour chacun d'entre eux. Elle y ajouta une cuillère de fausse crème. Ils sirotent en silence pendant quelques instants.

"Si tu pouvais manger n'importe quoi, n'importe comment, qu'est-ce que tu prendrais ?" demande Grace. S'il répondait une bouteille de sang, elle s'évanouirait tout de suite.

"Je prendrais un gros steak juteux, saignant, et une pomme de terre au four avec de la crème aigre et du beurre qui fondent partout, et pour le dessert, un Lamington."

"Faisons-nous un festin la prochaine fois que nous resterons à l'hôtel, d'accord ?" dit Grace.

"Es-tu une bonne cuisinière ?"

"Je n'en ai absolument aucune idée ! Mais je suis prête à essayer."

"Je n'ai pas beaucoup cuisiné. D'habitude, c'est maman qui cuisine, et à l'occasion, quand elle n'est pas là, j'utilise le micro-ondes ou je me fais livrer des plats à emporter."

Elles sont restées silencieuses pendant encore quelques instants. Grace regardait le hall d'entrée, se décidant à jeter un coup d'œil au reste de la maison. Elle vérifia l'horloge au-dessus de l'évier, qui lui indiqua qu'il était un peu plus de six heures.

Bientôt, cependant, elles seraient fatiguées et auraient besoin de dormir. Bientôt, il fera nuit. Il est vrai qu'ils pourraient allumer les lumières, mais elle préférait regarder la maison maintenant, pendant qu'ils avaient encore toute cette belle lumière naturelle pour travailler.

"D'accord, je suis prête à poursuivre l'exploration", dit Grace. Elle s'est levée, a rincé les tasses vides dans l'évier. Puis elle sortit de la cuisine et continua le long du couloir.

Vincente la suivait en silence, lui laissant une fois de plus le temps et l'espace d'explorer librement. Il lui a donné l'occasion d'ouvrir grand son esprit.

****

L E COULOIR ÉTAIT LONG et moins lumineux que la cuisine. Cependant, la mère de Grace avait des tables d'appoint, des miroirs et des tableaux qui vous tenaient compagnie pendant que vous vous dirigiez vers l'obscurité absolue de la salle de séjour. Grace a traversé la moquette et a écarté les rideaux d'un seul coup. Elle se retourne pour voir ce qu'elle a manqué. Elle espérait qu'en faisant ce mouvement brusque, tout lui reviendrait.

Vincente observait, sans que cela se voie. Il ne voulait pas ajouter de la pression à la situation.

Grace mit ses mains sur ses hanches, et pendant quelques instants, l'espoir apparut dans son cœur.

Elle a retenu son souffle.

Vincente a remarqué une lueur d'espoir lui aussi, et il a fait un geste vers elle.

Elle l'a arrêté avec la paume de sa main. Elle a commencé à faire les cent pas.

Grace était comme un oiseau, cherchant de la nourriture d'en haut. Elle a fait le tour de la pièce en pirouettant.

Bientôt, la lueur d'espoir disparut de ses yeux et elle tomba en tas.

Elle mit ses mains sur son visage et pleura.

CHAPITRE 18

VINCENTE S'EST AGENOUILLÉ DEVANT Grace. Il cherchait les mots justes. Il ne les a pas trouvés parce que son esprit tournait et que son cœur s'emballait. Il était à bout de souffle à force de se retenir - de retenir l'envie de la prendre dans ses bras et

..

Vincente s'est contrôlé. Il a eu une conversation avec lui-même sur le fait qu'elle n'était pas le genre de fille qui l'attirait. Le fait qu'il se laisse influencer par ses troubles émotionnels n'avait pas d'importance. Il est parfois empathique. Pas souvent, mais parfois. Quand il voyait des choses aux informations, des gens blessés, des gens retenus en captivité, des pays déchirés par la guerre, des enfants ou des animaux maltraités, il pleurait.

Maintenant, regarder Grace devant lui, ici et maintenant, était devenu pour lui comme regarder le journal télévisé. Il voulait lui tendre la main et la réconforter comme il le ferait avec un enfant. Alors pourquoi ressentait-il quelque chose d'autre ? Quelque chose de différent ? Et qu'est-ce que c'est ? Il a examiné son sentiment pendant un moment, et il a réalisé exactement ce que c'était. Il ressentait le besoin de s'occuper de Grace. De la protéger.

Oui, c'était forcément ça ! Ça ne pouvait pas être autre chose. Le sentiment qu'il avait dans les reins à ce moment-là. Ça ne pouvait pas être la luxure. Non, ce n'est pas ça.

Lorsque Vincente revint au présent, Grace était debout. Elle faisait courir ses doigts le long de la cheminée et des photos encadrées. Quand Grace s'est arrêtée, Vincente est allé se placer à côté d'elle.

Après avoir vu la photographie, il a souri et l'a prise. Ensemble, ils l'ont examinée de plus près. C'était Grace. Elle devait avoir quatre ou cinq ans, et elle tenait un boulier dans ses bras.

"C'est bien toi", dit Vincente. "Je peux voir tes yeux dans ses yeux".

Grace a souri et a passé au crible le brouillard qui régnait dans son esprit.

"Je sais que c'est moi. Je peux voir qu'elle est moi. Mais je ne me souviens pas d'elle, ni du boulier."

Vincente prit ses crises fermées dans ses mains, et il les ouvrit une à une, comme on ouvre deux roses. Il l'attira dans ses bras.

Elle s'y blottit, écoutant son cœur, ressentant une nouvelle forme de connexion. Elle s'est éloignée.

"Regarde !" s'exclama-t-elle. "C'est mon père et mon frère". Sous la photographie, une plaque indiquait : Benjamin Greenway, époux bien-aimé d'Helen, cher père de Grace et de Daryl. Parti trop tôt, à l'âge de 55 ans.

L'autre photographie portait également une plaque : Daryl Greenway, fils bien-aimé d'Helen et de Benjamin Greenway. Parti reposer avec son père, à l'âge de 21 ans.

Grace inspira une grande bouffée d'air en se souvenant d'eux à l'hôpital. Elle secoue la tête. Ils ne lui avaient pas rendu visite, se corrigea-t-elle, parce qu'ils étaient tous les deux morts. Elle devait être en train de l'imaginer.

"C'est tellement triste", dit Grace. "Deux personnes qui comptaient beaucoup pour moi, et je ne ressens rien. Sauf de la tristesse pour moi, parce que je ne peux pas me souvenir d'eux. Je suis tellement égoïste !"

"Tu n'es pas égoïste ! C'est juste que tu ne peux pas te souvenir pour l'instant, et ce n'est pas de ta faute."

"Je veux tellement me souvenir de quelque chose. N'importe quoi !"

"Et tu y arriveras, sois juste patiente. Donne-toi du temps."

"Je ne pense pas que cela arrivera, Vincente. Je crois que je ne me souviendrai jamais."

Vincente met les mains sur les hanches. "Ils sont revenus te rendre visite, à l'hôpital, pour une raison précise. Peut-être qu'ils sont revenus pour t'aider."

"Comment ? En me faisant croire que je perdais la tête ?"

"Non, pour te prouver que tu les connaissais encore, même s'ils étaient passés de l'autre côté. Tu as parlé avec eux. Tu as eu une conversation avec eux."

"Oui, mais ça n'avait aucun sens."

"Parce que je t'ai interrompu. Peut-être qu'ils ne t'avaient pas encore dit ce qu'ils avaient à dire."

"Ce serait intéressant si c'était vrai, Vincente. Mais je ne pense pas que cela soit très crédible. Merci quand même", dit Grace. Elle a traversé la pièce et s'est tenue au bas de l'escalier.

"Peut-être", dit Vincente. Grace s'est retournée vers lui. "Peut-être qu'ils t'ont transmis un message. Ils te ramènent à une époque de ta vie où tu avais les deux avec toi : une époque plus heureuse. Une époque où tu avais un passé dont tu te souvenais, un présent dans lequel tu vivais, et un avenir que tu attendais avec impatience."

"Deux sur trois, alors", dit Grace.

Vincente a ri et a commencé à chanter et à danser.

"Continue", lui dit Grace.

Vincente a glissé sur le sol en se servant d'un vase comme micro et, à genoux, a donné une sérénade à Grace, qui a applaudi avec enthousiasme.

Les joues rougies à bloc, elle s'est approchée de lui et l'a embrassé fougueusement sur la bouche.

Il lui rendit son baiser. Ses mains se promenaient, les siennes se promenaient, et leurs langues s'exploraient.

Ils prirent tous les deux conscience de ce qui se passait en même temps, et reculèrent simultanément.

"Qu'est-ce que tu essaies de me faire ?" demande Grace. "Je suis désolé, vraiment désolé", dit Vincente.

"C'était nous deux..."

"Oui, c'était le moment. Je suis d'accord pour dire que nous avons tous les deux..."

"Oublions ce qui s'est passé", dit Grace.

"Bonne idée", dit Vincente. Il regarde Grace monter les escaliers.

Lorsqu'elle est arrivée en haut, elle s'est retournée et a souri par-dessus son épaule. "À bientôt. Je vais juste trouver ma chambre et me rafraîchir un peu."

"Super", dit Vincente en se passant les doigts dans les cheveux. Lorsqu'elle fut hors de sa vue, il retourna aux toilettes et s'aspergea le visage d'eau. Il se regarda dans le miroir et se demanda qui était cette personne qui le regardait ? Qui était cette personne ? Qui avait des sentiments, de vrais sentiments, pour quelqu'un qui, il y a seulement quelques jours, n'aurait rien signifié pour lui, à part une fille qui pouvait l'aider à faire ses devoirs de maths pour qu'il puisse rester dans l'équipe ? Aujourd'hui, il l'avait fait marcher à fond, et elle avait réagi, s'était ouverte à lui. Il avait tellement honte d'avoir profité de Grace, surtout à un moment où elle était si vulnérable.

Puis il a pensé à ses lèvres douces, à la façon dont elles avaient hésité puis s'étaient ouvertes à lui. Elle l'avait embrassé comme aucune autre fille ne l'avait fait auparavant. Elle tombait encore plus profondément amoureuse de lui, et il le savait.

Le problème, c'est qu'il tombait amoureux d'elle aussi

CHAPITRE 19

À L'ÉTAGE, GRACE S'EST également aspergé le visage d'eau froide. Pendant un instant, elle ne s'est pas souciée de se souvenir de son passé, car elle pensait que son avenir était plus important. Vincente était plus important pour elle que n'importe quel souvenir.

Elle marcha le long du couloir, passant devant des pièces aux portes fermées. Elle repensa au baiser et à la fièvre qui avait envahi son corps comme un feu, jusqu'à ce qu'elle trouve sa chambre. Ce devait être la sienne, parce qu'il y avait un ordinateur qui tournait, des photos d'Einstein et de Fibonacci, des manuels scolaires, un boulier et... eh bien, ce devait être sa chambre.

Sur la commode, elle découvrit une petite boîte à bijoux. Lorsqu'elle l'ouvrit, une chanson commença à être jouée.

"Tu as besoin d'aide ?" appelle Vincente.

Grace revint en haut de l'escalier avec un petit oreiller à la main. Elle le lui a lancé. C'était un oreiller en forme de cœur.

De retour dans sa chambre, elle retourna la boîte à bijoux qui identifiait la chanson comme une célèbre chanson d'amour. Elle laissa la boîte ouverte, écoutant l'air en boucle pendant qu'elle se dirigeait vers la douche.

Elle s'est arrêtée un instant, entendant un son étrange. Un murmure. Un murmure. Elle écoute. Elle a refermé le couvercle de la boîte à bijoux. Elle a écouté à nouveau. Elle s'est dit que ce devait être dans sa tête. Elle a fait un pas de plus. L'a entendu à nouveau. S'est arrêtée. Écoute.

Le volume augmentait, mais seulement légèrement.

"Tu vas bien là-haut ?" demanda Vincente, voyant Grace immobile, le regard perdu dans le couloir.

Grace a hoché la tête. Elle est retournée dans sa chambre. Elle s'est changée juste à temps, car Vincente est arrivé en haut du palier.

"Je vais bien", dit Grace. "J'ai juste...", hésite-t-elle. "Euh, tu as entendu quelque chose ?" Elle détourna la tête, attendant de réentendre le bruit.

"J'ai entendu de la musique", dit Vincente.

"Oui, c'était ma boîte à bijoux, elle joue de la musique. Mais il y a autre chose ?"

"Comme quoi ?" dit Vincente en regardant ses pieds.

Grace pensait avoir entendu quelque chose, mais il ne voulait pas le lui dire, au cas où elle ne l'aurait pas entendu. Il s'inquiétait pourtant, elle le voyait bien. "Comme un murmure", dit Grace.

"Oui, j'ai entendu quelque chose."

"Je pensais que c'était dans ma tête", a avoué Grace. "Au début. Mais maintenant..."

"Non, je l'entends aussi. C'est comme si-" Vincente a fait une pause, se tenant statufié.

"Shhhh", dit Grace, alors que le bruit avait recommencé. Un peu plus fort encore.

Presque comme un gémissement.

Elle murmurait son nom, Grace, à plusieurs reprises comme s'il s'agissait du refrain d'une chanson. "Peut-être que c'est ma mère ?" suggère Grace.

"Peut-être."

"Peut-être qu'elle est blessée."

"Peut-être."

"Shhhh."

Une forte bourrasque de vent a semblé entrer par la porte d'entrée et se frayer un chemin dans les escaliers en direction de Grace et Vincente. Sa puissance était telle qu'elle les força à s'aplatir contre le mur. Le contenu de la maison trembla, et les fondations gémirent.

Un autre tremblement de terre ?

Ils ont décidé qu'être au dernier étage n'était pas le meilleur endroit où se trouver. Ils s'agrippèrent à la main de l'autre et se dirigèrent vers l'escalier.

"Sortons d'ici !" s'exclame Vincente.

Grace savait qu'ils devaient le faire, et tout de suite. Cependant, elle s'inquiétait de voir sa mère piégée dans la maison. Et si elle était blessée ?

Lorsqu'ils atteignirent l'escalier, ils s'agrippèrent aux rampes en bois tandis que les marches se balançaient d'un côté à l'autre. La maison s'est mise à trembler et à se tordre, presque comme si elle avait l'intention de s'envoler. Les escaliers se mirent à jouer comme les touches d'un piano, se brisant, ce qui les amena à abandonner leur projet de redescendre sur Terra Firma.

Une fois de plus, la voix a appelé "Grace".

***

G RACE TRÉBUCHA DANS LE couloir, semblant suivre le son de la voix. Elle provenait d'une chambre dont la porte était fermée, au bout du couloir.

"Je crois que c'est ma mère", dit Grace alors qu'elles passaient devant une chambre dont la porte était légèrement entrouverte.

C'était la chambre de Daryl, d'après les instruments de musique, les CD, le lit défait et la chaise en osier vide. La chaise était assise directement sous la fenêtre, comme si elle attendait le retour de son frère. La fenêtre était grande ouverte, et une nouvelle bourrasque de vent s'y engouffra. Ils l'empêchèrent de les pousser par-dessus le rail en claquant la porte de la chambre juste à temps.

Ils ont entendu la voix chuchoter à nouveau : "Grace".

Elles tremblèrent et se prirent la main. Ensemble, ils se sont frayé un chemin le long du couloir. Vers la porte fermée au bout du couloir, tandis que la maison hurlait et grondait autour d'eux.

***

L E GÉMISSEMENT SE FAISAIT de plus en plus fort.

Le murmure n'en était plus un.

C'était clairement une voix de femme - la voix d'Helen Greenway, qui appelait sa fille.

"Tu devrais peut-être répondre ?" suggère Vincente.

"Maman !

"Grace !

"Maman !

"Grace, Grace !"

Elles sont arrivées juste devant la porte. Elle était chaude au toucher, et elle était intacte. Toujours sur ses gonds.

La maison avait cessé de trembler et de rugir.

Ils l'ont poussée.

Quelque chose leur a échappé, entrant dans la pièce devant eux.

C'était comme une brise glacée.

Ils frissonnèrent lorsque la porte se referma derrière eux, puis le mécanisme de verrouillage s'enclencha tout seul.

✳✳✳

LEURS DENTS CLAQUENT TANDIS que leurs yeux s'adaptent à la lumière et qu'ils peuvent regarder autour d'eux. Grace était certaine qu'ils n'étaient pas seuls, mais elle ne voyait pas sa mère, et la voix n'appelait plus ou ne murmurait plus son nom.

Elle semblait froide. Froid comme la mort.

"Tu vois quelque chose, n'importe quoi ?" demande Vincente.

"Je peux voir un souffle froid. En forme de flocons de neige de Fibonacci."

"Quoi ?"

"Tu vois, là ? Des flocons de neige."

Les flocons de neige tombaient autour d'eux. Ils frissonnèrent davantage et mirent leurs bras autour d'eux alors que leur peau sentait les flocons humides et fondants passer du blanc cristallin aux larmes.

"Je peux sentir quelque chose, une présence ici avec nous. C'est peut-être pour ça que je me suis souvenu du truc de Fibonacci."

"Oui, bien joué, mais est-ce dangereux ?" Vincente demande : "Je veux dire, est-ce qu'elle va essayer de nous faire du mal ?".

"Non, je n'ai pas l'impression qu'il veuille nous faire du mal. Mais j'ai l'impression qu'il veut me connaître."

"Quoi ?"

"Il veut que je le réconforte."

"Reste ici, à côté de moi. Ne bouge pas", dit Vincente.

"Il essaie de m'atteindre, dans mon esprit. Il pensait que s'il m'amenait ici, nous ici, alors il serait capable d'obtenir ce qu'il voulait de nous, mais maintenant que nous sommes là, il ne sait pas quoi faire." Grace s'est arrêtée de parler, ses mains volant vers sa tête sous l'effet de la douleur.

"Tu lui parles ? Il te fait du mal ?" demande Vincente. Tout le corps de Grace s'est mis à trembler en guise de réponse.

"Il utilise une sorte d'ESP pour communiquer avec moi. Il scanne mon cerveau, mon corps. Elle écoute mes pensées et mes émotions."

"Éloigne-toi d'elle !" Vincente a crié en prenant une chaise et en la jetant contre le mur.

Grace cria de douleur tandis que Vincente était soulevé dans les airs et projeté violemment sur le lit.

CHAPITRE 20

G RACE CONTINUAIT À REGARDER avec horreur Vincente se faire secouer d'avant en arrière comme s'il avait été possédé par un démon. Elle ne pouvait s'empêcher de se demander, à travers le niveau de douleur voilée qui rivait son corps de temps à autre, ce qui causait cela. Était-ce une créature d'une autre dimension ? Un loup-garou ? Un vampire ? Un fantôme ? Un démon ? Grace balaya la pièce du regard, à la recherche d'une arme. N'en voyant pas, elle attendit que le corps de Vincente se calme. Ses pieds et ses bras ont ensuite été liés par un être invisible et inconnu.

Vincente ne bougeait plus. Grace essaya de courir à ses côtés, mais c'était comme si ses pieds avaient été soudainement cimentés dans une dalle du sol. Le haut de son corps se déplaçait vers l'avant, comme si elle était un monstre de cirque, mais ses jambes étaient tout simplement inamovibles.

"Ça va, Vincente ?"

"Je n'ai plus mal."

"C'est bien."

"Et toi ?

"Je me sens à nouveau normale, mais j'ai vraiment peur, Vincente. Je ne peux pas bouger mes pieds."

"Sans compter qu'il va bientôt faire nuit ici. Peux-tu atteindre la lumière ?"

Grace s'est efforcée de plier le haut de son corps en direction de l'interrupteur sur le mur. Elle s'étira et s'étira, imaginant qu'elle était en fait un monstre de cirque en caoutchouc, le toucha et entendit le clic, mais rien ne se produisit. Le courant avait été coupé.

"Ça ne marche pas, Vincente. Il va bientôt faire nuit noire ici !" Grace a mis ses bras autour d'elle et a essayé d'arrêter les tremblements.

"Tu peux encore la sentir, la présence autour de toi ?"

Grace a essayé de rejeter ses sentiments, les imaginant comme des tentacules à la recherche de quelque chose d'invisible et d'inconnu.

"C'est calme maintenant, Vincente. Peut-être qu'il a obtenu ce qu'il voulait de nous et qu'il est passé à autre chose. Ou peut-être que nous n'étions pas ce qu'il espérait que nous serions."

"Oui, pour la première fois de ma vie, ça ne me dérangerait pas d'être une déception pour cette chose. Mais essayons de réfléchir. Qu'est-ce qu'elle pourrait vouloir de nous ? Qu'est-ce que ça pourrait être ?"

"Un loup-garou ?" Grace a suggéré.

"Ce n'est pas la pleine lune, pas avant quelques jours en tout cas. Mais bon, je ne pense pas qu'ils puissent être invisibles."

"Et un vampire ?"

"Oui, ils ne sortent que la nuit, n'est-ce pas ?" dit Vincente en gloussant sous sa respiration. La corde était attachée très étroitement autour de ses membres, et le besoin de bouger était irrésistible. Le problème, c'est que lorsqu'il bougeait, les liens se resserraient encore plus, et ils lui coupaient la peau. Il pouvait voir des gouttes de sang s'accumuler sur le drap de lit à partir de ses chevilles.

Grace a remarqué que le sang coulait aussi sur les draps. Elle a regardé le rouge se répandre sur le blanc. Elle a été déconcertée par des mouvements qui venaient vers elle depuis le dessous du tapis. Des mouvements, c'est sûr. Comme un serpent. Lent. Glissant. Venant vers elle.

"Vincente !" hurle-t-elle, alors que la chose s'approche d'elle.

Le haut de son corps recula. Recule, recule, aussi loin que possible.

Malheureusement pour Grace, ce n'était pas assez loin.

✳✳✳

"**V**INCENTE !" GRACE A crié.

Il voyait bien qu'elle était terrifiée mais n'avait aucune idée de la raison. Il essaya de desserrer les cordes, mais il n'y avait rien à faire. Toute lutte ne faisait que les resserrer et mordre encore plus profondément dans sa chair.

La chose continuait à se frayer un chemin jusqu'à Grace.

Vincente put discerner l'existence d'une chose en mouvement sous le tapis. Il vit les jambes de Grace se transformer en gelée, tandis que la chose comblait l'écart entre elles.

Grace a tenu bon, en essayant de se contrôler. Elle voulait crier et hurler, mais au lieu de cela, elle s'est concentrée sur sa respiration. Alors qu'il se rapprochait de plus en plus, elle pouvait sentir qu'il commençait à la sonder.

Un sentiment de calme l'a envahie, a submergé ses sens. Elle sentait intrinsèquement qu'il ne lui voulait pas de mal.

"Grace !" Vincente cria, et les cordes lui entamèrent la peau. Il se plia au milieu, ressemblant maintenant à un veau nouveau-né. C'est alors qu'un bâillon sortit de nulle part. Il s'est fixé sur la bouche de Vincente.

Sous le bâillon, Grace pouvait voir qu'il criait, qu'il criait plus fort qu'il n'avait jamais crié auparavant. Mais tout ce qui venait de sa direction était un silence douloureux. Les cris silencieux sont les plus effrayants de tous.

Ils se sont regardés l'un l'autre. Ils se sont tendus l'un vers l'autre avec tout ce qu'ils avaient, et ils se sont regardés dans les yeux alors que la chose arrivait aux pieds de Grace.

Elle a commencé à se déplacer vers le haut, en commençant par ses orteils, en se frayant un chemin de plus en plus haut.

C'est alors que la voix de Grace remplit la maison d'un cri électrisant.

∗∗∗

Ne lutte pas, se dit Grace, sachant très bien que Vincente lui dirait exactement les mêmes mots, si seulement il le pouvait.

Détends-toi, pensait-elle, laisse-le faire ce qu'il a à faire et peut-être qu'il s'en ira.

Elle a essayé de faire abstraction de tout, de tout bloquer, sauf de Vincente sur le lit, les yeux plus que grands ouverts. De là où elle était, elle pouvait voir une petite collection de sang qui s'écoulait de sa cheville droite. Elle a regardé sa poitrine se soulever et s'abaisser.

La chose la tournait et la tordait jusqu'à ce qu'elle ait l'impression de ne plus être elle-même.

Sa puissance s'était accrue. Au début, la douleur était supportable comme une légère sensation de brûlure. Presque comme un baiser brûlant. Cela créait une dépendance ; elle voulait un autre baiser, puis un autre, et encore un autre. Puis la douleur s'est transformée en quelque chose de différent. Une brûlure plus vive. Comme une marque au fer rouge. Chaud. Plus chaud. Un grésillement.

Son visage rougit et elle serra les poings. Sa volonté de se battre se manifestait, mais la douleur était trop forte pour être supportée.

Une fois qu'elle a atteint la région pelvienne, le grésillement s'est intensifié et la température a grimpé. C'était comme si elle était en feu. En train de brûler sur un bûcher. Elle ne pouvait pas penser. Elle était comme un gros nerf - un nerf à vif. La douleur était plus qu'atroce. Elle n'en pouvait plus, et pourtant elle s'élevait. Elle est restée consciente alors qu'il remontait vers ses seins. Ils étaient eux aussi en feu, et la chaleur se déplaçait, synchronisant la douleur de sorte qu'elle pulsait dans tout son corps.

Tout est devenu noir.

CHAPITRE 21

L ORSQU'ELLE EST REVENUE à elle, Grace n'était plus à l'intérieur de son corps. Elle comprend lentement ce qui s'est passé. La douleur avait provoqué la fragmentation de son esprit.

De quelque part au-dessus de la scène, elle pouvait encore se voir en train de se tordre, de tourner dans un cocon imaginaire, alors que le tourbillon de douleur la ballottait, la tournait et tordait son corps, toujours en mouvement à l'intérieur d'elle. La retenant captive dans son emprise brûlante.

Sentant la brûlure, sentant sa propre chair grésiller, Grace ne pouvait plus supporter de se regarder, alors elle tourna son attention vers Vincente.

Il se tordait lui aussi. Son corps se balançait d'un côté à l'autre et il tremblait presque comme s'il était au milieu d'une crise d'épilepsie. Elle s'approcha de lui, en flottant. Elle a touché son front brûlant avec ses lèvres.

Ses yeux se sont ouverts, comme s'il avait senti sa présence. Elle lui cria dessus, essayant de franchir les barrières, mais ses cris étouffés ne furent pas entendus. L'intensité de ses cris, à travers le corps, dont elle ne faisait plus partie, refroidissait la pièce chaude et lui causait encore plus de détresse.

Grace voulait assassiner cette chose. Quoi que ce soit, elle voulait le prendre et en étrangler la vie, en couper l'esprit. Elle voulait que ça s'arrête. Elle savait alors ce qu'elle devait faire. Elle devait retourner dans son corps, pour affronter l'horrible créature de face. Elle devait y retourner. Elle n'avait nulle part où aller.

Oui, la chose avait son corps, mais elle n'avait pas son esprit, et elle n'avait pas son esprit. Il en allait de même pour Vincente. Oui, ils étaient tous les deux torturés, pour des raisons inconnues. Peut-être parce qu'ils étaient les deux derniers êtres humains sur Terre. Comme dans le vieux film dont Vincente avait parlé, avec les extraterrestres qui essayaient de découvrir ce qui faisait vibrer les humains. Ou peut-être qu'ils essayaient de les tuer !

Quelle que soit la raison, Grace n'allait pas les laisser avoir ce qu'ils voulaient. Elle n'allait pas les laisser prendre leur vie sans se battre.

Pendant une fraction de seconde, elle a imaginé s'envoler par la fenêtre. Se laissant elle et Vincente derrière elle. Mais elle ne pouvait pas le faire. Elle aimait ce corps, même s'il avait ses défauts. Même s'il y en avait beaucoup, c'était toujours le sien et seulement le sien. Et puis il y avait Vincente. Elle l'aimait, cela ne faisait aucun doute. Elle devait revenir à elle. Elle devait le sauver. Peut-être les sauver tous les deux.

À l'extérieur de la pièce, les grands arbres soufflaient d'avant en arrière, d'avant en arrière, dans la puissance magnétique de la brise. Vincente et elle étaient comme ces arbres, se déplaçant avec la douleur comme ils se déplaçaient avec le vent.

Elle prit une profonde inspiration, puis rentra dans son corps. La douleur la transperça comme un couteau. Elle voulut instantanément se détacher, mais se rendit vite compte que cela l'avait affaiblie, avait diminué son contrôle et son pouvoir. Son essence avait été altérée. Elle comprenait maintenant qu'en se fragmentant, elle avait donné à la chose un pouvoir supplémentaire sur son être physique. Elle est maintenant déterminée à reprendre ce pouvoir !

Une fois à l'intérieur de son corps, sa maison, elle a rassemblé toutes ses pensées et son énergie positives, ainsi que tout l'amour qu'elle pouvait trouver dans son cœur. Elle invoque ces choses de la banque de mémoire, stockée bien au-delà de sa portée.

Repoussant la volonté de se détacher à nouveau, elle concentre toute son énergie non pas sur la douleur grésillante et incessante, mais sur la création d'une puissante source de lumière qui lui est propre.

Une fois qu'elle l'a imaginée, elle la déplace comme une boule de soleil. Elle l'a tenue dans la paume de sa main jusqu'à ce que la boule de lumière ressemble à un cœur : les cœurs combinés de Grace et de Vincente.

Elle a projeté toute l'énergie de la boule vers Vincente. Celui-ci dériva à travers la pièce, brillant galamment. Pendant quelques secondes, le corps de Vincente ne se tordit plus. Elle retira le cœur lorsque la douleur fulgurante l'envahit à nouveau et le maintint.

Il lui permettait d'avoir la force de supporter ce qu'elle devait supporter.

Et quelque part dans son âme, une chanson commença à jouer, une chanson qu'elle ne reconnaissait pas. Une chanson qui lui était totalement inconnue. Au fur et à mesure qu'elle la jouait et qu'elle la chantait, ses lèvres ne brûlaient plus et ses yeux se tournaient vers Vincente. Son cœur lui disait de se joindre à la chanson, de la chanter avec elle.

Ensemble, ils chantèrent dans leurs esprits et leurs âmes, et la boule de lumière devint de plus en plus forte, de plus en plus forte.

"Je ne t'ai jamais invité ici, esprit, ou quoi que tu sois. Tu n'as pas le droit d'envahir mon corps. D'envahir le corps de mon ami. Maintenant, sors !"

Et c'est ce qu'il a fait. Il est parti.

Grace s'est effondrée sur le sol.

CHAPITRE 22

QUELQUES HEURES PLUS TARD, Grace ne se sentait pas dans son assiette et se demandait sans cesse : " Où suis-je ? ".

Lorsqu'elle essayait de bouger, chaque partie de son corps lui faisait mal. Ses bras et ses jambes étaient tordus dans des positions peu naturelles, comme des branches d'arbre mortes ou désarticulées. Elle a essayé de rassembler son corps en elle-même, mais chaque mouvement la faisait se tordre de douleur.

Elle a tenté de se lever - le mot clé étant tentative - mais s'est effondrée une fois de plus. Grace a regardé le tapis. Elle essaya de réfléchir, de se souvenir. Qu'est-ce qu'il y a avec ce tapis ? Elle a jeté un coup d'œil dans la pièce. Elle a trouvé le lit. Elle a trouvé Vincente.

Tout ce qui avait trait à leur épreuve, qui lui avait donné la chair de poule, lui revint en mémoire.

Elle se mit à marcher comme un bambin, car elle devait réapprendre à son corps à faire les mêmes mouvements. Elle finit par atteindre Vincente et contempla son corps immobile. Elle regarda les taches de sang, maintenant brunes. Elles ne s'étendaient plus.

Ses yeux se posèrent sur ses lèvres. Ses lèvres si agréables à embrasser. Elle se pencha, mais s'arrêta lorsque ses yeux s'ouvrirent en grand, puis en plus grand. Il n'était pas content de la voir. Il était terrifié.

"Qu'est-ce qu'il y a, Vincente ? Quoi que ce soit, c'est parti maintenant. Nous sommes en sécurité. Nous allons bien. Tout va bien se passer."

Bien que Grace ait continué à lui ronronner ces mots positifs, l'expression terrifiée de Vincente ne semblait que s'intensifier. Ses yeux se déplacent d'avant en arrière, d'arrière en avant. Il lui disait quelque chose. Il la mettait en garde ?

Chuchota-t-elle, en demandant s'il y avait quelque chose derrière elle ? Il acquiesce.

Elle réfléchit un instant, tendit la main et chercha la chose, mais elle ne la trouva pas. Elle voulait courir, s'échapper, mais elle savait que la chose était là pour elle. Elle était revenue pour elle.

Ou était-ce autre chose ? Une autre chose ? Elle redoutait l'idée que cette chose puisse être plus forte, plus puissante, qu'elle puisse la briser. La détruire.

Les yeux de Vincente restaient figés, fixés juste au-dessus de son épaule. Sa peur était contagieuse, et elle tremblait, tremblait. Elle réalisa alors que le seul moyen de vaincre cette chose était d'être ensemble.

Grace s'est penchée et a commencé à défaire les cordes qui le retenaient d'une main, tandis que l'autre fouillait dans la table de nuit à la recherche d'une arme quelconque. Quelque chose qu'elle pourrait utiliser. Elle espérait que sa mère avait peut-être quelque chose là, un outil qui pourrait l'aider dans ces graves circonstances.

Les yeux de Vincente ont hurlé. Ses yeux sont devenus les siens.

Dans le tiroir, une pince à épiler était le seul outil utile à trouver, et Grace commença à couper les cordes. À ce rythme, il faudrait une éternité pour libérer Vincente. Elle se pencha et commença à mordre les cordes avec ses dents, faisant de beaux progrès, jusqu'à ce que Vincente se mette à trembler et à se tordre à nouveau. Ses yeux rencontrèrent les siens, puis il les ferma.

Elle se retourna et cria : "Qu'est-ce que tu es et qu'est-ce que tu me veux ? De nous ? Nous ne te voulons aucun mal. Dis-nous ce que tu veux et nous te le donnerons ! Nous essaierons de vous aider, mais s'il vous plaît, arrêtez de nous faire du mal. Arrêtez de faire du mal à mon Vincente. Je vous donnerai n'importe quoi !"

Vincente cessa de se tordre.

Ses yeux s'ouvrent alors que Grace est soulevée de ses pieds et projetée dans les airs.

La force l'a projetée contre le plafond. Puis elle s'est cognée contre les murs. Bump. Un coup de poing. Bump.

Enfin, elle l'a laissée tomber sur le sol, où elle est restée inerte comme une poupée de chiffon.

***

B RISER LE VERRE. SE briser. Il vole partout. Touchant sa peau. Perforant sa peau.

Grace s'est protégée du mieux qu'elle a pu avec ses bras et ses mains.

Quelque chose l'a soulevée et l'a emportée par la fenêtre. Elle était sur le dos d'une créature volante. Elle s'y accroche. C'était doux. Pas avec des plumes, mais avec des poils, de la fourrure.

Il faisait très sombre, si sombre qu'elle ne pouvait pas distinguer la forme de l'objet sur lequel elle était transportée.

Ils glissaient à l'intérieur, à l'extérieur et au-dessus de choses : des habitations terrestres noires, informes et ombragées, des tours et des ponts. Elle sentit qu'ils prenaient de l'altitude, qu'ils montaient de plus en plus haut, jusqu'à ce qu'il n'y ait plus rien qu'ils puissent éviter de heurter. Ils étaient dans les nuages.

Peut-être était-elle morte ?

✳✳✳

G RACE ET LA CRÉATURE volent dans le ciel nocturne. Lorsque la créature a viré brusquement à droite, elle a failli perdre sa prise. La chose a émis un "Gwap-Gwap" rassurant. Elle l'a projetée en arrière pour la mettre à l'abri. Elle l'entoure de ses b ras.

Glisser. Dérivant dans et hors de la conscience, Grace ne savait toujours pas si elle était morte ou si elle rêvait. Ils continuèrent, de plus en plus loin, de plus en plus profondément dans le noir de la nuit.

Grace ouvrit les yeux et s'imagina pendant quelques secondes qu'ils étaient enveloppés dans un tunnel fait de métal.

Elle renifla l'air, sentit l'odeur de la mer, puis perdit connaissance.

Il semblait qu'ils avaient voyagé pendant toute une vie et maintenant le soleil commençait à se lever. Il reflétait la lumière comme un vaisseau spatial à miroir alors qu'ils commençaient à dériver vers le bas.

Son estomac chuta lorsqu'ils ricochèrent sur les nuages étrangement solides. Ils rebondissent, tombent. Grace n'a pas eu peur à ce moment-là. Elle se sentait en sécurité. Reconnaissante d'être en vie.

Puis la créature l'a lâchée.

Elle a lutté contre le vent pendant la descente.

*** *

L E SOLEIL ÉTAIT HAUT dans le ciel, c'était normal. L'endroit où se trouvait Grace ne l'était pas.

Elle était bercée dans les bras d'un arbre gigantesque, et le simple fait de regarder en bas lui faisait retourner l'estomac. Elle était contente de toucher quelque chose. Elle passa sa main le long de la solide branche sur laquelle on l'avait posée.

Le soleil jetait ses rayons sur ses épaules. Elle a ramassé des éclats de verre sur sa peau et a évité de regarder en bas.

Sans rien pour la distraire, elle suivit la ligne du tronc de l'arbre. Il n'en finissait pas de s'allonger. L'arbre était très grand, dans les environs de 145 mètres au moins.

Grace examina son environnement et fit le tour d'un cercle avec ses yeux. Un cercle d'arbres. Elle savait instinctivement, et sans aucune raison logique, que son arbre était l'arbre roi. Les autres étaient des chevaliers. Elle chercha un arbre Reine mais ne put le discerner.

Elle essaya de se souvenir de ce qu'elle pouvait savoir sur les arbres. Arbre de la connaissance. Arbres factoriels. Arbres binaires.

Arbre du bien et du mal. Arbre à souhaits. Arbre de Noël. Arbre de la sagesse.

Elle s'interroge sur la piété des arbres. Elle imaginait que si elle était à nouveau une petite fille, ce serait un arbre qui lui inspirerait de l'admiration. Il était bien plus que magnifique. Cet arbre était si grand qu'on aurait presque dit qu'il aurait pu atteindre le ciel s'il avait existé.

Grace secoue la tête. Elle était distraite par sa magnificence alors qu'elle avait besoin d'un moyen de descendre.

Sans parler de l'arbre mangeur de chair. Quel genre d'arbre était-ce ?

Cette pensée ne la tourmenta qu'un instant, car elle se pencha en arrière et observa les nuages qui défilaient. Elle sentait leur présence en elle, comme si elle dérivait dans le ciel sur l'un d'entre eux. Elle oublia tout ce dont elle était censée se souvenir en s'imaginant marcher sur une forme de guimauve et d'oreiller.

Elle était à l'intérieur, en train de flotter, quand elle s'est endormie à nouveau.

L E SOLEIL AVAIT PRESQUE disparu et le crépuscule se profilait à l'horizon. Elle s'étira et bâilla, se sentant réconfortée. Elle oublia totalement où elle se trouvait, mais seulement pendant une seconde.

Au-dessous d'elle, le cercle d'arbres - les Chevaliers - se tenait debout, les branches le long du corps. C'étaient tous des arbres morts. Cependant, l'arbre dans lequel elle se trouvait avait quelques feuilles et était bien vivant.

Elle suivit le tronc de son arbre jusqu'au sol. Elle remarqua que la terre avait été secouée au fond. Il y avait des chemins frais qui s'éloignaient de l'arbre. Des chemins qui menaient aux autres arbres, aux chevaliers. Il semblait évident que les autres arbres avaient déjà été vivants, mais qu'ils avaient détourné leurs sources de nourriture et d'énergie pour sauver le roi. Ils étaient morts pour l'arbre roi. Ils avaient fait le sacrifice ultime.

Mais pourquoi ?

Grace n'avait pas de réponse à cette question.

Elle a levé les yeux vers la face de la lune. Le visage d'Albert Einstein se reflétait sur elle. Elle lui a souri, s'attendant presque à ce qu'il vomisse quelques formules de réponses scientifiques et mathématiques.

Elle était entourée de symétrie, dans les branches et dans toutes les autres formes de vie. C'était réconfortant de sentir la familiarité de la symétrie.

Bien qu'elle n'apporte aucune réponse, pas plus que la lune d'Einstein.

✳✳✳

E INSTEIN ÉTAIT ENCADRÉ PAR des étoiles scintillantes. Elles clignotent en reconnaissance de son génie. Elle se sentait réconfortée à l'idée qu'il veillait sur elle.

Elle a ouvert son esprit à tout et à n'importe quoi d'un seul coup.

Ne se sentant pas fatiguée, elle a cherché des réponses dans le ciel. Si elle essayait de descendre, elle risquait de tomber. Mais elle pourrait aussi arriver au fond. Elle pourrait se frayer un chemin jusqu'en bas. Lentement.

Elle se briserait sans doute le cou si elle sautait. Elle ne tenait pas tant à être de nouveau sur la terre ferme qu'à y être morte.

Elle pensa à crier à l'aide, mais qui pourrait l'aider ? Vincente ? Non, il était toujours attaché au lit, pour autant qu'elle le sache.

Ou bien elle pouvait attendre. Peut-être que la chose qui l'avait amenée à l'arbre avait l'intention de revenir la chercher ? Peut-être qu'elle la ramènerait à Vincente ? Mais peut-être aussi qu'elle l'achèverait.

Elle examina la symétrie de l'arbre ; c'était une belle œuvre d'art. Cela prendrait du temps, mais elle pourrait s'en servir comme d'une échelle.

Elle respira l'odeur de l'arbre. Elle frissonna en pensant qu'il pouvait s'agir d'un olivier capable de manger un oiseau mort. Un arbre qui pourrait embrocher une proie vivante avec ses branches. Elle décida qu'elle préférait tomber au sol et trouver sa fin, plutôt que d'être embrochée et mangée.

Il faisait trop sombre pour commencer à descendre. Grace était certaine qu'elle aurait plus de chance en plein jour, même si elle appréciait l'ironie de la présence d'Einstein pour la guider.

Elle s'est allongée dans les bras des branches et a pensé à Vincente. Il lui manquait. Ils avaient passé chaque instant de chaque jour ensemble au cours de la semaine écoulée, et il avait pris une place importante dans sa vie.

Elle reposa ses yeux, se servit de ses mains comme d'un oreiller et imagina un plan : Un plan qui impliquait une très grosse hache.

CHAPITRE 23

ALORS QU'UN NOUVEAU JOUR se levait, que le soleil réapparaissait à l'horizon, Grace restait assise, transie. Comme un ange au sommet d'un arbre plutôt gigantesque, qui ne ressemblait en rien à Noël.

Elle était éveillée depuis des heures, fatiguée de rester assise, attendant qu'une idée lumineuse se forme ou qu'un nouveau plan d'évasion lui vienne à l'esprit. Tout au long de la nuit, elle avait envoyé des messages télépathiques à tous les mathématiciens et scientifiques qui étaient passés au-delà de la terre, dans une autre dimension. Elle les a exhortés à lui envoyer ou à lui transmettre une idée d'où qu'ils soient, mais rien n'est venu.

Déprimée, Grace se rendit compte qu'elle était totalement seule. Elle ne pouvait compter que sur elle-même.

Elle a regardé vers le bas, vers le bas, vers le bas. Elle s'est appuyée aussi loin qu'elle le pouvait sur la branche, qui avait montré sa capacité à supporter tout son poids. Elle recula.

La descente était longue, terriblement longue. Son imagination s'est emballée à ce moment-là. Elle a imaginé Vincente, arrivant en hélicoptère pour la sauver. Il est descendu sur une grande échelle dans le ciel, et ensemble ils sont remontés dans l'engin qui bourdonnait. Ils se sont embrassés passionnément, puis ils se sont élevés dans les cieux, où ils pourraient vivre heureux pour toujours.

Grace s'en voulait d'avoir imaginé des fantaisies aussi enfantines. Vincente n'était pas en mesure de la sauver. Il ne contrôlait plus rien maintenant ! La chose, quelle qu'elle soit, le retenait sur le lit là-bas, comme s'il était un esclave sexuel.

Elle devint de plus en plus furieuse et agita ses poings en l'air, pour tout le bien que cela pouvait faire. Il n'y avait personne pour la voir brandir ses poings.

Pourtant, quelque part au fond de son esprit, une partie d'elle croyait encore que Vincente pouvait la sauver et qu'il le ferait. Tout ce qu'elle avait à faire, c'était d'attendre. Elle savait que c'était idiot, et elle savait qu'elle seule avait le pouvoir de regagner le sol, et pourtant elle n'arrivait pas à se motiver suffisamment pour entamer la descente.

Toute la journée, elle a regardé le soleil jouer avec les ombres, danser dans et hors des branches. Les feuilles riaient, comme si on les chatouillait, et elle a perdu une journée entière à ne rien faire pour s'aider.

Les étoiles scintillaient tout autour d'elle tandis qu'elle s'endormait. Dans son esprit, une chanson était jouée,

"Rock a bye Gracie, au sommet de l'arbre,

Quand le vent souffle, le berceau se balance,

Quand la branche se brise, le berceau tombe,

Et Gracie tombera, le berceau et tout le reste."

Elle se réveilla en sursaut, découvrant qu'elle s'était déplacée jusqu'au bord même de l'endroit sûr dans lequel elle avait été placée. Elle s'agrippa au tronc de toutes ses forces et se remit en position, tandis que les feuilles autour d'elle semblaient lui chuchoter tous les potins de l'arbre qu'elle avait manqués.

Elle avait espéré que tout cela n'était qu'un mauvais rêve. Elle essayait de se convaincre que Vincente allait arriver et la sauver.

CHAPITRE 24

LA PAUVRE GRACE A pleuré à chaudes larmes. Elle a imaginé ce que ce serait si elle avait une paire d'ailes. Elle pourrait s'envoler hors de l'arbre. Elle pourrait s'enfuir en toute sécurité. Elle pourrait sauver Vincente, et ensemble, ils pourraient s'échapper.

Alors que le soleil fait à nouveau sentir sa présence, Grace décide de commencer à grimper tout de suite. L'arbre semblait tendre ses branches vers le soleil, et pendant un instant, Grace a imaginé qu'il lui tendait des doigts de bois.

La vue depuis le perchoir où elle était assise lui coupait encore le souffle. Elle s'étendait à perte de vue. Tout est immobile. Rien ne bougeait, si ce n'est avec l'aide de la brise.

Grace se sentait au chaud et en sécurité, reposant là dans le filet de lumière du soleil. C'est un peu comme si elle imaginait que l'on retournait dans le ventre de sa mère. Elle avait l'impression de ne faire qu'un avec le monde, avec l'univers. Et pourtant, elle était plus seule qu'elle ne l'avait jamais été de toute sa vie. Comment est-ce possible ?

Grace se sentait paralysée par son profond désir de croire en une puissance plus grande qu'elle, et tout à coup, elle a su pourquoi. Avant qu'il n'y ait la physique, la science et la symétrie, il devait y avoir le besoin d'une âme. Le besoin de survie de l'âme : une seule âme. Une seule.

Elle a serré ses genoux au plus profond de sa poitrine et elle a laissé son esprit prendre le contrôle de tous ses sens. Elle savait, sans l'ombre d'un doute, qu'elle toucherait à nouveau l'herbe au pied de cet arbre, et elle savait aussi qu'elle s'éloignerait de tout cela.

Une autre chose dont elle était certaine, c'est que Vincente n'était qu'un garçon. Il n'avait pas de pouvoirs spéciaux ou de capacités que l'on aurait s'il était immortel. Il ressentait la douleur. Il pouvait être blessé. Et surtout, Grace comprenait que les hommes avaient parfois besoin d'aide. Oui, un homme aussi athlétique et fort que Vincente a même parfois besoin de l'aide d'une fille.

L'aide d'une fille, dans un moment comme celui-ci.

L'aide d'une fille comme Grace Greenway.

✳✳✳

ELLE S'EST ARC-BOUTÉE. ELLE se laissa glisser vers le bas, vérifiant que les branches en dessous pouvaient supporter son poids. La branche plia avec elle et grinça même un peu, mais elle tint bon.

Elle s'y enfonça un peu plus, remarquant à quel point descendre d'un arbre lui paraissait étranger. Elle était certaine qu'en tant que petite fille, elle n'avait jamais été une grimpeuse de nature. Si tu as une fille, n'oublie pas de lui construire une cabane quand elle sera petite pour qu'elle apprenne à grimper correctement.

Grace s'imaginait être une grimpeuse d'arbres professionnelle. Quelqu'un qui était monté et descendu de nombreux arbres et qui le faisait avec facilité. Elle s'est rendu compte qu'elle ne grimpait probablement pas comme le ferait un grimpeur d'arbre professionnel. Non, pensa-t-elle, il ou elle utiliserait le tronc. La partie épaisse de l'arbre, pour assurer sa stabilité.

Et c'est exactement ce qu'elle a fait. Elle a continué sa descente, petit à petit. Petit à petit.

Elle était centrée. Elle avait des éclats plantés dans son jean, et ses mains saignaient à force de maintenir son poids sur l'écorce rugueuse.

Lorsqu'elle était trop fatiguée pour continuer à descendre, elle enroulait ses bras et ses jambes autour du tronc d'arbre et se reposait. La douleur et les élancements du sang résonnaient alors dans son cerveau, mais elle était trop fatiguée pour écouter, et elle dormit.

✳✳✳

"LAISSE-TOI ALLER", A DIT une voix alors qu'elle dérivait dans et hors du sommeil. "Il est temps, Grace, que tu te laisses aller."

Elle s'est accrochée fermement, encore plus qu'avant. Elle tourna la tête, étouffant la voix avec ses bras.

"Laisse-toi aller, Grace", disait la voix.

Elle était de plus en plus fatiguée de tenir bon. Ses bras et ses jambes battaient la chamade. Elle évite de regarder en bas.

Elle a glissé. Et elle a dégringolé.

Un énorme éclat s'est enfoncé dans sa main et le sang a coulé, s'écoulant le long de l'arbre.

Elle a regardé le sang s'écouler et a recommencé à descendre, sans se décourager.

***

EN CONTINUANT À DESCENDRE, elle balaya le sang, qui fut épongé par ses vêtements. Elle s'est arrêtée pour reprendre son souffle. Elle se remit en mouvement. À peine était-elle revenue à sa descente rouge dégoulinante que d'autres gouttes de sang coulaient, aidées par la gravité à se frayer un chemin vers le bas.

Les gouttelettes de sang de Grace scintillaient et dansaient dans la lumière du soleil, comme des saphirs.

Elle ne pouvait plus descendre. Elle aspirait à la sécurité de l'espace supérieur où elle pourrait se reposer. Elle se rendit compte qu'elle avait fait pas mal de progrès en descendant de l'arbre. Oui, la descente était encore longue, mais elle avait un regain d'espoir dans son cœur.

Elle y arrivera.

Elle s'est étalée le long du tronc autant qu'elle le pouvait. Elle reposa ses jambes en les enroulant autour des branches voisines. Elle ressemblait à un bretzel, mais elle tenait bon, et elle était fière de ses progrès.

Son esprit commença à vagabonder et elle réalisa à quel point elle avait soif et faim. Elle s'accrocha pour survivre et essaya de concentrer son esprit sur d'autres choses. Elle imagina Vincente, comment il se présentait lorsqu'il se réveillait pour la première fois. Comment il passait toujours ses doigts dans ses cheveux. Son visage s'illuminait lorsqu'il souriait. Comment ses yeux bleu cobalt semblaient regarder au plus profond de son âme.

"Vincente ! Elle a crié : "Vincente !"

Elle était en plein délire - ou presque - lorsqu'elle a appelé personne : "Quand je sortirai de cet arbre, je ne me nourrirai plus que d'écorce d'arbre - miam, miam !" Elle riait comme une folle.

L'exposition constante au soleil avait cuit son cerveau. Elle s'est accrochée, riant de façon insouciante jusqu'à ce qu'une chose étrange arrive au tronc de l'arbre : il respirait.

Elle voulait lâcher prise. Elle marchait sur une corde raide. Elle était certainement en train de perdre la tête. Elle s'est dit qu'elle avait peut-être mal interprété ses actions. Elle a réévalué les choses et a décidé qu'il s'agissait plutôt d'un soupir. L'arbre avait soupiré.

Des arbres qui servent d'autres arbres. Des arbres qui ont besoin de manger de la viande.

L'arbre a éternué.

C'était un éternuement court et rapide, ni trop fort ni trop long. Grace se demanda si le cœur d'un arbre s'arrêtait quand il éternuait. Elle se ressaisit, se rendant compte que les arbres n'ont pas de cœur.

S'accrochant au tronc pour survivre, elle s'est évanouie.

***

G RACE N'ÉTAIT PAS SÛRE de ce qui s'était passé quand elle s'est réveillée. Elle pouvait sentir l'arbre palpiter. Elle pouvait sentir son cœur battre, battre et battre à travers le bois épais. Elle comprenait la nécessité de localiser sa bouche pour éviter de devenir le casse-croûte de l'arbre.

Elle imagina la bouche dans laquelle l'oiseau mort avait été déposé. C'était une bouche exceptionnellement grande, compte tenu de la taille de cet arbre par rapport à celle-ci. Sa bouche devait être un cratère.

C'est alors qu'elle eut une idée. Sans réfléchir aux implications, elle a retiré un grand éclat de l'arbre et l'a enfoncé dans le haut de son bras. Le sang a coulé, descendant le long du tronc de l'arbre. Au début, il ne s'agissait que de quelques gouttes isolées, mais bientôt les gouttelettes se rejoignirent en un gros caillot.

Elle l'observa pendant qu'il descendait, descendait, descendait le long de l'arbre, puis ce qu'elle avait espéré - et craint - se produisit.

Une énorme chose noire ressemblant à une langue sortit d'un trou béant, avec l'éloquence d'une langue d'aspic. Elle clignotait et se tordait, tout en léchant le sang de Grace et en s'en nourrissant.

Lorsqu'il n'y eut plus de sang, la langue remonta de plus en plus haut sur le tronc, cherchant. Elle était toujours affamée.

Grace s'est accrochée de toutes ses forces. Elle ne voulait pas tomber maintenant, pas tant qu'il l'attendait là.

Elle avait besoin d'un plan B.

CHAPITRE 25

Accrochée au tronc d'arbre pour sa survie, elle écoutait, calmant sa propre respiration alors que la sienne devenait de plus en plus superficielle. Elle voulait absolument descendre. De se mettre à l'abri du danger. Et elle avait désespérément besoin de se soulager.

"Grace."

Cette fois, elle a levé les yeux quand elle a entendu son nom être appelé.

Ne me dis pas, pensa-t-elle, que l'arbre peut aussi parler et qu'il connaît mon nom. Ne me dis pas ça !

Elle était déshydratée. Elle avait faim et était épuisée. Bien qu'elle ait dormi un peu, ce n'était pas le genre de sommeil dont elle avait besoin.

"Tu as toujours été une enfant têtue", dit la voix.

C'était une voix d'homme. La voix de l'homme qui était venu lui rendre visite à l'hôpital. La voix de l'homme qui est mort dans un accident de voiture il y a des années. La voix de son père.

Elle perdait la tête. Cette fois-ci, il n'y avait aucun doute. Elle perdait définitivement la tête.

"Grace", chuchote-t-il.

Comme elle ne reconnaissait pas sa présence, il a murmuré son nom, encore et encore. Ou peut-être était-ce le vent. Est-ce que c'était juste le vent qui appelait son nom ?

"Laisse-toi aller", a dit son père. "Ce n'est pas bon pour toi et ce garçon. Il n'est pas fait pour toi non plus."

La référence à Vincente a attiré son attention.

Son père rit. "Grace, écoute-moi. Vincente et toi n'êtes pas faits l'un pour l'autre. Il est sur une autre voie. Laisse-toi aller. Laisse tomber l'ici et le maintenant."

"Ne parle pas de Vincente. Tu ne le connais même pas."

"Grace, je ne peux pas te dire ce que je sais ni comment je le sais, mais des paiements doivent être effectués, et le prix est trop élevé pour toi. De plus, tu es manipulée pour réparer le passé."

"Quoi ?"

"Je ne peux pas te dire tout ce que je sais. Tu le découvriras en temps voulu, mais je te conseille d'abandonner maintenant. Dis pardon maintenant. Ensuite, laisse-toi aller. Tu n'es qu'une enfant, une innocente. Ce n'est pas à toi d'effacer le passé. Ce n'est pas à toi de faire la restitution."

"Je ne comprends pas."

"Tu comprendras, et il sera alors trop tard. S'il te plaît, laisse-toi aller. Laisse-toi faire maintenant. C'est la seule façon de te libérer du destin."

Elle s'est accrochée encore plus fort au tronc d'arbre. Cela n'avait aucun sens.

"Laisse-toi aller", a-t-il murmuré.

Elle s'accrochait toujours. Elle lui donnait tout ce qu'elle avait. Elle ne pouvait plus supporter ses paroles coercitives et manipulatrices.

Elle rassembla toutes ses forces et commença à redescendre lentement, centimètre par centimètre. Son instinct de survie s'était mis en marche, et elle se défendait.

"Grace, tu ne m'as pas écoutée ? Tu es une fille stupide, stupide !"

Quelque chose a explosé dans la tête de Grace, et elle lui a dit mentalement de se taire. Pendant tout ce temps, elle continuait à rassembler ses forces et avançait de plus en plus le long du tronc d'arbre.

Elle n'avait plus peur. Elle n'était pas faible. Et elle n'allait pas se laisser abattre sans se battre.

Ignorant son père fourbe, un plan se formait dans l'esprit de Grace. Elle a traîné la longueur de ses avant-bras entiers le long des branches en forme de rasoir, ouvrant blessure après blessure et laissant le sang s'échapper.

Le sang qui descendait formait un gros caillot, dont elle savait qu'il réveillerait la bouche affamée. Elle plana juste au-dessus de l'endroit où elle l'avait vu auparavant, évaluant ses options. C'était risqué, mais cela résoudrait deux problèmes en même temps. Elle n'avait pas d'autre choix.

Lorsque les gouttelettes salées s'approchèrent de la langue noircie, elle les lécha avec avidité. Puis elle a commencé à chercher vers le haut pour en trouver d'autres. C'était une langue très gloutonne, avide du sang de Grace.

Elle a laissé un nouveau groupe de gouttelettes s'écouler de la plaie, observant et attendant le moment parfait où la langue se positionnerait dans l'attente de recevoir une autre goutte - et ensuite elle allait envoyer une bombe sur elle.

Son père la réprimande toujours. Grace continuait à l'ignorer. "Il aime ton sang, Grace", murmure une voix bien au-dessus d'elle.

Ce n'était pas son père. C'était la voix d'une petite fille.

Grace regarda vers le haut, reconnaissant la fille. C'est elle qui se tenait au milieu de la route l'autre jour. Grace avait fait une embardée pour l'éviter. Elle était assise en sécurité dans le nid de branches d'où Grace avait commencé ce voyage, entortillant le ruban rouge de sa chemise de nuit blanche autour de ses doigts.

Grace cligna des yeux pour que la petite fille disparaisse à nouveau, mais cette fois, elle resta.

"Aide-moi, Grace", dit-elle.

"Qui es-tu ? Quel est ton nom ?"

Elle rit. "Tu me connais, Grace. Tu ne te souviens pas ?"

Grace a secoué la tête. Elle a essayé de trouver un souvenir.

Puis la petite fille a parlé très doucement. "Je suis l'accord."

Grace a ressenti immédiatement du regret, de la tristesse et de l'amour pour l'enfant, d'une certaine façon.

La petite fille se mit à vaciller sur le bord de la branche comme une marionnette et chanta,

"Je suis la femme-tiroir,

Je suis le cri ;

Je suis la voix secrète,

Je suis le soupir ;

Je suis celle que l'on entend

Tout bas dans le crépuscule ;

Les oiseaux par une note répondent,

Les fleurs dans le musc ;

Je suis cette plante dolente,

Qui s'exprime par des appels

Un oiseau solitaire se promène

Les chutes d'eau ;

Je suis la femme-tiroir,

Ne me laisse pas passer ;

Je suis la voix secrète,

Écoutez mon cri ;

Je suis le pouvoir que la nuit

Perd la nuit à l'étranger ;

Je suis la racine de la vie ;

Je suis l'accord." *

Grace, hypnotisée par la douceur de la voix de la petite fille et la beauté de son timbre lui tendit la main.

La petite fille a terminé la chanson. "Souviens-toi, Grace, certains sont donnés, et d'autres sont pris. Souviens-toi." La petite fille a sauté de l'extrémité de la branche d'arbre.

Le cri de Grace était le seul son que l'on pouvait entendre.

À part le battement d'ailes de la petite fille qui s'est transformée en corbeau et s'est envolée.

CHAPITRE 26

INCAPABLE DE DISCERNER LES faits de la fiction, Grace a trouvé du réconfort dans le sommeil. Jusqu'à ce qu'elle se réveille et que tout lui revienne.

Elle tenait à peine sur l'arbre et dans son état d'esprit.

À droite, quelque chose de petit et de vert pendait et se balançait. C'était une olive presque à portée de main.

Tout ce qu'elle avait à faire, c'était de changer de poids et de se déplacer légèrement, puis de tendre la main comme le ferait la femme en caoutchouc au cirque. Son estomac grogne. Elle avait désespérément besoin de nourriture.

Alors qu'elle se déplaçait vers elle, elle s'arrêta un instant. Quelque chose au fond de ses tripes la rendait méfiante. Était-il apparu soudainement ou ne l'avait-elle pas remarqué auparavant ? C'est absurde ! C'était trop pour elle. Une fois de plus, Grace se demanda si elle n'était pas en train de perdre la tête.

La mienne, pensa-t-elle.

Elle se poussa vers elle, s'étirant de plus en plus loin sans mettre sa sécurité en danger, jusqu'à ce que l'olive soit à sa portée.

Elle la tira.

Elle faillit céder, puis l'arbre se mit à trembler, comme s'il était en train de faire une crise. Elle regarda juste en dessous d'elle et remarqua une branche hérissée qui pointait directement vers elle. Si elle descendait maintenant, elle serait embrochée sur la branche comme l'avait été ce pauvre corbeau.

Grace s'est battue pour tenir bon. Elle s'accroche à l'arbre convulsif avec toute la force qu'elle peut rassembler dans ses bras et ses jambes. Elle était maintenant à califourchon sur l'arbre.

Soudain, les convulsions se transformèrent en quelque chose d'autre. L'arbre était en train de faire une crise. Il était en proie à une gigantesque fureur. Ou était-il en train de souffrir ? Grace connaît la douleur. Elle se souvient qu'elle lui a fait perdre le contrôle de tout, même de sa propre humanité.

L'arbre s'est calmé un instant, puis a commencé à se convulser encore plus violemment.

Grace pensa aux cinq sens. Elle s'est demandé, puisque cet arbre avait une bouche pour manger et une langue pour goûter, quelles autres caractéristiques humaines possédait-il ? Avait-il un coeur qui battait ? Avait-il des sensations ?

Elle pencha la tête en avant et prit une grande inspiration qu'elle laissa s'échapper sur le tronc de l'arbre. Cela sembla l'aider, même si ce n'était que pour un moment.

Elle essaya autre chose. Elle caressa la branche la plus proche d'elle. Celle qui contenait l'olive. Tout en caressant la branche, elle se dit qu'elle est très reconnaissante d'être en vie.

Et Grace sut alors que l'arbre avait détourné son attention pour ne pas cueillir son fruit, son enfant. C'était la seule chose pour laquelle il vivait.

Ce n'était pas un arbre roi après tout. Le roi avait envoyé ses tours, pour sauver cet arbre, la reine. Elle était l'espoir. Elle était l'avenir.

Et maintenant, elle aussi était en train de mourir.

Grace descendit prudemment, ne s'intéressant plus à l'olive. "Je suis vraiment désolée", dit Grace de façon audible. "Tellement désolée."

Alors que les larmes roulaient le long de ses joues, de son visage, elles tombaient sur les branches en attente en dessous. Et bientôt, la branche s'est tournée vers le bas, n'étant plus une menace pour elle. Alors, tout était calme. Tout était paisible. Et Grace savait avec certitude qu'elle serait à nouveau avec Vincente, très bientôt.

Grace retourna au tronc de l'arbre et se reposa. Elle était épuisée, mal à l'aise et plus affamée qu'elle ne l'avait jamais été, mais elle ne regrettait rien.

L'arbre se mit à tousser. Puis l'arbre s'est mis à cracher. Grace a commencé à tomber vers le bas. C'était comme si ses doigts avaient été plongés dans du beurre. Elle ne pouvait plus s'accrocher.

Elle a regardé les étoiles de la nuit, le visage moite d'Einstein, et elle était d'accord avec ce qui allait se passer. Elle était résignée, car elle avait fait tout ce qu'elle pouvait faire pour assurer sa survie.

Elle se rapprocha un peu plus du sol.

Elle remarqua que les branches autour d'elle tournaient. Tourbillonnaient. Les branches, qui étaient auparavant tournées vers le ciel, s'inclinaient maintenant, gesticulant dans sa direction.

Elle s'est laissée tomber plus bas, sachant très bien que l'arbre était en train de mourir lui aussi.

Alors qu'il se tordait dans des spasmes sporadiques, Grace glissa, glissa et glissa encore, tout en observant le ciel sans fin et les nuages tourbillonnants au-dessus, qui avançaient sans se soucier du monde.

Les branches minces comme des nerfs gémissaient et souffraient de la fin.

Bientôt, le soleil commença à se lever à l'horizon et étendit ses rayons vers l'arbre qui se tordait, l'emplissant d'une lumière délicate et harmonieuse jusqu'à ce que les branches soient réchauffées et immobiles.

Alors que la lumière du soleil embrassait l'arbre, peut-être pour la dernière fois, les branches se pliaient, s'inclinaient et se repliaient, créant un escalier. Un escalier qui ramènerait Grace au sol.

Elle retira ses mains moites du tronc de l'arbre et posa prudemment le pied sur la première marche. Elle n'eut aucun mal à supporter son poids. Elle les franchit rapidement, l'une après l'autre, se stabilisant au besoin en s'accrochant au tronc de l'arbre.

En dessous d'elle, elle pouvait voir l'herbe. Elle y était presque. C'était une course contre les rayons du soleil : Grace arriverait-elle avant qu'ils ne touchent le sol ? Qui toucherait le sol en premier ?

Lorsque Grace a posé le pied à terre, elle et les rayons du soleil ont embrassé le sol simultanément. Elle a ri lorsque l'herbe a chatouillé ses pieds, et elle a savouré le parfum terreux et musqué.

Elle s'est tenue debout, positionnée sous l'arbre gigantesque, et a pointé le ciel.

Au début, elle avait été une invitée indésirable de cet arbre, et maintenant, c'était comme si elle quittait un ami perdu de vue depuis longtemps. Ses branches étaient pliées et tordues, et sa colonne vertébrale indiquait qu'il ne tiendrait plus debout très longtemps.

Il y eut un craquement sonore, puis un craquement sourd lorsque les marches commencèrent à dévaler vers le bas. Ils ont heurté le sol, rebondissant comme un enfant sur un trampoline suivi d'une grêle de bois, des échardes giclant partout, comme des éclats d'obus.

Grace resta immobile, trop effrayée pour bouger, tandis que la Reine tombait à ses pieds pour son dernier repos.

Une petite chose était encore en mouvement. Elle descendait.

Elle attrapa l'olive dans sa main, la glissa dans sa poche et partit à la recherche de Vincente.

✳✳✳

Alors qu'elle se dirigeait vers la maison, elle se sentait désorientée et épuisée, mais chanceuse d'être en vie.

Elle n'a pas tardé à se rendre compte qu'elle n'était pas loin de la maison. Une fois la maison en vue, elle a fondu en larmes. Elle n'a pas pu s'arrêter, elle a ouvert la porte d'entrée et est montée sur ce qui restait de l'escalier cassé. Arrivée en haut, elle renifla, réalisant qu'elle sentait mauvais. Elle prit une douche rapide et se changea, nettoyant ses blessures.

Puis elle ouvrit la porte de la chambre (elle n'était plus fermée à clé) et vit Vincente toujours attaché au lit. Il était exactement dans la même position que celle dans laquelle elle l'avait laissé. Elle a d'abord craint qu'il ne soit mort.

Alors qu'elle appuyait sa tête sur sa poitrine, elle sentait son souffle sur sa nuque. Elle entendait les battements de son cœur.

Elle a embrassé ses yeux, ses joues, son front et sa bouche. Elle était en train de réveiller son beau prince. Elle le ramenait dans le monde de l'éveil. Des larmes roulèrent sur ses joues.

Vincente ouvre les yeux. "Est-ce que je rêve ?"

Grace n'a pas répondu. Elle s'est contentée de l'embrasser sur ses douces lèvres, à plusieurs reprises. Puis elle a grimpé dans le lit avec lui, a passé ses bras autour de son cou et s'est endormie.

CHAPITRE 27

Toujours enlacée au tronc de l'arbre, Grace s'est réveillée. La nuit était noire. Effrayée à l'idée de bouger, elle s'est accrochée encore plus fort. Puis elle a senti un souffle chaud sur son front. Elle a tressailli. Elle a frappé.

Le tronc a bougé.

Elle a entendu les battements de son cœur.

"Je pourrais m'habituer à ça".

Grace a crié.

"Ça va, Grace ? Réveille-toi !" dit Vincente.

Elle s'est reculée et a regardé directement son visage barbu. Malgré l'obscurité, elle pouvait voir qu'elle était avec Vincente. Elle était de retour à la maison, et ils étaient ensemble une fois de plus.

Elle avait fait un rêve dans un rêve, mais c'était la réalité. Elle le serra fort dans ses bras.

"Je dois avoir l'air d'un sacré numéro", dit Vincente.

"Tu es magnifique pour moi."

"Ah, tu dois dire ça à tous les gars que tu trouves attachés à des lits".

"Oui, je leur dis toujours qu'ils sont très beaux, alors ils me laissent faire". Elle rit.

"Il faut qu'on parle, de ce qui s'est passé ici et de ce qui s'est passé quand tu étais... absent".

"Je ne veux pas parler de ça maintenant, Vincente. Peut-être que je ne voudrai jamais en parler."

"À toi de voir, Grace, mais j'espère que tu pourras me le dire un jour".

"C'était horrible et magnifique à la fois".

"Si tu me détaches, je pourrai peut-être me doucher et me changer. Ensuite, nous pourrons rattraper le temps perdu."

Elle a trouvé une paire de ciseaux dans la cuisine et a détaché Vincente. Là où les cordes l'avaient attaché, il y avait du sang séché, mais les coupures avaient l'air de cicatriser.

Elle l'aida à se relever une fois qu'il fut libre, mais ses jambes s'étalaient sous lui.

"Je m'en occupe", dit Vincente en sortant lentement de la pièce. Elle l'a suivi, lui a ouvert la porte de la salle de bains, puis a commencé à grimper à travers les décombres pour retrouver le rez-de-chaussée.

"Maman a gardé tous les vêtements de mon frère. Vois si tu peux trouver quelque chose qui te va." Vincente a acquiescé puis a refermé la porte de la salle de bains derrière lui. Elle entendit la douche se mettre en route et s'apprêta à préparer un petit déjeuner.

Dans la cuisine, Grace décida de préparer un pique-nique. Elle choisit l'espace situé dans le jardin. Puis elle a préparé une cafetière et a attrapé quelques tasses et du sucre. Elle a mis du pain du congélateur dans le grille-pain, a pris de la marmelade, du vegemite, de la confiture de fraises et du beurre dans le réfrigérateur. Puis elle a fait des œufs brouillés et a transporté le tout à l'extérieur.

C'était un pique-nique, mais il manquait des serviettes et une nappe. Elle a fouillé dans les tiroirs et a trouvé les deux. Elle a tout mis en place, pour que ce soit beau, et a même placé un vase de fleurs séchées au centre de la table.

Lorsqu'elle a vu du mouvement dans la cuisine, elle a appelé Vincente : "Je suis là !" Et quand il est sorti, elle a crié : "Surprise !"

Ils ont d'abord mangé ensemble en silence.

Vincente a jeté un coup d'œil à Grace et, pour la première fois, il l'a vue sous un jour totalement différent. Jusqu'à récemment, il l'avait vue de loin, bien qu'elle ait été juste à côté de lui. C'est peut-être parce qu'il avait été aveuglé par elle auparavant. Depuis, elle avait fait preuve de force et de courage, et d'une passion pour la vie qu'il n'avait jamais connue auparavant. Elle embrassait profondément, comme si elle embrassait avec son cœur, et il savait - avait toujours su - qu'elle l'aimait. Pourtant, il n'avait jamais pensé ressentir la même chose. Jusqu'à aujourd'hui.

"Je ne savais pas que le café pouvait avoir si bon goût", dit Vincente, essayant de changer le cours de ses pensées. Mais ses sentiments profonds se sont révélés, et il s'est penché sur la couverture pour embrasser doucement Grace sur les lèvres.

Son corps s'est abandonné à lui, et ils se sont embrassés profondément et sans retenue. Vincente écarta les cheveux du visage de Grace et la serra fort contre lui. Il écouta son cœur battre en synchronisation avec le sien, et il fut submergé par une sorte d'amour qu'il n'avait jamais ressenti auparavant.

Vincente la regarda dans les yeux pendant qu'il parlait. "Quand tu n'étais pas là..."

Elle essaya de l'interrompre, voulant dire quelque chose. Il savait ce qu'elle pensait, qu'elle ne voulait pas parler de ce qui s'était passé lorsqu'ils étaient séparés, mais ce n'était pas là qu'il voulait en venir.

Il posa son index sur ses lèvres et lui dit "chut". Il devait lui dire maintenant, avant de perdre son sang-froid. "Quand tu étais absente, j'ai réalisé plusieurs choses, la plus importante étant que je suis amoureux de toi."

Elle a sursauté. C'était incontrôlable.

Il lui a fait signe de se taire une fois de plus.

"Il n'y a pas longtemps, je t'ai frappé à la tête avec une balle de cricket, et tu t'es évanouie de froid. Je me suis inquiété pour toi, mais j'ai pensé pendant une fraction de seconde : "Qui va m'aider à faire mes devoirs de maths maintenant ?". J'étais égoïste, je sais. Totalement."

Encore une fois, elle voulait l'interrompre. "Puis je t'ai observée, toi, la petite fille idiote qui me regardait toujours d'une manière étrange, qui me suivait parfois des yeux. Qui était manifestement éprise de moi..."

Elle fit une grimace à cette remarque, et se sentit gênée. Elle se demanda pourquoi il ne s'était pas arrêté à "Je suis amoureux de toi". Cela aurait été tellement parfait.

Il a continué : "Tu m'as aidé en maths. Tu as été déterminante pour que je reste dans l'équipe, mais je ne t'étais pas reconnaissant.

Pas vraiment. J'avais l'impression que tu me le devais d'une manière ou d'une autre. J'avais l'impression que tout le monde me devait quelque chose. J'étais différent à l'époque. Mais j'ai changé. Tu m'as changé. Maintenant, quand je me regarde dans le miroir, je vois un homme qui ferait n'importe quoi pour toi. Un homme qui veut être avec toi, et je ne veux pas dire seulement aujourd'hui ou demain, mais toujours et pour toujours. Tu te dis peut-être que je ne suis pas ton genre, que tu n'es pas assez bien pour moi, mais honnêtement, je ne suis pas assez bien pour toi ! Dans le passé, j'ai simplement suivi ce que l'on attendait de moi, sans le remettre en question. Je suis sorti avec la fille qu'on attendait de moi. J'ai été le sportif stéréotypé, et je ne suis pas fier de le dire. Toi, Grace, tu me fais penser à demain, à notre demain, à notre avenir, et j'ai hâte de tout partager avec toi."

Grace a senti des larmes couler sur son visage. Elle avait attendu des années que Vincente lui dise ces mots, et maintenant qu'elle les entendait, elle doutait de lui et lui dit : "Mais Vincente, peut-être que tu te sens comme ça, parce que nous sommes les deux seules personnes qui restent ? Tu sais, comme si nous étions coincés sur une île déserte, et que même la fille la plus banale a l'air bien au bout d'un moment."

Sa réponse à sa déclaration d'amour fut comme une gifle. Elle souhaitait ardemment retirer ces mots, mais il était trop tard. Le mal était déjà fait.

"Écoute Grace, je sais que tu as peur, et maintenant tu me repousses. Moi aussi, j'ai peur, alors n'essaie pas de me repousser avec cette histoire de 'fille ordinaire'. Cela rabaisse totalement tout ce que je viens de te dire, et quoi que tu dises et quoi que tu fasses, je t'aimerai toujours. Je t'aime, Grace."

"Je t'aime aussi, Vincente."

Ils sont tombés dans les bras l'un de l'autre, et cette fois, les baisers étaient en feu. Ils se buvaient l'un l'autre, comme deux alcooliques qui n'avaient pas bu d'alcool depuis des mois. Leur passion remplissait l'air.

Vincente s'est éloigné le premier. Il n'avait pas le choix, il devait s'éloigner, sinon ils iraient trop loin, trop vite.

"Où as-tu appris à embrasser comme ça ?" demanda-t-il tout en lui caressant le dos et en sentant la brûlure de sa peau chaude sur ses doigts.

Grace a haussé les épaules. Elle ne faisait que répondre à son feu. Ils essayèrent de revenir à la nourriture, mais le goût sur leurs lèvres, le goût de l'un pour l'autre, faisait paraître tout le reste fade en comparaison.

Quand la nuit est arrivée, ils se sont allongés sur la couverture et ont regardé les étoiles scintiller au-dessus d'eux, se sont tenu la main et se sont embrassés. C'était un monde parfait, un monde fait pour deux personnes seulement.

***

G RACE A REGARDÉ VINCENTE qui dormait à côté d'elle. Leurs jambes étaient emmêlées et elle n'arrivait pas à se libérer sans le réveiller. Elle savait qu'elle devait avoir mauvaise haleine, mais elle ne pouvait rien y faire, alors elle le regardait dormir. Sa poitrine montait et descendait, et il était paisible. Il avait l'air satisfait.

Elle se sentait euphorique. Jamais, dans ses rêves les plus fous, elle n'avait imaginé que les choses se passeraient comme elles l'avaient fait. Vincente Marino était amoureux d'elle, et elle était amoureuse de lui.

Vincente se réveilla et bailla. Son souffle effleura Grace. Il était doux, et elle espérait que le sien l'était aussi, parce qu'elle savait qu'elle avait son goût.

"Depuis combien de temps es-tu réveillée ?" demande Vincente.

"Pas longtemps. C'était une belle nuit, et maintenant nous avons une journée incroyable devant nous. Que devons-nous faire ?"

"Tout d'abord, je pense que nous devons parler de nous", commença Vincente. "De l'endroit où nous voulons aller, et à quelle vitesse. Hier soir, j'avais très envie de toi, mais je n'étais pas sûr de la vitesse à laquelle tu voulais aller. J'ai beaucoup pensé à nous pendant ton absence. J'ai eu envie de te serrer dans mes bras. C'est ce qui m'a permis de tenir, honnêtement. Rêver de nous, nous connecter."

"Je pense que nous devrions y aller doucement".

"Je suis pour, à condition que tu me promettes de me dire quand tu seras prêt".

"Quand je serai prête, tu seras la première à le savoir !" Grace a dit avec un sourire, et elles se sont enlacées et embrassées tendrement.

Elles ont rangé le pique-nique et se sont installées à l'intérieur.

"Je pense que nous devrions passer à autre chose aujourd'hui", dit Vincente. "Oui, je pense que nous avons besoin d'un nouveau départ. Mais où ?"

"Dans un endroit spécial, et je crois que je connais l'endroit exact".

"Où ? Dis-moi !"

"Non, tu devras attendre que nous arrivions là-bas. En attendant, je vais préparer quelques affaires. À moins que tu ne veuilles, tu sais..." Il a souri en jetant un coup d'œil vers l'escalier.

Elle s'est avancée vers lui, a posé ses mains sur ses épaules et l'a regardé directement dans les yeux. " Que les choses soient parfaitement claires, Vincente Marino, je suis prête, désireuse et capable. Mais je ne veux pas que ce soit ici ou maintenant. Pas dans cet endroit. Mais un jour, bientôt."

Il l'a embrassée et a commencé à se frayer un chemin à travers les décombres jusqu'à l'étage supérieur de la maison. Il se tourna vers elle et lui dit : "Quand tu feras tes bagages, vois si tu peux trouver une grande hache, juste au cas où nous rencontrerions d'autres arbres fous."

"Je le ferai."

CHAPITRE 28

"QUAND AS-TU SU POUR la première fois que tu m'aimais ?" Vincente lui demande alors qu'ils se dirigent sur Parramatta Road en direction du quartier central des affaires de Sydney.

"Je t'ai aimé la première fois que je t'ai vu", a-t-elle admis.

"Ce n'était pas un véritable amour, n'est-ce pas ? C'était un béguin. Un engouement. Je veux dire, quand as-tu su que tu m'aimais vraiment, en tant que personne ? Comme une vraie personne ?"

Il ne pouvait pas imaginer qu'un coup de foudre soit réel. Il ne l'avait jamais ressenti. Il ne connaissait personne qui n'ait pas joué dans un film ou une pièce de théâtre et qui ait exprimé que l'amour pouvait être instantané.

Elle a posé sa main sur la sienne, qui reposait sur la boîte de vitesses.

Il la regarda étrangement. Elle semblait mal à l'aise, mais elle avait un joli cou blanc, presque ivoire.

"Il n'y a personne d'autre pour moi, Vincente. Il n'y en a jamais eu. Mon cœur est tellement rempli de toi qu'il ne pourrait jamais y avoir quelqu'un d'autre. Je t'adore."

Il a arrêté la voiture et s'est approché de son cou blanc et nu. Ses dents étaient froides lorsqu'elles l'ont touchée, puis elles ont commencé à brûler. Son cœur battait si vite qu'elle pensait qu'il allait sauter de sa poitrine, et elle avait chaud partout car elle avait envie de le dévorer.

Après quelques instants, ils reprirent leur sang-froid et commencèrent à s'éloigner en voiture. Les rues étaient encombrées de véhicules désormais calcinés, à l'exception d'une Land Rover. Vincente s'arrêta à côté et tous deux l'examinèrent de plus près. Elle était presque neuve, avec des sièges en cuir blanc et beaucoup d'espace à l'arrière pour leurs armes et leur matériel.

Vincente tourna la clé dans le contact et la voiture démarra immédiatement. "Je pense que c'est mieux que notre véhicule, beaucoup plus spacieux et plus fiable et nous devrions... le prendre".

Grace n'aimait pas l'idée de voler un véhicule, mais il était logique qu'ils acquièrent quelque chose de plus grand et de plus adapté à leurs besoins. "Je me demande pourquoi celui-ci n'a pas brûlé comme les autres ?" demanda-t-elle. Vincente haussa les épaules et tous deux commencèrent à sortir leurs affaires de l'autre voiture pour les placer dans le Land Rover.

Il restait un peu d'essence, mais pas beaucoup. Vincente a fait en sorte de s'arrêter à la station la plus proche pour faire le plein.

Grace est entrée avec Vincente, et ils ont pris une caisse d'eau et quelques autres choses à emporter avec eux.

"Où allons-nous ?" Grace demande à nouveau alors qu'ils traversent le pont du port de Sydney.

Vincente sourit. Il était tellement content de lui pour quelque chose. Grace était très curieuse et excitée.

Vincente change de sujet. "Nous avons eu de la chance de trouver ce véhicule. Il est en très bon état, et il devrait nous permettre d'aller partout où nous avons besoin d'aller."

"Nous avons encore plus de chance que tu aies ton permis de conduire".

"Eh bien, techniquement, je ne l'ai pas", déclare Vincente en regardant Grace. "Mais qui va m'arrêter ?"

Grace réfléchit à leur situation. Elle avait du mal à croire qu'il n'y avait pas d'autres personnes quelque part, à l'autre bout du pays ou dans une autre partie du monde. Elle n'arrivait pas à croire qu'ils étaient vraiment les deux seules personnes restées sur Terre.

"Tu ne penses pas qu'il doit y avoir d'autres personnes quelque part ?" demande Grace.

"Je pense que c'est nous", dit Vincente.

"Mais s'il y en a d'autres ?"

"Alors nous les trouverons, ou ils nous trouveront. En attendant, ne nous inquiétons pas, hein ? Nous y sommes presque", dit-il alors qu'ils tournaient le coin de la rue et s'engageaient sur une route parallèle au bord de la plage. Le paysage est à couper le souffle. Grace avait envie de sortir de la voiture et de courir sur le sable blanc, pieds nus.

Vincente s'est arrêté juste devant l'hôtel Manly, situé au bord de l'eau. Comme de petits enfants, le couple était impatient d'enlever ses chaussures et de courir dans le sable blanc et chaud. Il embrassait leurs pieds et s'agitait comme le sucre au fond d'une tasse à café, et lorsque leurs pieds touchaient l'eau froide, ils frissonnaient et riaient.

"Tu penses que c'est sans danger ?" demande Grace.

"Sûr ? De ?"

"Tu sais, comme les requins et les méduses".

"Nous n'avons pas vu d'être vivant depuis des jours, pas de fourmis ni d'araignées, pas de mozzis, pas un seul oiseau... Et tu t'inquiètes des requins et des méduses ?".

"Oui, bon, les arbres avaient faim, alors qui sait pour les...".

Vincente a embrassé ses inquiétudes. Ensemble, ils jouèrent dans l'eau comme deux enfants, s'éclaboussant et se poursuivant jusqu'à ce qu'ils s'endorment, côte à côte, dans le sable.

✳ ✳ ✳

Au matin, Grace et Vincente se sont réveillés couverts de sable et très, très affamés.

"Je suis prête", dit-elle en s'élançant vers lui, l'embrassant avec force sur les lèvres et le repoussant dans l'empreinte qu'ils avaient faite dans le sable.

" Je... pense que c'est trop tôt ", dit-il en la repoussant doucement, en se levant et en secouant le sable de ses vêtements.

Elle s'élança à nouveau vers lui. "Je croyais que tu avais dit que je devais te le dire quand je serais prêt. Je suis prête, oh si prête", dit-elle en cherchant à tâtons les boutons de sa chemise.

Il a fait un pas en arrière. Il lui a souri. Grace s'est à nouveau jetée sur lui. Il s'est éloigné.

"Tu es vraiment une allumeuse", a-t-elle crié, frustrée, alors qu'il se retournait et courait dans la direction opposée. "Lâche !" cria-t-elle en le suivant. Elle était haletante. Son cœur battait la chamade. Ne voulant rien de plus que de lui arracher ses vêtements, de faire ce qu'elle voulait de lui, de sentir son corps contre le sien. De ne faire qu'un avec lui.

"Quand ce sera le bon moment, nous le saurons tous les deux", dit Vincente en ouvrant le coffre de la voiture et en sortant les bouteilles d'eau. Il est entré dans le hall de l'hôtel et Grace l'a suivi. Elle n'avait pas d'autre choix que de le suivre, dans l'ascenseur, le long du couloir, et dans le penthouse gigantesque.

Une fois à l'intérieur, Vincente a tiré les rideaux à fond. De leur point de vue, il pouvait penser à tout ce qui avait changé depuis la dernière fois qu'il avait visité Manly avec sa mère et son père. Beaucoup de choses avaient changé.

Avant, il y avait des foules de gens qui se promenaient sur la promenade, riaient et s'amusaient. Il y avait des bateaux, dont les voiles flottaient dans la brise, comme des taches à l'horizon. Il y avait eu des rires et des beuveries. Des enfants qui nageaient, jouaient et construisaient des châteaux de sable. Il y avait eu des surfeurs, beaucoup d'entre eux, qui attrapaient les grosses vagues.

Il y avait eu des dauphins et des oiseaux, surtout des mouettes, qui voltigeaient, plongeaient dans l'eau, se nourrissaient et criaient.

Sans parler des barbecues, des cafés et des restaurants remplis de gens qui dînent, boivent, dansent, parlent et s'aiment. Tout était si différent à l'époque, si vivant et si remarquablement animé. Vincente se souvient d'une longue attente pour entrer dans certains des meilleurs restaurants de Manly. Maintenant, Grace et lui avaient tout l'endroit pour eux.

Il parle à Grace de Manly, de la façon dont sa famille a loué une maison sur la plage. Ils avaient fait l'expérience de l'observation des baleines. Comment les baleines saluaient avec leur queue. Une telle magnificence. Une telle puissance.

Il lui a aussi raconté qu'ils avaient parfois séjourné dans un hôtel d'Oceanside avant d'acheter une maison. C'était comme de petites vacances. Ils faisaient leurs valises et prenaient le ferry. Il était très excité et ils mangeaient toujours au restaurant, nageaient dans la piscine sur le toit, puis allaient sur la plage pour manger du poisson et des frites, s'asseyaient dans le sable et parlaient beaucoup.

"Ils te manquent vraiment, tes parents, n'est-ce pas ?" dit Grace en prenant sa main dans la sienne. Elle l'aimait encore plus, si c'était possible, quand il parlait de sa famille et de ses souvenirs. Quand il partageait ses souvenirs et ses expériences avec elle, elle avait l'impression que c'était aussi les siens.

"Maintenant, dit-il, nous avons cet endroit pour nous seuls, Grace. Nous pouvons rester ici, vivre ici, faire ce que nous voulons ici."

"Oui", acquiesce Grace, "j'aimerais bien".

S'étant un peu refroidis, ils décidèrent d'aller se promener le long de la promenade. Il n'y avait aucun signe de traumatisme dû aux tremblements de terre ici. Elles ont marché, main dans la main, en parlant. Ils se rapprochaient à chaque instant.

Les souvenirs avaient créé un peu de brouillard. Ensemble, ils se sentaient très seuls.

"Allons nous baigner." Vincente proposa en courant vers l'eau, envoyant des pichenettes de sable partout tout en retirant sa chemise, son short, ses sous-vêtements, ses chaussures et ses chaussettes.

Grace l'a vu, les fesses nues et courant dans l'eau comme quelqu'un qui n'était jamais allé à la plage auparavant. Elle a commencé à se déshabiller aussi, et quand elle a tout enlevé, elle s'est mise à patauger dans l'eau.

Ils se rencontrèrent et se donnèrent la main lorsqu'ils furent plongés dans l'eau fraîche jusqu'à la taille. Les vagues se précipitaient sur eux, les poussant l'un vers l'autre, l'un vers l'autre, l'un vers l'autre, l'un vers l'autre. Ils se sont embrassés et se sont serrés l'un contre l'autre alors que les embruns les baptisaient officiellement amoureux.

Si des poissons étaient encore en vie pour les entendre crier, ils étaient trop polis pour se faire connaître.

CHAPITRE 29

MAINTENANT, CÔTE À CÔTE dans le Penthouse de l'hôtel, ils ont dormi le genre de sommeil que seuls les amoureux peuvent connaître. Grace avait la tête nichée dans la poitrine de Vincente.

Il la regardait pendant qu'elle dormait. Il pensait qu'elle était encore plus belle aujourd'hui qu'elle ne l'était hier. Il écarta ses cheveux de son visage et les plaça derrière son oreille. Elle s'est agitée.

"Bonjour, dormeuse", dit-il. Il l'a embrassée sur le front.

"Bonjour." Grace a fait écho, alors qu'elle s'étirait et bâillait, couvrant sa bouche avec sa main tout en se demandant si elle avait l'haleine du matin - la pire haleine de la journée. Elle se demanda comment ils étaient arrivés à l'hôtel.

Elle réfléchit un moment, essaya de se souvenir du trajet, mais ne se souvenait même pas d'être entrée dans l'hôtel. C'était comme si elle avait fait une cuite, et qu'elle avait maintenant totalement perdu la mémoire de cet événement, en plus de tous les autres événements qu'elle avait oubliés dans le passé. Elle se sentait agacée parce qu'elle voulait se souvenir de chaque moment passé avec Vincente.

"Si tu te demandes comment tu es arrivée ici", dit Vincente. "Tu dormais profondément sur la plage et la marée montait, alors je t'ai ramassée et transportée ici, puis je t'ai bordée".

"Merci", dit-elle en se blottissant contre lui. Puis elle s'est excusée et a pris une douche. À l'extérieur de la salle de bains, on a frappé à la porte. Elle a enfilé le peignoir de l'hôtel et a demandé : "Qui est-ce ?"

"C'est moi, idiot !" Vincente répond, alors que Grace tire la porte pour le trouver vêtu d'un uniforme de chef - y compris le chapeau - et poussant un festin sur un chariot.

"Tu n'as pas chômé. Grace observa, en prenant une bouchée de toast à la marmelade, et en trempant un morceau de bacon croustillant dans un œuf à la coque.

Ils ont mangé et mangé, jusqu'à ce qu'ils n'aient plus d'appétit, puis Vincente s'est levé et a présenté une boîte à Grace.

"Un cadeau ? Pour moi ?"

"Pour qui d'autre ? J'espère qu'il te plaira", a dit Vincente, et il a regardé Grace arracher le ruban et repousser le papier pour découvrir le cadeau.

Grace a brandi la plus belle robe de soleil sans bretelles qu'elle ait jamais vue, puis elle l'a pressée contre son corps. Elle était en soie, verte et très sexy. Elle a volé vers Vincente et l'a embrassé sur les lèvres, puis elle a jeté le peignoir et a enfilé sa nouvelle robe. Elle lui allait parfaitement.

"Merci", dit-elle.

"Maintenant, voyons à quoi tu ressembles quand tu l'enlèves !" Vincente s'exclame avant de la pousser sur le lit, et ils font l'amour une fois de plus.

Lorsqu'ils se sont réveillés, ayant à nouveau un peu faim, Vincente a sorti la fondue au chocolat qu'il avait trouvée plus tôt, et ils y ont trempé des fraises décongelées. Elles étaient délicieusement sucrées et ils se les sont données l'un à l'autre. Lorsqu'ils furent rassasiés et qu'ils eurent fait le plein d'énergie, ils recommencèrent à faire l'amour.

***

PLUS TARD DANS LA journée, ils ont marché main dans la main le long de la promenade, tandis que les vagues s'écrasaient sur le rivage à côté d'eux. La marée était montée et sa puissance déferlait tout autour d'eux.

"Nous pourrions être très heureux ici, tu sais", dit Vincente. "Nous avons assez de nourriture pour tenir des mois à l'hôtel. Si l'on ajoute les autres hôtels et les restaurants, nous avons probablement assez de nourriture ici pour tenir des années. Et nous pourrions vivre dans le luxe, en nous déplaçant dans l'hôtel, sans jamais avoir à nettoyer ! Nous pourrions simplement changer de chambre quand la nôtre serait sale !"

Grace pensait à tout ce que Manly avait à offrir. Elle aussi pensait que l'endroit pourrait faire une belle maison. Ils avaient tout le temps du monde et rien à perdre. Pourquoi ne pas essayer ?

"Je pense que tu as raison, nous devrions rester ici, en faire notre maison. Nous verrons ce qui se passera. Mais..." Elle s'est arrêtée, fixant le ciel. Puis elle s'est retournée et l'a regardé droit dans les yeux. "Et si nous n'étions pas les seuls ? Et s'il y en avait d'autres, à travers le pays ? À travers le monde ? Devrions-nous être si heureux, en ne pensant qu'à nous, alors que d'autres, là-bas, pourraient avoir besoin d'aide ? Alors que nous pourrions être en train de les chercher ?"

Vincente ne lui a pas répondu tout de suite. Il a également levé les yeux vers le ciel. Les bruits des kookaburras et des mouettes lui manquaient. Le bruit des avions qui volent et des voitures qui klaxonnent lui a même manqué. "Je comprends ce que tu dis, bébé. Mais nos responsabilités sont envers nous, envers nous-mêmes. Surtout quand on ne sait pas combien de temps on a ici".

"Tu penses que notre temps est limité ?"

"Qui sait ? N'est-ce pas toujours le cas ? Je veux passer chaque moment avec toi, te rendre heureuse. T'aimer. Te faire l'amour est ma priorité maintenant."

Elle passa son bras autour de sa taille et ils continuèrent à marcher, puis tournèrent le coin, s'esquivèrent sous le pont et coururent comme deux enfants. Lorsqu'ils atteignirent l'aire de jeux cachée, Grace grimpa sur le toboggan et glissa en bas, puis sauta sur une balançoire. Vincente a pris la balançoire à côté d'elle, et ils sont montés de plus en plus haut, tout en continuant leur conversation.

"Toi aussi, tu es ma priorité. T'aimer, être avec toi. Mais peut-être que si nous essayions d'en trouver d'autres, nous serions plus heureux. Je veux dire, en sachant que nous avons au moins tenté notre chance", dit Grace.

"Tu viens de me donner une idée, Grace. Peut-être devrions-nous essayer d'appeler à l'étranger, à distance. Voir si on peut établir une connexion de cette façon. Nous pourrions essayer un appel à travers le pays, puis nous pourrions essayer la Nouvelle-Zélande, peut-être l'Europe, l'Angleterre, puis le Canada et les États-Unis. Nous pouvons passer du temps ici, profiter des jours, et chercher d'abord de cette façon. Tu es d'accord ?"

"Je pense que c'est un bon début. Mais pour l'instant, allons nager", dit Grace en sautant de la balançoire et en commençant à courir. Vincente s'envola derrière elle, suivant la traînée de vêtements qu'elle laissait dans son sillage. Il a tout ramassé et a regardé Grace entrer dans l'eau. Elle s'est mise à flotter de haut en bas, puis a plongé. Elle est remontée, les cheveux mouillés, comme si elle se préparait à une séance photo pour un magazine.

Vincente a déchiré ses propres vêtements en commençant à marcher vers elle.

Ils ont plongé ensemble tandis que les vagues s'écrasaient sur leurs corps.

✳✳✳

"TU CROIS QUE ÇA nous manquera un jour ?" demanda Grace en baillant largement et en se redressant, les bras sur les genoux. Elle était de nouveau habillée, et elles observaient les étoiles depuis un bon moment, se reposant dans la lumière du jour.

"Mademoiselle quoi ?" demanda Vincente en s'asseyant et en se reposant les jambes croisées à côté d'elle.

"L'apprentissage, le sport, tout ce qui allait de pair avec l'école. Penses-tu que cela nous manquera un jour ?"

"Pour ma part, ça ne me manque pas d'échouer en mathématiques, et c'est exactement ce que je faisais avant que le coach Anderson ne me suggère de me faire aider par toi. J'ai eu de la chance, je suppose, mais l'apprentissage ne me manque pas. Ce qui me manque, c'est de jouer, d'entendre les foules applaudir quand je faisais la partie de bowling parfaite."

"L'opportunité d'être un pro te manque ?"

"En quelque sorte. La seule façon pour moi d'entrer à l'université était d'obtenir une bourse. Papa et maman n'avaient pas les moyens de m'y envoyer. Ce n'est pas que nous étions pauvres ou quoi que ce soit d'autre - nous avions de l'argent - mais cela aurait causé des difficultés, tu sais ? Je voulais y arriver, entrer par mes propres moyens."

"Oui, je peux comprendre que tu veuilles le gagner. Tu as déjà dit que j'allais devenir mathématicien. Peut-être que j'en aurai de nouveau envie quand ma mémoire reviendra."

"Le ciel était la limite pour toi." Il s'est arrêté une seconde, voyant un nuage passer sur ses traits au mot "était", puis a continué : "Ça l'est toujours !".

"Je ne me souviens plus de rien maintenant. Quand j'étais là-haut, dans cet arbre, j'avais souvent l'impression que..." elle hésita, craignant de l'admettre. "Non, tu vas rire."

"Et si je ris ? Dis-moi, allez ! Il faut que tu me le dises !" Il s'est alors penché sur elle et a commencé à la chatouiller et à la chatouiller. "Tu vas me le dire maintenant ?" a-t-il demandé, et il l'a chatouillée à nouveau jusqu'à ce qu'elle accepte de le lui dire.

"Albert Einstein", a-t-elle dit, "j'ai cru voir son visage dans la lune".

Il n'a pas ri. Il a levé les yeux vers la face de la lune. Il pouvait distinguer une moustache, maintenant qu'elle en parlait, et des yeux. Il a pensé à Mark Twain, ou, oui, cela pourrait être Albert Einstein. "Je le vois", confirma-t-il. "Ça pourrait être Albert Einstein ou Mark Twain là-haut".

"Tu la vois alors, la moustache ?"

"Définitivement, mais je n'ai jamais remarqué un visage aussi clair auparavant. J'ai entendu parler de l'homme dans la lune, mais comment se fait-il que je ne le voie que maintenant ?"

"Je n'en suis pas sûre", dit Grace. En silence, elles ont regardé la lune ensemble jusqu'à ce que Grace dise : "Tout ce que je sais, c'est que lorsque j'étais en haut de cet arbre et que j'avais besoin d'espoir, je l'ai trouvé dans le visage d'Albert Einstein. Cela m'a rendue plus forte. Il m'a donné de l'espoir. Cela m'a donné la certitude, sans aucun doute, que j'allais descendre de là et que j'allais te revoir. En fait, je savais que tu allais bien et que j'allais te sauver."

"Tout ça à cause d'un lien avec Albert Einstein, hein ? Est-ce qu'il... est-ce qu'il t'a parlé ? De là-haut, je veux dire ?"

"Pas vraiment avec des mots," dit Grace, "mais il y avait vraiment une connexion. Comme s'il était à l'autre bout de l'univers et qu'il me tendait la main. Il me donnait de la force. Je sais que ça paraît idiot maintenant, mais à l'époque, en étant si haut dans cet arbre, il me semblait tout à fait normal qu'Albert Einstein veille sur moi."

"Eh bien, merci, Albert Einstein !" Vincente déclare, en criant vers la lune : "Merci d'avoir ramené ma fille saine et sauve au sol, et à moi !".

"Oui, merci, Albert Einstein !" Grace a ajouté.

"Tu dois probablement le tutoyer maintenant, n'est-ce pas ?" Vincente a dit, puis il s'est mis à courir sur la plage. Grace l'a suivi en courant, ils ont ri et se sont éclaboussés dans l'eau.

Aucun des deux n'a remarqué le clin d'œil du professeur Einstein.

✳✳✳

L E COUPLE EST RETOURNÉ à l'hôtel, bien décidé à passer quelques coups de téléphone. "Je suis certain que s'il y a quelqu'un en Australie pour répondre, cela leur parviendra", a déclaré Vincente.

Ils se sont assis ensemble dans le bureau, laissant le téléphone sonner et sonner encore. Personne ne répondait.

"Essayons autre chose", suggère Vincente. Vincente a découvert un manuel dans le bureau, et il l'a feuilleté, trouvant le code pour contacter la Nouvelle-Zélande. Même chose : pas de réponse.

"Où devrions-nous essayer ensuite ?" demande-t-il.

"Essayons..." elle se mit debout avec une carte du monde devant elle, ferma les yeux, se fixa sur la France, et Vincente tapa le code. Ils l'ont laissé sonner et sonner, et encore une fois, il n'y a pas eu de réponse.

"Où allons-nous maintenant ?" demande Vincente.

"L'Amérique du Sud !" Grace a crié, et Vincente a entré les chiffres. C'était ce qui se rapprochait le plus de l'amusement depuis longtemps, et chaque pays qu'ils essayaient leur redonnait de l'espoir : Chine, Russie, Norvège, Irlande et Angleterre. Leurs espoirs se sont toutefois amenuisés après avoir essayé le Canada et les États-Unis.

"Nous sommes les seuls", ont-ils convenu, et ils sont retournés dans leur chambre, épuisés. Ni l'un ni l'autre n'avait faim ou soif.

Pour la première fois, ils n'avaient pas envie de faire l'amour, ni de parler. Ils se sont assis seuls et ont bu du vin. C'était leur monde à présent. L'âge ne signifiait plus rien. Ils pouvaient avoir ou faire tout ce qu'ils voulaient. C'était un rêve devenu réalité.

✳✳✳

VINCENTE S'EST RÉVEILLÉE EN sursaut. Grace parlait dans son sommeil :

"E est égal à MC au carré, deux fois deux font quatre, quatre saisons, balance équilibrée, trois fois deux font six, est un nombre féminin, trois est un nombre masculin, donc six est égal au mariage. Six, dix, quinze sont des nombres triangulaires, quatre, neuf, seize sont des nombres carrés, le cube psychogène est six cubé ou six fois six fois six égalant deux cent seize, Pythagore croyait que nous sommes tous réincarnés tous les deux cent seize ans, donc, cycle. Retourne."

Elle s'arrêta, ronfla un peu et Vincente se blottit contre elle. Il pensa à ce don qui était le sien et qui opérait maintenant sa magie dans son subconscient. Son génie s'imprégnait dans ses pensées du soir, se précipitant vers elle pendant ses heures de repos. C'était la première fois qu'il était réveillé par de telles divagations. C'était comme si Grace parlait dans une autre langue. Il se demanda s'il devait lui en parler. Mais s'il le faisait, le pouvoir de suggestion, plutôt que sa propre réalisation, retarderait-il le processus de guérison ?

Alors que le matin se levait sur eux, Vincente était encore éveillé, écoutant le silence qui l'entourait. Grace n'avait pas repris la parole, mais elle s'était agitée à plusieurs reprises et il avait dû s'éloigner d'elle. Elle s'agitait dans son sommeil, mais lorsqu'elle avait parlé de mathématiques, elle était très calme et centrée. Sa voix était remplie d'une telle passion. Elle dégoulinait pratiquement d'espoir et d'émerveillement, bien qu'il ne comprenne rien à ce qu'elle disait. Il se fit une idée de ce qu'il allait faire lorsqu'elle se réveillerait. Il n'allait pas lui parler de la conversation qu'elle avait eue dans son sommeil. Pas aujourd'hui, en tout cas. Mais il avait un plan, et il espérait qu'il lui serait utile. En même temps, il avait une idée de la façon dont il pourrait la surprendre. Il était optimiste et pensait qu'aujourd'hui serait le meilleur jour de leur vie.

CHAPITRE 30

"JE ME DISAIS, GRACE, que ce serait bien d'aller à Sydney aujourd'hui. Nous pourrions faire une visite à la bibliothèque publique. Nous n'avons pas besoin d'arrêter d'apprendre. Nous avons une bibliothèque entière et des milliers de livres pour nous seuls. Nous pouvons y passer une bonne partie de la journée !"

"Oui, j'aime bien ta façon de penser. Parfait !" Grace s'est arrêtée un instant, s'est regardée dans le miroir. "J'aimerais aussi acheter quelques petites choses, peut-être même de nouveaux vêtements. Je devrais peut-être me teindre les cheveux ? Tu veux que je sois blonde ?"

"Définitivement non pour la blondeur, mais j'aurais bien besoin de nouvelles choses aussi. On pourrait faire une virée shopping ! Et l'autre chose à laquelle je pensais et qui pourrait être utile, c'est de trouver une radio CB. C'est une forme de communication plus primitive, mais..."

"Alors, tu penses toujours qu'il pourrait y avoir d'autres personnes là-bas aussi ?"

"Je pense que nous sommes peut-être les deux seuls, bébé. Mais, si nous avons une radio CB et que nous pouvons l'utiliser activement, et s'il y a une chance, même minime, que d'autres puissent nous contacter de cette façon, alors cette voie nous sera ouverte. Pour eux."

"Je t'aime, Vincente", dit-elle en jetant ses bras autour de lui et en l'embrassant profondément. Puis elle s'est dirigée vers la porte. "Il n'y a pas de meilleur moment que le présent. Autant sortir d'ici !"

"Je suis d'accord !" Vincente s'exclame. Il passa son bras autour de sa taille, et ensemble, ils sortirent du bâtiment, et montèrent dans leur voiture. Ils s'étaient garés en permanence devant l'hôtel, là où normalement seuls les taxis et les limousines étaient autorisés à charger des passagers. Il y a des avantages à vivre dans un monde sans règles.

"Vincente, commence Grace, j'ai réfléchi. Bien que l'hôtel soit agréable et tout ce qu'il faut, il ne pourra jamais être ma maison. Tu vois ce que je veux dire ?"

"Oui, je sais ce que tu veux dire. Tu ressens le besoin de t'installer, de faire ton nid. Et un hôtel, psychologiquement, ne correspond pas à ce besoin."

"Ça le fait pour l'instant, mais pas, tu sais, dans une vision d'ensemble pour nous". Vincente a arrêté la voiture et a ouvert la portière. Elle l'a regardé courir vers la vitrine d'un magasin Salvos. Elle est sortie de la voiture pour voir ce qui avait attiré son attention, et elle a vu que c'était une radio CB !

Vincente est entré dans le magasin et a regardé de près la radio. Puis il a trouvé une prise de courant et l'a branchée. Il a balayé les ondes. Ensemble, ils ont écouté attentivement, mais il n'y avait que des parasites et des larsens. Vincente l'a ramassée et l'a glissée dans le coffre de la voiture, puis ils sont partis. La radio n'avait pas beaucoup de chance, ils le savaient tous les deux, mais ils n'en parlaient pas.

Ils roulèrent dans les rues de Manly, maintenant totalement habitués à être les deux seuls humains dans leur monde. Ils avaient tout ce qu'ils voulaient ou ce dont ils avaient besoin à portée de main : toutes les attractions touristiques, plus les promesses et la beauté naturelles de Sydney. La ville était leur petit coin de paradis et le fait d'avoir Manly pour eux seuls était une sorte de bonus.

Alors que la Land Rover franchit le pont du port de Sydney, l'Opéra semble reconnaître leur présence, et Grace en profite pour reprendre leur conversation précédente. "Ce serait adorable de choisir la maison que nous voulons. De faire une maison à nous", dit-elle avec optimisme.

"Je suis tout à fait d'accord, et nous pourrions choisir n'importe quelle maison, n'importe quel manoir que nous voudrions. Mais pour l'instant, je pense que nous devons parler de quelque chose d'encore plus, eh bien, personnel. Quelque chose dont nous n'avons pas vraiment parlé auparavant."

L'expression de Vincente avait changé. Il était devenu profondément sérieux, plus sérieux que Grace ne l'avait jamais vu auparavant, et elle était inquiète. Elle attendit qu'il continue, ne voulant pas interrompre le cours de ses pensées. Elle se rendit compte qu'il essayait de trouver les bons mots. Lorsqu'il n'a pas parlé pendant quelques minutes, Grace a commencé à s'inquiéter davantage. Lorsqu'il a arrêté la voiture sur George Street et l'a regardée dans les yeux, mais qu'il est resté silencieux, elle est devenue très inquiète en effet.

"Dis-moi, Vincente ! Tu me fais peur !"

"Nous n'avons pas utilisé de moyen de contraception, et tu pourrais être enceinte en ce moment même. Je pourrais te voir comme une nouvelle maman, et je pourrais être un papa. Et je me demandais quel genre de vie ce serait, pour un enfant né de nous ? Oui, nous l'aimerions et prendrions soin de lui, mais qu'en serait-il de son avenir ? Son avenir à elle ?"

"Qu'est-ce que tu veux dire exactement ? Nous adorerions notre enfant !"

"Oui, mais qui notre enfant adorerait-il ? Qui pourrait-il aimer à part nous ?"

"Oh, tu veux dire quelqu'un qu'il épousera. Avec qui il passera son avenir, après notre départ ?" Elle l'a attiré dans une forte étreinte et lui a tapoté le sommet de la tête comme s'il était un enfant. "Chéri, tu as eu des pensées très profondes. Tu aurais dû les partager avec moi. Tu ne devrais pas avoir à t'inquiéter tout seul de quelque chose d'aussi important. Quoi qu'il nous arrive, nous l'affronterons de front, ensemble."

"Mais une petite personne, sans avenir, autre que celui d'être avec nous ? Ce serait cruel. Ce ne serait pas juste !"

"Peut-être devrions-nous renoncer à faire l'amour, alors ? Oui, devenons célibataires !" s'exclame-t-elle, tout en lui caressant la tête et en l'embrassant comme s'il était un petit garçon. "Si cela doit arriver, cela arrivera. Nous ne pouvons pas nous inquiéter maintenant de quelque chose qui n'arrivera peut-être jamais. Nous nous aimons. Je donnerais n'importe quoi pour toi. Je donnerais ma vie pour toi, Vincente, et je ne pourrais pas être célibataire, pas à moins que nous nous séparions. À moins que nous soyons séparés. Alors, peut-être."

"Cela n'arrivera jamais ! Je ne te quitterai jamais ! Je ne le ferai pas exprès", jure Vincente.

"Alors voilà, c'est fait. Et si nous avons des enfants, nous ferons ce qu'il y a de mieux pour eux. Tout ce que nous devrons faire. Mais pour l'instant, faisons ces courses, puis allons à la bibliothèque. Et plus tard, nous irons manger quelque chose de délicieux ! Rien de mauvais ne peut sortir de notre amour", dit Grace.

"Je t'adore, Grace.

Ils sont entrés main dans la main dans le grand magasin David Jones, où ils ont fait du shopping toute la matinée. Puis ils ont déjeuné dans un restaurant italien, préparant ensemble des spaghettis à la bolognaise.

Après le déjeuner, ils ont exploré la bibliothèque, et ils ont sorti quelques romans. Grace ne s'est pas approchée de la section des mathématiques, et Vincente ne l'a pas poussée à le faire.

Après cela, ils sont montés dans la voiture et ont roulé le long de George Street. À l'improviste, Vincente s'est arrêté, a pris la main de Grace dans la sienne et lui a dit qu'il y avait quelque chose qu'il voulait lui montrer. Quelque chose d'important.

Grace a regardé l'enseigne au-dessus de la porte : Antique Jeweller of Fine Quality Bought and Sold Here (Bijoutier ancien de qualité supérieure acheté et vendu ici).

Intriguée, Grace a suivi Vincente à l'intérieur.

✱✱✱

LORSQU'ELLE EST ENTRÉE DANS le magasin, c'était comme si elle avait pénétré dans un lustre scintillant. Tout ce qui l'entoure est illuminé. Tous les types de bijoux imaginables, des diadèmes aux bracelets en passant par les montres, jusqu'à une mallette entourée de diamants, étaient exposés à l'intérieur du magasin. Elle était tellement subjuguée qu'elle ne pouvait plus bouger pendant un instant. L'argent n'était plus un problème pour eux maintenant. Avant, ces bijoux auraient été bien trop chers pour eux.

"Allez, dit Vincente, amuse-toi, regarde autour de toi ! Tu vois quelque chose qui te plaît ?"

Grace s'est avancée, s'est penchée et a regardé à l'intérieur des épaisses vitrines. Elle ne portait plus de bijoux maintenant. En fait, elle n'était pas certaine du type de bijoux qu'elle aimait.

Elle a parcouru les rangées de vitrines, s'est arrêtée sur quelques objets, puis s'est laissée distraire et a poursuivi son chemin. Il y avait trop de belles choses pour qu'elle s'y attarde d'un seul coup. Lorsqu'elle arriva au bout du magasin et se retourna, comme si elle allait passer la porte, Vincente l'arrêta.

"Il doit bien y avoir quelque chose que tu aimes ici !"

"C'est juste un peu trop compliqué pour moi. Je ne connais pas grand-chose aux bijoux. Peut-être que tu peux d'abord m'en parler un peu. Parle-moi de ta bague. Où l'as-tu trouvée ?" demande Grace.

"D'accord, oui, je vois que tu es dépassée, mais tu dois savoir ce que tu aimes. Nous pourrons donc regarder ensemble. En attendant, ma bague a été transmise pendant de nombreuses années dans ma famille. C'est un héritage familial. Elle a toujours été donnée au premier fils du premier fils. Je n'avais pas réalisé que tu l'avais remarquée."

"Bien sûr, il change de couleur à la lumière du soleil, comme le font parfois tes yeux. Hé, j'aime bien celle-là. Elle est absolument magnifique !" Grace a pris une bague, et alors qu'elle allait la mettre à son doigt, Vincente a tendu la main pour l'arrêter. Il prit la bague dans sa main, puis se laissa tomber sur un genou.

"Grace Greenway, je t'aime plus que tout au monde. Veux-tu m'épouser ?"

Elle a crié comme une petite fille et s'est précipitée sur lui, le faisant tomber à la renverse sur le sol. Elle répondit par l'affirmative, et il plaça la bague à son doigt. Elle lui allait parfaitement, comme si elle avait été faite pour elle. Le gros diamant avait la forme d'un cœur, avec de minuscules diamants tout autour du bord. Il étincelait lorsqu'il prenait la lumière.

"Maintenant, c'est officiel !" déclare Vincente. "Je veux dire, officiellement fiancés".

"Merci, je l'adore !"

Ils tournèrent dans la pièce, tout en s'embrassant. Puis le vertige s'empare de Grace, elle avance en trébuchant et examine la vitrine située juste à gauche de la porte. La petite boîte avait été précédemment cachée par la porte ouverte. Ses yeux furent immédiatement attirés par un bracelet en or avec un cœur et des petits diamants tout autour. Des diamants qui avaient été insérés comme de minuscules petites étoiles. C'était une bague magnifique, et Grace sut tout de suite qu'elle lui était destinée.

Vincente était d'accord, et avant qu'elle ne puisse la mettre à son doigt, il l'a prise de sa main et l'a placée délicatement dans une boîte. Il a mis la boîte dans la poche de son short et l'a tapotée doucement. "Pour la garder précieusement", a-t-il dit, "jusqu'à ce que nous nous mariions un jour".

"Je ne pourrais pas simplement le porter ?" demanda-t-elle en tendant la main vers sa poche, "je veux dire, qui le saurait ?". En plus, il n'y a personne ici pour nous marier, de toute façon !".

"Ce n'est pas la question, n'est-ce pas ? Ça se gardera."

"Taquine."

$$* * *$$

"Et toi ?" Grace demande en parcourant les caisses, à la recherche d'une alliance pour Vincente. Elle se demandait si les hommes portaient des bagues de fiançailles, ou si c'était juste quelque chose pour les femmes, un truc féminin pour indiquer qu'elle était fiancée ? "Je veux t'offrir une bague de fiançailles !" Grace dit avec enthousiasme, mais Vincente semble quelque peu réticent. "D'accord, alors une alliance, au moins", dit-elle. Elle l'a repoussé pour pouvoir mieux regarder.

"Euh hum, puis-je vous aider, madame ?" Vincente demande, en se donnant l'air d'un bijoutier antique pompeux.

"Non merci, gentil monsieur", répond Grace. "J'ai déjà volé la bague que je voulais !" Elle venait de faire sauter la bague dans une boîte et de la mettre dans sa poche.

"Merci de nous avoir volés. Revenez-nous, s'il vous plaît", dit Vincente en riant, tandis qu'ils sortaient de la boutique.

Une fois dehors, Vincente commença à marcher, en faisant des pas de plus en plus grands. Grace avait du mal à le suivre. Elle courait derrière lui, essoufflée.

Soudain, il s'est retourné et l'a prise dans ses bras. Puis il l'a relâchée, essoufflée et excitée.

"J'ai eu une idée extraordinaire", a-t-il dit.

"Partage-la !"

"Tu as besoin d'une robe de mariée et d'autres choses, et moi aussi. Enfin, pas d'une robe de mariée pour moi, mais tu sais, j'ai aussi besoin de vêtements de mariage. Nous avons les meilleurs magasins ici à notre disposition, alors achetons tout ce dont nous avons besoin tout de suite !".

"Mais les boutiques ne vont pas disparaître, n'est-ce pas ? Pourquoi ne pas attendre ?"

"Non, je dis toujours qu'il n'y a pas de meilleur moment que le présent, et j'ai l'impression que nous devrions les obtenir ici aujourd'hui", a dit Vincente.

En vérité, Grace ressentait la même chose, mais un désir plus fort l'envahissait. Un désir plus fort que son désir de mariage. Elle voulait déshabiller Vincente, puis lui faire l'amour passionnément.

Elle l'a rapproché de lui et l'a serré dans ses bras. Elle l'embrassa, lui donnant tout ce qu'elle pouvait, mais son esprit était clairement ailleurs.

"Tu regardes ici, je vais aller voir là-bas, et on se retrouve ici dans disons une heure, d'accord ? Ici même, à cet endroit." Il a fait une pause, lui a envoyé un baiser et lui a dit : "Amuse-toi bien."

"Tu es sûr qu'on ne peut pas faire tout ce shopping de vêtements de mariage ensemble ?", l'a-t-elle appelé après lui.

Il s'est arrêté, a secoué la tête et s'est retourné dans sa direction. "Pas question ! Ça porte malheur au marié de voir la robe de mariée avant le mariage. Tu te débrouilles toute seule, chérie."

"Mais tu auras sûrement besoin d'aide ?" Grace a suggéré, espérant le faire changer d'avis. Il s'est contenté de sourire, est entré dans un magasin de costumes et a refermé la porte derrière lui. Elle s'est prise dans les bras. Il lui manquait déjà.

CHAPITRE 31

C'ÉTAIT ÉTRANGE D'ÊTRE LOIN de Vincente. Au début, elle n'aimait pas être séparée. Puis elle s'est mise dans l'esprit des choses et a commencé à essayer robe de mariée après robe de mariée. Beaucoup d'entre elles étaient trop dentelles, trop prétentieuses. Certaines étaient faites pour des tailles zéro et ne mettaient pas en valeur sa silhouette plus large. D'autres étaient tout simplement trop compliquées à enfiler toute seule.

Lorsqu'elle a trouvé une robe blanche antique avec une traîne exceptionnellement longue sur le présentoir, elle n'était pas certaine qu'elle lui irait, et encore moins qu'elle lui conviendrait. Elle avait un col haut en dentelle et était accompagnée d'un diadème assorti. Les boutons de la robe étaient en perles, avec un volant de dentelle brodé sur le dessus. Le prix de la robe était de 10 000 dollars, et Grace a fait très attention en glissant doucement son corps dans la robe.

Elle a retenu son souffle, puis est sortie de la cabine d'essayage pour se regarder dans le miroir en pied. Ses yeux se sont remplis de larmes qui ont coulé le long de ses joues. Elle n'arrivait pas à croire qu'elle pouvait être aussi belle ou qu'elle le serait un jour. Elle ressemblait à une princesse qui n'attendait que son prince pour venir l'épouser.

Elle pensa à Vincente et à ce qu'il ressentirait en la voyant porter cette robe spectaculaire. Elle se mit à sourire. Elle regarda l'heure, réalisant qu'elle devait encore trouver quelques accessoires, comme des chaussures et quelques épingles pour ses cheveux, un peu de maquillage et une paire de boucles d'oreilles en perles.

Mission accomplie ! Elle avait pensé à tout ce dont elle pourrait avoir besoin, et avec encore quelques instants à perdre. Grace prit son temps pour marcher jusqu'à l'endroit où elles devaient se retrouver.

Vincente n'était pas encore arrivé. Curieusement, leur véhicule s'était déplacé.

Elle s'est assise sur le trottoir, les sacs s'écoulant sur la chaussée tout autour d'elle. Puis elle s'est levée et a pris une bouteille d'eau dans le réfrigérateur d'une épicerie de quartier toute proche. Enfin, elle s'est assise, a rêvé du jour de leur mariage et a attendu.

***

Alors que la nuit commençait à tomber, Grace n'attendait plus patiemment. Elle était fatiguée et Vincente lui manquait terriblement.

Le vent s'est levé et Grace a senti un frisson parcourir son corps.

Elle est entrée dans une boutique voisine et a essayé un sweat à capuche noir.

Elle l'a refermé, a mis la capuche sur sa tête et s'est rassise.

Grace a attendu Vincente.

Et elle a attendu. Et elle a attendu.

CHAPITRE 32

G RACE A CONTINUÉ D'ATTENDRE Vincente alors que les étoiles apparaissaient. L'image d'Albert Einstein la contemplait. Elle aurait aimé garder un des romans de la bibliothèque pour lire, mais la lumière n'était pas assez bonne pour lire à cet endroit.

Elle regarda dans la rue, il y avait tant de magasins, mais elle n'était pas d'humeur. Bien sûr, elle pourrait trouver quelque chose pour la distraire, mais cela n'atténuerait pas son inquiétude grandissante quant à l'absence de Vincente.

L'un de ces arbres l'avait-il transformé en shish kebab Vincente ? Et pourquoi avait-il pris la voiture ? Nous avions convenu de prendre nos affaires et de nous retrouver dans une heure. Que s'est-il passé ? Où diable était Vincente Marino ?

Les heures passent.

Grace commence à douter de l'amour que Vincente lui porte.

Elle a commencé à se demander s'il avait changé d'avis sur leur relation.

Cette pensée l'a d'abord mise en colère, puis elle s'est infiltrée de plus en plus profondément dans son subconscient.

Quelque part, elle a découvert une partie d'elle qui s'attendait à ce qu'il la quitte, à ce qu'il change d'avis. Une partie d'elle qui semblait s'attendre à ce qu'il lui fasse du mal, qu'il la déchire de l'intérieur.

Elle décida que, puisqu'il était inévitable qu'il parte depuis tout ce temps, elle pouvait tout aussi bien quitter l'endroit où ils avaient convenu de se rencontrer. Elle irait là où son cœur le désirait, et en ce moment, son cœur désirait être à l'Opéra de Sydney.

Pendant un instant, elle envisagea de laisser les sacs sur le bord de la route. Mais elle avait trouvé la plus belle robe de mariée du monde, et elle allait l'emporter avec elle. Elle allait la garder.

Pendant une seconde, elle a pensé à remettre la robe, mais le train ne ferait que la ralentir.

Lorsqu'elle atteignit l'Opéra, sa pureté et sa blancheur l'accueillirent avec un scintillement dû à la lumière de la lune.

Elle découvrit une échelle qu'elle n'avait jamais remarquée auparavant le long de son flanc, et elle grimpa, de plus en plus haut, jusqu'à ce qu'elle soit assise au sommet de l'opéra de Sydney.

Bien qu'il ne soit pas doux sous elle, elle avait l'impression d'être assise sur une meringue géante.

***

En faisant tourner sa bague de fiançailles sur son doigt, Grace se demandait ce que serait sa vie sans Vincente. Grace ne voulait absolument pas vivre sans lui.

Elle remarque une seule lumière au sommet du pont du port de Sydney. Elle semble lui faire des clins d'œil répétés.

C'était un signe pour elle. Un signe qui disait que si Vincente ne revenait pas pour elle, elle ne voulait plus vivre.

Elle ne voulait pas être la seule survivante.

Elle préférait grimper au sommet du pont du port de Sydney et tomber en avant dans la mer. Si cela arrivait, elle remettrait sa robe de mariée...

Elle retrouverait alors Vincente dans un autre lieu et un autre temps.

Au moment où le soleil se lève, elle entend son nom chanté par le vent : "Grace ! Grace !"

***

Lorsque Vincente a ENFIN trouvé Grace, elle a d'abord refusé de descendre de l'Opéra. Il a grimpé à l'échelle, voulant désespérément s'expliquer. Elle ne voulait pas d'explication.

Elle ne voulait pas l'entendre. Elle est descendue, refusant sa proposition de l'aider à porter les sacs.

Elle a trébuché sur le trottoir. Elle s'est éloignée de lui.

Pendant tout ce temps, il a essayé de s'expliquer. Il a essayé de lui dire pourquoi il était si en retard.

Elle est montée dans la voiture. Elle a claqué la portière derrière elle.

Il s'est installé sur le siège du conducteur.

Elle lui a dit de parler à la main.

Il s'est éloigné du trottoir. Il était tellement en colère qu'il aurait pu cracher.

Elle était furieuse, contente, triste et soulagée.

Elle était dans tous ses états.

***

"Tu as une idée de combien de temps tu vas m'en vouloir ?" demanda Vincente.

"Je ne suis pas fâchée contre toi !" cria-t-elle. Elle l'aimait tellement, tellement qu'elle ne voulait rien d'autre que qu'il la prenne dans ses bras et la serre contre lui. Qu'il lui dise à quel point il l'aimait. Qu'il ne la laisserait jamais partir.

Pourtant, une partie d'elle voulait être en colère contre lui.

Le blesser. De lui faire payer.

Le mal qu'elle ressentait submergeait son cœur à ce moment-là, et elle pleurait doucement pour elle-même.

Vincente se maudit.

Tout ce qu'il voulait, c'était la surprendre !

CHAPITRE 33

LORSQU'ILS SONT ARRIVÉS à l'hôtel, Vincente est sorti de la voiture et a couru aux côtés de Grace. Il devait garder Grace dans la voiture. Ils avaient besoin de parler.

"Tu vas m'écouter, et tu vas m'écouter maintenant".

"Je... je ne..."

"Tu me le dois. Tu vas m'écouter."

Elle le regardait avec une telle méfiance dans les yeux ; avec une telle blessure et une telle douleur qu'il ne pouvait plus la supporter.

"Écoute, si tu peux, fais-moi confiance. Fais-moi confiance et monte à l'étage tout de suite. Prends une douche. Rafraîchis-toi. Passe quelques minutes à penser à nous, à combien je t'aime. Et quand tu seras prête, mets les affaires de mariage que tu as achetées et reviens ici ; mais pas tout de suite. Reviens ici à 18 heures précises."

"Alors, tu vas encore me laisser seule toute la journée", fait la moue de Grace.

"Je pense que le temps passé seule est bon pour nous deux. Cela nous donne un peu d'espace. Le temps de nous apprécier l'un l'autre. Le temps de réfléchir. Et à 18 heures précises, descends me trouver, et nous parlerons." Il l'a doucement embrassée sur la joue et a pris sa main dans la sienne. Il l'a regardée profondément dans les yeux et lui a dit : "Fais-moi confiance."

Elle a accepté un peu à contrecœur et s'est dirigée vers l'ascenseur, où elle a accroché sa robe de mariée, puis a étalé tout le reste sur le lit.

Elle s'est examinée dans le miroir. Elle avait une mine déconfite. Elle n'avait pas dormi de la nuit et s'était tellement inquiétée pour Vincente. C'était une nuit terrible remplie de pensées très sombres. Elle avait honte d'elle-même et était très épuisée.

Elle s'est allongée sur le lit moelleux et a regardé l'horloge. Il n'était que midi et elle avait désespérément besoin d'une sieste. Elle mit l'alarme à 4 heures et commença à pleurer tout le mal et la douleur de la veille. Quand il n'y eut plus de larmes à pleurer, Grace s'endormit.

CHAPITRE 34

L'ALARME S'EST DÉCLENCHÉE ET a effrayé Grace. Elle s'est levée d'un bond, oubliant d'abord où elle se trouvait. Elle a couru dans la pièce, ressemblant un peu à une oie qui essaie d'apprendre à voler.

Lorsqu'elle s'est calmée et a appuyé sur le bouton d'arrêt, sa mémoire a survolé les dernières 24 heures, ce qui s'était passé, comment elle avait été oubliée, abandonnée.

Comment elle s'était sentie plus seule que jamais, et comment Vincente était revenu vers elle, la suppliant de lui pardonner.

Il était tellement sûr qu'elle comprendrait. Il était si confiant et si sûr de lui.

Elle regarda à travers la pièce, découvrant sa magnifique robe de mariée qui l'attendait. Elle sentit son tissu, et elle était aussi belle qu'elle en avait l'air.

Un instant plus tard, elle était sous la douche, s'était séchée, avait relevé ses cheveux et les avait épinglés. Elle se préparait pour le moment où elle enfilerait sa robe de mariée par-dessus sa tête. Elle espérait seulement avoir assez d'épingles pour maintenir ses cheveux en place jusqu'à ce qu'elle ajoute le diadème, la touche finale.

Après avoir préparé son maquillage, et tout ce qui la concernait dit la future mariée, elle évalua son look, se disant ce qu'elle voulait entendre : qu'elle était la plus belle femme du monde. Elle était d'accord avec ce titre, car pour autant qu'elle le sache, elle était la seule femme au monde, il n'y avait donc pas de concours, et il ne lui semblait pas vain de penser à elle de cette façon.

Elle pensa à Vincente qui la voyait ainsi et se demanda si ce qu'il avait dit était vrai à propos de la malchance pour un marié de voir la robe de mariée avant le mariage.

Après s'être regardée une fois de plus dans le miroir en pied, elle a tiré sa traîne vers l'avant et a commencé à sortir de la chambre et à emprunter le long couloir. Elle aimait le bruit de sa robe qui la suivait sur la moquette. Elle imaginait l'une de ses meilleures amies être là, derrière elle, à la tenir. Mais elle a ensuite détourné ses pensées. Après tout, ce n'était pas un vrai mariage, c'était juste une sorte de défilé de mode pour Vincente.

Lorsque la sonnerie de l'ascenseur a retenti, annonçant son arrivée au rez-de-chaussée, Grace a traversé l'entrée, passant devant les bureaux vacants et les terminaux informatiques abandonnés, devant le restaurant vide et le bar désert. Lorsqu'elle a réussi à entrer et sortir de la porte tournante - ce qui n'était pas une tâche facile - elle a trébuché dans la voie des taxis en demi-cercle et a vu la Land Rover assise là, à sa place habituelle. Elle regarde autour d'elle pour trouver Vincente, mais il n'est nulle part en vue. Encore une fois. Cela commençait à devenir une habitude.

Le soleil faisait ses adieux pour la journée et se couchait à l'horizon. Le ciel était coloré de cette teinte rouge orangée. C'était le genre de couleur qui, selon Grace, promettait un délice turc le lendemain. Ou était-ce un délice de pêcheur ? Elle n'avait aucune idée de la pertinence de l'expression telle qu'elle lui était venue à l'esprit. Elle traversa la route et arriva au mur de pierres, toujours à la recherche de Vincente.

C'est alors que ses yeux ont été attirés par le sable. Il y avait une seule rose rouge séchée. Elle la ramassa et l'emporta avec elle en se dirigeant vers les marches. Puis elle aperçut des pétales de roses séchées. Éparpillés dans une traînée. Ils lui indiquaient le chemin. Une autre rose séchée rencontra ses pieds, jaune cette fois. Elle la ramassa et continua à descendre les marches, sur le sable.

Il y avait des bougies laissées le long du sentier, parfumées à la rose et à la lavande. Ses oreilles perçurent une musique douce au loin.

Elle tourna la tête pour en trouver la source, ce qu'elle vit la bouleversa. Elle est restée là, collée à l'endroit, avec le vent qui faisait onduler sa robe de mariée et sa traîne dans tous les sens, dans tous les sens. L'image ressemblait à une robe de mariée en accordéon, et de là où se tenait Vincente, il n'avait jamais vu un spectacle aussi beau.

CHAPITRE 35

L'ALARME S'EST DÉCLENCHÉE ET a effrayé Grace. Elle s'est levée d'un bond, oubliant d'abord où elle se trouvait. Elle a couru dans la pièce, ressemblant un peu à une oie qui essaie d'apprendre à voler.

Lorsqu'elle s'est calmée et a appuyé sur le bouton d'arrêt, sa mémoire a survolé les dernières 24 heures, ce qui s'était passé, comment elle avait été oubliée, abandonnée.

Comment elle s'était sentie plus seule que jamais, et comment Vincente était revenu vers elle, la suppliant de lui pardonner.

Il était tellement sûr qu'elle comprendrait. Il était si confiant et si sûr de lui.

Elle regarda à travers la pièce, découvrant sa magnifique robe de mariée qui l'attendait. Elle sentit son tissu, et elle était aussi belle qu'elle en avait l'air.

Un instant plus tard, elle était sous la douche, s'était séchée, avait relevé ses cheveux et les avait épinglés. Elle se préparait pour le moment où elle enfilerait sa robe de mariée par-dessus sa tête. Elle espérait seulement avoir assez d'épingles pour maintenir ses cheveux en place jusqu'à ce qu'elle ajoute le diadème, la touche finale.

Après avoir préparé son maquillage, et tout ce qui la concernait dit la future mariée, elle évalua son look, se disant ce qu'elle voulait entendre : qu'elle était la plus belle femme du monde. Elle était d'accord avec ce titre, car pour autant qu'elle le sache, elle était la seule femme au monde, il n'y avait donc pas de concours, et il ne lui semblait pas vain de penser à elle de cette façon.

Elle pensa à Vincente qui la voyait ainsi et se demanda si ce qu'il avait dit était vrai à propos de la malchance pour un marié de voir la robe de mariée avant le mariage.

Après s'être regardée une fois de plus dans le miroir en pied, elle a tiré sa traîne vers l'avant et a commencé à sortir de la chambre et à emprunter le long couloir. Elle aimait le bruit de sa robe qui la suivait sur la moquette. Elle imaginait l'une de ses meilleures amies être là, derrière elle, à la tenir. Mais elle a ensuite détourné ses pensées. Après tout, ce n'était pas un vrai mariage, c'était juste une sorte de défilé de mode pour Vincente.

Lorsque la sonnerie de l'ascenseur a retenti, annonçant son arrivée au rez-de-chaussée, Grace a traversé l'entrée, passant devant les bureaux vacants et les terminaux informatiques abandonnés, devant le restaurant vide et le bar désert. Lorsqu'elle a réussi à entrer et sortir de la porte tournante - ce qui n'était pas une tâche facile - elle a trébuché dans la voie des taxis en demi-cercle et a vu la Land Rover assise là, à sa place habituelle. Elle regarde autour d'elle pour trouver Vincente, mais il n'est nulle part en vue. Encore une fois. Cela commençait à devenir une habitude.

Le soleil faisait ses adieux pour la journée et se couchait à l'horizon. Le ciel était coloré de cette teinte rouge orangée. C'était le genre de couleur qui, selon Grace, promettait un délice turc le lendemain. Ou était-ce un délice de pêcheur ? Elle n'avait aucune idée de la pertinence de l'expression telle qu'elle lui était venue à l'esprit. Elle traversa la route et arriva au mur de pierres, toujours à la recherche de Vincente.

C'est alors que ses yeux ont été attirés par le sable. Il y avait une seule rose rouge séchée. Elle la ramassa et l'emporta avec elle en se dirigeant vers les marches. Puis elle aperçut des pétales de roses séchées. Éparpillés dans une traînée. Ils lui indiquaient le chemin. Une autre rose séchée rencontra ses pieds, jaune cette fois. Elle la ramassa et continua à descendre les marches, sur le sable.

Il y avait des bougies laissées le long du sentier, parfumées à la rose et à la lavande. Ses oreilles perçurent une musique douce au loin.

Elle tourna la tête pour en trouver la source, ce qu'elle vit la bouleversa. Elle est restée là, collée à l'endroit, avec le vent qui faisait onduler sa robe de mariée et sa traîne dans tous les sens, dans tous les sens. L'image ressemblait à une robe de mariée en accordéon, et de là où se tenait Vincente, il n'avait jamais vu un spectacle aussi beau.

CHAPITRE 36

VINCENTE AVAIT CRÉÉ UNE allée pour qu'elle puisse marcher en enfilant des guirlandes lumineuses et des bougies, qui s'enroulaient ensuite autour de rosiers séchés. C'était d'une beauté à couper le souffle. Elle s'en imprégna et s'approcha de lui, refermant l'espace.

Vincente était paré d'une veste de smoking blanche, sans chemise en dessous, et d'un jean noir Levi's. Il se tordait nerveusement les mains et se passait les doigts dans les cheveux, tout en lui adressant des sourires radieux.

Il était si beau qu'elle avait envie de le dévorer.

Mais elle était prise dans l'instant, voulant savourer et se délecter de l'image tandis que les lumières des fées, les bougies et les étoiles au-dessus scintillaient en synchronisation : la nature se joignait à la célébration de leur amour.

Grace a fait des pas prudents, essayant de maintenir l'apparence fluide de la beauté, de l'élégance et de la dignité que l'on attendait d'une mariée en ce jour spécial. Mais à la fin, elle ne pouvait pas attendre plus longtemps pour rejoindre Vincente, et c'est pourquoi elle a enlevé ses deux chaussures, s'est accrochée à sa traîne et a couru jusqu'à lui. De loin, elle avait l'air de voler, mais en fait, elle n'avait pas décollé du sol.

Leurs yeux se sont fixés l'un sur l'autre alors que l'écart entre eux diminuait de plus en plus, et bientôt ils se tenaient côte à côte, se tenant par la main, perdus l'un dans l'autre. Perdus dans l'instant. Perdus dans leur amour.

Vincente prit la parole en premier : "Il est temps pour moi d'épouser la plus belle femme du monde."

"Merci", dit Grace, "C'est bien plus que ce que j'aurais pu imaginer ! C'est parfait !"

"Oh, mais encore une chose avant de commencer. Euh, s'il vous plaît, remontez votre robe", dit Vincente d'un air penaud.

"Excusez-moi ?"

"Je veux dire que j'ai quelque chose pour vous", a précisé Vincente. Alors que Grace soulevait la robe, Vincente a dit "Plus haut, plus haut", jusqu'à ce que sa cuisse soit entièrement exposée, et probablement que même Albert Einstein rougissait.

Vincente a alors sorti une jarretière bleue de la poche de son jean et l'a remontée le long de la jambe de Grace jusqu'à ce qu'il atteigne sa cuisse. Son contact a fait frissonner la jambe dans son sillage, puis lorsqu'il a embrassé l'intérieur de sa cuisse, il a fait frissonner tout son corps également.

Il recula et une chanson commença à être jouée. Une chanson que Grace connaissait très bien.

C'était la chanson d'amour, et elle était jouée à partir de sa boîte à bijoux.

Il était retourné à la maison pour la récupérer. C'est pourquoi...

Les mariés se sont perdus l'un dans l'autre.

Ils se sont donné la main.

CHAPITRE 37

"T U T'ES SOUVENUE !" Grace s'est exclamée.

"Bien sûr, je m'en suis souvenue."

La chanson répétait les paroles du refrain sur l'amour qui dure pour toujours et à jamais.

Lorsque tout fut silencieux, ou avec seulement le son naturel des vagues s'écrasant sur le rivage, Vincente plongea son regard dans celui de Grace.

"Grace, tu es la plus belle femme que j'ai jamais rencontrée. Tu es belle à l'intérieur comme à l'extérieur, mais aujourd'hui, tu es plus belle que tu ne l'as jamais été pour moi. Je t'aime de plus en plus chaque jour, et je veux que nous vivions le reste de notre vie ensemble. Je veux te rendre heureuse. Je veux que notre amour soit éternel."

Des larmes coulaient sur les joues de Grace alors qu'elle disait : "Vincente, je t'ai aimé dès le premier instant où je t'ai vu, mais à l'époque, c'était seulement de loin. Tu étais assez proche pour que je puisse te parler, mais trop loin pour que je puisse t'atteindre. La distance entre nous était trop grande. Mais quelque chose t'a amené à moi, quelque chose qui est plus que ce dont j'aurais pu rêver, et pour cela je suis éternellement reconnaissant. Je fais le serment de t'aimer jusqu'à ce que le dernier souffle s'échappe de mon corps, et même alors, ma mémoire t'aimera encore plus."

Vincente s'est approché et a placé la bague au doigt de Grace. Il embrassa doucement son doigt en le faisant glisser, ce qui fit frissonner Grace à nouveau, mais leurs yeux ne se séparèrent jamais de leur lovelock.

Grace a fait glisser l'autre bague sur le doigt de Vincente et lui a emboîté le pas en l'embrassant doucement. Il lui a offert d'autres doigts, et elle les a embrassés doucement aussi, tout en regardant les poils de ses mains et de ses bras se dresser.

Enfermés dans le moment, ils se rapprochèrent le plus possible et s'embrassèrent profondément et passionnément : un baiser de mariage, qui scella l'accord.

"Dis cheese !" dit Vincente. Il avait installé une caméra sur un trépied, et Grace et lui ont souri. Il l'a déplacé pour qu'ils aient une photo avec la plage derrière eux. Puis il a pris une photo de Grace seule, tenant ses roses, et elle en a aussi pris une de lui.

Ensuite, Vincente est allé à la chaîne stéréo et a commencé à jouer une nouvelle chanson. C'était une chanson très romantique. Ensemble, ils ont commencé à se balancer. C'était leur première danse en tant que couple marié. C'était leur toute première danse ensemble, et sa toute première danse à elle. Ensemble, ils ont bougé comme un seul homme, se serrant l'un contre l'autre aussi fort que deux personnes peuvent l'être.

Vincente a enlevé le diadème de Grace et ils ont commencé à se déshabiller l'un l'autre, morceau par morceau. Lorsqu'ils furent tous deux entièrement libres de leurs vêtements, et que la seule chose qu'ils portaient était leurs nouvelles alliances, ils s'embrassèrent jusqu'à ce qu'ils soient sur le sable, y laissant leur empreinte maritale.

Tandis que les vagues continuaient à déferler sur le rivage, ils firent l'amour pour la première fois en tant que couple marié, puis, épuisés, ils tombèrent dans un profond sommeil.

Grace a rêvé qu'elle tombait du ciel, mais elle ne tombait pas. Elle était suspendue dans les airs, les bras écartés.

CHAPITRE 38

"GRACE ! GRACE ! GRACE !" Vincente a crié.

Lorsqu'elle s'est réveillée, la moitié de son corps était immergée dans l'eau. Tout ce qui concernait leur mariage avait disparu.

"GRACE !" Vincente a crié une fois de plus, alors que les vagues le poussaient et le ballottaient comme s'il était aussi léger qu'une bouée.

Grace a commencé à se mettre à l'eau elle aussi, une fois qu'elle a compris que Vincente essayait de sauver leurs affaires. Elle l'a vu s'enfoncer et elle a crié son nom en attendant qu'il refasse surface.

"Oublie les affaires !" Grace a crié. "Reviens simplement ; tout peut être remplacé !"

Il ne l'a pas entendue, ou alors il n'écoutait pas, alors elle a commencé à se frayer un chemin jusqu'à lui. Alors qu'elle luttait contre les vagues, la force ondulante du courant l'entraîna sous l'eau et bientôt la sensation brûlante de l'eau salée s'engouffra dans ses poumons.

Grace se remémore le jour de son mariage, le jour le plus merveilleux de sa vie. Retour aux vœux qu'elle et Vincente avaient échangés alors qu'elle luttait de toutes ses forces pour survivre.

"Grace, tu es la plus belle femme que j'ai jamais rencontrée. Tu es belle à l'intérieur comme à l'extérieur, mais aujourd'hui, tu es plus belle que tu ne l'as jamais été pour moi. Je t'aime un peu plus chaque jour, et je veux que nous vivions le reste de notre vie ensemble. Je veux te rendre heureuse. Je veux que notre amour soit éternel", dit-il.

Des larmes coulaient sur les joues de Grace lorsqu'elle a dit : "Vincente, je t'ai aimé dès le premier instant où je t'ai vu, mais ce n'était que de loin. Tu étais assez proche pour que je puisse te parler, mais trop loin pour que je puisse t'atteindre. La distance entre nous était trop grande. Mais quelque chose t'a amené à moi, quelque chose qui est plus que ce dont j'aurais pu rêver, et pour cela je suis éternellement reconnaissant. Je fais le serment de t'aimer jusqu'à ce que le dernier souffle s'échappe de mon corps, et même alors, ma mémoire t'aimera encore plus."

Vincente s'est approché et a placé la bague au doigt de Grace. Il embrasse doucement son doigt en le faisant glisser, ce qui fait frissonner Grace à nouveau, mais leurs yeux ne quittent jamais leur serrure d'amour.

CHAPITRE 39

G RACE A MARCHÉ VERS l'eau. Elle ne s'est pas retournée. Quand elle a été au bord de l'eau, elle a enlevé ses alliances et ses bagues de fiançailles et elle a pataugé. Lorsqu'elle en a eu jusqu'à la taille, elle a embrassé les alliances et s'est préparée à les jeter dans le néant.

Vincente regardait et attendait, incertain derrière elle. Lorsqu'il a compris ce qu'elle avait l'intention de faire, il s'est levé comme une fusée et a crié "Grace NO !".

Elle se figea, se maudissant d'avoir hésité avec les anneaux toujours serrés dans son poing.

"Reviens", a-t-il dit. "Ne fais pas ça !"

Elle voulait être nue, nue de tout, comme l'était Vincente. Elle n'avait pas besoin de ses bagues s'il n'avait pas les siennes.

"Nous retournerons au magasin d'antiquités ; je prendrai une autre bague !" a-t-il crié. "Maintenant, s'il te plaît, reviens !"

Elle envisageait encore de se séparer des bagues, mais c'est alors que les rayons brillants du soleil les ont atteintes. C'était comme un signe de Mère Nature, et elle a refermé sa main autour d'elles pour les protéger.

Grace est sortie de l'eau en marchant, se sentant un peu en colère contre Vincente pour avoir enlevé ses bagues en premier lieu. Elle ne l'avait jamais vu retirer cet héritage familial auparavant, alors pourquoi l'avait-il fait maintenant ?

Lorsqu'elle atteignit Vincente, il lui remit les bagues au doigt, puis l'embrassa. "Eh bien, c'est un début unique pour notre lune de miel !"

"Oui, un vrai coup de cœur - je veux dire quelque chose que nous pourrons raconter à nos enfants et à nos petits-enfants !"

Ils se sont souri, ont passé leurs bras autour de la taille de l'autre et ont repris le chemin de l'hôtel.

Et sur le chemin, ils ont décidé qu'il était temps pour eux de passer à autre chose.

CHAPITRE 40

"D'ABORD, ON S'ARRÊTE EN ville et on t'achète une nouvelle bague. Et ensuite..."

"Tu sais bébé, je préfère attendre, si tu es d'accord, et regarder un peu plus autour de moi. Je ne veux pas acheter ma deuxième bague dans la même boutique - cela me semblerait étrange et même malchanceux. Cherchons quelque chose de totalement différent. Et pour ce qui est de ma bague de famille, c'est une affaire réglée."

Ensemble, ils ont rassemblé leurs maigres affaires dans la chambre d'hôtel.

"Allez Mme Marino", dit Vincente en souriant à Grace, "il est temps pour nous de commencer cette lune de miel !".

"Répète-le encore une fois", dit-elle.

"Madame Marino, madame Vincente Marino, monsieur et madame Vincente Marino, Grace et Vincente Marino", a-t-il scandé. Elle s'est pâmée comme si les titres étaient de la musique jouée et ils ont rassemblé leurs sacs et sont sortis. Ils ont refermé la porte à double tour derrière eux et se sont dirigés vers l'ascenseur et le hall d'entrée, puis ils ont franchi les portes tournantes et sont montés dans le véhicule qui les attendait.

De but en blanc, Grace demanda : "Quelle est la signification de ton nom de famille ?"

"Euh, si tu ne l'aimes pas, tu vas demander à récupérer Greenway ?" demanda-t-il tout en arborant un sourire insolent.

"Pas question ! Greenway est ennuyeux. Ça veut dire 'un chemin vert' - grosse surprise. Mais Marino, ça sonne étranger, exotique - intéressant."

"Merci Mme Marino", dit Vincente. "Cela signifie 'bord de mer'. Je pense que c'est pour cela que j'ai toujours aimé venir ici. L'océan me fait penser à de la musique. J'ai ça dans le sang."

"Après ce qui vient de se passer, ça ne me dérange pas d'être loin de toute cette eau pendant un moment", avoue Grace.

"Sans blague !" Vincente dit : "Mais nous reviendrons."

CHAPITRE 41

ALORS QU'ILS ROULAIENT LE long de la côte, passant devant des parcs de véhicules neufs et d'occasion, Vincente s'est dit : "Tu sais quoi, j'ai toujours rêvé d'avoir une Ferrari rouge pomme d'amour à deux places."

Alors qu'elle aperçoit exactement le même véhicule que Vincente a décrit dans l'un des lots, elle dit : "Un cadeau de mariage ? Je pense que ce serait génial, sauf que cette voiture a plus d'espace pour ranger les objets de première nécessité comme les armes, les couteaux et tout ça."

"Oui, tu as raison", a dit Vincente ; cependant, il ne pouvait pas laisser passer entièrement l'occasion et il s'est donc garé dans le lot de voitures Ferrari. "C'est comme si j'étais mort et que j'étais allé au paradis des Ferrari !"

"Doucement Monsieur Marino", l'avertit Grace en faisant semblant de le retenir.

"Celle-ci", dit-il en la caressant, "c'est le bébé que je veux !".

Grace l'a regardé faire courir ses doigts le long des pare-chocs galbés, toucher et regarder amoureusement l'intérieur en cuir blanc souple, caresser affectueusement le volant, puis ouvrir le capot et presque entrer à l'intérieur pour lui faire l'amour.

"Je devrais être jalouse ?" demande-t-elle avec un sourire en coin.

Il a ri mais a continué à caresser les phares.

"Plus sérieusement," dit Grace, "On ne devrait pas aller chercher un véhicule approprié, tu sais avec assez de place pour transporter nos biens matériels ?"

"Non", se moque-t-il. "La vie est trop courte. Allez, saute dedans !"

Après qu'ils aient monté et descendu plusieurs fois l'autoroute des princesses, Grace est retournée à la Land Rover. Elle sourit en regardant Vincente dire au revoir à la Ferrari rouge.

Après quelques instants, il est revenu vers Grace et lui a demandé "d'ouvrir la fenêtre".

"Pourquoi ?" a-t-elle demandé.

"Fais-le, c'est tout !"

"Non, tu montes."

"Ouvre-la Grace."

"Dis-moi pourquoi !"

"Allez !"

Elle a baissé la vitre et Vincente a poussé sa tête dans l'espace ouvert et a attrapé son visage à deux mains et il l'a embrassée fort, faisant rouler sa langue sur ses lèvres et la faisant tourbillonner dans sa bouche jusqu'à ce qu'elle oublie totalement de respirer.

"Voilà ce qui t'arrive quand tu penses que j'allais embrasser la Ferrari !" dit Vincente en sautant dans la Land Rover et en faisant crisser les pneus.

Grace est restée assise en silence, essayant toujours de reprendre son souffle alors que la Ferrari rouge devenait de plus en plus petite dans son rétroviseur latéral, tout en se souvenant de la bouche de Vincente sur la sienne.

***

"Tu te souviens quand je t'ai dit que ma mère était une artiste ?" Grace a hoché la tête, et Vincente a continué. "Ma mère était peintre, et assez douée d'ailleurs. Mon père travaillait pour une société de communication, qui l'envoyait travailler dans tout le pays. C'est pourquoi nous avons beaucoup déménagé quand j'étais enfant. Maman aimait que nous déménagions, parce que c'était bon pour elle - d'un point de vue artistique, je veux dire. Elle avait toujours de nouveaux paysages, des décors frais, de nouveaux arbres..."

Il a arrêté la voiture brusquement, en appuyant sur les freins. Puis il a fait un large demi-tour.

"Qu'est-ce qu'il y a ? J'adore entendre parler de ta famille. Dis-m'en plus."

"Je ne vais pas me contenter de te raconter", dit Vincente un peu essoufflé. "Je vais te montrer ! Je veux dire que j'avais totalement oublié cette histoire, jusqu'à tout à l'heure. Je pense que je l'ai même bloqué."

"Raconte-moi", l'interrompt Grace, mais Vincente continue de parler.

"Après ce qui s'est passé chez mes grands-parents et ensuite chez tes parents, eh bien c'est une trop grande coïncidence."

"Qu'est-ce que c'est ? Qu'est-ce qu'une coïncidence ?"

"C'est juste trop bizarre pour que je puisse l'expliquer, mais je vais te montrer et bientôt", il frissonna et resserra sa prise sur le volant. "Tiens bon, d'accord ? Une fois que tu l'auras vu, tu sauras pourquoi."

"D'accord", dit Grace en se renfonçant dans le siège. Elle voulait poser d'autres questions, mais elle savait que Vincente n'y répondrait pas pour le moment. Elle a donc changé de sujet. "As-tu eu des problèmes, à te déplacer autant quand tu étais enfant ?".

"Je n'ai pas eu de problèmes", dit Vincente, "probablement parce que j'étais plutôt bon en sport. Je faisais des essais, j'entrais dans une équipe et voilà - des amis instantanés."

"Je parie que tu as toujours eu des filles qui te tombaient dessus !"

"Ooh, regardez qui a l'air un peu jaloux ? Êtes-vous jalouse, Mme Marino ?"

La seule réponse de Grace a été un sourire silencieux.

CHAPITRE 42

"C E N'EST PLUS QU'À quelques minutes", a dit Vincente.

"On dirait qu'il pourrait pleuvoir aujourd'hui", a observé Grace, alors qu'un frisson visible lui traversait tout le corps.

"J'apprécierais le bruit d'un véritable orage", dit Vincente. "Ça me manque d'entendre tous les oiseaux, surtout les kookaburras".

Grace a regardé fixement par la fenêtre latérale, puis a regardé à nouveau à travers le pare-brise.

Vincente a mis les essuie-glaces en marche alors que quelques gouttes descendaient du ciel. C'étaient des gouttelettes normales cette fois, pas noires comme avant.

"Je me souviens qu'on disait toujours à l'école qu'après une guerre nucléaire, certaines choses survivraient encore, comme les vautours, les cafards et les requins", dit Vincente.

"Aucune de ces choses n'est nécessaire dans notre monde".

"Non, mais si cette chose les a pris aussi, qu'est-ce que cela signifie pour nous ? Les vautours et les requins se nourrissent de carcasses humaines, ou d'autres carcasses. Donc, comme il n'y a pas de corps, ils seraient morts de faim, eux aussi. Les cafards mangent n'importe quoi - des animaux, des légumes, du papier - et j'en passe.

Des trois, et puisqu'ils volent ici dans notre bonne vieille OZ, nous devrions en avoir vu au moins un à l'heure qu'il est."

Grace frissonne à nouveau, "Pourquoi les cafards mangent-ils du papier ?"

"Ce n'est pas exactement le papier qu'ils recherchent. C'est la colle, qui est fabriquée à partir de sous-produits animaux."

"Je peux te dire une chose qui ne me manque pas, ce sont les insectes", dit Grace, et tout son corps frissonna à nouveau. Cette fois, même Vincente l'a remarqué.

"Tu veux acheter un sweat à capuche dans le prochain centre commercial que nous verrons, ou dois-je mettre le chauffage ? Tu as l'air de frissonner beaucoup ces derniers temps. J'espère que tu ne croules pas sous quelque chose."

"Je n'ai pas vraiment froid. Je me sens juste un peu bizarre. Je ne peux pas l'expliquer", dit Grace.

"Dis-moi ce que tu ressens", demande Vincente. "Est-ce que c'est comme si quelqu'un t'observait ? Ou comme si quelque chose de grave allait se produire ?"

"Peut-être les deux ; peut-être seulement l'un des deux. Je ne sais vraiment pas. C'est pour ça que c'est difficile à expliquer", dit Grace alors que la chair de poule apparaît sur ses avant-bras.

"Nous y sommes presque," dit-il. "Accroche-toi et peut-être qu'une douche chaude t'aidera".

"Oui, ou un bon et long bain", dit Grace. "Tu peux me faire un massage".

"Je te le ferai si tu me le fais", a dit Vincente avec un sourire de garçon.

Grace a de nouveau frissonné involontairement lorsque la voiture a pris le virage. Vincente fit une pause devant une maison à deux étages, puis s'engagea dans l'allée et se gara.

"Bienvenue dans mon humble demeure", a dit Vincente en agitant son bras avec brio et en s'inclinant comme un gentleman.

Grace a gloussé, puis a examiné le jardin. Tout ce qui s'y trouvait était mort, mais certaines fleurs conservaient encore leurs couleurs. Vincente lui a ouvert la porte et elle s'est avancée vers lui.

"Ce jardin faisait la fierté de ma mère", dit-il, "regardez-le maintenant".

"Je parie qu'il était à couper le souffle à l'époque", dit Grace. "Je veux dire que même maintenant, tel qu'il est, je peux encore dire qu'il a été aimé et soigné il n'y a pas si longtemps".

"Quand je suis allé à l'école pour la première fois", dit Vincente, "maman a commencé à planter. Elle s'inquiétait de savoir comment elle allait remplir ses journées sans moi. La peinture est sa passion, mais elle avait parfois besoin d'un peu de diversion, d'inspiration. Puis elle s'est découvert un talent pour faire pousser les choses, et c'est devenu très thérapeutique pour elle. Maman était une artiste à bien des égards", dit-il en prenant la main de Grace et en l'entraînant sous le porche. Elle la suit jusqu'à ce qu'ils se trouvent au pied d'un chevalet renversé.

"Quand je suis parti à l'école le dernier jour, maman était ici en train de peindre. Maintenant..." il s'arrêta, plaçant sa main sur sa bouche.

"Qu'est-ce que c'est ?"

"Sa peinture", s'exclame-t-il. "Il est encore là ! Et regarde, elle a laissé les couvercles sur ses peintures, et son pinceau est sec comme un os." Il n'a pas pu s'en empêcher et s'est laissé tomber sur la chaise avec un bruit sourd. "Maman n'aurait pas laissé ces choses ici, comme ça. J'en suis certain maintenant, et je dois me rendre à l'évidence : ma mère est morte."

Grace a pris sa main dans la sienne, et elle s'est installée à côté de lui, là où elle pouvait aussi voir le tableau. "Ta mère est vraiment quelque chose."

"Était. Elle était vraiment quelque chose."

Grace a examiné le tableau, s'est penchée par-dessus l'épaule de Vincente et a dit : "Magnifique."

"Mais elle n'a jamais eu le temps de le terminer !" Vincente se penche. Il replaça soigneusement les bouchons sur les pots de peinture ouverts. Puis il a versé de l'essence de térébenthine dans la bouteille et y a laissé tomber le pinceau pour le nettoyer. Il souleva le tableau inachevé du sol, tendit les bouteilles à Grace et elle le suivit dans la maison.

La première chose que Grace a remarquée à l'extérieur, ce sont les restes du jardin. À l'intérieur, la première chose qu'elle a remarquée, ce sont les fleurs - toutes sortes de fleurs disposées dans des vases. Bleues. Bleues. Mauve, tu peux le dire. Des fleurs posées dans des cafetières et des bocaux vides. Des fleurs, partout. Elles étaient toutes séchées maintenant, comme celles de l'extérieur, mais beaucoup avaient conservé leurs couleurs et leurs parfums.

La mère de Vincente avait rempli sa maison de nature et d'amour. Dans chaque espace qu'elle pouvait trouver, Grace en était certaine. Maintenant qu'elle y pensait, elle souhaitait encore plus la rencontrer. Elle regrettait de ne pas pouvoir la rencontrer maintenant. Une larme coula sur sa joue alors qu'elle prenait une paire de gants de jardinage bleu aqua sur la table d'appoint. Grace les a tenus dans sa main, presque comme si elle tenait la main de la maman de Vincente, et elle les a emportés avec elle en suivant les pas de Vincente.

"Attends ici Grace", dit-il. "Je vais aller la chercher. La chose, la chose que je veux que tu voies."

Elle s'assit dans le fauteuil, tout en admirant un grand tableau, qui était exposé au-dessus de la cheminée. Il y avait là quelque chose de terriblement familier, de presque réconfortant. Elle se leva et se rapprocha du tableau.

✳✳✳

"J E N'ARRIVE PAS À y croire ! Il n'est plus là !" Vincente s'exclame en s'approchant de Grace qui ne reconnaît pas sa présence. En fait, elle n'a pas bougé du tout - c'est comme si elle ne l'avait pas entendu.

Grace n'a pas reconnu sa présence et n'a pas bougé. C'était comme s'il n'était pas là du tout.Il a regardé sa femme, debout, tenant une paire de gants de sa mère dans sa main tremblante, puis il a suivi sa ligne de mire.

Quand il a réalisé ce qu'elle regardait, il a mis sa main sur sa bouche. Là, au-dessus de la cheminée, se trouvait le tableau qu'il avait cherché. Le tableau exact qu'il avait amené Grace à la maison pour qu'elle le voie.

"C'est ça !" cria-t-il en lui touchant le bras.

Grace sursauta au contact soudain, mais elle ne put détacher ses yeux du tableau. Elle en était comme transie.

Dans sa tête, Grace admirait les qualités de réalisme du tableau. Elle pouvait sentir l'odeur de l'herbe et entendre la vache meugler. Elle avait l'impression d'en faire partie. D'une manière ou d'une autre.

Vincente a essayé de tourner Grace vers lui, mais elle a résisté. Il s'est placé devant elle, et elle l'a repoussé.

"Regarde-moi !" s'exclame-t-il.

"Je ne peux pas. C'est trop beau ! J'ai l'impression d'avoir été là."

"Regarde-moi !" ordonne-t-il.

Grace regarda son mari, debout à côté d'elle, se tordant les mains, la transpiration ruisselant sur son visage.

"Qu'est-ce qu'il y a Vincente ?" Grace a demandé, alors qu'elle essayait de ne pas regarder le tableau.

"Ce tableau", dit-il en la faisant tourner et en effaçant toute vue sur le tableau, "c'est le bon. Celle que je t'ai amenée ici pour la voir."

"D'accord", dit Grace, "et je comprends tout à fait pourquoi. C'est la peinture la plus incroyable que j'ai jamais vue."

"Non Grace," dit Vincente, "regarde l'arbre. Regarde l'arbre, Grace !" et il a tremblé en enfonçant ses poings tremblants dans ses poches, puis en les ressortant. Il passait ses doigts dans ses cheveux et n'arrivait pas à rester immobile.

Elle a regardé la photo une fois de plus et a été remplie d'une paix intérieure inexplicable. Elle sourit.

"Tu ne le vois pas, Grace ? Tu ne le vois pas ?"

"Bien sûr, je le vois. Il y a de la beauté, de la paix et de la sérénité. Je vois le cœur de ta mère dans ce tableau. C'est comme si... je l'avais déjà rencontrée. Comme si je l'avais connue."

"Ok, peut-être que tu ne peux pas le voir. Peut-être que je dois te le montrer. Tu vois là", il s'est approché du tableau, et elle aussi s'est approchée. "Tu vois là, sur l'arbre ? Juste là."

"Dis-moi ce que tu vois Vincente", demande Grace.

"C'est un visage."

Elle se rapprocha, mais elle ne pouvait pas voir ce qu'il voyait.

"Tout ce que je vois, c'est un champ rempli de tournesols et un arbre normal sous lequel broute une vache", a dit Grace.

"Non !" s'exclame-t-il, de plus en plus exaspéré. "Regarde de plus près. Regarde l'arbre !" Il s'est tourné vers elle, la suppliant du regard de voir ce qu'il voyait, mais elle en était incapable.

Elle se tourna vers lui. "Il n'y a pas de visage, Vincente. Chéri, tu vois quelque chose qui n'existe pas."

Vincente a levé les mains en signe d'exaspération, a tourné les talons et s'est mis à courir.

Grace a d'abord voulu le suivre, mais une fois de plus, elle a été attirée par le tableau. Elle s'est approchée, a souri, s'est perdue dans le tableau.

Attends un peu, pensa Grace, Vincente était pétrifié, et il ne s'effraie pas facilement.

Elle a fermé les yeux, puis les a rouverts. Pourtant, elle ne pouvait pas voir de visage. En fait, cette fois, les rayons du soleil semblaient s'approcher d'elle. Ils l'attiraient à l'intérieur. Il lui était presque impossible de détourner le regard.

La pièce est devenue plus chaude lorsqu'elle a regardé l'image. Elle avait l'impression qu'un morceau du soleil avait été capturé par l'artiste et qu'il s'offrait maintenant à elle. Elle voulait entrer dans le tableau et en faire partie, embrasser la lumière. Et lorsqu'elle avançait, il lui semblait pouvoir respirer le foin frais des champs et entendre le meuglement des vaches. Son rythme cardiaque s'est accéléré, sa respiration est devenue superficielle.

Elle s'est laissée dominer un instant, a oublié de respirer. Elle s'est vite retrouvée à bout de souffle et plus qu'effrayée.

Grace a reculé d'un pas rapide. Elle courut en appelant le nom de Vincente.

CHAPITRE 43

G RACE A TROUVÉ VINCENTE dans sa chambre, sur son lit. Bien que quelques minutes se soient écoulées, il tremblait encore, les bras croisés devant son visage. Elle a imaginé à quoi il devait ressembler lorsqu'il était petit garçon.

"Parle-moi de ça. Le tableau ?" demanda-t-elle en faisant les cent pas, tout en essayant de dissiper les sentiments et l'énergie qui l'avaient temporairement envahie. Elle ne voulait pas mentionner ce qu'elle avait ressenti, ou du moins pas avant que Vincente ne lui dise ce qui l'avait effrayé.

"Tu as fini par le voir ? Je veux dire, le visage ?" demanda-t-il, et pour l'instant, avec ses attentes élevées, ses tremblements cessèrent.

Grace n'essayait pas de mentir lorsqu'elle a secoué la tête en disant non. Elle essayait simplement d'évaluer la situation.

Immédiatement, le corps de Vincente s'est mis à trembler.

"Dis-moi Vincente. Ce que je vois n'a pas d'importance, mais je vois bien que tu as peur mon chéri. Raconte-moi tout, s'il te plaît. Tu sais que tu peux tout me dire, n'est-ce pas ?"

Ses dents claquèrent alors qu'il hésitait une seconde, puis il inspira profondément et commença à raconter l'histoire.

"Quand j'étais petit, maman a peint ce paysage et elle me l'a dévoilé avec beaucoup de fierté. Elle a écarté le rideau en s'attendant à ce que je l'adore, mais au lieu de cela, j'étais absolument terrifié et, en tant qu'enfant, je n'avais pas les mots pour l'exprimer. Maman ne comprenait pas, mon père non plus. Nous avons réessayé, et c'était toujours la même chose pour moi. Un petit coup d'œil et je me levais en hurlant dans la nuit. Les cauchemars parlaient pour moi. Alors, mes parents l'ont rangé et je ne l'ai plus jamais revu. En fait, je l'avais complètement oublié, jusqu'à ce matin. Comme je l'ai dit, je pense que je l'ai bloqué".

"Alors, pourquoi m'as-tu amené, pourquoi nous as-tu ramenés ici ? Tu voulais me prouver quelque chose, ou te prouver quelque chose à toi-même ? Tu voulais affronter tes peurs ?" Grace demande.

"J'ai pensé qu'il y avait peut-être un indice pour moi - pour nous. Mais tu as vu comment j'ai changé quand tu ne pouvais pas le voir aussi. Je suis redevenue une enfant et j'ai dû m'enfuir de la pièce ! Qu'est-ce que tu penses de ton mari si fort maintenant ?" Il grimace devant ce qu'il considère comme une démonstration de lâcheté peu virile.

"Je l'aime tout autant - non, même plus !" dit Grace en se blottissant contre lui.

Après quelques instants de silence, Grace révéla : "Je n'ai pas vu le visage, mais j'ai ressenti quelque chose dans le tableau, Vincente. Quelque chose d'anormal et d'inexplicable."

Vincente s'est redressé, a enlevé ses bras de son visage et a dit : "Quand j'étais enfant, quand je le regardais profondément, j'avais l'impression de vouloir entrer dans le tableau. Comme si je voulais échapper à cette vie. Je pouvais sentir l'odeur du foin et entendre la vache. C'était comme si une lumière m'attirait, me berçait. Je savais que si je me laissais aller, que je marchais dans le tableau, alors ce visage sur l'arbre me ferait, me ferait, me ferait mal... Je devais m'éloigner, je devais m'enfuir !"

"J'ai senti que quelque chose d'étrange m'attirait aussi dans le tableau Vincente, mais je n'ai pas pu voir le visage. Il ne ressemblait pas du tout à celui que nous avons vu, tu sais. Celui qui a mangé le corbeau."

Ils se sont blottis l'un contre l'autre sur le lit, se réconfortant mutuellement et pensant à la photo, tout en essayant désespérément de ne pas y penser.

Au bout d'un moment, ils ont fait l'amour.

Lorsque Grace s'est réveillée plus tard, elle a réfléchi à ce qu'elle ressentait à propos de la photo. C'était un paysage magnifique, cela ne faisait aucun doute. Cependant, la lumière et l'attraction qui s'en dégageaient avaient quelque chose d'unique et peut-être même, osait-elle le dire, de diabolique. Oui, c'était cela. C'était le contraste du calme et de la sérénité avec un goût de quelque chose de noir, d'inconnu, peut-être même de dangereux.

Elle jeta un coup d'œil à Vincente, qui dormait toujours paisiblement. Il remuait de temps en temps et marmonnait. Elle se demanda s'il rêvait de l'arbre, l'arbre au visage, qu'il avait imaginé comme faisant partie exactement du même paysage. Grace sortit tranquillement du lit, et Vincente s'installa, comblant son interstice encore chaud.

Il dormait encore profondément et était en paix.

Elle a regardé autour de sa chambre, admirant ses réalisations étonnantes pour lesquelles il avait des trophées à montrer : Meilleur athlète, meilleur batteur et joueur de l'année - il avait gagné cette catégorie plusieurs années de suite.

Puis son regard s'est arrêté sur plusieurs étagères remplies de sculptures en bois. Intriguée, elle s'est approchée d'elles, émerveillée par les détails complexes. Chacune d'entre elles avait sa propre personnalité. Il y avait une ballerine qui pirouettait avec prestance et technique, un joueur de cricket à la batte, un cow-boy portant une ceinture d'armes à feu autour de la taille et s'apprêtant à dessiner, un alpiniste qui, d'après son expression, venait d'atteindre sa destination ultime, et bien d'autres encore.

Grace parcourut des yeux l'ensemble de la collection et s'arrêta sur une sculpture représentant un homme aborigène. Il regardait devant lui, les yeux perdus. Elle l'a ramassé et l'a tenu dans sa main. Le contact de sa peau avec la figure en bois lui a fait prendre des pulsations, tout doucement. Ou l'avait-elle imaginé ?

Elle recula et détourna les yeux vers sa gauche. Elle était alignée avec un miroir encadré de bois et son reflet la fit sursauter, si bien que la figurine en bois qu'elle tenait dans sa main tomba sur le sol et rebondit sur la moquette. Elle se pencha, la ramassa et l'examina de plus près, juste à temps pour voir une larme tomber des yeux de la figurine en bois. Elle l'a essuyée du bout du doigt et l'a goûtée. Elle était salée, tout comme une larme humaine. Elle est restée là et a regardé fixement dans les yeux. Elle se sentait effrayée et un peu plus que curieuse. Elle se demandait si cette discussion sur le tableau ne l'avait pas indûment influencée.

"Qu'en penses-tu ?" demanda Vincente en baillant, en s'étirant, puis en traversant la pièce pour la rejoindre.

Grace fut surprise et sursauta un peu sur le coup. Elle a bercé l'autochtone contre sa poitrine. "Je devais regarder de plus près parce que leurs expressions faciales sont si réalistes ! Où les as-tu trouvées ?"

"Je les ai fabriqués", avoue-t-il timidement. "Chacun d'entre eux a été sculpté, de la tête aux pieds, avec ces deux mains".

"Tu es un véritable artiste Vincente ! Pourquoi ne me l'as-tu pas dit ?"

"Je n'en ai parlé à personne, à part à maman, papa et mes grands-parents. Tu les aimes vraiment ?"

"Je les trouve incroyables !"

"J'aimerais en sculpter un à ton effigie, Grace".

"Ce serait merveilleux Vincente", a-t-elle virevolté en faisant semblant d'être une ballerine. "J'ai remarqué que chacun est différent, pas seulement les personnages mais aussi le type de bois. Comment choisissez-vous ?"

"Chaque sculpture nécessite un type de bois spécifique pour que tout s'assemble. Je me promène parmi les arbres, je décide de ce que je vais créer et j'attends de voir quel type d'arbre me parle, spirituellement. Ensuite, je crée la sculpture avec l'intention de la rendre aussi vivante que possible et, surtout, véridique."

"Combien de temps prend chacune d'entre elles ?"

"Une fois que j'ai trouvé le bois - ce qui prend le plus de temps - je peux sculpter le sujet en deux ou trois jours. Le visage prend toujours le plus de temps, et c'est ce que je fais en dernier. Si le visage n'est pas bon, je jette tout et je recommence. Parfois, c'est parce que le bois ne me semble pas bon, alors je retourne aux arbres, je cherche encore une fois le bon arbre. La plupart du temps, l'arbre est juste ; je n'ai simplement pas encore capturé l'essence du sujet."

"As-tu un ensemble spécial d'outils pour faire cela ? Parce que si c'est le cas, tu devrais les apporter avec nous. Et je pense que tu devrais aussi apporter le tableau de ta mère. Même si nous devons le recouvrir."

"Ah, encore le tableau. J'ai envie de redescendre et de le regarder à nouveau. Je veux affronter mes peurs. Tu viendras avec moi ?"

"Bien sûr, Vincente." Elle suivit derrière lui, tendant la main pour replacer l'Aborigène sur l'étagère, mais il pulsa à nouveau. Elle le rangea dans sa poche, puis dit : "Mais je dois te rappeler que j'ai senti le tableau m'attirer - et l'attraction était extraordinairement forte. C'était étrangement fort."

"Nous allons nous tenir la main et l'affronter ensemble."

"D'accord, allons-y."

"On peut avoir une tasse de café avant, Vincente ?"

"D'accord."

CHAPITRE 44

APRÈS AVOIR TERMINÉ LEUR tasse de thé et de retour dans le salon, Grace et Vincente se tiennent par la main et se dirigent vers le tableau.

Vincente se convainc qu'il ne peut pas vraiment voir un visage sur le tronc de l'arbre et Grace se convainc qu'elle ne sent pas la force du tableau qui la tire vers l'avant.

Leurs pieds sont restés fermement plantés au même endroit tandis qu'ils resserraient leur emprise sur la main de l'autre.

Grace a mis son autre main dans sa poche, où elle tenait la sculpture de Vincente représentant l'homme aborigène. Lorsqu'il a de nouveau pulsé, elle l'a retiré et l'a tenu en l'air, de façon à ce que ses yeux soient également tournés vers le tableau.

L'homme aborigène a commencé à se convulser dans la paume de sa main. Puis il a roulé d'un côté à l'autre. Elle a regardé vers le bas et sa bouche s'est tordue en un cri, et il a été soulevé de sa main et dans le tableau.

Debout au même endroit, se tenant toujours par la main, Grace pouvait maintenant voir la sculpture de l'homme autochtone assis dans l'arbre. Au-dessus de lui, un corbeau est assis sur une branche.

Vincente continuait à fixer le tableau, mais il ne tremblait plus comme avant. Il a serré la main de Grace pour se rassurer.

"As-tu remarqué quelque chose de différent ?" demande Grace.

"Différent ? Comment ?"

"Quelque chose de nouveau ou de déplacé ?"

"Non, tout se ressemble, mais la bouche ne m'effraie pas autant aujourd'hui. C'est peut-être parce que nous nous tenons la main."

Ensemble, ils se sont éloignés du tableau et ont refermé la porte derrière eux.

Instantanément, l'homme autochtone s'est mis à pulser. Il était retourné dans la poche de Grace. Elle ouvrit la bouche pour dire à Vincente ce qui s'était passé, mais il semblait moins craintif, et elle ne trouva pas les mots pour expliquer.

"Je vais préparer quelques affaires", dit Vincente.

"Je pense que je vais rester ici, si tu es d'accord ?" demande Grace. Elle regarda Vincente disparaître au coin de la rue, puis elle tendit la main et retira le tableau du mur. Elle l'a enveloppé dans une couverture et l'a rangé dans le coffre de la voiture. Elle est ensuite retournée à la maison et a récupéré des couvertures et des oreillers qu'elle a placés en toute sécurité sur le tableau. Pendant tout le temps qu'elle a passé à charger, la sculpture a continué à faire connaître sa présence en pulsant dans sa poche. Elle se dirigea ensuite vers la chambre de Vincente. L'homme autochtone s'est immobilisé.

Vincente a rangé ses sculptures dans un grand sac. Il y a aussi mis ses outils. Chargés, ils sont redescendus ensemble. Vincente a ensuite emballé le kit artistique de sa maman, y compris le chevalet et la toile, et ils ont chargé la voiture.

"Ok, on y va", a-t-il dit.

"Tu es sûr d'avoir tout ce qu'il faut ?" demande Grace.

"Je, je ne veux pas amener cette chose avec nous. Je suis en paix avec ça maintenant et tout ce que je veux, c'est partir d'ici. Pour l'instant, je ne pense pas que je voudrai un jour revenir ici."

Ils se dirigèrent vers l'entrée, et Vincente tira la porte d'entrée, et fit signe à Grace de sortir en premier. Il referma ensuite la porte derrière lui et la verrouilla.

Une fois qu'ils furent de retour dans la Land Rover et qu'ils reprirent la route, Grace rompit le silence. "Nous devrions vraiment en parler."

"J'ai dit", a-t-il crié, avant de baisser d'un ton, "j'ai dit que je ne voulais pas en parler. Ni maintenant, ni jamais. Si j'en parle, je serai obligé de me demander comment ma mère, ma propre mère, a pu créer un tel tableau. Maman était la femme la plus douce et la plus gentille qui ait marché sur cette terre, et elle n'aurait jamais créé quelque chose d'aussi épouvantable que cette chose."

Grace regardait tranquillement le monde passer devant elle. Une tempête se préparait. Elle le sentait. Tout ce qui l'entourait frissonnait, pulsait et palpitait, y compris l'aborigène dans sa poche. Elle s'entoura de ses bras et décida de ne pas aller plus loin dans la discussion avec Vincente pour le moment. Il lui parlerait quand il serait prêt. En attendant, le tableau était en sécurité, et il ne pouvait pas leur faire de mal.

Ils poursuivirent leur chemin en silence.

CHAPITRE 45

Vincente regardait fixement devant lui, concentrant son énergie sur la route. Il a essayé d'oublier le tableau et sa mère, mais quoi qu'il fasse, il n'arrivait pas à séparer les deux choses dans son esprit.

Il a regardé sa charmante femme de l'autre côté de la voiture. Elle était assise tranquillement, perdue dans ses pensées, les bras enlacés. Elle semblait ignorer qu'il la regardait. Il se concentra à nouveau sur la route.

Grace pensait aussi à l'autre Mme Marino et au tableau. Il semblait étrange que Vincente puisse être si dévasté par quelque chose que sa mère avait créé. Une idée lui vint à l'esprit : ils pourraient le brûler. En faire un rituel de guérison.

Elle laissa ses pensées vagabonder en cherchant dans son propre esprit le moindre signe d'un souvenir original, mais rien ne remonta à la surface. Elle croyait, comme Vincente, qu'elle stockait encore tout à l'intérieur de son cerveau quelque part et qu'un jour, tout remonterait à la surface et qu'elle rirait de ce temps mort. Brûler cette photo créerait un vide dans les souvenirs de Vincente.

Vaut-il mieux ne pas avoir de souvenirs que d'en avoir de mauvais ?

Pendant ce temps, Vincente pensait à la chance que Grace et lui avaient eue de pouvoir échapper au passé et de ne vivre que dans le présent. De tout laisser derrière eux et de tout recommencer. Se créer de nouveaux souvenirs - ensemble. Créer une nouvelle empreinte de tout ce qu'ils voyaient. Chaque nouvel endroit qu'ils visiteraient deviendrait une partie d'eux-mêmes. La vie serait toujours remplie de nouveauté.

Après avoir réfléchi à la possibilité de brûler le tableau, Grace a décidé que détruire les souvenirs de Vincente était la pire chose qu'elle pouvait lui faire. Elle voulait qu'il ait ce qu'elle n'avait plus.

Ces pensées et ces souvenirs étaient trop précieux pour être perdus - non pas que Vincente les perde en détruisant l'objet qu'il craignait, mais qu'il les oublie avec le temps. Elle voulait qu'il ait toutes les chances de garder son passé avec lui pour toujours. Le bon, le mauvais et le laid.

Grace finit par rompre le silence en disant : "Je pense que nous devrions retourner à Manly." Elle savait que Vincente y avait beaucoup de souvenirs, anciens et nouveaux. À Manly, ils pourraient repartir sur de nouvelles bases, fraîches mais avec des liens avec le passé.

"Ainsi soit-il", dit Vincente en faisant faire demi-tour à la voiture, "nous pouvons choisir la maison que nous voulons et ensuite nous pourrons en faire notre propre maison."

"Nous ne voulons pas d'une maison", a dit Grace, "nous voulons un foyer".

Les jeunes mariés ont souri, heureux de leur décision et de leur avenir ensemble.

LIVRE DEUX:
FUSION FINALE

PROLOGUE

L E PUZZLE ÉTAIT INCOMPLET dans l'esprit de Grace. C'était comme si une énorme bourrasque de vent l'avait traversée de part en part, mettant tout sens dessus dessous et à l'envers.

Elle ne pouvait pas se concentrer sur une seule chose : rien n'était focalisable.

Les couleurs tourbillonnaient : les rouges, les noirs et les bleus se côtoyaient, tournaient, basculaient, étaient assaillis par le jaune tournesol, virevoltaient, vomissaient dans un vert gazon profond.

Puis toutes les couleurs ont fait sauter son estomac en l'air et l'ont fait redescendre à l'endroit où il se trouvait, tandis qu'elle se dirigeait à sec vers la peur qui la rendait incapable de bouger. Tout se passait dans sa tête, mais parfois son corps tressaillait sous l'effet du flux.

Elle s'agrippa à son centre et tenta de se regrouper, d'arrêter les tourbillons et les virevoltes. Mais les éclairs pulsaient dans sa tête, la déchirant en lilas, en violettes et en campanules.

L'orange a éclaboussé la toile de son esprit.

Grace a tout perdu.

***

"**I**L FAUT LA FAIRE opérer, tout de suite !" s'exclame un grand homme paré d'une blouse blanche. Il se tenait parmi d'autres personnes en blouse blanche dispersées dans le couloir de l'hôpital.

Tous couraient comme si l'endroit était en feu. Quelques-uns d'entre eux ont dégagé le chemin. Certains ont poussé. Certains se sont accrochés à la perfusion. D'autres se sont accrochés aux autres machines. Quelques-uns sont restés debout, la bouche béante, les mains vides et les poings serrés. D'autres ont prié, alors que Grace Greenway passait en trombe sur un brancard.

Elle était inconsciente.

Morte au monde.

Mais pas complètement morte.

Du moins, pas encore.

***

D E RETOUR DANS LA chambre d'hôpital de Grace, une femme est assise en train de se lamenter et de se tordre les mains. C'était Helen Greenway, la mère de Grace. Elle n'arrive pas à croire ce qui s'est passé.

Sa fille se portait si bien. Elle se rétablissait depuis quelques semaines. Puis Grace s'est mise à trembler, à se secouer et à convulser jusqu'à ce qu'elle perde connaissance.

L'équipe médicale l'avait ramenée des portes de la mort. Quand elle est revenue, elle n'était plus Grace Greenway. Au lieu de cela, elle bavait et parlait en langues. Elle se déchirait de l'extérieur vers l'intérieur.

Il semblait que personne ne savait quoi faire, comment l'arrêter. Même les aiguilles dans son bras ne la calmaient pas. Rien ne fonctionnait. Ils l'ont attachée.

Helen laissa échapper un sanglot en se souvenant de tout. Surtout à quel point elle s'est sentie impuissante à l'époque et encore plus maintenant. Elle s'est jetée sur le lit vide de sa fille.

Les sanglots angoissés d'Helen résonnent dans les couloirs.

***

Lorsque l'infirmière Burns est retournée dans la chambre de Grace, elle a trouvé Helen recroquevillée en position fœtale sur le lit.

Elle avait l'air paisible en dormant là. L'infirmière a jugé préférable de ne pas la déranger. D'ailleurs, il n'y avait pas de nouvelles à partager, et si quelqu'un avait besoin de repos, c'était bien la mère de Grace Greenway.

L'infirmière Burns a mis de l'ordre dans la table de nuit de Grace et a rangé ses manuels scolaires. En les regardant, elle s'est sentie incroyablement triste. Grace Greenway n'avait pas encore trouvé sa voie. Elle n'a que seize ans.

L'infirmière Burns regarde la mère de Grace qui dort.

Elle a placé une couverture sur Helen et a éteint la lumière.

***

Plusieurs heures plus tard, l'infirmière Burns s'apprêtait à terminer son service pour la journée. Elle a regardé par la fenêtre ronde de la porte et a remarqué qu'Helen n'était plus au lit. Elle pousse la porte, mais rien ne se passe. Elle la pousse à nouveau avec plus de force, ce qui fait tomber Helen Greenway en avant.

Helen trébuche et commence à se tordre les mains. Elle sanglote doucement.

L'infirmière Burns s'est approchée d'elle et lui a parlé d'une voix incroyablement douce et tendre, lui demandant si elle voulait une tasse de thé.

"Ma fille !" s'exclame Helen. "Est-ce qu'il y a des nouvelles ? J'ai besoin de savoir comment elle va ! Personne ne m'a rien dit !"

"Tu dormais", dit l'infirmière Burns en tapotant la main d'Helen. "Si tu me promets de t'asseoir, je vais aller voir ce que je peux trouver pour toi".

Helen s'est assise et a attendu les nouvelles.

CHAPITRE 1

Au bout du couloir, l'infirmière Burns a croisé le docteur Christiansson en train d'enlever son masque chirurgical alors qu'il s'engouffrait dans les portes du bloc opératoire.

"J'ai besoin de prendre l'air", dit-il. Il a marché jusqu'au bout du couloir, a fait voler en éclats la porte donnant sur l'accès au toit.

L'infirmière Burns l'a suivi.

Il a allumé une cigarette. Il lui a demandé si elle en voulait une. Elle a refusé.

Après avoir tiré une bouffée, il a dit : "Grace, la fille de Greenway, allait si bien. Mais maintenant que les caillots ont éclaté, c'est à tâtons que ça se passe là-dedans."

"Je suis certain qu'elle reçoit les meilleurs soins."

"Elle l'est maintenant !" Christiansson a dit. "Maintenant que l'équipe d'experts est arrivée et a pris le contrôle de la situation ! Je suis là depuis que c'est arrivé. Ça a été une soirée sans répit. Nous pensions, je veux dire, nous avons failli la perdre là-bas."

L'infirmière Burns sursaute. "Je vais en prendre une", dit-elle. Elle a décidé d'accepter une cigarette après tout. Elle l'a allumée et a ingurgité une longue bouffée, puis a toussé.

"Mais nous n'avons pas encore abandonné. Elle a encore perdu connaissance. C'est sans doute une bonne chose. Nous devons arrêter l'hémorragie. Nous espérons garder son esprit intact."

L'infirmière Burns et le docteur Christiansson se mirent à arpenter la longueur du toit. En dessous d'eux, les sirènes grondaient et les lumières clignotaient.

"Sa mère, Helen, ne gère pas bien les choses".

"Tout ce que je peux vous dire, c'est que" il a marché sur son mégot puis a ouvert la porte. "Sa fille est entre de bonnes mains."

"Rien de plus ?"

"Pas pour l'instant, infirmière Burns. Je ne voudrais pas que vous en disiez trop."

"Ce n'est pas grand-chose à lui dire pourtant. Ce n'est pas grand-chose à lui dire du tout."

"Dis-lui de prier celui en qui elle croit si elle suit ce genre de croyance. Et si ce n'est pas le cas, dis-lui d'envoyer toute l'énergie positive qu'elle a dans son cœur. De l'envoyer à l'univers. De penser positivement et sans aucun doute. De croire que sa fille va s'en sortir", dit Christiansson.

Elles ont redescendu les escaliers.

"Merci, docteur."

"Maintenant, il faut que j'y retourne." Les portes du cabinet se sont refermées derrière lui.

CHAPITRE 2

L'infirmière Burns retourne dans la chambre de Grace et trouve Helen assise à l'endroit exact où elle l'avait laissée. Elle remplit à nouveau son verre d'eau, puis s'agenouille à côté d'Helen.

"Je viens de voir le docteur Christiansson et il m'a dit que Grace allait bien. Elle tient le coup là-dedans."

"Ma fille, elle tient le coup ?"

"Oui."

"Il t'a dit ce qui s'est passé ?"

"Oui, c'était comme ils l'avaient prévu. Les caillots ont éclaté."

Helen a mis sa main sur sa bouche. Elle sanglote.

"Le docteur Christiansson a dit que la meilleure chose que tu puisses faire pour ta fille, c'est de prier, si tu crois à la prière. Et aussi de prendre soin de toi. Repose-toi un peu. La nuit a été terriblement longue. Maintenant, pourquoi ne pas remonter dans le lit de Grace et faire une petite sieste ? Je te réveillerai si quelque chose change, je te le promets."

"Je suis épuisée", admet Helen.

Helen se blottit dans le lit de sa fille. Elle s'imagina qu'elle pouvait encore sentir l'empreinte chaude que sa fille y avait si récemment laissée. Elle s'est entourée de ses bras et a sangloté. Au début, les larmes venaient lentement, puis elles se sont multipliées pour donner naissance à d'autres larmes. Des sanglots et des larmes, de plus en plus vite, presque comme des contractions.

Il y a seulement seize ans, la fille d'Helen était née ici même, dans cet hôpital. Grace était son deuxième enfant, sa seule fille. Grace était sa fierté et sa joie.

Son premier enfant, Daryl, l'avait fait accoucher pendant quarante-six heures. Parfois, elle pensait qu'il ne sortirait jamais. Pas Grace. Elle avait surgi et était entrée dans le monde pour la première fois comme si elle ne voulait pas en manquer un seul instant.

Helen se souvient que Grace ne dormait pas beaucoup, même quand elle était petite. Sa fille avait peur de passer à côté de la vie. Dès la première fois, elle s'est émerveillée de tout, de la lumière et des couleurs. Cependant, Grace n'a trouvé sa véritable destinée que lorsqu'elle a commencé à apprendre ses chiffres. C'est en découvrant la symétrie dans le monde naturel qui l'entoure que la passion de Grace a vraiment pris son envol.

Helen pense à la famille qu'elle a eue. Un mari aimant, Benjamin. Un fils brave et courageux, Daryl. Une fille très précieuse, Grace. Elle s'est souvenue des bons moments qu'ils partageaient en visitant le zoo de Taronga. Aller au musée Powerhouse. Regarder des films avec du pop-corn. Ils prenaient leurs repas du soir ensemble. Des jours simples mais heureux. Comme ils manquaient à Helen.

Elle fredonna pour elle-même et essaya de se rendormir, mais les souvenirs étaient trop frais, trop vivants et trop crus.

Elle s'est redressée et s'est souvenue du jour où elle et sa fille avaient ri et bavardé.

C'était comme si quelque chose s'était éteint dans l'esprit de Grace. Comme si elle avait grillé un fusible. Un moment, elle était animée, pleine de vie, puis elle était catatonique et c'était comme si elle n'était plus Grace. Tout s'est passé si vite.

La vie est ainsi faite, un instant vous avez une famille. Puis deux hommes en uniforme bleu sont arrivés. Ils ont dit qu'un conducteur ivre avait tué mon mari et mon fils.

Au cours de cette horrible nuit, Helen se souvient d'avoir demandé aux deux hommes quelle était la chute de l'histoire. Elle était certaine qu'il devait y en avoir une. Il devait s'agir d'une blague. Ce n'était pas une blague. Cela a été confirmé lorsque les deux cercueils ont été transportés dans l'allée de l'église. Puis ils ont été enterrés sous terre. Ce n'était pas une blague.

C'était à l'époque et c'est maintenant. Maintenant, sa fille était en train de se battre pour sa vie et elle était où ? Dans son lit, en train d'essayer de dormir !

Helen rejette les couvertures et commence à faire les cent pas dans la chambre. Elle réfléchit à la personne à blâmer : Vincente Marino.

Helen pensa à son égoïsme, à son arrogance. C'était sa faute et uniquement sa faute, et si sa fille en mourait, alors un jour elle lui ferait payer.

L E MATIN EST ARRIVÉ et l'infirmière Burns a repris du service. Elle s'occupe d'abord des patients qui ont besoin d'une assistance immédiate. Elle se rend ensuite dans la chambre de Grace Greenway pour s'occuper d'Helen, la mère de Grace.

La pièce est restée très calme, bien que les stores aient été ouverts. Elle entre doucement et remarque qu'Helen est agenouillée sur une chaise et regarde par la fenêtre.

Lorsqu'elle s'est retournée pour faire face à l'infirmière, son mascara noir coulait en traînées sur son visage. Elle ressemblait à Marilyn Manson.

Helen a immédiatement reporté son attention sur ce qui se passait à l'extérieur de la fenêtre. Elle fixait un arbre au loin. En particulier un corbeau noir, assis sur une branche ouvrant et fermant son bec comme s'il parlait à un ami imaginaire.

Helen se sentait jalouse de cet oiseau. Un oiseau libre de s'envoler. De s'envoler à volonté, mais restait par choix. Elle enviait aussi son manque d'attachement émotionnel. L'attachement est synonyme de douleur, en fin de compte. Vous perdez toujours ceux que vous aimez le plus.

Elle se retourne pour faire face à l'infirmière Burns. Elle demanda d'une voix douce et lointaine : "Des nouvelles ?"

***

"Le docteur Ackerman n'est pas venu vous voir ce matin ?" demande l'infirmière Burns. Le docteur Ackerman, le nouveau spécialiste du cas de Grace, avait promis de rendre visite à Helen Greenway à la première heure pour la mettre au courant.

L'expression vide d'Helen en disait long.

"Je suis certaine que le docteur spécialisé Ackerman passera bientôt. Pourquoi n'irais-je pas voir ce qu'il en est ?"

"Ce serait très aimable", dit Helen en croisant les bras autour d'elle. Elle reporta son attention sur le corbeau. Il a sauté quelques branches plus haut dans l'arbre.

L'infirmière Burns s'est retournée pour s'éloigner. Elle s'est arrêtée et a demandé à Helen s'il y avait quelqu'un qu'elle aimerait qu'elle appelle, quelqu'un qui pourrait s'asseoir avec elle. Peut-être un ami, un aumônier ou un ministre. Helen a secoué la tête, puis a continué à regarder par la fenêtre les mouvements du corbeau.

Lorsque la porte s'est refermée derrière elle, l'infirmière Burns a pu entendre Helen Greenway pleurer doucement.

Helen pensait au mari et au fils qu'elle avait perdus. Et aussi à sa fille qu'elle craignait de perdre. Elle sanglotait et se couvrait le visage de ses mains comme le ferait un enfant dans un jeu du genre "maintenant tu me vois, maintenant tu ne me vois pas".

Seul le corbeau s'aperçut qu'elle jouait.

✳✳✳

L ORSQUE L'INFIRMIÈRE BURNS EST arrivée à la porte du bloc opératoire et a essayé d'entrer, son chemin a été bloqué. Des ordres précis des chirurgiens en chef, les docteurs Ash et Ackerman, indiquaient que le cas de Grace pouvait prendre une tournure grave.

Elle est retournée auprès d'Helen Greenway sans message particulier. Elle a essayé de la rassurer en lui disant que tout allait bien se passer. Puis elle a changé de sujet.

"Voulez-vous manger quelque chose ?" demande l'infirmière Burns, en versant à Helen une tasse de thé chaud provenant du plateau qui vient d'arriver. Le thé avait été envoyé pour le petit déjeuner de Grace. Manifestement, les médecins n'avaient pas encore mis à jour ses dossiers. L'infirmière Burns devra vérifier qui a fait cette erreur, pour des raisons budgétaires, mais pour l'instant, c'est un petit encouragement à donner un peu de nourriture à Helen Greenway.

"Je n'ai ni faim, ni soif", insiste-t-elle. "Je veux voir ma fille. Je veux voir Grace." Elle a laissé échapper un sanglot strident.

L'infirmière Burns était en train de ranger la chambre quand le docteur Smith, le nouveau chirurgien de l'hôpital, est entré avec un air confus sur le visage. Il était grand, brun et beau, à tel point que même un regard confus le rendait encore plus attirant pour la plupart des femmes ; cependant, Helen Greenway ne l'avait pas remarqué.

Helen se souvenait de Grace. Comment elle s'était assise un jour sous un grand arbre parasol et avait lu la théorie de la relativité d'Einstein ou le Liber Abaci de Fibonacci. Elle imaginait sa fille sur un lit moelleux d'herbe pelucheuse, ombragée et protégée dans les bras d'un arbre.

Le docteur Smith s'approcha d'elle prudemment, regardant d'abord l'infirmière Burns, puis Helen Greenway. Helen n'a pas remué ni même reconnu sa présence.

"Puis-je vous voir, dehors, un instant ?" demande le docteur Smith.

"Oui, docteur", répondit-elle.

Ils sont sortis de la pièce à reculons. Helen Greenway ne l'a même pas remarqué.

****

"QU'EST-CE QU'ELLE A ?" demande le docteur Smith. L'infirmière Burns l'a mis au courant.

"Il faut qu'elle se calme", a-t-il dit, "parce qu'elle perturbe les autres patients. Je viens de prendre mon service et plusieurs plaintes ont été déposées. Il faut que cela cesse. Soit nous demandons à l'un des médecins d'approuver la sédation, soit nous l'encourageons à s'éloigner du service pendant un petit moment."

"Je fais de mon mieux", dit l'infirmière Burns un peu trop sur la défensive.

Le docteur Smith lui a pris la main et l'a regardée dans les yeux. Il avait appris ce geste en regardant des épisodes rediffusés de E.R. Les membres du personnel comme les cœurs des patients fondaient toujours dans cette émission, assurant la popularité de George Clooney.

"Je sais que vous l'êtes", a-t-il répliqué, "et j'apprécie tout ce que vous avez fait. Tout ce que vous allez faire pour m'aider et aider les autres patients du service."

Elle lui rendit son sourire, mais en son for intérieur, elle pensa qu'il était aussi bidon qu'un billet de deux dollars.

Elle s'est retournée et a pris le chemin de la chambre d'Helen Greenway.

Malheureusement, Helen ne s'y trouvait plus.

CHAPITRE 3

"Il faut que je sorte de cette pièce, que je prenne l'air", se murmure Helen en se faufilant entre les médecins et les infirmières. Elle se dirigea vers l'ascenseur, certaine qu'elle ne manquerait à personne.

Alors que les portes se referment, Helen observe les brancards qui sont poussés, tirés ou escortés le long des couloirs. Elle se bouche les oreilles lorsqu'elle entend le grincement ou le raclement des roues. Elle sursaute quand l'une d'entre elles est mal orientée et heurte le mur. Le personnel de l'hôpital ne semblait pas remarquer le brouhaha.

Elle s'est sentie détendue lorsque les portes se sont fermement refermées derrière elle. Tout ce qu'elle avait pour la distraire, c'était la musique de l'ascenseur. Un air familier tiré d'une comédie musicale lui rappela les souvenirs de Grace et elle, mère et fille, se liant l'une à l'autre. Les premiers jours, avant que l'écart mathématique et les années d'adolescence ne les séparent.

Une fois arrivée au rez-de-chaussée, Helen est sortie avec un sens aigu du but et du destin. Elle voulait sentir la brise sur son visage. Elle voulait être dehors, dans l'air calme et frais parfumé à l'eucalyptus.

Personne ne l'a arrêtée, ni interrogée, ni même n'a semblé la remarquer. Elle a franchi les portes tournantes et s'est coulée dans le courant de l'extérieur.

Exactement au même moment, une ambulance hurlante s'est arrêtée à côté d'elle, sirènes hurlantes et lumières clignotantes.

Le bruit était assourdissant, pas du tout le genre de paix et de solitude qu'Helen avait envisagé. Elle voulait s'éloigner, s'échapper. Mais le bruit semblait la tirailler, lui ôter toute énergie. Ses pieds semblaient fermement plantés dans le béton.

Incapable de bouger ou de courir, elle s'est reculée contre le mur et s'est bouché les oreilles. Tout autour d'elle, c'était le chaos, les poussées, les tiraillements et les raclements, au lieu de la paix et de la sérénité dont elle avait tant besoin.

Accablée, Helen s'est évanouie de froid et s'est laissée tomber sur le sol.

sur le sol.

CHAPITRE 4

"V INCENTE ?" G RACE SANGLOTE/. "Vincente, tu es là ?"

Les yeux de Grace étaient grands ouverts, et elle l'a cherché dans la pièce métallique et froide, mais il n'était nulle part.

Les hommes et les femmes masqués la regardaient de haut.

La lumière brillante au-dessus d'elle pulsait avec de la chaleur et de l'énergie, forçant ses yeux à se fermer une fois de plus.

"Vincente ?" murmura-t-elle à plusieurs reprises.

Une étoile solitaire brûlait intensément. Elle danse devant ses yeux. D'abord douce et légèrement tiède, elle s'est rapidement enfoncée dans sa peau.

Puis tout est redevenu noir.

CHAPITRE 5

"N OUS SOMMES ARRIVÉS À l'hôpital avec un patient et nous en avons trouvé un autre sur le trottoir !", a crié l'ambulancier pendant que l'équipe évaluait la situation.

"Deux pour une urgence", a dit son collègue avec un sourire en coin.

"Le premier preum's va à notre homme dans l'ambulance", a dit le premier homme. Lui et son collègue ont fait bouger la civière d'un coup sec le long du trottoir. "Incoming", ont-ils dit en se frayant un chemin à travers les portes.

"Il y en a un autre dehors", a dit le deuxième homme à la réceptionniste.

À ce moment-là, Helen était déjà revenue à elle et tentait de se lever. De petites étoiles blanches clignotaient et scintillaient tout autour d'elle dans sa tête. Elle avait l'impression d'être dans un de ces dessins animés de Wile E. Coyote. Après que le coureur des routes ait enfoncé une masse dans la tête de la bête à fourrure. Elle a essayé de se stabiliser, mais ses jambes sont devenues toutes faibles, et elle s'est à nouveau laissée tomber au sol.

"Est-ce que quelqu'un sait qui elle est ?" demande une femme. Les visiteurs et le personnel de l'hôpital, récemment entrés en service, s'étaient rassemblés autour d'Helen. Un membre du personnel a parlé dans une radio et a demandé une civière et un chirurgien traumatologue pour se rendre immédiatement aux urgences.

Helen ouvre les yeux et lève la tête. Un groupe d'étrangers la regardait fixement. Elle a essayé de se relever mais les inconnus l'ont encouragée à rester à terre.

"Pouvez-vous nous dire qui vous êtes ? Vous souvenez-vous de votre nom ?" a demandé la femme qui avait parlé dans la radio.

"Oui, je m'appelle Helen, Helen Greenway."

La femme a de nouveau parlé dans la radio. "Au sol, ici, dans l'entrée, nous avons une femme caucasienne. Âgée d'environ soixante ans, elle s'appelle Helen, Helen Greenway. Quelqu'un la connaît-il ? Est-ce une patiente ? S'est-elle échappée de l'unité psychiatrique ? Elle est en tenue de ville, je répète, elle est en tenue de ville".

Un jeune médecin est arrivé avec sa sacoche médicale en remorque. Il s'agenouille à côté d'Helen et lui demande si elle est blessée. Lorsqu'elle a secoué la tête, il a procédé à la vérification de ses signes vitaux.

"Je vais bien", dit Helen. "C'est ma fille qui est malade !" Une fois de plus, elle a essayé de se lever.

"Helen," dit le médecin, "vous devez rester couchée, jusqu'à ce que je sois certain que vos signes vitaux sont normaux."

Helen a acquiescé docilement, comme un enfant grondé.

Une fois que les statistiques vitales d'Helen ont été jugées acceptables, on l'a encouragée à se lever. On lui apporte un fauteuil roulant.

"Maintenant", dit le médecin, "vous vous asseyez et allons chercher votre fille".

"Je peux marcher", a-t-elle répliqué.

"Je vais pousser", a-t-il insisté.

✳✳✳

L ORSQU'ILS SONT ARRIVÉS À l'étage de Grace, l'infirmière Burns s'est précipitée vers eux. "Dieu merci, vous allez bien Helen !"

"Vous la connaissez ?" demande le médecin.

"Oui, nous sommes en quelque sorte de vieilles amies", a souri l'infirmière Burns.

"Eh bien, elle s'est évanouie à l'extérieur du bâtiment, c'est pourquoi elle est en fauteuil roulant. J'ai vérifié ses signes vitaux. Elle a l'air d'aller bien, même si elle manque peut-être un peu de sommeil. Elle est aussi affamée et déshydratée."

"Oui, elle a été tellement concentrée sur la santé de sa fille qu'il a été difficile de lui faire avaler quoi que ce soit."

"Parle à son médecin alors. Mettez-la peut-être sous perfusion, si nécessaire, mais nous ne pouvons pas la laisser errer dans cet état. Elle a besoin de nourriture et d'eau, et elle en a besoin immédiatement. Qui est le médecin de sa fille ?"

"Sa fille a une équipe de médecins-Christiansson, Ash et Ackerman."

Le médecin hésite. Il avait entendu parler de l'opération en cours, des chirurgiens appelés en urgence. L'un d'entre eux a été transporté par avion pendant la nuit. La situation était vraiment désastreuse. Il compatissait encore plus maintenant avec la femme en fauteuil roulant.

"Dans ce cas, voyez ce que vous pouvez faire", dit-il à l'infirmière Burns. Puis à Helen : "Vous devez manger, boire et vous reposer pour que votre fille se réveille. Vous devez être extraordinairement forte pour elle."

Ses paroles n'ont pas atteint Helen, car elle dormait déjà profondément dans le fauteuil roulant.

CHAPITRE 6

HELEN S'EST RÉVEILLÉE QUINZE minutes plus tard, de nouveau dans le lit de Grace. Elle ne se souvient pas de la façon dont elle est arrivée là. Elle appuie sur le bouton du lit. Quelques instants plus tard, l'infirmière Burns est arrivée avec un plateau rempli de nourriture chaude et de café frais.

"J'ai bien peur de ne rien pouvoir manger", dit Helen.

"C'est soit comme ça, soit par intraveineuse. C'est toi qui décides, Helen. Je vais bientôt quitter mon poste et j'ai promis au médecin traumatologue de m'assurer que tu manges avant de partir pour la nuit. Si tu n'obtempères pas, alors il va s'organiser avec ton médecin pour que tu sois sous perfusion et que tu sois nourrie et abreuvée de cette façon."

"Je refuse les deux méthodes. En fait, j'ai une phobie de la nourriture à l'hôpital. Je veux sortir d'ici et trouver autre chose à manger. Loin d'ici."

"Oui, c'est compréhensible. Je pense que nous pouvons le faire", dit l'infirmière Burns en se retournant et en sortant.

Dans un instant, elle est revenue avec son manteau et ensemble, Helen et elle ont quitté l'hôpital. Elles allaient se rendre dans un petit café situé juste en bas de la rue.

Ce sera une pause bienvenue pour toutes les deux.

CHAPITRE 7

"S A TENSION ARTÉRIELLE EST en train de chuter. Elle n'est plus dans les normes ! Si nous ne faisons rien maintenant, si nous ne parvenons pas à arrêter l'hémorragie, alors nous allons la perdre", a déclaré le docteur Ash.

Toutes les personnes présentes dans le cabinet se précipitent et se rapprochent.

"Épongez-la, bon sang !" ordonne le docteur Ackerman.

Il y avait tellement de sang qui sortait. Même avec toutes les mains sur le pont, ils ne pouvaient pas en faire assez vite. La machine cardiaque s'est arrêtée.

Il hurle.

"Il faut la ramener ! Il le faut !" s'exclame le docteur Christiansson.

CHAPITRE 8

Au café, Helen Greenway enfonçait sa fourchette dans un tas de purée de pommes de terre. Elle a tranché un morceau de steak et l'a poussé entre ses dents. Elle a mâché, mâché et essayé d'avaler, mais le morceau n'a pas voulu descendre.

"C'est vrai", dit l'infirmière Burns, "vous vous sentirez mieux en un rien de temps".

Helen sentit un frisson traverser son corps, comme si quelqu'un avait ouvert la porte par une froide journée d'hiver. La porte est restée fermée, mais la chair de poule s'est formée sur ses bras. Elle s'est repliée sur elle-même, essayant de se réchauffer. D'un endroit inconnu, elle a entendu Grace appeler son nom. Quelques secondes plus tard, le téléphone de l'infirmière a sonné.

"Ici le docteur Christiansson. Je vous appelle parce que j'ai cru comprendre que vous étiez là avec Helen, la mère de Grace Greenway. C'est bien ça ?"

L'infirmière Burns a hoché la tête mais n'a rien dit en gardant un visage impassible.

"Grace vient de faire un arrêt cardiaque, encore une fois. Je ne suis pas sûr..." Il s'est interrompu, laissant la terrible déclaration incomplète. Il était épuisé.

"Je comprends, dit-elle. "Nous reviendrons tout de suite."

Helen Greenway a laissé tomber sa fourchette et les larmes ont coulé de ses yeux. Helen courut vers l'hôpital, le son de la voix de sa fille résonnant dans ses oreilles.

CHAPITRE 9

"GRACE, IL FAUT QUE tu t'accroches !" dit une voix.

Grace a reconnu la voix de Vincente. Il était parti. Il l'avait quittée et maintenant il était de retour. Il était revenu.

"Où étais-tu ?", demanda-t-elle, tout en le cherchant dans la pièce. Elle cherchait ses yeux bleu cobalt.

"Je suis là", dit-il en lui prenant la main. "J'ai toujours été là."

"Mais pourquoi ne puis-je pas te voir ? J'avais tellement peur." Elle a fait une pause, sentant sa main se refermer autour de la sienne. "Et puis les lumières se sont éteintes." Elle s'est arrêtée. "Je ne pense pas pouvoir tenir le coup, Vincente. Je ne pense pas que je vais m'en sortir."

"Si, tu vas y arriver", a-t-il dit, alors que des larmes tombaient sur ses joues et sur leurs mains entrelacées. "Je viens juste de te trouver ! Nous sommes de jeunes mariés et tu m'as promis de m'aimer pour toujours."

"Je t'aimerai toujours Vincente. Pour toujours."

"Alors tu dois trouver un moyen de rester", a-t-il dit. "Je ne suis rien, rien, sans toi !" Il tomba à genoux, comme s'il avait été frappé en plein cœur par un éclair.

"J'essaie, mon amour", dit-elle. "Mais il fait si sombre, si sombre ici. J'ai besoin de te voir !"

"Je suis juste là", a dit Vincente, et il a serré sa main très fort.

"Je peux t'entendre. Je peux te sentir. Mais où es-tu ?"

Il s'est avancé dans la lumière.

"Je ne te vois pas ! Pourquoi je ne te vois pas ?"

"C'est la nuit, mon amour", a-t-il dit. "Et les lumières risquent de te faire mal aux yeux. Mais crois-moi, je suis là. J'ai toujours été là. J'ai promis de ne jamais te quitter et je tiens toujours mes promesses."

"Chante-moi quelque chose".

Il a chanté la chanson de sa boîte à bijoux, la chanson, qui était devenue leur chanson.

La salle d'opération était remplie de toutes sortes d'équipements médicaux et de personnel médical qui couraient dans tous les sens et se cognaient les uns aux autres. Lorsque le son de la ligne plate s'est terminé et que le ton normal des battements de son cœur a repris, une petite acclamation a retenti dans la salle d'opération.

"Nous avons réussi !" s'exclame le docteur Ash.

"Nous avons encore beaucoup de travail à faire", lui rappelle le docteur Ackerman. "Grace a perdu beaucoup de sang. Elle risque d'avoir besoin de plusieurs transfusions et nous sommes toujours dans une course contre la montre avec la coagulation."

"Je vais parler à sa mère", dit le docteur Christiansson. "Elle pourra peut-être donner un peu plus de sang. C'est toujours mieux quand c'est un membre de la famille qui donne."

Il a donné une légère tape dans le dos des deux chirurgiens principaux et a regardé Grace. Il a regardé le moniteur cardiaque pendant quelques secondes, prenant tout en compte. Tout semblait normal, ou aussi normal que possible pour une jeune fille qui venait de faire deux arrêts cardiaques en moins de 24 heures.

✱✱✱

"T**U T'EN SORS BRILLAMMENT**", dit Vincente en lui caressant le front.

"Je veux rester, mais je suis tellement fatiguée".

"Tu te souviens du jour de notre mariage ? Tu te souviens de notre maison à Manly ? Comment nous l'avons décorée ensemble ? Tu te souviens que tu m'as promis de rester pour toujours, Mme Marino ?"

"Je m'en souviens", dit-elle. Puis elle a levé les yeux, et la lumière qui était auparavant loin au-dessus d'elle, semblait s'être déplacée, plus proche d'elle maintenant. C'était comme une étoile qui la tirait tout en luttant pour sa propre vie. Grace était très fatiguée et elle avait envie de se reposer, d'être en paix. Elle avait envie d'entrer dans l'éclat de l'étoile.

C'était une boule de lumière qui se tordait et tournait, poussant vers l'intérieur et vers l'extérieur tout en faisant signe à Grace de venir la rejoindre. C'était une étoile de Fibonacci, une partie de la Voie lactée et la seule chose qui la retenait était son propre Golden Mean, Vincente.

"Grace", dit Vincente.

Sa voix semblait extrêmement lointaine, et elle s'est sentie très froide et très seule. La chaleur brûlante au cœur de l'étoile soufflait sur elle et la réchauffait à distance. S'unir à elle ne serait qu'à un souffle de distance. Ce serait si facile.

"Oh non !" Le docteur Ash a crié. "Pas encore ! Pas si tôt ! Nous sommes en train de la perdre !"

"Elle a perdu trop de sang !" Le docteur Ackerman s'exclame. "Où est le docteur Christiansson avec les nouvelles concernant la transfusion sanguine ? Nous devons lui donner plus de sang immédiatement ! Nous ne pouvons pas attendre sa mère. Commencez la transfusion maintenant."

Quelques secondes plus tard, du sang étranger était pompé dans le corps mou de Grace.

Au début, son corps a semblé l'accepter. Il le buvait avec avidité. Cependant, il n'a pas fallu longtemps pour que le nouveau sang rejette l'ancien.

C'est alors que la bataille commença vraiment.

"Vincente ?

"Oui, mon amour."

"J'ai peur de mourir."

"Ce n'est pas ton heure", a-t-il dit. "Ça ne peut pas être ton heure."

"Comment le sais-tu ?" a-t-elle demandé alors que la chaleur faisait rage dans son corps. Elle était brûlante puis glacée. Pendant tout ce temps, la lumière des étoiles lui faisait signe.

"Parce que je ne vis que pour toi."

"Mais je me sens mal, très mal, Vincente."

"Qu'est-ce que tu ressens, mon amour ? Dis-moi."

"J'ai l'impression d'être au-dessus du sol et de me regarder en bas, sur le brancard, au bloc opératoire. Je les vois me tripoter, m'aiguillonner et me saborder dans tous les sens."

"Ils t'aident, mon amour".

"Oui, mais ça me fait tellement mal."

"Peux-tu rester ? Tu dois rester. Je t'en prie. Fais-le pour moi. Pour ton mari."

"Je ne peux pas supporter la douleur. Je veux... je veux..."

"Je sais ce que tu veux Grace", dit-il. "Je parie que tu adorerais voir ta mère".

"Mais Vincente, ma mère est morte."

"Non, elle est vivante et elle est en route maintenant. Attends."

"Mais comment peut-elle l'être ? Un moment, nous étions à Manly, et personne n'existait dans le monde, personne à part toi et moi, et maintenant, ça. Des tas de gens partout. Et une douleur extrême, une douleur incessante."

"Tu te souviens des caillots, Grace ?"

"Les caillots, oui."

"Il y en avait plus d'un. Ils ont éclaté. Nous nous battons tous pour toi. Ne te laisse pas aller, Grace. Tu dois te battre aussi. Je t'aime. Je ne peux pas te laisser partir. S'il te plaît, ne te laisse pas aller !"

"Vincente, je suis tellement fatiguée ! Il est peut-être temps que tu me laisses partir."

"Jamais !" cria-t-il. Il a regardé ses paupières battre et se fermer. Finalement, il lui chuchota à l'oreille : "Repose-toi, mon amour.

Oui, ferme les yeux et repose-toi. Je vais te chanter une berceuse, mais s'il te plaît, ne me quitte pas."

Elle continue d'inspirer et d'expirer. Vincente chanta davantage de leur chanson spéciale, les larmes coulant sur ses joues.

CHAPITRE 10

H ELEN ET L'INFIRMIÈRE BURNS sont retournées à l'hôpital où le docteur Christiansson les attendait. "Comment vous sentez-vous, Helen ?", lui a-t-il demandé, tout en la guidant vers le bloc opératoire.

"Je vais bien, c'est pour ma fille que je m'inquiète !".

"J'ai cru comprendre que vous ne vous sentiez pas bien tout à l'heure et que vous vous êtes évanouie ? C'est bien ça ?" Il regarde l'infirmière Burns qui acquiesce.

"Je me suis effectivement évanoui, mais qu'est-ce que cela a à voir avec quoi que ce soit ? Que se passe-t-il avec ma fille ?"

"Je crains que nous n'ayons besoin de vous prélever du sang, pour une transfusion. C'est toujours mieux quand cela vient d'une personne en relation directe avec le patient."

Helen a acquiescé, puis s'est passé les mains sur le visage. Elle se sentait épuisée au-delà de toute espérance, mais elle voulait pouvoir aider. Elle avait besoin de pouvoir aider.

"On va vous monter dans la salle de sang pour vous mettre en observation". Puis elle s'adresse à l'infirmière Burns : "Helen a-t-elle mangé quelque chose dernièrement ?"

L'infirmière Burns acquiesce et lui montre la quantité. Ce n'était même pas assez pour maintenir un oiseau en vie.

"Voilà, voilà", dit l'infirmière Burns à Helen tandis qu'elles se dirigent vers le couloir.

Le téléavertisseur du docteur Christiansson retentit. "Un moment, s'il vous plaît", dit-il. Il s'est éloigné d'elles. "Changement de programme. Je dois vous emmener voir votre fille - maintenant. Venez vous préparer."

L'infirmière Burns fit un geste pour retourner à son poste, mais le docteur Christiansson lui demanda de rester.

"Avant que nous n'entrions", a-t-il prévenu, "je dois vous dire Mme Greenway-Helen-que nous avons déjà perdu votre fille plusieurs fois là-bas."

"Perdue ?"

"Oui. C'est-à-dire qu'elle a fait un arrêt cardiaque. Son cœur s'est arrêté, mais seulement pendant quelques instants."

Helen a retenu un sanglot.

Elles sont entrées dans le bloc opératoire.

Grace était inconsciente sur la table d'opération.

"Maman !" Grace s'est exclamée.

Helen est allée à ses côtés et a pris sa main dans la sienne. Elle a regardé sa fille dans les yeux.

"Voici la mère de Grace, Helen", a expliqué le docteur Ackerman aux autres membres de l'équipe médicale.

"Merci d'être venus, et si rapidement", a déclaré le docteur Ash. "C'est un plaisir de vous rencontrer. Grace est vraiment une fille très courageuse."

"Comment va-t-elle, je veux dire vraiment ?" demande Helen.

"C'était à tâtons, mais ses signes vitaux se sont stabilisés. Nous gardons un œil sur elle et elle tient le coup."

"Merci", dit Helen. "Merci à tous !" et elle a senti une grosse boule dans sa gorge.

"Euh, excusez-moi Docteur Ash", l'une des infirmières qui avait gardé un œil sur les signes vitaux de Grace a pris la parole. "Pourrions-nous vous avoir par ici un moment, s'il vous plaît ?"

Il s'est dirigé vers elle et immédiatement, ses yeux se sont fixés sur l'écran.

"Maman ! C'est moi, Grace, maman !"

"Elle ne peut pas t'entendre", dit Vincente.

"Quoi ? Comment ça, elle ne m'entend pas ? Elle se tient juste là ! Bien sûr qu'elle m'entend ! Maman, c'est moi, Grace... Vincente et moi. Nous sommes mariés maintenant et nous nous aimons, maman. Maman !"

"Mon amour, elle ne peut pas t'entendre", répéta Vincente, tout en lui caressant la main. Il s'est approché d'elle et l'a embrassée sur le front.

"Elle ne peut pas m'entendre, mais elle peut me voir. Là, elle me tient la main. Attends une minute, elle ne peut pas te voir, n'est-ce pas ? Pourquoi ne peut-elle pas te voir ou t'entendre, Vincente ?"

"Je ne sais pas.

"Vincente, es-tu mort ?"

Vincente rit, passe ses doigts dans ses cheveux, "Bien sûr que je ne suis pas mort. Je suis là, à côté de toi, je te tiens la main."

"Mais les autres ne peuvent pas te voir, ni les médecins, ni ma mère. Ils se déplacent autour de toi, à travers toi. Pourquoi ne peuvent-ils pas te voir ou t'entendre ? Pourquoi suis-je la seule à savoir que tu es là ? Suis-je morte ? Sommes-nous morts tous les deux ?"

"Nous sommes toujours ensemble parce que nous nous aimons. Notre amour est plus fort que tout le monde et que tout."

L'esprit de Grace avait dérivé dans la pièce auparavant, mais maintenant elle est rentrée dans son corps.

Une fois à l'intérieur, elle a d'abord essayé de lutter contre la douleur. Puis elle a essayé de vivre la douleur, de l'accompagner, mais c'était trop pour elle. Elle n'a pas pu s'accrocher. Elle s'est fragmentée.

"Ses signes vitaux sont en train de chuter ! Nous sommes en train de la perdre à nouveau !" Le docteur Ash a crié. Tout le monde s'est rapproché du côté de Grace, poussant Helen hors du chemin.

"L'hémorragie s'était totalement arrêtée", a confirmé le docteur Ackerman. "Elle se portait si bien. Je ne trouve aucune raison à cette rechute soudaine, à part..." Il hésita et regarda Helen Greenway qui se tenait à l'écart de la table, tordant ses terres comme Lady Macbeth.

"Sortez-la d'ici !" Le docteur Ash a crié.

"Qu'est-ce qu'ils disent maintenant, Vincente ?" Grace a demandé.

"Ils accusent ta mère d'être responsable de ta rechute. Quand tu es retourné dans ton corps et que tu es ressorti, il s'est passé quelque chose. Ils pensent que tu es en train de mourir."

"Mais je ne suis pas en train de mourir ! Je veux vivre !"

"Nous sommes en train de la perdre !" Le docteur Ackerman a crié. "Dégagez les ponts !" s'exclame-t-il en s'installant et en commençant la réanimation cardiaque.

"Non, je ne la laisserai pas !" Helen a crié alors qu'on la poussait à travers les portes battantes et dans le couloir.

"Maman", a crié Grace, "Maman !"

"Elle saigne à nouveau", a confirmé le docteur Ash. "Nous avons d'autres caillots ici. Je ne peux pas compter combien il y en a. Je ne sais pas combien de temps elle peut tenir !"

"Nous faisons tout ce que nous pouvons pour elle."

L'esprit de Grace a glissé à nouveau dans son corps. Elle a essayé de se mettre debout. Dans sa tête, un kaléidoscope de couleurs s'est mis à tourbillonner jusqu'à ce qu'elle ne puisse plus voir ni entendre Vincente. Elle a crié : "Vincente ne me laisse pas !", puis elle n'a plus rien dit du tout.

***

"VINCENTE ?" DEMANDE LE docteur Ash. "Qui est Vincente ?"

"C'est le garçon qui l'a mise à l'hôpital", a répondu le docteur Christiansson.

"Peut-être devrions-nous le contacter et lui demander de venir à l'hôpital ?".

"C'est le milieu de la nuit ? Il ne sera peut-être pas possible de le faire venir ici."

"Fais-le !" Le docteur Ash a crié. "Nous avons besoin de toute l'aide possible !"

"Grace, écoute-moi", a dit le docteur Ash en se penchant plus près d'elle. "Nous faisons tout ce que nous pouvons pour toi. J'espère que tu peux m'entendre. Nous t'avons entendue. Nous appelons Vincente. Il sera bientôt là et à vos côtés. Alors s'il vous plaît, tenez bon. Sois forte."

Grace ne l'entendait pas. Elle était quelque part dans l'obscurité, toute seule.

CHAPITRE 11

DEHORS, DANS LE HALL, Helen Greenway chuchote au téléphone : "Bonjour, Vincente, je suis désolée de vous déranger si tard."

"Qui est-ce ?"

"Désolée", elle a hésité puis a continué après s'être identifiée. "C'est Grace. Grace est la raison pour laquelle je t'appelle si tard. C'est sa mère, Helen Greenway, qui vous parle."

"Est-ce qu'elle va bien ? Elle n'est pas... ?" il s'est arrêté, et sa voix s'est éloignée. Il avait peur d'entendre ce qui allait suivre. L'avait-il tuée ? Il ne pouvait pas le supporter, si c'était le cas, même s'il savait que ce n'était pas de sa faute. Il ne pouvait pas savoir. Son esprit revint au présent. Il était presque certain qu'Helen Greenway avait déjà répondu. À l'autre bout du fil, le silence était total.

"Tu es là, Vincente ?" demanda-t-elle en attendant sa réponse. Elle avait tout expliqué, exposé son cas. Il est resté silencieux. Réticent à venir à l'hôpital ? Certainement pas. Non, il n'était probablement pas encore tout à fait réveillé. Comme il ne répondait toujours pas, elle insista : "Grace, ma Grace, a besoin de toi, Vincente."

Il recula d'un bond, soulagé de savoir qu'elle était encore en vie et qu'elle respirait. "Je serai là demain matin à la première heure."

"Non, s'il te plaît, viens tout de suite. Grace a besoin de toi maintenant. Elle t'appelle. Les médecins disent que tu dois venir à l'hôpital maintenant, avant qu'il ne soit trop tard."

Vincente avait la tête qui tournait parce qu'il avait été réveillé au milieu de la nuit et qu'il pensait à la façon dont il allait se rendre à l'hôpital. Il allait devoir réveiller sa mère et lui demander de l'y conduire et elle serait alors remplie de toutes sortes de questions. Sans parler de la façon dont il rentrerait à la maison.

"Dis oui, s'il te plaît, et je t'enverrai un taxi. Un instant", dit Helen en tendant la main vers le téléphone. Une infirmière a confirmé qu'une voiture serait envoyée chez Vincente pour venir le chercher et le ramener chez lui. "Une voiture va être envoyée pour venir vous chercher Vincente. S'il vous plaît, confirmez que vous viendrez à l'hôpital pour voir ma fille. Elle vous demande. S'il vous plaît."

"D'accord, mais donnez-moi quelques minutes pour m'habiller et pour laisser un mot à ma mère".

"Je dois confirmer votre adresse", demande la réceptionniste au bout du fil d'Helen après avoir vérifié les dossiers de l'hôpital.

"Oui, c'est exact", répond Vincente.

"La voiture est en route, veuillez patienter".

"Je le serai", dit Vincente en signant et en commençant à enfiler son jean noir et son t-shirt blanc. Il s'est coiffé, puis a jeté un sweat à capuche rouge sur sa tête, ce qui a encore tout ébouriffé.

Ensuite, il a descendu les escaliers deux pas à la fois. Il a écrit un petit mot à sa maman et l'a collé sur le réfrigérateur. Quelques secondes plus tard, le véhicule est arrivé.

Il était dans la voiture, attaché et en route pour l'hôpital. Il a posé sa tête sur son bras et a regardé l'obscurité défiler.

De temps en temps, le visage dans la lune semblait lui faire signe. L'homme de la lune lui semblait étrangement familier, une sorte de croisement entre Mark Twain et Albert Einstein.

Il se concentra sur la lune et les étoiles, essayant de ne pas s'endormir.

Il voulait être bien éveillé. Il voulait...

***

HELEN ÉTAIT FIÈRE D'ELLE car elle avait convaincu Vincente de venir à l'hôpital.

Mais Helen n'arrivait pas à comprendre pourquoi sa fille l'appelait par son nom. Quelle emprise avait-il sur son cœur pour qu'elle l'appelle ainsi ? Peut-être l'avait-elle sous-estimé. Ou peut-être représentait-il plus pour sa fille qu'Helen ne le pensait ? Ce n'était qu'un lycéen, un camarade de classe, un béguin. Et puis, n'avait-elle pas elle-même épousé son propre amour de lycée ?

Helen fait les cent pas dans le couloir. Lorsque l'infirmière Burns est sortie, elle a dit : "Je n'en peux plus ! Ne pas savoir ce qui se passe là-dedans avec ma fille ! C'est trop !"

L'infirmière Burns comprenait la tension à laquelle Helen Greenway était soumise, mais sa réaction excessive et son impulsion générale à la panique ont eu un effet d'entraînement sur les autres patients et sur les membres des familles qui attendaient des nouvelles de leurs proches.

L'infirmière Burns a guidé Helen par l'endroit ferme de son dos jusqu'à un coin tranquille, où elle lui a parlé à voix basse : "Votre fille est entre de bonnes mains. Je sais que c'est difficile, mais vous devez essayer de rester calme."

"Si seulement j'avais pu rester avec elle, pour lui apporter mon soutien", dit Helen.

"Grace tient bon là-dedans, et les médecins ne pensent qu'à elle - à ce qu'elle veut et à ce dont elle a besoin. La survie de ta fille est la priorité numéro un de l'hôpital."

"Oui, mais je suis sa mère ! On ne me doit pas d'explications ? Je n'ai pas de droits ici ?"

"En effet, vous avez des droits mais on vous a confié une tâche importante, celle d'amener Vincente ici. J'ai cru comprendre qu'il était en route ?"

"Oui, il est en route. Mais j'aurais pu aider ma fille, si vous ne m'aviez pas poussée hors de la pièce."

"Helen," dit l'infirmière Burns d'un ton quelque peu contrarié, "l'état de votre fille s'est modifié lorsque vous étiez avec elle. Vous sembliez ne lui causer que de la détresse dans ces moments-là." Elle hésite. "Les médecins ont remarqué ce changement dans la stabilité de votre fille. C'est pourquoi ils vous ont retiré de la salle d'opération. C'était pour le bien de Grace."

"Mais il n'y a aucune raison pour que Grace, décline - à cause de moi. Je l'aime. Elle est ma vie."

"Eh bien, les preuves ont parlé d'elles-mêmes."

"Si on n'a pas besoin de moi ici", dit-elle en faisant la moue. "Je pourrais tout aussi bien descendre et attendre le petit Marino. Il faut que je fasse quelque chose."

"Ça me semble être une très bonne idée", a déclaré l'infirmière Burns. Elle a tapoté Helen sur le dos de sa main, mais cette fois-ci, Helen a retiré sa main. Elle fourra ses deux mains dans ses poches et s'éloigna en sautillant le long du couloir. Le bruit de ses talons résonne sur son passage.

"S'il vous plaît, demandez à la réception de nous faire sonner ici quand il arrivera", a crié l'infirmière Burns, alors que les portes de l'ascenseur se refermaient.

"Je le ferai", répond Helen.

✳✳✳

L ORSQUE LES PORTES DE l'ascenseur se sont ouvertes au rez-de-chaussée, Helen est sortie dans la zone de réception. Elle repère immédiatement Vincente. Il se déplaçait à l'intérieur des portes tournantes, les mains coincées dans les poches de son jean et les épaules voûtées.

Helen est restée immobile un moment, examinant le garçon qui avait envoyé sa fille à l'hôpital. Il avait l'air ébouriffé et hors de sa zone de confort. Pourtant, il était très beau dans son sweat à capuche rouge, qui faisait paraître ses yeux bleus encore plus bleus. Il ressemblait à un croisement entre James Dean et Robert Redford.

Elle se dirigea vers lui. Il ne l'avait pas encore remarquée.

Lorsqu'il a jeté un coup d'œil dans sa direction, elle a été prise au dépourvu. Pendant un instant, elle n'a pas pu respirer. Ce n'était pas un garçon comme les autres. Il y avait quelque chose, quelque chose de tout à fait différent chez lui.

"Bonjour Vincente", dit Helen en lui tendant la main pour qu'il la serre. Elle était un peu débordée et s'est donc présentée à lui comme s'ils ne s'étaient jamais rencontrés auparavant.

Vincente a trouvé cette présentation un peu étrange, puisqu'ils s'étaient rencontrés très récemment. Il lui a donné un laissez-passer puisqu'elle avait de grosses poches sous les yeux et semblait avoir dormi dans ses vêtements.

Il accepta la main qu'elle lui tendait et la serra fermement. Il l'autorisa à passer son bras sous le sien et à le conduire jusqu'à la réception. Helen demanda à la réceptionniste de confirmer son arrivée et de la transmettre au huitième étage.

Helen l'a ensuite conduit vers l'ascenseur. Ils se tenaient côte à côte devant les portes, enlacés mais toujours virtuellement étrangers alors qu'ils montaient les étages.

Après quelques étages, Vincente a ressenti le besoin de demander des nouvelles de Grace, de savoir comment elle allait, et c'est ce qu'il a fait. Helen explique qu'elle n'a pas été informée de l'état de sa fille. Cependant, elle a pu confirmer que Grace avait demandé à voir Vincente.

"Je suis heureux de l'aider de toutes les façons possibles", dit Vincente. C'était vrai - il était heureux de l'aider - mais il n'arrivait toujours pas à comprendre pourquoi elle le rappelait à l'hôpital au milieu de la nuit. Il se sentait un peu désolé pour elle, si elle avait une vie si triste et si solitaire qu'elle ne pouvait appeler personne d'autre pour l'aider.

Vincente regarda droit devant lui son reflet dans les portes de l'ascenseur. Il passa ses doigts dans ses cheveux ébouriffés en espérant les dompter, mais sa tentative fut infructueuse.

"As-tu la moindre idée, Vincente, de la raison pour laquelle ma fille te réclame ainsi ?".

"Pour être honnête, c'est un mystère pour moi. Peut-être qu'elle se fait des illusions..."

"Trompée sur quoi ?"

"Je ne sais pas. Nous nous connaissons à peine. Et puis, elle n'est pas mon genre."

"Tu veux dire par là que ma fille n'est pas assez populaire ou assez jolie pour toi ?" Helen a demandé avec une pointe de méchanceté dans la voix, ce qui n'a pas échappé à Vincente.

Il était coincé dans un ascenseur avec une femme qui avait enroulé son bras autour du sien. Ses ongles s'agrippaient maintenant à ses manches comme des serres.

"Aïe ! Euh, non, je ne voulais pas dire ça", dit Vincente, alors que la cloche indiquant qu'ils étaient arrivés au huitième étage retentissait. Les portes s'ouvrent. Vincente se dégagea d'Helen et sortit, puis se dirigea vers la salle de réception. Il y avait d'autres personnes là-bas, et surtout des témoins - au cas où Helen Greenway aurait complètement pété les plombs.

Helen est restée figée à l'extérieur de l'ascenseur, mais le regard de Vincente est resté figé sur place.

Vincente regarda Helen et réalisa qu'il n'avait pas fait bonne impression. Mais encore une fois, c'était le milieu de la nuit, et il était encore à moitié endormi, et il n'avait aucune idée de ce qu'il faisait ici. Bien sûr, il savait que Grace Greenway avait le béguin pour lui, mais c'était aussi le cas de la moitié des filles de l'école. Quand vous êtes considéré comme une star du sport, c'est normal.

Quelques instants plus tard, Vincente est conduit dans le couloir par l'un des médecins. Helen suivait derrière, les yeux rivés sur l'arrière de la tête de Vincente.

Ackerman se présente. Il a expliqué les détails à Vincente, puis ils se sont réconciliés et ont revêtu les vêtements médicaux nécessaires.

"J'ai cru comprendre que vous étiez un très bon ami de Grace ?"

"Euh, en quelque sorte, en quelque sorte."

Le docteur Ackerman a ignoré la réponse sans engagement. "Grace vous demande depuis un certain temps déjà. Elle sera incroyablement heureuse de savoir que vous êtes là pour elle."

"Euh, je suis content de pouvoir rendre service."

"Mon fils, poursuit le docteur Ackerman, l'état de Grace est stable maintenant. Elle a passé un moment difficile là-bas, un moment très difficile. Et, bien..."

"Dur comment ?"

"C'est euh... confidentiel, mais disons que c'était à géométrie variable".

"Tu veux dire qu'elle a failli mourir ?"

"Je veux dire que les choses n'ont pas été bonnes. Et s'il te plaît, ne dis ou ne fais rien qui puisse la contrarier ou l'affliger. Des pensées heureuses seulement aujourd'hui, d'accord ?"

"Des pensées heureuses ?"

"Oui", dit le docteur Ackerman. "Maintenant, suis-moi

✳✳✳

ILS SONT ENTRÉS CÔTE à côte dans la salle d'opération par les portes battantes. L'équipe médicale a ouvert la voie à Vincente comme s'il était une rock star.

Il s'est immédiatement concentré sur Grace. Elle était au milieu d'une table avec plusieurs machines attachées à elle comme des tentacules.

Il a pris une grande inspiration et s'est approché de la table. Il avait peur, même s'il ne savait pas exactement pourquoi. C'était peut-être parce que des paires d'yeux perçants l'observaient. Qu'attendaient-ils de lui - un miracle ?

Il regarde le corps prostré de Grace. Il a vu sa poitrine bouger de haut en bas.

Grace respirait. Elle était vivante. Il a vu ses cheveux châtains tomber sur ses épaules. Il a vu ses paupières battre, comme un tic nerveux. Elle était vivante là, quelque part derrière les volets.

Il s'est approché, et son corps s'est heurté à sa main. Elle était là, à ses côtés, et elle était ouverte.

Vincente a pris la main de Grace dans la sienne.

Il dit son nom.

Sa main était froide et n'a pas réagi à son contact. Il a refermé sa main autour de la sienne et a dit "Grace". Il a attendu, mais rien ne s'est passé. Elle était inconsciente. Elle ne pouvait ni le sentir ni l'entendre, alors que faisait-il ici ? Qu'était-il censé faire maintenant ? Il a regardé dans la pièce, sur les visages vides. Ils n'étaient d'aucune aide. Ils n'étaient d'aucune aide.

Pourtant, tous les regards étaient encore braqués sur lui. Que doit-il dire ? Que faire ? Il voulait s'enfuir de la pièce.

Vincente ne voulait rien d'autre que retourner dans la chaleur de son propre lit.

CHAPITRE 12

G RACE AVAIT RÉINTÉGRÉ SON corps, mais ses sens étaient étouffés. Elle ne sentait pas que Vincente lui tenait la main, bien qu'elle puisse voir qu'il le faisait.

"Grace, c'est moi, Vincente", dit-il, espérant qu'elle reconnaîtrait sa présence d'une manière ou d'une autre.

Grace l'a entendu, mais sa voix était différente. Lointaine.

"Parle-lui", lui dit le docteur Ash. "Parlez-lui de tout !"

L'équipe médicale s'est rapprochée. Les seuls sons que l'on entendait étaient ceux des machines.

Des perles de sueur ont commencé à se former sur le front de Vincente. Il dit : "Tu nous manques, Grace. Tu nous manques à l'école. Tu es partie depuis trop longtemps." Vincente se rendait compte que ce dialogue était nul, mais il suivait le mouvement. Il essayait d'établir une conversation normale ; malheureusement, tout était à sens unique.

Grace s'interroge sur son identité. Qui était cet étrange garçon aux cheveux blonds courts, aux yeux sombres et au sweat-shirt rouge ? S'il était son Vincente, il ne lui parlerait pas de l'école. L'école !? C'est là qu'ils affrontent l'arbre mangeur de corbeaux !

"Nous avons gagné le match de cricket l'autre jour !" dit Vincente, trop enthousiaste. Il s'est encore passé les doigts dans les cheveux. Il a essayé de coincer ses poings dans ses poches, mais avec le matériel chirurgical, ce n'était pas possible. Cependant, le simple fait d'essayer son mécanisme d'adaptation habituel l'a détendu.

Grace se demandait si quelqu'un ne lui jouait pas un tour. Elle a regardé tous les visages inconnus, les yeux fixes. Elle ne connaissait pas la plupart d'entre eux, mais ils étaient capables de voir ce Vincente. Ils l'observaient.

Grace s'est détachée de son corps et a commencé à flotter dans la pièce.

D'en haut, elle observait ce Vincente. Il n'avait pas du tout l'air d'être lui-même. Il était froid. Elle ne pouvait pas sentir son contact, mais elle en avait tellement envie. Lorsqu'elle a remarqué qu'il tenait sa main, son cœur s'est mis à battre la chamade. Trop rapidement, elle est revenue dans son corps.

La machine cardiaque a répondu par une autre ligne plate.

***

Grace a regardé vers la lumière alors que des larmes coulaient sur son visage. En dessous d'elle, le personnel de l'hôpital courait autour de la salle d'opération comme si c'était la fin du monde. Elle savait que la seule chose qui se terminait était sa propre vie.

Elle avait lutté contre la lumière des étoiles, qui lui faisait signe. Qui l'appelait.

Maintenant, elle clignotait et hochait la tête, et elle a compris qu'il était temps pour elle de partir. Il était temps d'aller vers elle. Il était enfin temps de brûler avec l'étoile de Fibonacci.

"Dis-lui que tu l'aimes !" a crié quelqu'un.

"Mais je ne l'aime pas !" Vincente répondit docilement.

Bientôt, la lumière de l'étoile devint de plus en plus chaude. Elle n'attendait plus qu'elle vienne à elle. Elle venait à elle.

"Je t'aime, Grace !" cria-t-il.

Trop tard.

***

Alors qu'ils conduisaient Vincente hors de la pièce, il criait encore les mots. Certes, pour lui, il s'agissait de sentiments insignifiants et mensongers. Des mots qu'il ne disait que pour être gentil, pour la sauver du gouffre.

Il les a criés à nouveau. Cette fois, sa voix résonna le long des couloirs et dans l'univers : "Je t'aime, Grace Greenway !"

"Je t'aime aussi, Vincente !" lui a-t-elle crié en retour. Dans le chaos et le brouhaha des tentatives pour lui sauver la vie, il ne l'a pas entendue.

Soudain, l'étoile chaude se met à tourner et à pivoter. Bientôt, elle ne s'approche plus d'elle et ne la brûle plus avec sa chaleur. Au lieu de cela, elle a émis des ondes pulsées et est devenue une étoile à neutrons.

Saisis par son gone, "Je veux vivre", se déclare Grace Greenway. "Je veux vivre."

CHAPITRE 13

Deux jours plus tard, Grace Greenway s'est réveillée sans caillot et n'était plus en danger. Elle devrait être surveillée de près pendant les prochains temps, mais bientôt, elle pourrait rentrer chez elle.

"Vincente, maman", dit-elle en grognant, alors que des larmes coulent sur ses joues. C'étaient des larmes de pur bonheur d'être en vie. Des larmes de gratitude pour avoir ce moment à partager avec les deux personnes qu'elle aimait le plus au monde.

Elle tendit les bras pour les embrasser tous les deux. Ils se plièrent à elle, contre elle. Elle sentit la chaleur et la force de leurs corps, presque comme si elle gagnait en force grâce à leurs énergies combinées.

Vincente et Helen se regardaient l'un l'autre, attendant que Grace les laisse partir.

"Est-ce que tu as mal ?" demande Helen.

"Je me sens fatiguée, c'est tout, maman".

"Je suis content que tu te sentes mieux", a dit Vincente. "Je vais aller chercher les médecins - fais-leur savoir que tu es réveillée".

Il se retourna et sortit de la pièce à reculons. Il resta là un moment, reconnaissant qu'elle se soit complètement rétablie. Il se dit qu'il avait peut-être fait son devoir et qu'il pouvait rentrer chez lui. Il espérait qu'elle avait oublié ou n'avait pas entendu ce qu'il avait été obligé de lui dire dans le bloc opératoire. Il était heureux qu'Helen Greenway n'ait pas été présente pour entendre sa fausse déclaration forcée.

Il acceptait le fait qu'il avait fait ce qu'il fallait pour l'aider. Il n'espérait plus qu'une chose : que cela s'arrête là. Il voulait retrouver son ancienne vie. Et cette vie n'incluait pas Grace Greenway.

***

"Alors, maman, tu l'aimes bien ?" demande Grace.

"C'est un gentil garçon", a répondu Helen. "Je peux comprendre pourquoi tu es attirée par lui".

"Attirée par lui ?" Grace s'est exclamée. "Je suis plus qu'attirée par lui, maman. Nous sommes mariés ! Tu vois !" dit-elle en poussant son annulaire vers sa mère. Il n'y avait pas d'anneau.

"Ce n'est pas grave Grace", a roucoulé Helen en remarquant la détresse de sa fille. "Ce n'est pas grave si tu es un peu à côté de la plaque. Tu as vécu beaucoup de choses ces derniers jours."

"Maman, c'est vrai ! Tu ne me crois pas, n'est-ce pas ?"

"Euh, maintenant ne t'énerve pas, ma chérie" dit Helen en tapotant la main de sa fille.

"Nous sommes mariés, maman. Mariés !" Grace a répété. Les portes ont pivoté et Helen s'est échappée dans le couloir, laissant sa fille dans un état de détresse et toute seule.

C'est étrange, pense Grace. Très étrange. Où sont mes bagues ?

***

Dans le couloir, Helen Greenway a foncé tête baissée sur le docteur Ackerman. Il était en route, après avoir entendu la bonne nouvelle de Vincente qu'elle était réveillée et lucide.

"Oh. Docteur Ackerman !" s'exclame Helen.

"Oh là là, qu'est-ce qui s'est passé ? Dois-je y aller directement ? A-t-elle fait une rechute ? Vincente a dit qu'elle allait bien. Réveillée et parlant. Complètement alerte."

"C'est le cas, docteur Ackerman. Elle est debout et parle, mais elle semble avoir l'illusion d'être mariée à Vincente Marino !"

"Oh là là, comment est-ce possible ?"

"Elle m'a dit qu'ils étaient mariés. Elle et Vincente. De plus, elle a essayé de me montrer ses bagues. Elle était très affligée de constater qu'elles avaient disparu."

Vincente sortit alors de l'ascenseur ouvert, portant un plateau de cappuccinos. Il se dirigea vers eux.

Le docteur Ackerman a regardé Vincente et l'a arrêté d'un geste de la main. Il a ensuite conduit Vincente vers le coin salon où il lui a demandé de rester. Ackerman retourne auprès d'Hélène.

Vincente s'est assis et a commencé à siroter l'une des tasses.

"J'aimerais parler à Grace-alone pendant quelques instants", a déclaré le docteur Ackerman. "Veuillez attendre ici avec Vincente, Helen, je discuterai avec vous deux ensuite".

Helen s'assit à côté de Vincente. Il lui proposa une tasse de thé. Elle l'a poliment refusée, puis a croisé les bras autour d'elle.

Vincente savait qu'il se passait quelque chose, mais il n'avait aucune idée de quoi. Il but une autre gorgée de café et espéra qu'on le laisserait bientôt rentrer chez lui. Il était épuisé et presque certain qu'Helen voulait sa fille pour elle toute seule.

Après tout, selon lui, c'était une affaire de famille.

***

Lorsque le docteur Ackerman est sorti de la chambre de Grace, l'expression soucieuse de son visage en disait long.

Helen s'est immédiatement levée et s'est rendue à ses côtés.

Vincente a lui aussi immédiatement remarqué l'expression sombre du docteur. Quoi qu'il se passe dans la chambre de Grace, ce n'était certainement pas une bonne nouvelle. Il se demandait s'il rentrerait un jour chez lui.

"Helen, dit le docteur Ackerman, nous devons parler en privé. S'il te plaît, viens dans mon bureau."

"De quoi s'agit-il ?" Helen détourne les yeux de l'endroit où Vincente est assis.

"Il sera bien là où il est jusqu'à ce que nous revenions", a dit le docteur Ackerman. Puis, s'adressant à Vincente : "Si vous pouviez attendre s'il vous plaît, nous vous mettrons sur la photo sous peu."

Vincente acquiesça, puis commença à siroter le deuxième cappuccino - la boisson d'Helen. Après tout, elle n'en voulait pas, et il l'avait payée. Pourquoi la laisser refroidir ? De plus, il avait besoin de la caféine pour rester éveillé. Il sortit son téléphone et joua à Bejeweled Blitz, puis parcourut Facebook. Il avait un message de Missy Malone. Elle voulait qu'on se voie plus tard. Il espérait qu'il n'allait pas être trop fatigué par toute cette histoire avec Grace Greenway.

Curieux, il s'est approché de la porte de Grace et a regardé à travers la vitre. Grace dormait profondément. C'est étrange, pensa-t-il, puisqu'elle venait de se réveiller. Vincente retourne s'asseoir. Tout en pensant à Grace, il but une nouvelle gorgée du café d'Helen. Il avait aussi bu la tasse de Grace, avant qu'elles ne reviennent le chercher.

CHAPITRE 14

"H ELEN, NOUS ESPÉRIONS QUE la perte de mémoire de Grace aurait été corrigée. Cependant, il semble que nous ayons maintenant d'autres préoccupations."

"Alors, elle te l'a dit aussi ? Qu'elle est mariée à Vincente ?"

"Oui, et elle ne m'a pas seulement dit qu'ils étaient mariés, mais elle a tout décrit dans les moindres détails. C'était presque comme si elle le vivait à nouveau. C'était si réel, une image si complète. Je pouvais presque entendre cette chanson romantique qui jouait en arrière-plan."

"Quelle chanson romantique ?" demande Helen.

"Elle a dit que c'était une chanson provenant d'une vieille boîte à bijoux".

"Oui, je me souviens de celle-là. Le père de Grace et moi lui avons offert pour Noël quand elle était petite."

"Ah, un cadeau d'enfance qu'elle a maintenant imaginé être sa chanson de mariage. Votre fille a décidément une imagination très vive", a déclaré le docteur Ackerman.

"Alors, qu'est-ce qu'on fait docteur ? Lui dire la vérité ? Nous devons lui dire la vérité."

"L'esprit est une chose très fragile. Peut-être que lorsque Grace se battait pour sa vie, elle a créé cette situation comme un mécanisme de survie. Pour se donner une raison de vivre, de se battre. C'est une technique primaire. Lorsque nous sommes aux portes de la mort, il nous arrive de créer ou de fabriquer une réalité alternative."

"Mais ma fille avait déjà tellement de raisons de vivre !" dit Hélène.

"Oui, tu le penses et je le pense aussi, mais est-ce que Grace serait d'accord ?"

"Alors, que dites-vous docteur ? Qu'est-ce qu'on fait ?"

On a frappé à la porte. Le docteur Christiansson a passé la tête à l'intérieur. "Excusez-moi de vous interrompre. Docteur Ackerman, vous vouliez me dire un mot ?"

"Oui, si vous pouviez nous accorder un moment s'il vous plaît Helen", a dit Ackerman. Il lui a fait signe de s'asseoir, puis lui et le docteur Christiansson sont partis.

Helen feuilletait sans y penser un ou deux magazines. Les médecins ont discuté en privé de la situation précaire de Grace.

"Je crains que nous n'ayons pas le choix dans cette affaire", dit le docteur Christiansson. "Nous devons nous plier à la fantaisie de Grace. Elle n'est pas assez forte pour pouvoir affronter la vérité en ce moment. Si on la pousse trop fort, les conséquences pourraient être très néfastes."

"Je suis d'accord", acquiesce le docteur Ackerman. "La meilleure chose que nous puissions faire pour Grace, jusqu'à ce qu'elle soit prête à entendre la vérité, c'est de faire respecter ses propres illusions. Le problème, c'est que nous devons nous assurer que

Vincente est d'accord avec ça. Nous devons lui dire tout ce que Grace nous a dit. Nous devons faire en sorte qu'il accepte la ruse, jusqu'à ce que Grace soit prête, je veux dire assez forte mentalement et physiquement pour être capable de gérer la vérité."

"Oui, le garçon Marino a pu aider Grace auparavant, et j'espère qu'il pourra l'aider à nouveau", dit Christiansson.

"Et quand elle sera assez bien, assez forte, alors nous lui dirons la vérité", a confirmé le docteur Ackerman.

"Je n'aime pas ça", a dit Helen, une fois que les médecins l'ont mise au courant de leur plan. "Nous allons nourrir son imagination, et favoriser des mensonges et encore des mensonges".

"Mais ce ne sont pas des mensonges pour Grace. Elle en croit chaque mot, et c'est elle que nous devons faire passer en premier ici", a dit le docteur Ackerman.

"Et si le garçon n'est pas d'accord ?" demande Helen.

"Il doit le faire", a dit Ackerman. "Il n'y a pas d'autre solution. Grace est allée si loin, et elle est sur le point de retrouver la santé, physiquement. Son corps pourrait ne pas survivre à une autre rechute. La stabilité mentale de Grace est essentielle en ce moment."

"Grace a créé ce rêve, et Vincente en est un élément important. Il doit accepter de l'aider. Nous devons le convaincre de son importance pour elle", a déclaré le docteur Christiansson.

"Combien de temps devrons-nous tous jouer à ce jeu ?" demande Helen.

"Nous jouerons jusqu'à ce qu'elle soit prête", a dit le docteur Christiansson, "et pas un instant de plus".

"Que dois-je dire au garçon alors ?" Helen a demandé. "Comment puis-je lui faire comprendre alors que je ne peux même pas comprendre cela complètement moi-même ? Je n'aime pas l'idée de tromper ma propre fille."

"Il devra nous faire confiance, faire confiance à Grace. Lorsqu'elle sera prête à affronter la réalité - à entendre la vérité - alors et seulement alors, les choses redeviendront comme avant", a déclaré Ackerman.

"Je ferai de mon mieux pour le convaincre".

"Bonne chance", dit le docteur Ackerman.

"Si vous avez besoin de mon aide..." Le docteur Christiansson s'est interposé : " ... si vous voulez que je lui parle, que je clarifie quoi que ce soit, alors envoyez-moi le garçon. "

"Merci", dit Helen.

CHAPITRE 15

HELEN EST ALLÉE DANS les toilettes et s'est lavé les mains. Le fait d'être à l'hôpital 24 heures sur 24 et 7 jours sur 7 semblait nécessiter une paranoïa des microbes.

Elle tendit sa main droite et remarqua qu'elle tremblait. Elle n'avait aucune idée de la façon dont elle allait convaincre le garçon d'accepter un tel paquet de mensonges. Quiconque a de l'expérience dans la vie sait sûrement que la vérité est toujours la meilleure. Pourtant, elle était obligée de convaincre Vincente d'être complice de l'illusion de Grace.

Elle fouilla dans son sac à main et en sortit deux bâtons de rouge à lèvres. Elle en appliqua un et, d'une certaine manière, elle se sentit un peu mieux. Elle fouilla à nouveau dans son sac à main et en sortit un peu de parfum qu'elle vaporisa derrière ses oreilles. Elle était maintenant prête à sortir pour parler à Vincente et espérer l'amener à bord.

Helen referme la porte derrière elle et entre dans le couloir très fréquenté. Elle a été poussée contre le mur pendant quelques secondes, alors que le personnel de l'hôpital faisait passer un brancard au bulldozer. Elle a pris une grande inspiration, s'est calmée, puis a commencé à marcher vers la salle d'attente.

Elle aperçoit Vincente et il l'aperçoit. Elle l'a salué, puis s'est demandé si elle n'était pas un peu trop familière. Elle se ressaisit en posant la main sur la lanière de cuir de son sac. Elle avait maintenant l'air de quelqu'un qui avait peur de se faire agresser.

Vincente vit Helen Greenway se diriger rapidement vers lui. Il la regarda une seconde, puis regarda ses pieds. Il remarqua immédiatement qu'elle s'était pomponnée et se demanda pourquoi. Peut-être avait-elle des vues sur l'un des médecins ? N'était-ce pas un peu tôt après la mort de son mari ? Il n'en était pas sûr, mais il n'était pas du genre à juger ni ce que les gens disaient, ni ce que les gens ou faisaient.

Helen s'assit en face de Vincente et prononça son nom. Il leva les yeux et attendit qu'elle dise quelque chose d'autre, mais elle ne le fit pas. Il regarda à nouveau ses pieds. Il était tellement fatigué, mort de fatigue, mais les trois grands cafés lui avaient branché l'esprit.

Elle prononça à nouveau son nom et se pencha en avant, les coudes posés sur les genoux.

Vincente se rassit sur sa chaise et fit semblant d'avoir besoin de s'étirer et de bâiller. Le silence devenait de plus en plus inconfortable.

Helen attendit qu'il ait fini de se déplacer, puis se lança directement. "Vincente, j'ai besoin de ton aide pour quelque chose, quelque chose de plutôt personnel".

Il hésita et se pencha, maintenant curieux.

"Puis-je parler librement et ouvertement avec toi ?" chuchota-t-elle.

Vincente était vraiment curieux maintenant. Il s'était déjà fait draguer par des femmes plus âgées, mais en général pas à ce point, et pas non plus par des femmes qui étaient les mères de ses camarades de classe.

Il se sentit soudain mal à l'aise. Sa première réaction a été de lui couper l'herbe sous le pied et de lui parler franchement. Mais, bien qu'il ne soit pas du tout intéressé, il était curieux de savoir ce qu'elle allait dire. Comment elle allait s'y prendre. Et il se demandait si le choc de ce que Grace avait vécu ne l'avait pas affectée elle aussi. Alors, au lieu de dire quoi que ce soit, il resta assis et attendit.

Helen se pencha plus près, "Ce que j'ai à te demander est plutôt embarrassant", elle hésita et gloussa nerveusement. "Je veux dire que c'est ridicule ! Mais j'espère que tu diras oui et que tu accepteras de m'aider malgré tout."

Helen bat des cils et hésite. Elle s'est redressée, puis s'est à nouveau penchée en arrière. Cette fois-ci encore plus près de Vincente, à tel point que leurs genoux se touchaient presque. Puis elle a semblé agiter sa main, créant un espace entre eux, et laissant sa main effleurer très légèrement son genou.

Elle était si proche qu'il pouvait sentir son souffle sur son visage.

Vincente recula maladroitement sur sa chaise. Il a ramené ses pieds sous le siège. Il a croisé ses bras contre sa poitrine. Il a concentré son attention sur le sol. Il a lutté contre l'envie de sortir son téléphone pour se distraire de ce scénario fou.

"C'est Grace, Vincente. Elle semble avoir. Eh bien, c'est difficile pour moi de le dire. Surtout à quelqu'un d'aussi jeune que toi, quelqu'un qui, j'imagine, a déjà une petite amie. Ou, peut-être même plus d'une petite amie ?" Helen a hésité avant de lâcher la bombe et l'a regardé droit dans les yeux. Elle essayait de se rapprocher de lui, de se mettre à sa place. Si elle pouvait combler l'écart d'âge entre eux, alors peut-être qu'il comprendrait. Peut-être qu'il serait d'accord.

Vincente pensait que cela devenait embarrassant. Il voulait mettre fin à ses souffrances, "J'ai une petite amie, euh Mme Greenway. Nous ne sommes pas exclusifs, bien que nous ayons une entente, si vous voyez ce que je veux dire ?"

Est-ce qu'il vient de faire un clin d'œil ? Helen était sûre de l'avoir vu faire ce clin d'œil ! Et elle n'aimait pas ça, pas du tout.

Vincente espère qu'il l'a détournée de son but. Il était vraiment fatigué et tout ce qu'il voulait, c'était rentrer chez lui. Impatient et dégoûté, il se leva.

"Oui, je comprends ce que tu veux dire Vincente", dit Helen maladroitement, "S'il te plaît, assieds-toi".

Vincente s'exécuta. Il croisa à nouveau les bras, créant ainsi une barrière physique entre eux.

"Vincente, ma fille a le béguin pour toi. Tu le sais, n'est-ce pas ?"

"Oui, je sais qu'elle m'aime bien. Grace est géniale ! Elle m'a sauvé la vie en m'aidant en mathématiques. Sans elle, j'aurais déjà été renvoyée de l'équipe."

"Elle l'a fait maintenant ? Je ne le savais pas. Alors, tu la connaissais en quelque sorte, en tête à tête ?"

"Pas en tête à tête comme un petit ami et une petite amie, non. Mais nous étions amis. Des amis."

"Mais tu es une star du cricket, et tu es beau. Je comprends pourquoi elle s'est, euh, entichée de toi. Mais ce que je dois vous demander, c'est", s'arrêta-t-elle en balbutiant, trouvant difficile d'en venir au fait.

"Désolée Mme Greenway, mais je dois aller droit au but. La nuit a été très longue et je suis fatiguée. Je dois vous dire que je suis flatté par votre-errr-par l'attention que vous me portez, mais comme je l'ai déjà dit, ma petite amie, Missy et moi avons une sorte d'accord."

"Je suis sûr qu'elle n'y verra pas d'inconvénient, vu les circonstances, parce que vous aiderez quelqu'un - quelqu'un dans le besoin. Après tout, c'est une question de vie ou de mort", dit Helen.

"Vous êtes un peu mélodramatique, n'est-ce pas, Mme Greenway ?" Vincente décroise les bras et se rapproche d'elle. "Je suis flatté et tout, mais, je veux dire, tu ne peux pas trouver quelqu'un de plus, tu sais, plus proche de ton âge ? Comme peut-être l'un des médecins ?"

"Quoi !" Helen s'exclame, éloignant tout son corps aussi loin que possible de celui de Vincente Marino, tout en restant assise en face de lui. Puis elle s'est levée et s'est éloignée encore plus loin en lui tournant le dos. Elle prit une grande inspiration, retrouva son calme juste au moment où Vincente lui tapota doucement les fesses. Elle sursauta, luttant contre l'envie de le gifler bêtement.

"Pour ta gouverne, corrigea-t-elle maintenant furieuse, je ne te trouve pas du tout attirant, espèce de garçon idiot, idiot !".

"Bien sûr, bien sûr, je te rejette, puis tu deviens tout méchant - je vois quel est ton jeu maintenant. Mais ne joue pas trop avec moi, je pourrais bien aimer ça !" Il se rapproche encore plus d'elle.

"Maintenant, tu arrêtes ça !" Helen dit d'une voix tremblante tandis que Vincente Marino se rapproche de plus en plus d'elle. Elle était maintenant appuyée fermement contre l'avant de la chaise - et forcée de s'asseoir. Son visage était rouge et tout son corps tremblait.

"J'en ai assez de ces bêtises", dit Vincente. "Je suis venu ici au milieu de la nuit pour aider votre fille à s'en sortir... très bien. Mais elle est de retour dans le service maintenant, et je traîne dans les parages pour quoi ? Je ne sais pas. Pas pour me faire draguer par sa mère !"

Le visage d'Helen ressemblait à la couleur de la betterave. "Vincente, j'ai besoin d'une faveur de ta part, alors je vais ignorer cette mauvaise communication et y aller franchement. Tourner autour du pot n'était pas une idée très intelligente !"

Vincente acquiesce avec impatience mais continue d'écouter.

"Grace se fait des illusions sur le fait que toi et elle êtes mariés".

"Quoi ?"

"C'est vrai. Elle s'est réveillée et reste bloquée sur cette idée de vous deux. Elle a créé un fantasme dans son esprit."

"Mariés ? Grace Greenway et moi, mariés ?"

"Oui, c'est ce qu'elle croit."

"Alors, dis-lui la vérité. Pourquoi me dis-tu cela ?"

"Parce que les médecins pensent que nous devons nous y plier, pour le moment".

"Par 'nous', tu veux dire moi, n'est-ce pas ? Tu veux que je joue au mari et à la femme avec Grace ?"

"Je sais que c'est beaucoup te demander, Vincente. Mais si tu pouvais trouver quelque part dans ton cœur, la volonté de l'aider, cela pourrait être une question de vie ou de mort pour elle."

"C'est trop demander", a dit Vincente, et il s'est levé et a commencé à quitter la salle d'attente, "beaucoup trop".

Helen l'a rattrapé, lui a pris le bras.

"C'est le moins que tu puisses faire ! Tu l'as mise là, avec ce coup sur la tête. C'est toi qui as fait ça ! Tu dois sûrement avoir une boussole morale quelque part à l'intérieur, une conscience. Grace ne serait pas ici si ce n'était pas pour toi ! Et, comme tu l'as dit, Grace t'a aidé à assurer ta place dans l'équipe de cricket."

Vincente savait que tout cela était vrai, même si le coup avait été un accident. "Qu'est-ce que tu veux que je fasse exactement ?"

"Agis comme le ferait un mari. Sois là pour elle. Parle-lui. Tiens-lui la main. Ma fille est une fille intelligente ; elle te dira ce dont elle a besoin."

"Mais si elle veut que nous fassions les choses que font les gens mariés". Il sourit. "Alors quoi ?"

"Je suis sûr qu'avant d'en arriver là, soit elle commencera à se souvenir de la vérité, soit je lui dirai".

"Pourquoi ne pas éviter ce drame et lui dire la vérité maintenant ?"

"C'est bien sûr ce que je veux faire, mais les médecins me l'ont déconseillé", dit Helen. "Ils estiment que Grace est dans un état trop délicat pour la choquer avec autant de réalité en ce moment".

Vincente avait l'impression qu'il n'avait pas le choix, qu'il devait se plier à cette décision. Bien qu'il soit en total désaccord avec les médecins, il jouerait le jeu. "Et l'école ?" demande-t-il. "J'ai un match demain - je veux dire aujourd'hui".

"Grace se souviendra que tu es à l'école. En attendant, tu peux peut-être inviter d'autres élèves de l'école à venir lui rendre visite. Des visages familiers pourraient lui rafraîchir la mémoire."

"Je ne peux pas penser à quelqu'un avec qui elle est amie de but en blanc, mais je vais essayer. Maintenant, je peux rentrer chez moi ?"

"Pas avant que tu lui aies parlé. Et souviens-toi, elle vient de m'annoncer la nouvelle - vous vous êtes mariés récemment - et je ne l'ai pas crue. J'ai quitté la pièce en courant et j'ai trouvé son médecin. Je m'attends donc à ce que ma fille soit très heureuse de te voir et assez fâchée de me voir. Elle voudra peut-être aussi te présenter à moi comme son mari."

"Je ferai de mon mieux, mais je ne suis pas un très bon acteur et je n'ai jamais été un bon menteur."

"Eh bien alors, faisons en sorte que cette prestation soit récompensée par un prix !" Helen l'entraîne tandis qu'elles se dirigent vers la chambre de sa Grace.

"C'est parti !" dit Vincente en poussant la porte et en la tendant à sa nouvelle belle-mère fictive.

CHAPITRE 16

GRACE A LEVÉ LES yeux et a vu sa mère entrer dans sa chambre, suivie de Vincente ! Elle s'est assise, souriant d'une oreille à l'autre, et lui a ouvert les bras. Il s'est approché d'elle si lentement qu'elle a su intuitivement que quelque chose n'allait pas.

"Chéri", dit Helen d'un ton enjoué, ce qui fit sursauter Vincente. "J'ai eu un mot avec Vincente, et il m'a tout raconté. Tout ce qui concerne votre mariage. N'est-ce pas, Vincente ?"

Vincente a d'abord regardé Grace, puis Helen. Elle le jetait en pâture aux loups, l'obligeant à mentir. Il n'avait pas d'autre choix. "Oui, j'ai tout dit à ta mère à propos de nous", a-t-il dit. Il s'est rapproché un peu plus de Grace, qui l'a serré dans ses bras.

Alors qu'elle le tenait dans ses bras, Grace a senti une distance qu'elle n'avait jamais ressentie auparavant. Elle avait l'impression de s'accrocher à une planche de bois.

Ils se sont séparés et Grace a regardé profondément dans les yeux de Vincente. Il cachait quelque chose. Ou peut-être était-il simplement gêné ? Peut-être que c'était juste ça, qu'elle se montrait trop affectueuse devant une autre personne. Ils avaient déjà été seuls auparavant, il faudrait donc qu'ils s'habituent à ce que d'autres personnes soient témoins de leur amour.

Grace lui tendit la main et lui dit : "Je comprends tout à fait ce que tu ressens, étant donné les circonstances. Nous n'avons pas l'habitude d'être affectueux comme ça - en présence d'autres personnes."

Vincente se sentait mal. On l'avait forcé à faire ça, et il était désolé pour Grace, qui ne se doutait pas qu'il ne faisait que jouer la comédie. Mais à l'entendre, sa performance laissait beaucoup à désirer. "Oui, c'est ça", dit Vincente. "Tu as toujours été très perspicace à l'égard de mes, euh sentiments".

Grace continue d'observer son malaise. Vincente, sentant qu'elle l'observait de très près et craignant qu'elle ne devienne angoissée, a levé sa main jusqu'à ses lèvres et l'a embrassée. Lorsqu'il a levé les yeux, il regardait fixement dans les yeux de sa prétendue femme. Prétendue pour elle, mais pour lui, tout ce qu'il voyait, c'était Grace Greenway - une fille ordinaire, avec des capacités mathématiques supérieures à la moyenne, presque géniales. Ils étaient totalement opposés. Il ne l'épouserait jamais, même si elle et lui étaient les deux dernières personnes à rester sur la planète.

Grace tourna son attention vers sa mère, qui se tenait à l'arrière-plan et les observait tous les deux. Oui, c'était ça. Sa mère avait tout confirmé maintenant, mais elle n'était pas d'accord avec leur choix. Après tout, ils n'avaient que seize ans, et sans la permission d'un parent, peut-être que dans son esprit, leur mariage n'était pas légitime. Sans compter que ni un ministre, ni un prêtre, ni même un juge de paix ne l'avait rendu officiel. Ils avaient échangé des vœux et des bagues. Ce n'était pas un vrai mariage et sa mère n'aurait qu'à l'annuler. C'est peut-être pour cela que Vincente avait l'air si effrayé ?

Grace a regardé Helen, qui se tenait là, les larmes aux yeux.

"Tu n'es pas contente pour nous, maman ?" demande Grace.

"Bien sûr, je suis très heureuse pour vous deux, ma chérie", dit Helen en les prenant toutes les deux dans ses bras.

Grace a regardé Vincente dans les yeux et il a détourné le regard. Elle a dit : "Je sais que j'ai probablement l'air hideuse", alors qu'une larme coulait sur sa joue. "Ça a été une si longue épreuve, avec l'opération et tout le reste". Elle a pris une grande inspiration et s'est ressaisie. Vincente essaya de l'encourager par un sourire, puis elle poursuivit : " J'ai hâte que nous puissions revenir à la normale. Jusqu'à ce que nous puissions retourner dans notre maison et nager sur la plage comme avant."

Vincente a de nouveau détourné le regard. Comme un rat en cage, ses yeux dardaient nerveusement d'un côté à l'autre.

"Je suis certaine que Vincente ne peut pas attendre ce moment, mon chéri", a poussé Helen.

Vincente laissa échapper un "Humph", qu'il avait seulement voulu être un écho à l'intérieur de sa propre tête. Malheureusement, le son a été entendu et noté par toutes les personnes présentes. Helen a lancé un regard à Vincente, comme s'il venait de commettre un meurtre. Grace avait l'air si blessée que d'autres larmes coulaient de ses yeux.

"Tu ne veux pas retourner là-bas ? À Manly ? Pour être heureuse à nouveau ?" Grace était certaine que Vincente avait changé.

Quelque chose en lui avait altéré son amour pour elle, et cette prise de conscience brisait son cœur en deux.

Helen enfonça son coude dans le flanc de Vincente. Il pouffa de rire et aspira un peu d'air avant de dire : "Pas tant que tu ne seras pas rétablie, Gracie."

"Tu sais à quel point je déteste ça !"

"Quoi ? Qu'est-ce que tu détestes ?" demande Vincente. Il était totalement confus, et ne faisait définitivement pas un travail décent dans ce rôle d'acteur. Il avait prévenu Helen qu'il n'était pas un bon menteur, et maintenant, il était en train de tout gâcher. Il mettait Grace dans le pétrin. La pauvre fille.

"Tu sais ce que je veux dire ! Grace a crié. "Tu sais ce que je déteste. Comment ça me donne la chair de poule."

"Oh", dit Vincente, en se souvenant enfin. Oui, il l'avait déjà appelée "Gracie" une fois, et elle était devenue folle de lui. Et maintenant, il avait refait la même chose. Quel idiot il était ! "Je suis vraiment désolé, Grace, j'ai complètement oublié. Je suis tellement fatigué, je n'ai pas dormi. C'est ma faute, c'était juste une erreur de jugement."

Le trio rit et les rires se poursuivent jusqu'à ce que Grace les brise en disant : "Si tu es fatigué, mon amour, rentre chez toi. Nous pourrons rattraper le temps perdu demain."

Vincente y réfléchit. Son évasion était si proche qu'il pouvait y goûter. Il voulait absolument sortir de là, mettre fin à cette pathétique mascarade. "J'ai un match cet après-midi, alors je ne pourrai pas revenir te voir avant ce soir."

"Ce n'est pas grave. Tu dois te reposer pour le grand match", dit Grace.

"Vincente," dit Helen, "Grace et moi apprécions tout ce que tu as fait pour nous aider. Nous comprenons que tu aies besoin de rentrer chez toi maintenant. Je vais organiser un taxi pour toi."

"Pas besoin", dit Vincente, "Maman a appelé tout à l'heure et a dit qu'elle m'attendrait dehors. Elle a vu le mot que j'ai laissé et elle était inquiète."

"J'aimerais bien la rencontrer un jour", dit Helen.

"Oui, moi aussi !" Grace est d'accord. "J'ai l'impression de la connaître déjà, depuis que tu m'as montré ses peintures. Ce paysage avec l'arbre et les vaches est surtout devenu un sujet de conversation pour nous deux."

"Celui avec... quoi ?" Vincente bégaie. Il ne comprenait pas du tout ce que Grace venait de dire. Il n'avait jamais montré ce tableau à Grace, ni à personne d'autre que ses parents et ses grands-parents. En fait, il l'avait rangé dans un entrepôt depuis qu'il était enfant. "Quand est-ce que je t'ai montré le tableau de maman ?" demande-t-il.

"Il était au-dessus de la cheminée, chez tes parents".

Vincente trébuche en arrière. Helen le rattrape. Elle n'avait aucune idée de la nature de cet échange, mais Vincente semblait en être plus affligé que Grace.

"Tu vas bien ?" demande Helen, légitimement inquiète.

"Je vais bien", a-t-il dit, mais il n'allait certainement pas bien. Il voulait s'échapper, mais en même temps, il devait être sûr qu'ils parlaient du même tableau. Peut-être que Grace était simplement confuse, "Et y avait-il quelque chose de spécial à propos du tableau ? Quelque chose de spécial dont je t'ai parlé ?"

"Oui", dit Grace d'un ton détaché. "Tu m'as dit que tu avais eu peur du tableau quand tu étais petite, parce que tu pensais que l'arbre avait un visage. C'est pourquoi tes parents l'ont mis en réserve. Mais quand nous avons visité la maison de tes parents, il était là, accroché au-dessus de la cheminée."

Vincente était plus que surpris. C'était la vérité, à propos du tableau, mais pas à propos de son accrochage sur la cheminée. Cela n'aurait jamais pu arriver. Il se demandait comment elle avait pu être au courant de l'existence de ce tableau.

Elle a continué : " Mais maintenant, le tableau est dans notre maison, notre maison à Manly. Il est toujours entreposé. Nous avons tous les deux pensé qu'il valait mieux le mettre de côté. Tu dois voir avec ta mère si elle souhaite le récupérer."

Vincente traversa la pièce en titubant jusqu'à Grace, et marmonna quelque chose comme oui, il le ferait. Distrait, il se murmura quelque chose à lui-même, puis à Hélène. Il n'avait aucune idée de la façon dont Grace pouvait savoir les choses qu'elle semblait savoir.

"Maman, dit Grace, je pense que tu t'entendrais bien avec la mère de Vincente, parce que vous aimez toutes les deux les mêmes choses, comme les tournesols. La mère de Vincente a des tournesols dans la plupart de ses peintures et tu as des tournesols partout dans la maison."

"C'est adorable ma chérie", dit Helen.

"Et tu devrais voir les figures étonnantes que Vincente sculpte !"

Vincente s'est assis très fort sur la chaise. Son visage est maintenant d'une blancheur fantomatique.

Grace continue : "Il est beaucoup plus talentueux qu'il ne le laisse paraître dans d'autres domaines que le sport. C'est un artiste extraordinaire à part entière. Il doit avoir ça dans le sang."

"Comment, comment peux-tu être au courant de ça ?" Vincente demande : "Elles sont dans ma chambre."

"Ta chambre !" s'écrie Helen.

"Et personne ne les a vus - personne - à part mon père et ma mère et mes grands-parents".

"Tu me les as montrées, idiot, et nous les avons apportées avec nous dans notre maison à Manly. Ouah ! Tu dois être vraiment très fatiguée pour avoir oublié autant de choses. Tu devrais vraiment rentrer chez toi et dormir un peu, Vincente."

Vincente avait l'impression que son sang avait été vidé de son corps, et il en avait l'air aussi.

"Veux-tu que je t'accompagne jusqu'à la voiture de ta mère ?" demande Helen. Elle était vraiment inquiète parce qu'il avait l'air de vouloir s'évanouir. "As-tu besoin de voir un médecin ?"

Vincente avait envie de se retourner et de courir, mais une partie de lui voulait aussi tendre la main et embrasser Grace Greenway.

Embrasser Grace Greenway !?

C'était un besoin, un désir, qu'il combattait depuis quelques instants. Il se retenait, émotionnellement. Il pensait qu'il ressentait peut-être une attirance de sa part, un besoin de sa part. Peut-être parce qu'elle voulait qu'il l'embrasse ?

Vincente se lève et se dirige vers le lit. Grace le regardait, mais ses yeux étaient calmes, pleins d'amour. De l'amour pour lui.

Il s'est penché vers elle et l'a embrassée calmement sur le front.

Mais Grace avait d'autres projets.

Elle a bougé la tête, sentant sa gêne devant sa maman, pour qu'il l'embrasse complètement sur les lèvres. Puis elle l'a attiré à elle, s'est accrochée à lui, et il s'est détendu dans l'étreinte. Elle le tenait si fort qu'il ne pouvait pas le lâcher, et très vite, il ne voulut plus le lâcher.

D'une manière ou d'une autre, elle l'a atteint au plus profond de lui. Il était perdu, perdu en elle. Lorsqu'il reprit son souffle et recula, il resta les yeux fixés sur elle, comme si une fenêtre venait de s'ouvrir dans son cœur.

Il ne savait pas comment elle avait pu savoir ce qu'elle savait. Il ne lui avait rien dit de tout cela, et pourtant elle le savait, d'une manière ou d'une autre. Il était à la fois excité et effrayé. Il avait envie et besoin de sortir de là.

Et pourtant, une partie de lui voulait l'embrasser encore et encore. Une autre partie encore voulait courir, et continuer à courir, courir et courir.

"Chéri", dit Helen, "je pense que Vincente devrait vraiment partir maintenant". Elle a remarqué son comportement robotique. On aurait dit qu'il était sous l'emprise d'un sort.

"Bonne nuit M. Marino", dit Grace.

"Euh, bonne nuit Mme Marino", dit Vincente sur un coup de tête. Elle lui a fait un grand sourire, comme si le ciel s'était ouvert et déversait sur lui des rayons de soleil dorés. Il se passa les doigts dans les cheveux et sortit de là à reculons.

Une fois les portes franchies, il s'est mis à courir.

Il a dévalé huit étages.

Et dans la rue.

Il aurait continué à courir jusqu'à la maison si sa mère ne lui avait pas fait signe de s'arrêter.

CHAPITRE 17

"T OUT VA BIEN VINCENTE ?" Ellen Marino a demandé à son fils. Les joues de Vincente étaient rougies et il marmonnait sous sa respiration tandis qu'elle se dirigeait vers lui. Elle lui ouvrit les bras et il y tomba avec un soupir audible. Elle lui a tapoté la tête comme elle le faisait quand il était petit. Cette connexion émotionnelle le fit sangloter de façon incontrôlable.

"Là, là", dit-elle.

Bien que Vincente se sente au chaud et en sécurité, il ne pouvait pas s'empêcher de penser à Grace. Il a essayé d'être dans le moment présent, mais même les paroles apaisantes de sa mère n'ont pas réussi à apaiser son esprit.

Alors qu'il se blottissait dans les bras de sa maman, son cerveau jouait en boucle une chanson enfantine : "Vincente et Gracie, assis dans un arbre k-i-s-s-i-n-g."

Il ne pouvait pas expliquer ce qu'il ressentait à sa mère. Il ne pouvait même pas le comprendre lui-même.

Pourtant, il n'arrivait pas à chasser ce baiser de son esprit. Et c'était un beau baiser. Un baiser plus profond, plus mémorable que tous les baisers qu'il avait connus, et pourtant - pourquoi pleurait-il comme un bébé ?

Vincente s'est éloigné de sa mère. Il essaie de se ressaisir.

Ellen a regardé son fils dans les yeux et a pris son menton entre ses doigts. Elle l'a embrassé sur le front. Il a perdu le contrôle et s'est mis à sangloter à nouveau !

"Dis-moi, Vincente, qu'est-ce qui ne va pas ? Est-ce que la fille, ton amie... Est-ce qu'elle est morte ?"

"Vincente a crié "Non !" plus fort qu'il ne s'y attendait. Il s'est éloigné, atterrissant fermement le dos contre le mur. Ses poings étaient serrés, et il se sentait en colère, triste et heureux, comme si toutes les émotions possibles s'étaient précipitées sur lui comme un tsunami.

"Parle-moi ! Ellen le cajole.

"Je veux rentrer à la maison, maman. Je veux juste rentrer à la maison." Vincente dit en étouffant ses larmes. Il se sentait tellement bête.

Ellen a plié la main de son fils dans la sienne, comme elle l'avait toujours fait quand il était petit. Jusqu'au jour où, à neuf ans, il n'a plus voulu qu'elle lui tienne la main. Mais ce soir, il n'a pas discuté lorsque ses doigts se sont refermés sur les siens, puis ont resserré leur emprise. Peu importe ce qui contrariait son fils, c'était grave. Si grave qu'il n'arrivait pas à contrôler ses émotions.

Vincente Marino n'était pas le genre de garçon à pleurer, même lorsqu'il se blessait quand il était petit. Il essayait toujours de faire bonne figure. Surtout quand les autres le regardaient. D'habitude, quand ils étaient seuls tous les deux, c'était différent. Du moins, c'était le cas jusqu'à aujourd'hui.

Lorsqu'ils ont bouclé leur ceinture, Vincente a laissé son esprit revenir à Grace. Pas au baiser cette fois. Au lieu de cela, il pensait à la façon dont elle savait les choses qu'elle savait. Comme le tableau - comment pouvait-elle connaître ce tableau en particulier ? Il lui était impossible de l'inventer ou de deviner les choses dont elle semblait avoir connaissance.

"Devine ce qui s'est passé hier ?" demande Ellen.

"Je ne sais pas, maman."

"Eh bien, j'ai vendu un autre tableau !"

"Bonne nouvelle maman ! Lequel était-ce cette fois-ci ?"

"Je ne suis même pas sûre que tu t'en souviennes. Je l'ai peint il y a très, très longtemps."

"Je suis sûre que je m'en souviendrais, maman. Je parie que je peux deviner lequel c'était. Je parie que c'est celle avec le champ plein de fleurs sauvages, si réaliste qu'on pourrait presque les sentir !"

"Oh, tu es un fils adorable, merci. Mais non, c'est un tableau que j'ai peint il y a quelques années, quand tu étais un petit garçon. Je l'ai mise en réserve parce que quelque chose t'effrayait à son sujet."

Vincente se redressa. Il écoutait attentivement maintenant. Ce n'est pas possible.

Elle poursuivit, inconsciente de la tension croissante de Vincente : "C'est dans un champ, avec un grand arbre et une vache."

C'était le même tableau. Exactement le même tableau dont il avait discuté avec Grace Greenway un peu plus tôt. Peut-être la vente avait-elle été annoncée ? Cela expliquerait que Grace soit au courant. Il se frappa le front. Oui, cela expliquerait tout !

"Ce n'est arrivé qu'hier soir. Un marchand privé en a entendu parler et est venu le voir, puis l'a acheté sur le champ pour son client. Il est parti en Europe maintenant et va le récupérer à son retour."

"Alors, la vente, elle n'a pas été médiatisée d'une manière ou d'une autre ?".

"Non, je ne l'ai même pas encore dit à ton père !"

Grace n'a pas pu en entendre parler, à moins qu'elle ne connaisse l'homme. Non, avec son état de santé et tout le reste, ce n'est pas possible.

Alors qu'ils roulaient dans les rues de la ville, Vincente était déterminé à ne penser à rien. Pas au tableau. Ni à Grace. Pas le baiser. Surtout pas le baiser.

CHAPITRE 18

Lorsqu'ils sont rentrés chez eux, Ellen a demandé à Vincente s'il se sentait mieux. Il a répondu par un vague grognement, ce qui signifiait qu'il se sentait à nouveau plus comme avant. Elle lui a proposé de manger, mais il a répondu qu'il n'avait pas faim.

"Je suis épuisé, maman", a-t-il avoué. "Je veux dormir un peu."

"Il faut que je te demande, avant que tu partes, si la fille que tu es allé voir...".

"Grace ?"

"Oui, est-ce que Grace va mieux ?"

"Oui, elle euh, s'améliore", dit Vincente en contournant le coin de la rue et en posant le pied sur la marche. Il se retourne et regarde Ellen : "Mais j'aurais vraiment besoin d'un service."

"Tu veux que je passe voir Grace ?"

"Non, mais merci. Ce que j'aimerais vraiment, c'est que tu appelles le coach. Dis-lui que je ne me sens pas bien, pour que je puisse me reposer quelques heures de plus avant le match."

"Vincente, tu sais ce que nous - ton père et moi - pensons du sport. Tu dois aller à l'école, faire une journée normale à l'école, sinon tu ne peux pas jouer."

"Mais ça n'a pas été une journée normale, maman !", a-t-il protesté, "j'ai passé la nuit à l'hôpital et je suis plus que fatigué."

"D'accord, mon amour, dit-elle, je vais laisser passer cette fois-ci. Maintenant, va te coucher !"

À l'étage de sa chambre, Vincente chercha son pyjama en vain. Trop fatigué, il a grimpé dans le lit avec seulement ses sous-vêtements noirs.

Vincente se tourne et se retourne, réalisant rapidement qu'il est presque trop fatigué pour dormir. Il était également très excité par le café et la performance de tout à l'heure qui n'avait pas été récompensée par un Oscar.

Le problème, c'est que Grace n'a pas joué la comédie. Elle croyait en chaque mot qu'elle disait, et il le sentait dans son baiser. Elle déversait son cœur et son âme en lui.

Il écarta les rideaux et observa l'arbre devant sa fenêtre qui se balançait d'avant en arrière au gré du vent. Les gouttes tombaient contre la fenêtre et coulaient vers le bas sur le verre comme des larmes nacrées.

Au fur et à mesure que les gouttes tombaient, une à une, l'arbre se balançait, et les sons et les mouvements semblaient administrer à Vincente comme une berceuse. En quelques instants, il s'est endormi profondément.

CHAPITRE 19

"GRACE ? GRACE, OÙ es-tu ?" Vincente a crié alors qu'il montait en courant les marches menant à l'Opéra de Sydney. Presque arrivé, il a continué à l'appeler comme s'il s'attendait à la trouver assise au sommet des gigantesques voiles blanches en forme de meringue.

Après avoir cherché dans le quartier des Rocks, il s'est mis à courir dans George Street, en direction de Parramatta Road. Il a crié le nom de Grace encore et encore, jusqu'à ce qu'il soit tellement épuisé par le soleil brûlant de Sydney que les mouettes, les cacatoès et les corbeaux semblaient crier eux aussi.

Il devait trouver Grace. Il fallait qu'il la trouve.

Sur Parramatta Road, dans un parking de voitures neuves, une Ferrari rouge a attiré son attention. C'était une décapotable, avec le toit ouvert, et il est monté dedans. Les pneus ont crissé lorsqu'il est sorti du parking. Où diable était Grace ? Il a klaxonné. Où es-tu, Grace ?

Vincente a allumé la chaîne stéréo et une chanson qu'il ne connaissait pas, une chanson d'amour, s'est mise à jouer. Au début, il a voulu changer de piste, mais quelque chose dans la chanson l'a incité à la laisser allumée.

À la fin de la chanson, l'écran de la chaîne stéréo a révélé qu'il s'agissait d'un duo de deux chanteurs pop. La chanson recommence. Vincente a immédiatement changé de piste, pour retrouver la même chanson, mais cette fois-ci chantée par deux chanteurs de rhythm and blues. Il a de nouveau appuyé sur l'interrupteur, pour retrouver la même chanson, mais cette fois-ci chantée par deux chanteurs de country. Qu'est-ce que c'est que ce CD ? Chaque piste joue la même chanson ! Il essaie d'éjecter le disque, mais l'icône indique que la fente est vide. Qu'est-ce que... ?

Vincente appuie sur les freins, ce qui fait tourner le véhicule à 180 degrés, puis s'arrête complètement. "Grace", s'écrie-t-il, "Grace Marino, où diable es-tu ?" Il appuya sa tête sur le volant avec exaspération, juste au moment où les voix des deux chanteuses pop emplissaient à nouveau l'air de la nuit. Mais Grace est toujours introuvable.

Vincente était tout seul dans une voiture de sport, la voiture de ses rêves - sa voiture de rêve - mais elle ne signifiait rien pour lui sans Grace à ses côtés. "Elle n'est même pas mon genre !" s'exclame-t-il en sortant de la voiture. Cette fois, il a éteint la stéréo, mais cette maudite chanson n'arrêtait pas de tourner dans sa tête.

Au moment où les roues s'engagent dans un rond-point, Vincente perd le contrôle de la voiture et la percute de plein fouet contre un arbre. Le capot de la voiture a été écrasé, mais il était vivant. Il respire bruyamment. De la fumée s'échappe de sous le capot, tandis qu'il murmure dans l'air : "Grace".

On lui a répondu : "Vincente ?"

"Grace !" répéta-t-il. Vincente se redressa, maintenant alerte, et dit en l'air : "Grace, où diable es-tu ?"

Dans son poing, il tenait quelque chose. C'était un morceau de sa chemise. Il était rouge maintenant, rouge de son sang chaud et épais. Et quand il a ouvert son poing, il a pris une forme : la forme d'un cœur.

Et quand il a fermé son poing et chanté à haute voix le refrain de cette chanson romantique et qu'il l'a ouvert à nouveau, il avait à nouveau la forme d'un cœur.

Puis la douleur a commencé à le piquer, et il a remarqué les taches. De grosses gouttes de sang coulaient sur le sol, et elles recouvraient aussi lentement le siège et le sol. Des gouttelettes s'accrochaient au rétroviseur et le long de l'intérieur du pare-brise.

Il y avait du sang partout, sur le sol, les murs, le plafond. "Grace !", a-t-il crié une dernière fois avant de fermer les yeux et de disparaître dans l'obscurité.

CHAPITRE 20

Lorsque Vincente s'est réveillé, le soleil pénétrait dans sa chambre par une ouverture dans les rideaux. Au début, il ne se souvient pas de l'endroit où il se trouve. Certes, il était sur son propre lit, mais en dehors des couvertures. Il est en sécurité. Tout cela n'était qu'un rêve fou ! Il rit à l'idée que cela aurait pu être autre chose.

Il jeta un coup d'œil à ses récompenses sportives pendant un moment, avant de regarder les figures sculptées. Il remarqua qu'il en manquait une. La première qu'il avait créée : L'Autochtone. Il l'a cherchée partout, mais elle n'était plus là.

Un kookaburra a crié et son rire a rempli l'air pendant que Vincente réfléchissait à la figure manquante. Une mouche bourdonne autour de lui et il la repousse d'un geste de la main.

Vincente regarde l'heure et se rend compte qu'il est en retard. Il avait dormi toute la journée d'école et maintenant il allait être en retard pour le match s'il ne se mettait pas au travail. Il ne pouvait pas laisser tomber l'équipe.

Vincente se précipita dans la salle de bains, s'aspergea le visage d'eau, se brossa les dents et tira la langue. On aurait dit qu'il n'avait pas dormi depuis des semaines.

Il sentit la barbe sur son menton et regarda à nouveau sa montre. Il n'avait pas assez de temps pour se raser, alors il s'est mis de l'après-rasage et a vaporisé du déodorant. Ensuite, il a enfilé un jean noir et un t-shirt et a descendu la plupart des escaliers d'un seul coup.

Vincente ne se sentait pas mieux en sachant à quel point l'équipe avait besoin de lui. Il n'était pas fier que ce soit la vérité absolue. Mais les autres joueurs - ses coéquipiers - ne semblaient jamais lui en vouloir. Ils savaient qu'il avait un don, mais parfois il souhaitait que la pression repose sur les épaules de quelqu'un d'autre, et pas seulement sur les siennes.

Une fois descendu, il prend une bouteille d'eau dans le réfrigérateur et appelle sa mère. Comme elle ne répondait pas, il ne s'est pas inquiété. Il savait où il la trouverait le plus souvent : à l'extérieur, sous le porche, en train de peindre.

Bien sûr, elle était là, en train de travailler, perdue dans son monde de créativité. Il resta là, à la regarder pendant un moment, s'imprégnant de son esprit créatif, avant qu'elle ne s'aperçoive de sa présence. Quand elle le sentit, c'était comme si une chaîne de pensées créatives avait été brisée, mais elle se retourna incroyablement heureuse de le voir.

"Ah, tu es réveillé, comment te sens-tu mon amour ?" demanda-t-elle, alors que Vincente se penchait pour l'embrasser sur le front. Puis Vincente a sauté par-dessus la rambarde et a atterri comme un chat dans le jardin. "Regarde les fleurs !" s'exclame-t-elle. Puis, levant les yeux vers le ciel maussade, elle a dit : "Attends, je vais te chercher un parapluie."

"Ce n'est pas nécessaire", a répondu Vincente. "Je vais courir, et aucune des gouttes de pluie ne pourra m'attraper !" Vincente se mit à courir, vite, ne se retournant qu'une seule fois pendant quelques brèves secondes pour faire un signe d'adieu.

CHAPITRE 21

D E RETOUR À L'HÔPITAL, Grace s'ennuie de Vincente. Elle voulait être seule avec son mari. Elle voulait que les choses soient comme avant, qu'ils soient tous les deux seuls au monde.

Elle a fermé les yeux et s'est souvenue de leur baiser le plus partagé. Il s'était retenu, il avait hésité.

Helen gémit dans son sommeil, puis se réveilla en baillant très fort. Elle s'étira et se redressa, regardant directement à travers la pièce, pour découvrir que sa fille l'observait. "Désolée de ne pas m'être réveillée", dit-elle. "Comment vas-tu aujourd'hui ?"

"Je vais bien. Je suis éveillée depuis des heures. Je réfléchis."

"Réfléchir à quoi ? Vincente, j'imagine", dit Helen.

"Oui, je pense à lui depuis que je me suis réveillée".

Helen s'étire à nouveau, bâille.

"Tu ronflais maman."

"Je ne ronfle pas !" dit-elle.

"Tu ronfles, c'est sûr, et je vais devoir t'enregistrer la prochaine fois, pour que tu saches à quel point c'est bruyant !"

"Je rêvais de ton père, il me manque".

"Il me manque aussi maman", dit Grace, réalisant que c'était le moment idéal pour lui demander son aide.

Grace a pris une grande inspiration et a croisé les doigts.

CHAPITRE 22

"MAMAN, ÇA ME MANQUE de passer du temps avec mon mari".

"Je sais que tu aimes, mais Vincente a quand même "des responsabilités envers sa famille et il a du travail scolaire et du sport. Vous deux, vous êtes jeunes. Vous avez beaucoup de temps."

"Mais nous sommes de jeunes mariés et nous devrions passer plus de temps ensemble."

"Tu dois d'abord te rétablir", dit Helen, après s'être levée et être allée jusqu'au lit de sa fille pour prendre ses mains dans les siennes. "Tu dois concentrer ton énergie sur la guérison, pour que nous puissions rentrer à la maison".

"Je veux rentrer à la maison maman, mais je veux aller dans notre maison".

"Oui, c'est ce que je veux dire, mon amour."

"Non, pas chez toi, mais chez nous - je veux dire chez moi et chez Vincente".

Helen respire profondément. Elle savait que Grace fantasmait, et elle devait s'y plier, mais ce mensonge devenait de plus en plus difficile. Helen dit : "Il s'est écoulé moins de soixante-douze heures depuis ton opération. Tu ne réalises peut-être pas à quel point tu as frôlé la catastrophe, mais je sais à quel point c'était proche et je ne veux prendre aucun risque avec toi. Tu es toujours sous observation stricte ici. Ordres du médecin."

"Est-ce qu'ils me laisseront un jour rentrer chez moi alors ?" demande Grace.

"Oui, quand tu seras complètement rétablie."

"Mais combien de temps ? Combien de temps cela prendra-t-il ?"

"Le docteur Ackerman a dit qu'ils devaient faire de nouvelles prises de sang aujourd'hui. Ils devront peut-être changer tes médicaments. Tu es sous les meilleurs soins ici."

"Je sais, mais je veux être avec mon mari".

Helen a essayé de changer de sujet. "Parle-moi un peu de ta maison. Où était-elle ?"

"Notre maison se trouve à Manly, juste au bord de la plage."

"Sur la plage, tu dis ?" Helen savait que l'immobilier dans cette région valait des millions. Elle a demandé s'ils avaient gagné à la loterie.

"Bien sûr que non, maman. L'argent n'était pas un problème. Avant cette maison, nous avons déménagé et séjourné dans des hôtels."

"Et comment gagniez-vous votre croûte ? Vous avez travaillé ? Comment gagniez-vous votre vie ? En achetant de la nourriture et des vêtements pour vous-mêmes ?"

"Comme l'argent ne signifiait rien, nous allions simplement dans le monde et prenions tout ce dont nous avions besoin. Nous n'étions alors que tous les deux, il n'y avait pas besoin d'argent. Nous avons survécu grâce à l'abondance de tout, y compris de notre amour l'un pour l'autre."

Cela ne menait nulle part. Helen dit : "Je vais rentrer me changer et je me demandais si tu voulais que je t'apporte quelque chose de plus - comme ton ordinateur portable ? Ou d'autres livres ?"

"Ça va, maman. Je ne veux rien d'autre que mon mari. En plus, j'ai une pile de livres que j'ai lus. J'ai encore des problèmes de concentration pendant de longues périodes. Je n'arrive pas à me concentrer. Ce dont j'ai vraiment besoin, maman, c'est de ton aide pour convaincre les médecins de laisser Vincente passer la nuit ici avec moi. C'est ce dont j'ai besoin plus que tout."

"Honnêtement Grace, on croirait que la vie avant Vincente Marino n'a jamais existé !"

"J'ai l'impression que nous avons été ensemble pendant toute une vie et que maintenant nous sommes séparés, sans que ce soit de notre faute", dit Grace. "Il me manque tellement. C'est différent quand tu es là, ou que les médecins sont là. Il n'est pas lui-même. Nous avons besoin d'être seuls, comme des jeunes mariés normaux devraient l'être."

"Grace, il sera bientôt là, après la fin du match. Mais ce n'est pas bon pour toi d'être aussi désemparée et bouleversée. Essaie de concentrer ton énergie sur ton rétablissement. Laisse-moi faire et je verrai ce que je peux faire pour toi, si tu veux bien être une bonne fille maintenant et fermer les yeux."

Grace s'est adossée à l'oreiller et Helen a embrassé ses deux yeux fermés comme elle l'avait fait lorsque Grace était une petite fille. Ses paupières ont papillonné sous son contact, comme deux papillons. Elle a dit : "Vincente sera de retour ici avant que tu t'en rendes compte."

"S'il te plaît, demande aux médecins s'il peut passer la nuit ici avec moi dans cette chambre, maman. S'il te plaît ! Une nuit. Tout ce que je demande, c'est une nuit."

"Je demanderai", dit Helen en sortant de la chambre à reculons. Au fond de son cœur, elle savait que cela n'arriverait jamais.

Il était hors de question que Vincente Marino passe toute la nuit dans la même pièce que sa fille, seul. Surtout pas quand Grace croyait qu'ils étaient mari et femme.

"Sur mon cadavre !" se dit Helen en fermant la porte de la chambre de Grace.

CHAPITRE 23

LES DEUX AMOUREUX SE promenaient sur la plage, main dans la main, totalement immergés l'un dans l'autre. De temps en temps, ils s'arrêtaient pour s'embrasser. Puis ils continuaient à marcher un peu plus loin, s'arrêtant pour écouter le bruit des vagues qui s'écrasaient sur les rives.

"J'ai perdu mes bagues !" s'exclame Grace.

Vincente lui dit de ne pas s'inquiéter. Il lui a dit qu'ils les trouveraient, et que s'ils ne les trouvaient pas, il lui achèterait d'autres bagues. Il a dit que même si les bagues avaient une valeur sentimentale, elles pouvaient être remplacées. Les anneaux étaient des cercles vides, alors que leur amour était plein et rond et centré au plus profond de leurs cœurs.

" Je les avais déjà avant, mais maintenant elles ont disparu ! Peut-être qu'une des infirmières me les a volées ? Peut-être qu'elles les ont enlevés quand j'ai été opérée ?"

"Grace, pourquoi t'inquiètes-tu autant ? Ne t'inquiète pas. Nous les retrouverons", apaise Vincente.

"Les bagues ont disparu et je suis retenue dans cet hôpital comme une prisonnière. J'ai l'impression d'être ici depuis toujours."

"Tu peux aller et venir à ta guise mon amour", dit Vincente.

Il s'est avancé devant elle, le dos tourné et le front tourné vers Grace. Il lui a tendu ses paumes ouvertes et elle a pris ses mains dans les siennes. De nouveau connectés, ils ont continué à marcher le long de la plage. Ils ont maintenu le contact visuel de cette façon, partageant des pensées sans paroles.

"Même si tu me dis que je peux partir, je ne peux pas. Ils ne me laisseront pas partir."

"Tu fais un mauvais rêve mon amour ?" demande Vincente. "Réveille-toi maintenant et tout ira bien. Je te le promets."

"Non", dit Grace. "C'est l'inverse. C'est tout à l'envers. Quand je me réveille, tu es différent. Nous ne sommes pas les mêmes. "

" Qu'est-ce que nous sommes alors, mon amour ? " demande Vincente.

Mais aucune réponse ne vint.

CHAPITRE 24

H ELEN A PU RETROUVER le docteur Ackerman - ou le coincer - selon la personne qui racontait l'histoire. Elle lui a expliqué que Grace voulait passer la nuit dans sa chambre, seule avec son prétendu mari.

Le docteur Ackerman n'a pas réagi comme si cette suggestion était une surprise. En fait, il avait anticipé une telle demande.

"Pourquoi ne m'avez-vous pas prévenue alors ?" demande Helen.

"Cela aurait pu ne jamais arriver", a expliqué le docteur Ackerman. "Et tu aurais été inquiet et ta réponse à Grace aurait pu sembler peu naturelle".

"Alors, qu'est-ce qu'on va faire ? Nous ne pouvons pas la laisser seule toute la nuit dans cette chambre avec ce garçon ! Il est tellement imbu de sa personne ; il pourrait profiter d'elle et de la situation."

"Helen, votre fille est encore au début du processus de rétablissement. Je dois dire qu'il serait préférable de continuer à jouer le jeu de cette illusion. En fait, de la pousser à la limite même, parce que c'est peut-être le seul moyen pour Grace de se libérer du fantasme - et de choisir la réalité."

"Donc, tu veux dire qu'il reste là-dedans avec elle, et qu'elle se rend compte qu'il n'est pas celui qu'elle croit ?".

"Oui, tu as bien compris. S'il n'est pas celui qu'elle croit être, si son image se fissure dans le miroir de son esprit, alors et seulement alors elle peut accepter la réalité, réfuter ce qui est fictif, et redevenir Grâce."

"Et le garçon ? Qui le convaincra ? Surtout qu'il ne voit pas Grace de la même façon qu'elle le voit. Il n'a rien à risquer, et faire semblant de jouer à la maison, comme s'ils étaient un vrai couple marié, c'est peut-être trop demander."

"Vincente n'a rien à risquer, mais il a tout à gagner. Lorsque cet épisode se terminera, il pourra retrouver son ancienne vie. Il n'aura plus besoin de jouer la comédie, de venir à l'hôpital, de prétendre qu'il est ce qu'il n'est pas. Ce sera sûrement une motivation suffisante pour qu'il nous aide ?" suggère Ackerman.

"C'est vrai, je n'y avais pas pensé de cette façon", dit Helen. "En fait, maintenant que tu le dis ainsi, j'ai hâte que cela se produise - et le plus tôt sera le mieux. Il n'y a qu'un seul problème. Et si Grace devient amoureuse de Vincente et désire qu'il partage le lit conjugal ? "

"Oui, cela pourrait être un problème", a confirmé le docteur Ackerman.

"Eh bien, le garçon doit être averti que Grace peut, dans son état mental actuel, avoir certaines attentes pour la soirée, qu'il ne doit en aucun cas rendre la pareille", a déclaré Helen.

"Je suis certaine que nous pouvons le convaincre de 'jouer le jeu' sans aller trop loin".

"Mais, c'est un homme", dit Helen. "Ne le prenez pas mal. Il est habitué à ce que les filles lui tombent dessus et lui donnent tout ce qu'il veut."

"Envoie-moi le garçon, pour une discussion, après que tu auras parlé avec lui. Je lui expliquerai les choses d'homme à homme."

"Quelle raison dois-je lui donner ?", demande Helen. "Quelle raison pour toi de parler avec lui ?"

"Il suffit de me l'envoyer après votre conversation, Helen. Je ferai le reste."

Helen regarda sa montre. "Vincente devrait rendre visite à Grace d'un moment à l'autre. J'aborderai le sujet avec lui, puis je l'enverrai te voir."

"Et comment expliquerez-vous votre tête-à-tête à votre fille, sans parler de sa disparition soudaine ?".

"Je vais faire patienter Grace. Elle m'a demandé d'organiser un séjour pour lui, et je lui dirai que j'y travaille."

"Ça me semble être un bon plan", a déclaré le docteur Ackerman.

"Ensuite, nous renverrons Vincente chez lui ce soir, pour qu'il prenne ses vêtements, etc... et la grande soirée aura lieu demain soir."

"Oui."

"Je compte sur vous pour protéger ma fille".

"Ne vous inquiétez pas, j'y veillerai", dit le docteur Ackerman.

Helen est restée un moment devant la chambre de sa fille, le temps de rassembler ses idées. Lorsqu'elle fut enfin prête, elle prit une grande inspiration et jeta un coup d'œil par la fenêtre avant d'ouvrir la porte.

CHAPITRE 25

GRACE OUVRAIT LES TIROIRS et les refermait. Quand Helen est entrée dans la pièce, Grace a dit : "Dieu merci, tu es là, maman ! Merci mon Dieu !"

"Je ne suis jamais loin", dit Helen en passant son bras autour de la taille de sa fille et en la guidant vers le lit. Helen regarde le visage de sa fille. Une chose résonnait en elle - quelque chose qu'elle n'avait pas remarqué auparavant - Grace n'était plus une petite fille.

"Maman, je ne trouve pas mes alliances !"

"Chérie, tu en as déjà parlé, tu te souviens ?" Helen lui répond comme une perroquet. "Ils n'ont pas pu aller trop loin, n'est-ce pas ?" Elle s'est sentie incroyablement triste à ce moment-là. Sa fille cherchait encore des choses qui n'existaient pas. Elle renifla un peu, mais se reprit avant que Grace ne sente son changement d'humeur.

"J'ai juré de ne jamais les enlever, et maintenant, ils ont disparu !" s'exclame Grace.

Pendant un instant, Helen s'est imaginée en train de secouer sa fille pour la forcer à se ressaisir et à regarder la vérité en face. Mais c'était une bataille qu'Helen ne pouvait pas se permettre de mener seule. Elle avait besoin du soutien du personnel médical avant de pouvoir faire éclater les fantasmes de sa fille.

De l'autre côté de la pièce, Grace fulminait : "Tu ne vois pas que tu dois m'aider, maman ! Peut-être qu'ils sont tombés, là-dessous ?" demandait-elle en se penchant sur le sol et en fouillant sous et dans chaque recoin.

Lorsqu'elle était seule, Grace avait passé en revue toutes les raisons pour lesquelles l'attitude de Vincente avait pu changer à son égard. Elle a décidé que c'était parce qu'elle avait perdu les bagues. Défaite, elle s'est assise par terre et s'est mise à pleurer.

Helen s'est agenouillée à côté d'elle et a pris ses mains dans les siennes. Elle allait parler, mais Grace ouvrit la bouche la première et s'écria : "Il faut absolument que je les trouve avant que Vincente ne revienne. Quand je les aurai trouvées, il redeviendra ce qu'il était avant. Il sera alors à nouveau mon Vincente."

"Chérie", dit Helen en relevant le menton de sa fille pour que leurs yeux soient au même niveau. "Tes bagues ne doivent pas être très loin. Peut-être qu'elles ont été enlevées lorsque tu as été opérée ? Oui, cela expliquerait tout", réplique Helen en relevant sa fille. Lorsqu'elle a vu une étincelle de possibilité dans ses yeux, elle a continué. "Oui, je parie qu'ils attendent que tu sois libérée".

"Mais on ne peut pas me les rendre maintenant ?" Grace a demandé. "Ce n'est pas comme si j'étais en prison !"

"C'est vrai, tu n'es pas en prison, mais parfois les hôpitaux ont des règles afin de garder les affaires de leurs patients en sécurité", a dit Helen. "Veux-tu que je me renseigne à ce sujet ? Demander s'ils pourraient faire une exception à la règle pour toi ?"

"Oui, maman ! Oui, s'il te plaît !"

Helen réfléchit à la façon dont elle allait se renseigner sur des bagues qui n'existaient pas. De toute évidence, sa fille n'allait pas oublier les bagues. Elle devait revenir avec une réponse - ou avec les bagues.

"Grace, j'étais en train de réfléchir. Tu te souviens quand tu es arrivée à l'hôpital pour la première fois ? Est-ce que tu portais les bagues à ce moment-là ?"

"Bien sûr que non !" Grace s'est exclamée. "Nous n'étions pas mariés à l'époque."

"C'est donc plus tard, après votre mariage, que Vincente t'a ramenée à l'hôpital ?".

"Oui", dit Grace.

"Peut-être pourriez-vous me les décrire, au cas où j'aurais besoin de les identifier".

"Oui, c'est une idée intelligente. Ou peut-être qu'ils les ont mis dans le coffre sous le mauvais nom du patient, et que quelqu'un d'autre a mes bagues ! Oh, j'espère que non !"

"Ne t'inquiète pas pour ça maintenant, dis-moi à quoi elles ressemblent. Je parie qu'elles étaient magnifiques !" Hélène l'apaise.

"Oui, Vincente a de très bons goûts. Ma bague de fiançailles a la forme d'un cœur avec des diamants tout autour de l'extérieur. Mon alliance a des étoiles en or tout autour, et dans chaque étoile se trouve un diamant. Il faut simplement que je les trouve maman."

Helen recula d'un pas. Elle fait une pause avant de demander : "Et où as-tu acheté ces bagues ? Elles ont l'air chères. Nous devrions probablement les assurer."

"Chez un petit bijoutier de George Street, spécialisé dans les objets uniques, uniques en leur genre".

"Quel est le bout de la rue George ? C'est une très longue rue", demande Helen.

"Près de l'extrémité du Circular Quay, près des Rocks".

"D'accord Grace", dit Helen. "Je vais voir ce qu'il en est de tes bagues. Je croise les doigts pour qu'elles te reviennent très vite."

Helen n'avait pas le choix, elle devait se rendre dans cette bijouterie, et elle devait décrire les bagues au bijoutier. Elle devait savoir s'il connaissait de telles bagues ou s'il avait quelque chose de similaire dans son magasin.

Helen referme la porte derrière elle. Elle resta immobile, le dos appuyé contre le mur, à réfléchir. Helen Greenway se rendait compte de certaines choses. La première était que sa fille croyait qu'elle était restée à l'hôpital assez longtemps, beaucoup plus longtemps que son séjour réel.

La seconde était que Grace croyait que Vincente et elle étaient tombés amoureux et avaient quitté l'hôpital ensemble. Ils s'étaient mariés et étaient revenus quelque temps plus tard. Quelque temps après avoir vécu la vie ensemble pendant un certain temps et avoir eu assez de temps pour fonder un foyer.

Enfin, elle avait découvert que les prétendues bagues avaient été achetées localement. Chez un bijoutier qu'Helen connaissait bien. Un bijoutier où payer des milliers de dollars pour un seul objet était considéré comme modeste. S'il s'agissait bien du même bijoutier, comment Grace et Vincente avaient-ils pu se payer des bagues aussi chères ?

Helen prend une grande inspiration et lutte contre une crise de nerfs. Elle voulait s'enfuir. Elle se sentait coupable de vouloir fuir et elle se sentait coupable de ne pas savoir quoi faire. Elle se donna la permission de s'enfuir.

"Taxi !" Helen fit signe à l'extérieur, et un taxi s'arrêta devant elle sur le trottoir. "Emmène-moi à The Rocks, et dépose-moi quelque part près de George Street", dit Helen. "Je cherche un bijoutier, un bijoutier très exclusif et très cher. Je ne connais pas l'adresse, mais c'est sur George Street."

"Oui, je connais celle-là", a confirmé le chauffeur en s'éloignant.

Helen s'assit à l'arrière, se demandant pourquoi elle se laissait autant entraîner dans quelque chose qu'elle savait être faux.

Alors qu'elle était assise dans la circulation pare-chocs contre pare-chocs, écoutant les klaxons et les sirènes, elle n'arrivait pas à répondre à sa propre question.

CHAPITRE 26

U NE ACCLAMATION RETENTIT LORSQUE Vincente Marino est transporté hors du terrain, sur les épaules de ses coéquipiers. Une fois de plus, Vincente a mené son équipe à la victoire. Pour montrer leur reconnaissance, ils scandaient son nom à plusieurs reprises.

Vincente est fou de joie. Sa performance avait même dépassé ses propres attentes.

Alors qu'il était lancé dans les airs, il tourna la tête un instant et croisa le regard de Missy Malone. Elle sautait de haut en bas. Il admira à quel point elle était mignonne quand tout rebondissait de façon synchronisée. Elle lui a envoyé un baiser et il a hoché la tête en signe de réception.

Lorsqu'il était arrivé sur le terrain, Missy avait couru à ses côtés. Il l'avait vue se diriger vers lui, les lèvres pincées. Il l'a laissée l'attraper. Il l'a laissée l'embrasser avec tout ce qu'elle avait, mais il n'a rien ressenti pour elle.

Le baiser de Grace Greenway surpassait tous les baisers de Missy Malone réunis. Elle ne croirait jamais cette vérité dans un million d'années. Il avait du mal à le croire lui-même.

Pourtant, peu importe ce qu'il ressentait pour elle, Vincente savait que Missy s'accrocherait à lui, même s'il ne répondait pas. Pourquoi ? Parce que Missy Malone se considérait comme une complice de Vincente. Elle pensait qu'ils allaient ensemble comme les Lamingtons et la noix de coco, comme le vegemite et les toasts, comme une tarte et des frites.

S'il voulait la laisser partir, il devrait être brutal. Il devrait lui dire directement qu'il ne veut plus d'elle. Il devrait lui dire de s'en aller.

Vincente la regardait maintenant, comme elle était jolie. Comme elle était douce et pleine d'espoir. Puis il baissa les yeux vers ses coéquipiers, qui acclamaient encore son nom et le lançaient en l'air, et toute pensée pour Missy s'envola de son esprit. Elle ne représentait rien pour lui.

L'espace d'un instant, l'esprit de Vincente est revenu à l'hôpital et il a regardé sa montre. Les heures de visite se terminaient. Il devait voir Grace. Il avait promis de lui rendre visite.

Le pire, c'est que maintenant, il rêve même d'elle ! Il s'est demandé s'il devait rompre sa promesse. La laisser en plan. Il pourrait alors essayer de l'oublier. Peut-être qu'elle essaierait alors de l'oublier elle aussi.

Mais cela ne résoudrait rien puisque Grace Greenway était prise dans un fantasme romantique. Elle était coincée dans un rêve, qu'elle croyait en ce moment même réel. La puissance de son rêve avait gonflé en lui avec ce baiser. Pendant un instant, il avait même cru que c'était réel. Qu'il l'aimait et qu'elle l'aimait. Cela semblait réel. Juste pour un instant.

Vincente frissonna, ce qui faillit faire tomber ses compagnons sur le tarmac. Ils l'ont soulevé plus haut et ont continué leur récitation.

Ennuyé par tout cela, Vincente se remit à penser à Grace, sachant très bien que rien ne pouvait découler de cette ligne de pensée. Quoi qu'il arrive entre eux, Grace Greenway n'était pas faite pour lui. Elle n'était tout simplement pas son genre.

La foule s'est jointe au chant et s'est élancée vers l'avant. Vincente s'est détaché et a demandé à ce qu'on le dépose. Il a dit aux gars qu'il devait partir quelques heures pour tenir une promesse à un ami.

Déçus d'apprendre cette nouvelle, ils ont scandé son nom encore plus fort. Vincente a fait un signe de la main et a promis qu'il reviendrait plus tard.

Ils lui ont demandé de rester. Ils se sont attroupés autour de lui. Ils l'ont enfermé. Le piégeant.

Missy Malone s'est aussi rapprochée. Elle et les autres lui ont bloqué le passage.

Vincente avait l'impression qu'il devait une explication à Missy, mais il ne pouvait même pas se l'expliquer à lui-même en ce moment. Il savait que si Missy découvrait l'existence de Grace, cela poserait des problèmes. Non pas qu'elle serait jalouse, exactement. Elle ne croirait jamais qu'il préfère Grace à elle. Sans parler des garçons - ils penseraient qu'il a complètement perdu la tête !

Vincente se souvint à nouveau du baiser que Grace et lui avaient partagé.

Il frissonne. "Tout cela n'est qu'un fantasme. Et même moi, je m'y laisse prendre."

Il imagina ce qui se passerait s'il disait à la bande que Grace Greenway croyait qu'elle et lui étaient mariés.

Elle deviendrait la risée de tous et lui à ses côtés. Ils ne le laisseraient jamais oublier cet état mathématique de Grace.

"On se voit plus tard !" cria Vincente en se frayant un chemin à travers la foule réticente et en s'extirpant de l'enceinte de l'école.

Une fois les portes franchies, il courut et courut encore, refusant de ralentir sa foulée.

Missy le regarde partir. Elle croise les bras, persuadée que Vincente Marino reviendra. Parce qu'elle savait que Vincente Marino ne se lasserait jamais d'elle.

CHAPITRE 27

H ELEN EST RETOURNÉE À l'hôpital sans bague.

Grace était assise dans son lit, les mains jointes, les yeux rivés sur la porte, attendant le retour d'Helen.

Lorsque Helen a jeté un coup d'œil à sa fille à travers le hublot, elle a eu l'impression qu'elle retenait son souffle. Cependant, comme sa peau n'était pas bleue, elle devait respirer. Ce n'étaient que des respirations très superficielles.

Helen passe en revue ce qu'elle a l'intention de dire à Grace, c'est-à-dire rien. Elle avait l'intention de détourner l'attention de sa fille vers d'autres choses.

Le bijoutier a été d'une aide précieuse. Quand Hélène a décrit les bagues, il a su exactement de quelles bagues elle parlait. Il a dit qu'elles avaient disparu il y a quelques semaines. Le propriétaire et lui avaient revu à plusieurs reprises les enregistrements de la vidéo de surveillance. Les bagues étaient simplement là un instant et disparaissaient l'instant d'après. POOF. Aucune explication. C'est très étrange.

"Regarde tes cheveux, Grace !" s'exclame Helen. "Vincente va bientôt nous rendre visite et tu dois être belle pour ton mari".

Grace s'est examinée dans le miroir. Décidant que sa mère avait raison, elle s'assit, et Helen commença à peigner et à coiffer sa fille comme elle l'avait fait de nombreuses fois auparavant.

Grace se détendit. Helen a rassemblé sa trousse de maquillage et a appliqué un léger fond de teint en poudre, suivi d'un peu de blush. Grace sourit, heureuse de partager ces moments entre mère et fille.

Bientôt, Vincente a fait connaître sa présence par les éraflures de ses chaussures.

Il repéra Grace, assise avec Helen qui lui touchait les cheveux, et la scène qui s'offrait à lui le fit sourire. Il décida sans attendre qu'il graverait ce moment dans le bois. Il sourit en direction de Grace.

Grace s'est levée d'un bond et a immédiatement caché ses mains. Elle ne voulait pas qu'il la touche. Elle ne voulait pas qu'il remarque les bagues perdues.

Il l'a attrapée avec son sourire, l'attirant vers lui comme un aimant. La résistance était vaine.

Lorsque leurs lèvres se sont rencontrées pour un baiser d'accueil, des étincelles ont jailli des deux côtés. Grace s'est approchée pour passer à un autre niveau de baiser, mais Vincente a reculé, craignant la présence d'Helen Greenway.

Vincente a ensuite reconnu la présence d'Helen en déposant un petit baiser sur sa joue. Il n'avait jamais embrassé Helen sur la joue auparavant pour la saluer. Il n'a aucune idée de ce qu'il fait. C'était comme s'il était sous l'emprise d'un sort.

Se souvenant encore de la secousse qu'il avait reçue de Grace, Vincente s'est mis en retrait et a enfoncé ses deux mains dans les poches de son jean. Il s'est appuyé le dos contre le mur, le pied gauche posé sur le sol et le pied droit appuyé contre le mur, presque comme s'il posait pour GQ.

"Maman, ça te dérangerait de nous laisser seuls, Vincente et moi, un moment ?"

Tu me mets dehors ?" demande Helen, en faisant semblant d'être offensée à l'extérieur, alors qu'elle l'était vraiment à l'intérieur. En fait, elle était offensée au plus haut point, mais elle voulait aussi parler au docteur Ackerman, et ce serait l'occasion parfaite pour aller le chercher.

Elle s'inquiétait de la façon dont ils s'embrassaient, de la façon dont les étincelles semblaient voler. Même Helen les esquivait métaphoriquement et sentait la température monter dans la pièce. Ou bien était-elle en train de l'imaginer ?

Non, cela semblait réel. C'était la décision de les laisser passer la nuit ensemble dans la chambre. D'une certaine façon, ce fantasme ne semblait pas unilatéral.

Pourtant, Vincente avait répété à plusieurs reprises que sa fille n'était pas son genre.

Helen a décidé qu'elle avait dû imaginer le lien, qu'elle avait laissé son imagination s'emballer en même temps que celle de sa fille. Peut-être que cet état était contagieux.

"Je vais faire un tour", dit Helen, puis elle se tourna et chuchota pour que seul Vincente puisse l'entendre : "Puis-je te faire confiance ?" Il a hoché la tête, et son visage suintait la sincérité. Helen ne lui faisait pas confiance, aussi loin qu'elle pouvait le lancer. "Je reviendrai très bientôt", dit-elle.

Après avoir quitté la pièce, Helen est restée devant la porte. Vincente pouvait la voir regarder à l'intérieur par la fenêtre ronde, gardant un œil sur eux. Il essaya de rester calme, d'agir naturellement.

Grace n'avait pas remarqué que sa mère écoutait aux portes. Elle s'est approchée d'un Vincente qui ne se doutait de rien et a déposé un baiser brûlant sur ses lèvres.

Vincente aperçut pour la dernière fois le visage d'Helen qui prenait une teinte rouge qu'il n'avait jamais vue auparavant. Puis il s'est perdu dans le baiser pendant un moment et s'est laissé aller.

Grace a brusquement mis fin au baiser, a pris du recul et a dit : "Tu ne m'aimes plus. N'est-ce pas Vincente ?"

Dans sa tête, Vincente pouvait entendre sa propre voix qui résonnait et rebondissait en disant : WOW-WOW-WOW-WOW-WOW-WOW.

Ses mains étaient toujours coincées au fond des poches de son jean, et elles étaient maintenant serrées en poings. Il ne pouvait pas entendre ce qu'elle disait, ce qu'elle avait demandé. Tout ce sur quoi il pouvait se concentrer, c'était le facteur WOW de ce baiser.

"Quoi ? Qu'est-ce que tu as dit ?" demande-t-il, ses sens revenant lentement.

"Tu as besoin que je le répète ?", a-t-elle demandé alors qu'une larme roulait sur sa joue.

Les WOW dans la tête de Vincente se sont fracassés contre le mur du fond de son esprit et ont volé en éclats, puis ont fait une culbute pour devenir les mots qu'elle avait prononcés. Il les avait entendus, mais le message n'avait pas encore atteint son cerveau.

Maintenant, ses mots résonnaient : "Tu ne m'aimes plus." Son estomac s'est emballé.

Vincente regarda ses yeux noisette et voyagea au plus profond d'eux. C'était comme s'il sautait dans une piscine, si accueillante, si vivante.

Pourtant, elle avait l'air perdue, et le pire, c'est qu'il l'avait fait se sentir ainsi, même si ce n'était pas intentionnel.

En la voyant ainsi, il avait envie de la réconforter, de la ramener à lui. Pour ce faire, il s'est rapproché, de sorte que leurs corps se touchent, et il a commencé à l'embrasser.

Cette fois, c'était encore plus fort. À tel point qu'il voulait que le temps s'arrête. Il voulait que tout s'arrête et pourtant, il voulait que cela continue. Il voulait tout avec cette fille, tout partager avec elle - et pourtant, elle n'était même pas son genre. Il voulait lui offrir le monde et la rendre heureuse. Se partager avec elle. Devenir son mon de.

Et il voulait tout cela maintenant.

Vincente reste silencieux. Il avait peur de parler. Peur de ce qu'il ressentait. Peur de ce qu'il pourrait dire ou faire. Au lieu de cela, il a continué à nager dans la piscine des yeux de Grace, se perdant dans ses profondeurs.

Son silence et sa confusion brisaient le cœur de Grace. Elle s'écroulait, se brisait en morceaux et pleurait des flaques d'eau de ses yeux noisette. De grosses larmes salées coulaient, tombaient.

Il a tendu la main et en a attrapé une au bout de son doigt. Il la porta doucement à sa bouche, la plaça sur le bout de sa langue où sa salinité explosa. Il en a attrapé une autre et une autre, chacune éclatant sur sa langue. Pendant tout ce temps, Grace continuait à pleurer, pleurer et pleurer, incrédule devant les actions étranges et le silence de Vincente.

Il l'aimait, et pourtant il savait qu'il ne pouvait pas l'aimer. Elle ne l'aimait même pas, pas vraiment. Elle ne l'aimait que dans ses fantasmes. Mais lui l'aimait, ici et maintenant. Son amour était réel.

Il s'est retourné et a couru.

CHAPITRE 28

Dans le couloir, dos à la porte de Grace, Vincente comprit qu'il l'avait laissée dans un état désespéré. Il savait qu'il devait enquêter dans la chambre, pour vérifier comment elle allait. Il a reconnu qu'il avait agi comme un barbare. Il avait honte de lui-même.

"Ah, justement le garçon que je cherchais", dit le docteur Ackerman en remarquant que Vincente était essoufflé, presque haletant. Il lui donna une tape dans le dos d'un air paternel et lui demanda : "Tout va bien ?".

"Je, je ne sais pas. Je ne sais plus rien !" Vincente déclare d'une voix tremblante.

"Venez avec moi, jeune homme", dit le docteur Ackerman. "Nous pourrons parler en privé dans mon bureau, et tu pourras reprendre ton souffle".

"Oui", a admis Vincente. "Mais je n'ai pas envie d'en parler."

"Eh bien, je veux te parler de Grace."

"Grace ?" Vincente a dit et il s'est mis à trembler.

"Oui, viens. Mon bureau est au coin de la rue."

Quelques instants plus tard, ils sont arrivés. Le docteur Ackerman invita Vincente à s'asseoir, puis lui versa un verre d'eau glacée. Les mains de Vincente tremblaient lorsqu'il a porté le verre à ses lèvres.

Vincente se souvenait des larmes salées. Les larmes salées qui explosent.

"Tu es plus calme maintenant ?" demande Ackerman.

Vincente acquiesce.

"Très bien alors, parlons de Grace. Tu comprends la situation actuelle, n'est-ce pas ? Comment Grace Greenway s'est bercée d'illusions en croyant que vous êtes tous les deux en couple, en fait un couple marié - des jeunes mariés ?".

"Oui, je comprends que c'est ce qu'elle ressent, mais ce que je ne comprends pas, c'est pourquoi. Pourquoi moi ?"

"Elle seule peut répondre à cette question, Vincente. Peut-être que c'est quelque chose que nous ne saurons jamais. Elle ne le saura jamais. Cependant, dans des cas documentés comme celui-ci, la raison de la création d'un fantasme est basée sur le déni d'une certaine réalité. Peut-être quelque chose qui n'a rien à voir avec toi. Pour quelque raison que ce soit, elle a créé un monde dans lequel elle et toi représentez tout l'un pour l'autre. C'est comme si elle et toi étiez les personnages principaux d'un roman, et que vous affrontiez le monde ensemble."

"Les personnages d'un roman ? Oh, je n'y avais jamais pensé de cette façon", songe Vincente. "Pourtant, parfois, quand elle tisse cette fantaisie, qu'elle m'inclut dans sa fantaisie, parfois... ça semble même réel. Pour moi." Vincente regarde le sol. Il ne pouvait pas supporter de regarder le docteur Ackerman dans les yeux. Pas quand il avait admis qu'il se laissait entraîner dans le filet.

Ackerman a regardé le garçon assis en face de lui. Il lui vint soudain à l'esprit qu'il s'agissait d'un garçon totalement différent de celui qu'il avait rencontré la première fois. "Tu l'aimes ?" demande-t-il.

"Je ne crois pas. Je ne sais pas. Elle n'est pas mon genre. Je ne la connais même pas, pas vraiment, et pourtant elle sait des choses sur moi. Elle sait des choses que personne ne pourrait savoir à moins que je ne le lui dise moi-même - ce que je n'ai pas fait." Vincente se passa les mains autour de la tête. Parler de cela le rendait physiquement malade. La pièce tournait sur elle-même.

"Mets ta tête entre tes genoux, mon gars", dit Ackerman. "Tu es en train de prendre quelques nouvelles nuances de vert, que même moi je n'avais jamais vues auparavant".

Vincente a suivi les instructions immédiatement et sans poser de questions. La pièce s'arrêta bientôt de tourner, mais il y avait maintenant des étoiles qui scintillaient sur tout le plafond. Des étoiles que seul Vincente pouvait voir.

Ackerman poursuit : "Je ne sais pas trop comment elle a pu savoir des choses aussi personnelles sur toi. Peut-être que lorsqu'elle était entre la terre et l'endroit où vont les esprits lorsqu'ils voyagent entre les mondes, peut-être que son esprit s'est connecté d'une certaine façon à ton esprit. Je sais que cela semble impossible. Mais j'ai entendu des histoires sur des expériences de mort imminente qui sont difficiles à rejeter, même pour moi, un homme de science."

"Tout à l'heure, elle m'a demandé si je l'aimais, et je n'ai pas pu lui répondre. Elle pense qu'elle m'aime, mais ce n'est pas le cas. Pas en réalité. Je voulais dire oui, une partie folle de moi voulait dire oui, mais comment aurais-je pu ? Je ne la comprends pas. Je ne comprends plus rien ! Je me dis parfois qu'elle doit être une sorcière, pour savoir les choses qu'elle sait."

"Tu crois aux sorcières ?"

"Pas vraiment."

"Je crois que tu as trop regardé la télévision. Grace Greenway n'est pas une sorcière. C'est une jeune fille impressionnable. Une fille qui a seize ans et qui a récemment perdu son père et son frère dans un accident tragique. Une fille qui, pour une raison ou une autre, t'a choisi pour faire partie de son fantasme. Elle t'a choisi comme mari. Elle a besoin de toi, dans le rôle de son mari maintenant, alors qu'elle ne veut toujours pas affronter la vérité."

"Donc, tu es en train de dire qu'elle ne va pas bien mentalement, et que je dois accepter cette- cette farce, quel qu'en soit le coût pour moi ?".

"Grace n'est en aucun cas hors de danger. Nous surveillons ses signes vitaux. Nous gardons un œil sur elle. C'est pourquoi elle n'a pas encore été libérée. Elle est sous notre responsabilité. Vincente, tu es au cœur de cette situation. Tu es le catalyseur. Si tu l'abandonnes maintenant..."

"Si je m'éloigne, alors je suis responsable de ce qui se passera ensuite. C'est ce que tu es en train de me dire ?"

"Elle est très vulnérable maintenant. Elle a besoin de quelque chose de ta part et peut-être que si tu lui donnes, que tu réalises ce souhait pour elle, alors elle sera capable d'affronter la réalité et de t'abandonner. Elle a besoin de quelqu'un en qui croire, de quelque chose à attendre, et elle t'a choisi. Tous les chemins mènent à toi. Je ne sais pas pourquoi, peut-être est-ce parce que tu l'as amenée ici, à l'hôpital."

"Je l'ai blessée, mais c'était un accident, Doc, je le jure."

"Oui, tu l'as blessée d'une certaine façon, mais tu lui as aussi sauvé la vie parce qu'elle a été amenée ici, avec les meilleurs soins autour d'elle quand les caillots ont fini par se rompre. Si elle avait été à la maison ou à l'école quand cela s'est produit, elle n'aurait peut-être pas survécu."

Vincente est resté assis en silence pendant un moment, réalisant à quel point il avait déjà eu un impact sur la vie de Grace. Il avait hâte de la retrouver, de faire en sorte que tout aille bien une fois de plus. Il se lève : "Il faut que je lui rende la pareille. Elle m'a demandé si je l'aimais, et j'ai fait demi-tour et je me suis enfui comme un lâche."

"Oui, retourne la voir maintenant, et ne lui dis pas que tu l'aimes si tu ne le penses pas vraiment. À moins que tu ne sois prêt à lui donner ton cœur, et à être à ses côtés une fois qu'elle saura la vérité sur toi et que le charme aura été rompu."

"Pas de pression !" Vincente se moque, tout en se dirigeant vers la porte.

"Reviens ici, pour me parler à tout moment Vincente", lui dit Ackerman. "Et n'oublie pas à quel point tu es important pour elle. N'oublie pas ce que tu représentes pour elle."

Vincente a hoché la tête, puis s'est retourné et a couru vers la chambre de Grace.

***

Dans sa chambre, Grace dormait profondément. Il s'est penché au-dessus du lit et l'a embrassée sur le front. Elle avait encore des larmes sur les joues, et il les a essuyées doucement.

Il s'est assis à côté d'elle sur le lit, et elle n'a ni remué ni bougé. Il l'a regardée dormir. Il a vu sa poitrine se soulever et s'abaisser à chaque respiration. Lorsqu'elle gémissait dans son sommeil, il prenait ses mains dans les siennes et la rassurait en lui disant que tout allait bien se passer. Dans l'obscurité, seul avec elle, il lui a dit qu'il l'aimait. Puis il l'a de nouveau embrassée sur le front.

Grace a remué brièvement dans son sommeil, comme si les mots qu'il avait prononcés avaient touché son rêve d'une manière ou d'une autre, puis elle s'est replongée dans un sommeil profond.

Vincente laissa Grace là, dormant profondément et en toute sécurité. Il retourna remercier le docteur Ackerman pour son aide et ses conseils avant de rentrer chez lui pour la soirée. Il était épuisé… si fatigué, et pourtant revigoré comme il ne l'avait jamais été auparavant.

Jamais Vincente Marino ne s'était senti aussi vivant.

***

Debout devant le bureau du docteur Ackerman, Vincente a entendu des voix s'élever. Il hésite avant de frapper. Lorsque les voix se sont légèrement calmées, il a frappé et a été invité à entrer.

"Tu devrais avoir honte !" hurle Hélène en se jetant sur lui et en commençant à lui enfoncer les poings dans la poitrine.

"Calmez-vous", ordonne le docteur Ackerman.

Helen continue de frapper la poitrine de Vincente.

Vincente prit une grande inspiration, espérant qu'elle ferait sortir ce qui la gênait. Cela ne lui faisait pas mal. Lorsqu'il s'est rendu compte que sa colère n'allait pas s'éteindre d'elle-même, il a saisi ses deux poignets et les a maintenus fermement jusqu'à ce qu'elle soit obligée de se calmer. Elle a continué à lui siffler au visage.

Vincente se serra encore plus fort et demanda "Qu'est-ce que ?" tout en regardant en direction du docteur Ackerman qui essayait de ne pas perdre son sang-froid.

"Vincente, quand tu es venu ici tout à l'heure, après avoir quitté Grace, Helen l'a trouvée dans un sacré état. Elle était désemparée. Dévastée. Elle était incapable de communiquer. Tout ce qu'elle pouvait faire, c'était sangloter et pleurer."

"Je vois bien d'où elle tient ça !" dit Vincente en regardant Helen dans les yeux.

Celle-ci lui a lancé un grognement.

"N'aggrave pas les choses mon garçon", plaide le docteur Ackerman. "Pour calmer Grace, ils ont dû lui administrer un sédatif".

"J'étais justement là et Grace était endormie. Elle m'a semblé très paisible."

"Qu'est-ce que tu lui as dit pour la mettre dans un tel état ?" demande Helen.

"J'ai fait une erreur. Je me suis enfuie, mais je suis revenue. Je suis revenue."

"Trop peu, trop tard !" Helen s'est exclamée.

"Regarde, je n'ai rien demandé de tout ça !" Vincente lui fait remarquer ; les mains levées en signe de reddition.

"Maintenant, asseyez-vous tous les deux et calmez-vous", a ordonné le docteur Ackerman, "et arrêtons le drame. Nous devons nous concentrer sur Grace. Grace et seulement Grace."

"D'accord", dit Vincente.

"D'accord", souffle Helen.

CHAPITRE 29

Alors qu'ils conduisaient Vincente hors de la pièce, il criait encore les mots. C'est vrai, pour lui, ce n'étaient que des sentiments insignifiants et mensongers. Des mots qu'il ne disait que pour être gentil, pour la sauver du gouffre.

Il les a criés à nouveau. Cette fois, sa voix résonna le long des couloirs et dans l'univers : "Je t'aime, Grace Greenway !"

"Je t'aime aussi, Vincente !" lui a-t-elle crié en retour. Dans le chaos et le brouhaha des tentatives pour lui sauver la vie, il ne l'a pas entendue.

Soudain, l'étoile chaude se met à tourner et à pivoter. Bientôt, elle ne s'approchait plus d'elle et ne la brûlait plus avec sa chaleur. Au lieu de cela, elle a émis des ondes pulsées et est devenue une étoile à neutrons.

Saisis par son gone, "Je veux vivre", se déclare Grace Greenway. "Je veux vivre."

CHAPITRE 30

L E DOCTEUR ACKERMAN A demandé : "Quand tu es retournée voir Grace, comment t'es-tu sentie, je veux dire quand tu l'as revue ?".

"J'ai ressenti le besoin impérieux de prendre soin d'elle, de, de l'aimer, de la protéger, de la faire mienne. Mon Dieu, je ne sais plus où j'en suis. Pourquoi est-ce que je ressens cela ?"

"Oui, examinons ce Vincente", dit le docteur Ackerman. "La grâce te fait ressentir quelque chose de différent, quelque chose de nouveau. C'est exact ? Différent de ce que les autres filles de ta vie t'ont fait ressentir ?"

"Oui, elle n'est pas ma petite amie. J'ai une petite amie à l'école - elle ferait n'importe quoi pour moi", dit Vincente.

"Mais est-ce que tu ferais quelque chose pour elle ?"

"Je, elle ne demande pas beaucoup d'entretien - si tu vois ce que je veux dire".

"Très bien, alors laissez-moi vous présenter les choses autrement", a dit le docteur Ackerman. "Est-ce que ta petite amie a besoin de toi ?"

"Elle est populaire, et je suis populaire. Nous sommes faits pour être ensemble. Le destin. Tout le monde le dit. Tout le monde s'y attend."

"Des attentes ? Qu'est-ce que les attentes des autres ont à voir avec le véritable amour ? L'amour, le véritable amour, c'est entre deux personnes. Seulement deux personnes. Maintenant, réfléchis, Vincente, réfléchis avant de répondre. Que ressens-tu vraiment pour Grace Greenway ?"

Vincente traîna les pieds, s'agita. "Assez de cette psychanalyse de merde. Il ne s'agit pas de moi. Il s'agit de la guérison de Grace. Qu'est-ce que tu veux que je fasse maintenant ? L'épouser ?"

"Non, je ne veux pas que tu fasses quoi que ce soit qui te mette mal à l'aise. Cependant, Grace a demandé ta présence. Elle nous a demandé de te demander si tu voulais bien passer la nuit dans sa chambre avec elle."

"Quoi ? Tu es sérieuse ?"

"Elle est sérieuse, alors nous devons prendre sa demande très au sérieux".

"Et sa maman, la dragonne, est d'accord ?"

"À contrecœur, comme tu l'as sans doute déjà deviné. Tu m'as entendu dire que j'allais te parler. Que je te ferais comprendre que Grace ne doit pas être blessée, qu'on ne doit pas jouer avec elle et qu'on ne doit pas profiter d'elle."

"Tu penses que je pourrais lui sauter dessus ? Il est plus probable qu'elle saute les miens !"

"Si tu tiens à elle, vraiment à elle, et que, comme tu le dis, elle te saute dessus, alors tu devras trouver un moyen de la laisser tomber en douceur, sans la rejeter d'emblée."

"Je ne comprends toujours pas en quoi le fait de passer la nuit dans la chambre avec elle va m'aider."

"C'est ce qu'elle souhaite, Vincente."

"Mais il n'y a aucune garantie, n'est-ce pas ?"

"Il n'y a pas de garanties, Vincente, mais Grace ira mieux. C'est notre but ultime."

"Je suis pour", dit Vincente.

"Alors, Helen dira à Grace que tu avais besoin de rentrer chez toi pour prendre quelques affaires. Tu reviendras demain soir, avec l'intention de passer la nuit dans sa chambre. Comme tu le sais, il y a deux lits. Les lits ne seront en aucun cas poussés l'un contre l'autre, compris ?"

"Oui Doc", dit Vincente. "Je vais partir maintenant, me reposer un peu - car je n'en aurai pas beaucoup demain soir !".

"J'espère sincèrement que tu ne le penses pas comme ça !" Ackerman s'exclame.

"Je voulais dire ; oh, tu sais ce que je voulais dire."

"Bon alors, viens me voir demain ou quand tu voudras parler. Je resterai dans le personnel toute la soirée, à votre disposition pour ainsi dire."

"Merci, docteur Ackerman."

"Bonne nuit Vincente."

"Bonne nuit Doc."

CHAPITRE 31

AU PETIT MATIN, GRACE s'est réveillée et, pendant un instant, elle a oublié où elle se trouvait. Elle se souvenait vaguement que Vincente était dans sa chambre. Une minute, il était là et l'instant d'après, il avait disparu. Pourquoi était-il parti si brusquement ? Avait-elle fait quelque chose qui l'avait contrarié ? A-t-elle dit quelque chose ?

Elle espérait le retrouver quelque part dans la chambre, attendant qu'elle se réveille. Seule Helen était encore là, et elle dormait.

Grace descendit du lit et se dirigea vers les toilettes. Elle enlève sa blouse d'hôpital et entre dans la douche. Alors que l'eau atteignait une température proche de l'ébullition, elle a fermé les yeux. Elle désirait ardemment le contact de Vincente.

Elle a coupé l'eau et s'est procuré une nouvelle blouse sur l'étagère. Elle s'y plia, décidant que personne ne pouvait être attirant dans une telle robe.

Lorsqu'elle retourna à son lit, Helen était en train de s'affairer dans la pièce.

"J'ai une bonne nouvelle pour toi !"

"Vraiment ? Je ne suis pas encore en train de rêver maman ?"

"Oui, Vincente va passer la nuit avec toi".

"Cette nuit ? Cette nuit même ?"

"Oui."

"J'ai besoin de mes affaires, de ma belle chemise de nuit et de mon parfum".

"Tu trouveras les choses dont tu as besoin dans le sac qui se trouve dans l'armoire de la salle de bains".

"J'ai hâte !"

"Vincente dormira bien sûr dans ce lit."

Grace envisageait déjà de rapprocher les deux lits pour n'en faire qu'un. Partager un lit avec son mari. Deux lits pour le spectacle, oui, mais ils n'en auraient besoin que d'un seul. Grace s'est serrée contre elle-même alors que la chair de poule apparaissait sur la chair de ses bras.

"Je partirai vers l'heure du thé, mais si tu as besoin d'aide, le docteur Ackerman sera à ta disposition".

"Nous sommes mariés, maman !" Grace s'exclame.

Grace courut vers elle et jeta ses bras autour de sa mère. Helen était heureuse de voir sa fille heureuse - n'importe quelle mère le serait, mais c'était les mensonges qui la troublaient. Les mensonges et la mascarade ne lui plaisaient pas. Elle avait l'impression d'être une imposture. Duplicité.

Grace est allée dans l'armoire de la salle de bains et a sorti le sac de voyage. À l'intérieur se trouvait la plus jolie et la plus virginale des chemises de nuit en lin blanc qu'elle ait jamais vue, avec une cravate rouge sur le devant.

"Maman, c'est magnifique", s'exclame-t-elle.

L'infirmière Burns est arrivée et a remarqué que Grace avait l'air un peu rougissante.

"Tu te sens bien, Grace ?"

Grace était pleine à craquer d'excitation à l'idée de sa nuit avec Vincente. Elle voulait que le temps passe vite pour qu'il soit là, à ses côtés, maintenant.

"Essaie de manger quelque chose", suggère l'infirmière Burns. "J'ai cru comprendre qu'un visiteur allait passer la nuit chez vous, alors vous avez besoin de toutes vos forces".

"Oui, vous devriez manger quelque chose ma chère", a approuvé Helen.

Grace a pris une bouchée de pain grillé et une gorgée de café, puis son estomac s'est emballé. "Peut-être plus tard", dit-elle. L'odeur du café la rendait malade. "Non, enlève-le", dit Grace.

"Vincente était-il heureux quand tu lui as dit qu'il pouvait rester, Grace ?" demande l'infirmière Burns.

"Je ne lui ai pas dit, mais je suis sûre qu'il était content", a répondu Grace. Elle a ensuite enfilé sa chemise de nuit et s'est préparée à l'arrivée de Vincente.

CHAPITRE 32

À 18 h 15, Vincente Marino est arrivé à l'hôpital, serrant dans ses bras une boîte contenant une douzaine de roses rouges à longues tiges. Elles étaient attachées avec un ruban cramoisi.

Lorsqu'il est entré dans la chambre de Grace, Helen s'est fait discrète, un peu à contrecœur.

Vincente s'est immédiatement rendu aux côtés de Grace et l'a embrassée sur les deux joues. Il lui a présenté la boîte, puis a regardé ses yeux s'agrandir de plus en plus lorsqu'elle a défait le ruban rouge sang.

Il se sentait nerveux, mais elle aussi. Il y avait un puissant sentiment de détermination dans l'air.

Après avoir remercié Vincente d'une bise pour les belles roses, Grace a demandé un vase à l'infirmière de service. Elle revint avec un vase et Vincente se mit à arranger les fleurs dans le vase. Il avait vu sa mère arranger des vases remplis de fleurs des centaines de fois auparavant.

Il commença par sortir une rose de la boîte, puis la caressa nonchalamment avant de la placer dans l'eau. Grace l'observa attentivement, remarquant le contraste entre ses doigts forts et athlétiques et les fines tiges épineuses des roses. Lorsqu'il a caressé la rose, ses gestes l'ont fait frissonner.

Elle l'a regardé ramasser une rose, deux roses, trois roses. Sans même être conscient de ce qu'il faisait, il caressait légèrement la tige, ressentait une seconde la douleur de l'épine dans son doigt, puis déposait délicatement la fleur dans le vase.

Chaque mouvement a coupé le souffle de Grace. Il lui a fait monter le cœur dans la gorge. C'était presque comme s'il tenait son cœur entre le bout de ses doigts.

Vincente s'efforçait de ne pas faire d'éclaboussures alors qu'il déposait une rose après l'autre dans le vase en verre translucide.

De temps en temps, il jette un coup d'œil à Grace. Son regard était fixé sur lui. Il était heureux d'avoir choisi des roses - elle les adorait visiblement.

Il commença soudain à se sentir un peu gêné. Il plongea à nouveau la main dans la boîte et en sortit la rose suivante, tout en observant l'essoufflement de Grace. Il mit la rose dans l'eau et en sortit une autre. Elle semblait à nouveau essoufflée, seulement cette fois, elle avait aussi l'air évanouie.

"Tu vas bien ?" demanda Vincente.

Les joues de Grace étaient écarlates et elle semblait avoir de plus en plus de mal à reprendre son souffle. Il se demanda s'il devait appeler quelqu'un pour l'aider. Il ne voulait pas qu'elle fasse une rechute maintenant, surtout quand il semblait que les choses allaient se précipiter.

" Je suis-je suis parfaite ", dit Grace en jouant avec l'attache rouge de sa chemise de nuit. "Parlons de quelque chose pendant que tu finis avec les fleurs".

"Qu'est-ce que tu avais en tête ?", a-t-il demandé en caressant la tige d'une autre rose.

"Oh", a dit Grace en le regardant mettre la tige dans l'eau, puis elle a pu parler. "Et si nous nous disions l'un à l'autre quelque chose que l'autre personne ne sait pas ? Peut-être une idée fausse que tu as eue sur moi, et je te dirai une idée fausse que j'ai eue sur toi."

"D'accord", acquiesce Vincente, tandis qu'une autre rose est placée dans l'eau. "Tu commences", dit-il, alors que des gouttelettes d'eau sortent du vase et se posent sur le dos de sa main.

Grace a regardé les gouttelettes pendant qu'il allait chercher une autre rose dans la boîte. Il a levé la fleur vers le haut et l'eau a coulé sur son avant-bras.

Il a ramassé la rose suivante et l'a regardée. Son souffle s'est arrêté dans sa gorge. Le temps semblait s'être arrêté.

CHAPITRE 33

"J'AI DÉJÀ EU UN nom spécial pour toi, avant de te connaître vraiment", a révélé Grace.

Vincente a fait rouler la rose actuelle entre ses doigts. Il la place dans l'eau. Il remarqua que Grace respirait maintenant plus normalement et que ses joues n'étaient plus aussi rouges. Il hocha la tête, l'encourageant à continuer.

"J'avais l'habitude de t'appeler ma moyenne d'or".

"Pourquoi ?" demande Vincente.

"Tu te souviens du cours de maths où nous avons appris le nombre d'or de Fibonacci ? Eh bien, tu étais mon nombre d'or."

"Tu veux dire qu'à l'époque, tu ressentais ça pour moi ?" Là, il est vraiment confus. Elle disait qu'elle l'aimait avant que tout cela n'arrive. Il savait qu'elle avait le béguin pour lui, mais ce n'était pas de l'amour, c'était un engouement. Beaucoup de filles se sont entichées de lui. "Rafraîchis-moi la mémoire sur Fibonacci", dit-il.

"C'est le concept où le premier nombre et le deuxième nombre s'additionnent pour atteindre la somme du troisième nombre comme un, deux, trois, cinq, huit, treize, et ainsi de suite."

"Oh, oui, je me souviens de quelque chose à ce sujet et de quelque chose à propos de la nature, comme les vagues et les fleurs ?".

"C'est vrai ! Tu vois, tu te souviens !" dit Grace, alors qu'il fait tomber une autre rose dans l'eau. "Il y a une symétrie dans la nature, avec les vagues, les flocons de neige et les fleurs, qui renforcent tous la théorie du nombre d'or de Fibonacci. Donc, tu étais mon nombre d'or."

"Merci", dit Vincente, ne sachant pas quoi dire d'autre. "C'est étonnant que tu puisses encore te souvenir d'un nom que tu avais pour moi, compte tenu de ce que tu as vécu. Comment tu as perdu la mémoire."

"Il m'est revenu récemment. J'avais oublié, mais quand j'ai rêvé de toi, de nous, tout est revenu."

Vincente a continué avec les roses, et Grace a continué à parler. "Quand je pensais que tu ne m'aimais plus, j'ai rêvé de toi, et dans mon rêve, tu m'as promis que tu ne me quitterais jamais".

"Je suis désolé Grace, pardonne-moi", dit Vincente en plaçant la dernière rose dans le vase.

"Je te crois, cette fois."

Vincente a soulevé le vase et l'a placé sur la table de nuit à côté du lit de Grace et a dit : "Je suis revenu, tu sais."

"Quand ?"

"Hier soir."

"Tu n'aurais pas pu. Je l'aurais su."

"Tu dormais profondément quand je suis entré. J'ai embrassé ton front comme ça", il s'est penché sur elle.

"Ne le fais pas", dit Grace. "Ne le fais pas... à moins que tu ne le penses vraiment".

Il a pris une grande inspiration et s'est reculé. Il s'est dirigé vers son lit, a enlevé ses chaussures et a fait pendre ses jambes sur le côté du lit. Il leur donna un coup de pied d'avant en arrière, comme le ferait un petit garçon.

"Maintenant, c'est ton tour", dit Grace.

"Hmm, voyons voir", réfléchit Vincente pendant un moment. "Eh bien, je pensais que tu étais timide, surtout avec les garçons, mais tu n'as pas l'air d'être très timide avec moi".

"C'est ça ? C'est le mieux que tu puisses faire ?"

"Hé, je suis novice en la matière - n'oublie pas que c'était ton idée. Je parie que tu ne peux pas en trouver une autre pour moi ?"

"Moi aussi !" dit-elle. "Celle-là va te faire rire, mais une fois, il y a longtemps, j'ai cru que tu étais un vampire".

"Moi ? Un vampire ?"

"Oui, je sais que c'est fou, mais je suis même allée jusqu'à me pencher sur toi et t'exposer mon cou, pour voir si tu allais, tu sais, me mordre. C'était la toute première fois qu'on s'est embrassés, tu te souviens ? Je me suis penchée comme ça, et j'ai attendu que tu y mettes les dents."

"C'est bizarre !" dit-il en regardant son cou blanc exposé en ayant une puissante envie de l'embrasser.

Grace a frissonné et ses tétons ont picoté à cette simple idée.

"Alors, j'ai dû être une vraie déception pour toi quand tu as réalisé que tu avais épousé une simple mortelle ?".

"C'est drôle. Tu ne pourrais jamais me décevoir", sourit-elle. "Maintenant, c'est ton tour."

"Eh bien, avant, je pensais que tu étais faible, une personne faible. Mais maintenant..."

Grace l'interrompt en demandant : "Faible, dans quel sens ?"

"Faible, comme dans boiteux", dit-il en cherchant sur son visage une réaction indiquant qu'il avait dit ce qu'il ne fallait pas, mais elle semblait s'en accommoder. "C'était probablement parce que quand tu me voyais, ou quand je te voyais, tu me regardais toujours d'une façon bizarre. Maintenant que j'y pense, si tu pensais que j'étais un vampire, alors c'est peut-être pour ça que tu me regardais comme ça. Quoi qu'il en soit, tu n'es ni faible ni boiteuse, tu es une femme forte. Et tu sembles devenir plus forte."

" Eh bien, c'est mieux que la première ", dit Grace en s'adossant à son oreiller et en fermant les yeux.

Ni l'une ni l'autre ne parla pendant un moment, chacune perdue dans ses pensées.

"Est-ce qu'on peut en parler ?" demande Grace. "Pouvons-nous parler de ce qui a changé pour toi à mon sujet ?"

"Grace, rien n'a changé, c'est juste que..."

"Tu te sens piégée ?"

"En quelque sorte. Peut-être, mais ce n'est pas ta faute. Ce n'est absolument pas ta faute." Il inspire profondément puis continue : "Est-ce que je peux te demander quelque chose, quelque chose qui me tracasse ?"

"Bien sûr Vincente. Tu peux me demander n'importe quoi, n'importe comment."

"Qui t'a vraiment parlé du tableau de ma mère ?"

"C'est toi."

"Vraiment Grace, tu peux me dire la vérité. Qui te l'a dit ? Tu as lu ça sur le net ?"

"Je ne dis pas de mensonges Vincente. Comme je l'ai déjà dit, tu m'en as parlé, et tu m'as montré le vrai tableau quand nous sommes allés chez tes parents."

"Mais pourquoi aurais-je voulu te montrer ce tableau ?"

"À cause des arbres !"

"Les arbres ?"

"Honnêtement, lequel d'entre nous a subi la perte de mémoire ici ?" Grace roule des yeux. "Les arbres - comme celui qui a embroché et mangé ce corbeau, celui dans lequel j'ai été retenue captive ?" Grace attendait que Vincente montre un signe de reconnaissance, mais il n'y en eut aucun. Elle lui fit part de son impatience.

Vincente était presque sûr que Grace était en train de craquer. Il ne savait pas s'il devait être d'accord ou non avec elle, alors il resta silencieux.

Quelques instants passèrent. Grace croisait et décroisait les bras en refusant d'abandonner. "Et à cause de ces arbres, tu voulais que je voie le tableau de ta mère".

"Mais je ne comprends toujours pas - pourquoi voudrais-je te montrer le tableau de ma mère ?".

"Parce que tu as toujours eu peur de ce tableau. Parce que tu as dit qu'enfant, tu avais vu un visage dans le tronc de l'arbre et que cela t'avait terrifié."

"Ma mère a vendu ce tableau l'autre jour. Il était resté entreposé dans le grenier pendant des années. C'est vrai que quelque chose me faisait peur, mais je n'en ai jamais parlé à personne."

"Tu me l'as dit et tu me l'as montré".

Vincente a traversé la pièce. Il s'est assis à côté de Grace. "Qu'est-ce que je t'ai dit d'autre ?"

"Beaucoup de choses ! Je veux dire que nous avons passé tous les jours ensemble, 24 heures sur 24, 7 jours sur 7."

"Dis-moi", dit-il.

"Tu veux vraiment que je le fasse ?"

"Oui."

"Voyons voir. Tu as toujours rêvé de posséder une Ferrari, une Ferrari rouge, et nous en avons conduit une sur l'autoroute des Princesses. Tu étais aux anges au volant de cette voiture et j'étais un peu jaloux."

Vincente repense au rêve où il conduisait une Ferrari rouge à la recherche de Grace. C'est bizarre. Il décida de changer de sujet. "Est-ce que je t'ai dit autre chose à propos de ma mère ?"

"Tu m'as montré son atelier, et elle était en train de peindre une nouvelle œuvre. C'était une image de son jardin, mais elle n'était pas terminée."

Vincente respire profondément. C'était le même tableau sur lequel sa maman avait travaillé ce matin. Il revint à l'idée que Grace devait être une sorcière. Il attendit qu'elle remue le nez comme Samantha Stevens dans Bewitched, mais rien ne se produisit.

Grace l'a attiré en elle et l'a embrassé passionnément sur la bouche.

Vincente était maintenant sur elle et l'embrassait. Il essayait de s'éloigner, mais il voulait se pencher sur elle pendant que toutes les émotions qu'il avait accumulées explosaient à l'intérieur de sa tête. Elle continua à l'embrasser, jusqu'à ce qu'il soit à bout de souffle.

"Tu manques d'entraînement, n'est-ce pas ?" demande Grace en laissant à Vincente le temps de reprendre son souffle.

Il a trébuché sur le côté du lit.

"Je l'ai enfin fait !" s'exclame-t-elle. "Je t'ai enfin donné des jambes en spaghetti ! Il était temps aussi - tu me les as toujours données !"

"Où as-tu appris à embrasser comme ça ?"

"Très drôle, Vincente, tu m'as appris tout ce que je sais".

"Tu es en train de me dire que je suis le seul homme que tu aies jamais embrassé ?".

"Oui, tu es mon seul. Mon seul et unique."

Il changea à nouveau de sujet. "Qu'as-tu vu d'autre chez moi ?"

"Tu m'as montré tes magnifiques sculptures en bois, et j'ai encore celle-ci". Grace fouilla dans un tiroir et en sortit l'homme aborigène.

L'esprit de Vincente battait la chamade. Il faut qu'il s'échappe. Sortir de cette pièce - tout de suite.

"Où as-tu trouvé ça ?" demande-t-il.

"Je l'ai pris dans ta chambre".

"Tu l'as pris, mais quand ?"

"Quand nous avons visité ta maison. Je l'avais dans ma poche, et d'une manière ou d'une autre, un instant il était là et l'instant d'après, il se trouvait à l'intérieur du tableau de ta mère."

"Dans le tableau ? Dans ta poche ?" s'exclame-t-il.

"Oui, désolé de ne pas t'avoir dit qu'il était là. Ça m'a un peu choqué aussi - un instant dans le tableau, l'instant d'après à nouveau dans ma poche."

"Euh, j'ai un peu soif, je vais aller chercher un coca. Tu veux quelque chose ?" demande Vincente. Il tremblait. Tout son corps tremblait. Il fallait qu'il sorte de là tout de suite. De partir. De c ourir.

"Tu vas chercher à boire ? Maintenant ?"

"Oui, j'ai besoin d'un verre."

"D'accord, mais reviens vite", dit Grace. Elle lui a soufflé un baiser puis a replacé l'aborigène dans le tiroir.

Dehors, Vincente avait envie de s'enfuir. Au lieu de cela, il se dirigea le long du couloir pour parler au docteur Ackerman.

CHAPITRE 34

"D oc !" Vincente a crié en martelant la porte d'Ackerman à plusieurs reprises. "Doc, il faut que je vous parle !"

Le docteur Ackerman a posé le combiné téléphonique lorsque Vincente est entré dans son bureau.

" Doc, il faut que tu me sortes de là ! Je ne peux pas passer la nuit ici. Je me noie là-dedans, et elle est tellement folle qu'elle commence à me paraître logique !"

"Qu'est-ce que tu veux dire ? Respire profondément, Vincente. Calme-toi !"

"Elle m'a parlé d'une conversation. Enfin, pas une conversation à proprement parler, mais elle m'a parlé de quelque chose qui s'est passé hier seulement. Elle sait des choses que personne d'autre ne peut savoir et ensuite..."

"Et puis quoi ? Elle ne voulait pas que vous deux... ? Que vous... ? "

"Non Doc, mais elle est enthousiaste et... elle me touche."

"Tu es en train de me dire que tu es en train de tomber amoureux d'elle ? Pour de vrai ?"

"Je n'ai jamais été amoureux avant, mais j'ai embrassé quelques filles. Aucune fille ne m'a jamais embrassé comme elle le fait et pourtant elle me dit que je suis le seul homme qu'elle ait jamais embrassé !"

"Alors, tu es en train de faire une surcharge émotionnelle et tu veux rentrer chez toi ? De t'enfuir. Tu as peur de perdre le contrôle ?"

"Je dis qu'elle m'a jeté un sort. Elle n'est même pas mon genre ! C'est forcément un sort !"

"Oui, tu as déjà dit ça avant, mon pote, et ça n'avait pas plus de sens à l'époque que maintenant. Alors, qu'est-ce que tu veux que je fasse, que je lui dise que tu es rentré chez toi ? Qu'il y a une urgence et que tu ne peux pas rester ?"

"Peut-être que tu peux entrer et lui donner un somnifère, puis je rentrerai et je dormirai. Ce sera le matin avant qu'on s'en rende compte."

"Je ne peux pas lui donner un somnifère parce que tu le demandes."

"Mais Doc, elle me raconte des histoires sur nous. Des choses que nous avons vues et faites ensemble. Des choses qui ne se sont jamais produites. Elle parle de nous le cœur sur la main, comme si nous étions une seule et même personne, et elle est convaincante. C'est presque comme si je savais de quoi elle parle."

"Maintenant, dit Ackerman, c'est sérieux. Tu es en train de me dire que, sans aucun doute, tu te laisses entraîner dans ce fantasme ? Que ses descriptions te semblent même parfois réelles ?"

"Que Dieu me vienne en aide, oui."

"D'accord Vincente, je t'entends. Tu n'es pas mon patient, mais tu aides Grace qui est ma patiente. Dans ces circonstances, tu dois rentrer chez toi. Je vais te donner une ordonnance, pour que tu puisses dormir et peut-être qu'à l'avenir, il vaudrait mieux que tu restes à l'écart."

"Mais je ne peux pas !"

"Tu dois le faire, Vincente. Tu n'es utile à personne dans cet état."

"Je ne peux pas partir sans lui dire moi-même, sans lui dire bonne nuit. Je lui ai promis de ne plus jamais la laisser seule."

"Tu l'aimes vraiment, Vincente."

Vincente acquiesça en refermant la porte derrière lui.

Il marcha lentement le long du couloir, passa devant la chambre de Grace et entra dans l'ascenseur. Arrivé au rez-de-chaussée, il sortit de l'hôpital dans la nuit noire. Il se promena sur le tarmac et trouva un arbre qui se tenait debout, solitaire. Il s'y adosse et pleure.

CHAPITRE 35

G RACE ATTEND AVEC IMPATIENCE le retour de son mari. Lorsque la porte s'est ouverte, le docteur Ackerman est entré.

"Où est Vincente ?"

"Comment allez-vous, Grace ?"

"Où est Vincente ? Qu'avez-vous fait de lui ?"

Il sourit. "Je suis content que tu aies pu passer ce temps supplémentaire avec lui, mais certains de tes tests sont revenus, et les résultats sont douteux. J'ai besoin d'un autre échantillon de sang. Juste pour vérifier que tout va bien. J'ai demandé à Vincente de reporter sa nuitée, le temps que ces tests soient effectués."

Grace a pris son visage le plus triste et a tendu son bras pour qu'il trouve une veine. Il a enfoncé l'aiguille sans effort. Elle n'a pas bronché et n'a pas ressenti de douleur, car la douleur dans son cœur était déjà insupportable.

Le docteur Ackerman a fini de ranger les analyses de sang. "Vincente a été déçu, tout comme toi, mais nous allons arranger cela pour une autre nuit. On ne peut pas faire autrement, Grace. Ta santé est la plus importante."

"Je veux Vincente !" Grace a appelé et elle a commencé à se débattre et à se tordre dans le lit. Elle jeta les couvertures et retira le plâtre qu'il avait posé sur son bras. La veine s'est rouverte et le sang a jailli.

Le docteur Ackerman l'immobilise. Il a appuyé sur le bouton d'urgence pour obtenir l'aide d'une infirmière. "Je suis désolé", a-t-il dit en lui administrant un sédatif.

CHAPITRE 36

L E DOCTEUR ACKERMAN AVAIT besoin d'un peu d'air frais et a traversé le tarmac. Il a repéré Vincente qui se trouvait là, adossé à un arbre.

"Tu l'as vue ?" demanda-t-il.

"En effet, je l'ai vue, et je lui ai tout expliqué."

"Et comment l'a-t-elle pris ?"

"Elle ne l'a pas bien pris. J'ai dû l'endormir."

Vincente serra les poings et se leva. Son visage n'était plus qu'à quelques centimètres de celui d'Ackerman. "J'ai dit que je reviendrais. Tu n'étais pas obligé de faire ça. J'avais besoin de temps. Le temps était tout ce dont j'avais besoin."

"Tu as besoin de plus que de temps, Vincente. Tu as besoin de distance. Je ne suis pas certain de ce qui arrivera à cette fille, si tu tombes amoureux d'elle, et si le fantasme qu'elle a créé entre en collision - pour devenir réalité. Je ne suis pas sûr de ce qui se passera alors."

"Si elle l'a rêvé et qu'il devient réalité, alors elle se rétablirait tout de suite, n'est-ce pas ?".

"Vincente, cela pourrait arriver, et d'un autre côté, les choses pourraient aller dans l'autre sens."

"Ce qui veut dire ?"

"Grace se tient au bord d'une falaise. La vérité pourrait la faire basculer. Elle pourrait se rendre compte que tout ce qui l'entoure n'est que mensonge. Que nous avons tous joué le jeu de ses fantasmes et alors, où sera-t-elle ?"

"Alors, même si je l'aime maintenant, je devrais faire marche arrière, la laisser tranquille, retourner à l'école vers la fille avec laquelle tout le monde s'attend à ce que je sois, et juste espérer que Grace Greenway finisse par m'oublier ? Je ne veux pas qu'elle m'oublie ! Et elle pensera que je l'ai encore quittée ; elle pensera que j'ai rompu ma promesse - encore une fois."

"Nous devons prendre tes sentiments en considération dans la façon dont nous procédons avec ceci, cela, quoi que ce soit. Nous avons besoin de repenser, de nous regrouper. Rentre chez toi maintenant. Reviens demain matin. Grace dormira pendant au moins huit heures. Venez me voir à votre retour, et je vous donnerai des nouvelles. N'allez pas directement rendre visite à Grace. Viens d'abord me voir."

"Marché conclu."

Vincente et le docteur Ackerman traversèrent le parking, où une file de taxis attendait les passagers. Vincente grimpa sur la banquette arrière de l'un d'eux et prit bientôt le chemin de la maison.

Chez lui, où il espérait dormir sans rêver.

CHAPITRE 37

L E MATIN, GRACE S'EST réveillée dans une chambre vide. Elle se sentait seule et trahie, alors qu'une des infirmières rembourrait son oreiller et plaçait un plateau de petit déjeuner devant elle. Elle le repousse. La simple odeur qu'il dégageait la rendait malade. "Je n'ai pas faim", dit Grace.

Quand il n'y eut plus personne dans sa chambre, Grace s'appuya sur son oreiller et ferma les yeux. Elle se repassa le jour de son mariage à plusieurs reprises dans sa tête, jusqu'à ce qu'elle s'endorme à nouveau.

CHAPITRE 38

L E LENDEMAIN, LE DOCTEUR Ackerman a convoqué Helen dans son bureau. Il la presse de s'asseoir, avec un air très perplexe.

Helen savait qu'il avait de mauvaises nouvelles à lui annoncer. Elle savait aussi qu'elle n'aurait pas dû laisser sa fille seule avec ce garçon.

Le docteur Ackerman s'assit en face d'Helen, de sorte que leurs genoux se touchent presque.

Il l'a regardée directement dans les yeux et lui a dit : "Grace est enceinte".

Helen rit.

"Grace est enceinte", a-t-il répété.

"Quoi ?"

"Nous avons fait des analyses de sang l'autre jour, et le test est revenu positif. J'ai fait une autre prise de sang hier soir, et c'est confirmé - ta fille est enceinte."

"Elle ne peut pas l'être ! Je vais tuer ce petit bâtard !"

"En quoi cela va-t-il t'aider ?" demande-t-il. "Tu dois te calmer et m'écouter. Écoute-moi attentivement."

Elle a pris une grande inspiration. Elle a desserré les poings.

"Il est encore tôt et tes réactions excessives ne t'aideront pas et n'aideront pas Grace."

"Est-ce qu'elle le sait ?"

"Non, tu es la première à en être informée. J'ai pensé que c'était approprié. Nous devons discuter de la façon de procéder."

"Comment procéder ? Cela ne sert à rien d'en discuter. Nous devons nous en débarrasser."

"Grace a seize ans, elle a des droits."

"Il faut que ce soit celui de Marino !"

"Pas forcément. Elle a été ici, avec le personnel et les visiteurs autour d'elle, tous les jours. Il n'avait pas été seul avec elle jusqu'à hier soir et d'ailleurs, il n'est resté que quelques heures avant que je ne le renvoie chez lui."

"Ma fille va à l'école et rentre à la maison. Elle travaille sur les mathématiques et fait des expériences le soir. Elle ne connaît pas d'autres garçons. C'est sûrement Marino !"

"Mais nous devons en être certains avant d'aller accuser qui que ce soit. Et surtout, nous devons le dire à Grace."

"D'abord, nous devons confirmer qu'il est le père et ensuite nous pourrons le lui dire", dit Helen.

"Vincente se soucie profondément de votre fille. Il est confus, et il m'a dit que tous les deux n'ont rien fait de plus que s'embrasser. Cependant, Grace croit qu'ils sont un couple marié. Par conséquent, si nous le lui disons, elle sera certaine à 100 % qu'elle porte l'enfant de Vincente."

"Si ce n'est pas le sien, alors quoi ? Une conception immaculée ?"

"Tout ce que je sais avec certitude, c'est que nous devons le dire à Grace. Elle aura besoin de ton aide pour décider de ce qu'il faut faire", a déclaré Ackerman.

"Si ce n'est pas le sien, la preuve sera évidente, que nous nous sommes cruellement joués d'elle en allant au bout de ses fantasmes", a déclaré Helen. "Cela risque d'être trop dur à supporter pour elle".

"Nous aurons besoin d'une confirmation dès que possible. Je demanderai à Vincente s'il est d'accord pour quelques tests lorsqu'il viendra me voir plus tard, aujourd'hui."

"Et si ce n'est pas le sien, alors elle sera plus que probablement d'accord pour s'en débarrasser".

"Veux-tu lui dire maintenant qu'elle est enceinte ? Une fois que les tests de Vincente seront arrivés, nous pourrons aborder avec elle le sujet de l'identité du père, en supposant qu'il ne soit pas le père", dit Ackerman.

"Oui, je pense que nous devrions lui dire. Le plus tôt sera le mieux."

"Allons dans sa chambre maintenant et voyons comment elle va. Nous pourrons évaluer la situation et décider ensuite de ce qu'il faut faire."

"Elle doit savoir. Ma fille doit savoir."

***

Vincente arrive à l'étage de Grace au moment précis où Helen et le docteur Ackerman sortent de son bureau.

"Docteur Ackerman, je voulais vous parler", dit Vincente. Puis : "Bonjour Helen."

Elle l'a regardé avec des poignards dans les yeux.

"Nous devons entrer et parler à Grace, mais s'il vous plaît, attendez-moi dans mon bureau. Je reviendrai bientôt et nous pourrons alors parler."

Vincente se passa les doigts dans les cheveux. Il regarde Helen et le docteur Ackerman s'éloigner. Lorsqu'elles arrivèrent devant la porte de Grace, elles hésitèrent brièvement puis entrèrent. Il s'est demandé ce que signifiait cette hésitation.

Il se sentait coupable d'avoir laissé Grace seule. Il voulait la voir pour arranger les choses entre eux.

Une fois dans le bureau du docteur Ackerman, il ferma la porte derrière lui et se servit une tasse d'eau. Vincente s'est assis et a pris un magazine de sport. Il l'a feuilleté en attendant, mais son esprit était trop distrait. Il ne pouvait pas rester assis, alors il s'est levé et a fait les cent pas. Il a enfoncé ses poings dans ses poches. Et il a attendu.

CHAPITRE 39

"M ERCI D'AVOIR ATTENDU, VINCENTE", dit le docteur Ackerman.

"Comment va Grace ce matin ?"

"Elle est radieuse ! Le sommeil lui a fait le plus grand bien, et tu as l'air reposé toi aussi. Tu as bien dormi ?"

"Oui, j'ai dormi d'une traite."

"Je sais que tu n'es pas un de mes patients habituels, mais j'aimerais te demander la permission de faire une analyse de sang ?"

"Une prise de sang. Pourquoi ?"

"Tu as semblé excédé hier soir, et j'ai pensé qu'il serait bon de t'examiner pour m'assurer que tu es en état de naviguer."

"Je me suis sentie très fatiguée."

"C'est aussi bien, nous allons t'ausculter alors", dit Ackerman. "Relevez votre manche, s'il vous plaît, et je vais vous prélever l'échantillon tout de suite".

Une fois l'échantillon prélevé et la fiole rangée, le docteur Ackerman a présenté un formulaire de décharge à Vincente pour qu'il le signe. Elle l'autorisait à utiliser les échantillons de sang pour effectuer tous les tests nécessaires.

"Puis-je la voir ?" demande Vincente.

"Pas aujourd'hui, mais venez me voir demain. Tu pourras peut-être la voir à ce moment-là."

"Mais vous avez dit qu'elle était radieuse et bien reposée".

"Oui, et nous voulons qu'elle le reste ! Tu rentres chez toi, tu reviens demain. Laisse-lui un peu d'espace, un peu de temps. Elle est avec sa mère maintenant."

"D'accord Doc. À demain alors."

"Merci, Vincente", dit le docteur Ackerman en sortant précipitamment en portant les échantillons de sang. Il avait hâte de les envoyer au laboratoire.

***

Vingt-quatre heures plus tard, ils étaient tous réunis dans la chambre de Grace.

Lorsque le docteur Ackerman est finalement arrivé, il n'a pas souri. Il n'a pas parlé ni établi de contact visuel avec l'une des trois personnes présentes. Il a tenu les résultats près de sa poitrine sur une planchette à pince.

Grace était toute excitée.

Helen avait les poings et la mâchoire serrés. Elle ressemblait à quelqu'un qui avait vraiment besoin d'aller aux toilettes.

Vincente ne savait rien.

"Bonjour à tous", commence le docteur Ackerman. "Il semble, d'après les analyses de sang, que Grace et Vincente attendent un bébé".

Grace a explosé de joie et a ouvert les bras à Vincente.

Vincente se tenait debout et regardait Grace. Il était plus blanc que les draps du lit. "Comment est-ce possible ?" s'est-il demandé, puis il a dit à voix haute : "Comment est-ce possible alors que nous n'avons fait que nous embrasser ?"

Helen s'est évanouie et est tombée par terre avec un bruit sourd.

CHAPITRE 40

"G**RACE ? R**ÉVEILLE-TOI **G**RACE**. Il est temps pour nous de partir", chuchote une voix d'enfant.

Grace frissonna. La pièce était très froide et sombre. Elle observa les stores qui, à l'autre bout de la pièce, semblaient onduler au gré de la brise. On aurait dit que la fenêtre était grande ouverte.

Les fenêtres des hôpitaux ne s'ouvrent pas, pensa-t-elle.

Une petite main s'est emparée de celle de Grace et l'a tirée hors du lit.

Grace, encore à moitié endormie et à moitié réveillée, a marché aux côtés de l'enfant. Ensemble, elles se sont dirigées vers la fenêtre ouverte, comme en transe.

La petite fille était également vêtue d'une chemise de nuit en lin blanc avec une cravate rouge. "Tiens-toi bien", dit-elle en plaçant une couverture douce dans les bras de Grace.

Grace a bercé la couverture instinctivement et a refermé ses bras autour d'elle.

Leurs chemises de nuit soufflaient et chuchotaient tandis qu'elles se dirigeaient vers la fenêtre.

À la lumière de la lune, Grace reconnut la petite fille qui s'était montrée deux fois auparavant. Une fois alors qu'elle se trouvait au milieu de la route, et la seconde fois lorsque Grace était bloquée dans un arbre géant. Elle frissonna lorsque la chemise de nuit de la petite fille scintilla à la lumière de la lune.

La petite a grimpé sur le rebord de la fenêtre, tout en tenant la main de Grace dans la sienne. Elle a tiré, mais les pieds de Grace n'ont pas bougé.

"Où allons-nous ?" demande Grace.

"Au cœur du monde", a expliqué la petite.

Grace tenait fermement la couverture contre sa poitrine et regardait ses pieds. Elle essaya de bloquer cela de son esprit, la chose qui s'était produite la dernière fois lorsqu'elle avait été tirée par la fenêtre dans la nuit.

La petite continua à regarder Grace avec impatience, "Je suis l'accord", dit-elle. "Tu dois venir avec moi maintenant. Ils attendent."

"Qui, qui attend ?" demande Grace.

"Tu verras", dit la petite. "Viens."

D'une main, Grace tenait la couverture et de l'autre, elle faisait tourner l'attache rouge dans tous les sens. Elle gagnait du temps - elle ne voulait pas s'asseoir sur le rebord de la fenêtre. Elle ne veut pas sortir dans la nuit. Cette fois, elle n'était pas obligée d'y aller. Elle ne voulait pas y aller.

"Dépêche-toi, Grace. Ils t'attendent depuis une éternité", explique la petite fille.

Grace a reculé.

Comme Grace ne voulait pas la rejoindre, la petite fille est descendue du rebord de la fenêtre. Elle prit à nouveau la main de Grace dans la sienne. Elle lui a tenu la main fermement et l'a entraînée vers la fenêtre. Pendant quelques secondes, leurs pieds s'élevèrent du sol et bientôt elles furent assises côte à côte sur le rebord de la fenêtre.

Ensemble, elles s'assirent et regardèrent la face de la lune.

"Respirez profondément", dit la petite fille, puis elle compta doucement à rebours : "5, 4, 3, 2, 1 !" Et ensemble, ils sont tombés en avant dans la nuit cimmérienne.

CHAPITRE 41

Après être tombés pendant de nombreuses minutes, qui leur ont semblé être des heures, ils ont atterri sur le dos d'une bête qui les attendait.

Cette bête n'était pas la même que celle qui avait porté Grace il y a quelque temps et l'avait déposée en haut d'un arbre.

Cette bête n'avait ni fourrure ni plumes. Au lieu de cela, elle avait des ailes en métal qui reflétaient le clair de lune et la lumière des étoiles tandis qu'elle traversait le ciel noirci.

Grace avait tant de questions à poser, mais le vent hurlait et la bête poussait de temps en temps un rugissement tonitruant. Grace s'agrippa à la couverture, tout en souhaitant que ce soit à Vincente qu'elle s'accroche.

La petite fille rejeta ses cheveux noirs en arrière et leva son visage vers la lune. Elle ferme les yeux et commence à fredonner une berceuse apaisante. Grace a reconnu l'air ; c'était leur chanson, la sienne et celle de Vincente. Grace ferma les yeux et s'enfonça dans un rêve profond.

CHAPITRE 42

ILS ONT VOLÉ PENDANT un temps exceptionnellement long, jusqu'à ce que Mère Soleil commence à donner naissance à un nouveau jour.

C'est à ce moment-là qu'ils ont commencé à descendre. Grace et la petite fille s'accrochèrent fermement à la bête métallique tandis que la lumière du soleil se reflétait sur son corps, provoquant des éclairs dans toutes les directions. Le ciel s'est illuminé, avec des feux d'artifice diurnes alors qu'ils tombaient à travers les nuages.

Puis les nuages commencèrent à se séparer, tandis qu'ils descendaient vers le cœur de la Terre.

Au loin, Grace pouvait voir une pierre rouge géante, qui s'enflammait à la lumière du soleil. Elle était entourée de sable.

Pourtant, lorsqu'elle ouvrait et fermait les yeux plusieurs fois, l'océan commençait et finissait sur les bords de la pierre. Les vagues s'écrasaient et roulaient, mais elles ne dépassaient jamais le bord du monolithe. C'était comme si l'océan commençait et se terminait ici, sur le rocher.

En se rapprochant, Grace pouvait distinguer un motif de cercles concentriques. Vu du ciel, ce qu'elle voyait en dessous ressemblait à une cible de fléchettes géante.

En reconnaissant le motif, Grace a pu diviser la distance entre les cercles suivants et distinguer une région d'une autre.

À l'extérieur, le sable rouge, qui s'élevait sporadiquement comme la terre, inspirait et expirait. Le cercle suivant, comme nous l'avons expliqué, était l'océan, commençant et se terminant au fur et à mesure que les vagues embrassaient la roche rouge sans déborder. Le rocher rouge formait un anneau, d'où sortait un cercle d'arbres.

Les arbres tendaient leurs branches les uns vers les autres, mais un arbre dominait tous les autres : un olivier. Il s'élevait dans les nuages, bien au-dessus de l'oiseau de métal que Grace chevauchait. À côté de l'olivier, il y avait des érables de taille normale, des palmiers et des eucalyptus, pour n'en citer que quelques-uns. Cette section commençait et se terminait par des arbres, puis un cercle de séparation de sable rouge était à nouveau visible.

À l'intérieur des arbres, il y avait une autre section de fleurs. Elle était composée de tournesols, d'orties, de tulipes, de roses et de beaucoup d'autres fleurs.

Puis encore du sable rouge, suivi d'animaux très grands comme des dinosaures, des girafes, des éléphants et des ours.

Là où cette section se terminait, une autre commençait. Du sable rouge, puis d'autres cercles de créatures aquatiques comme des baleines, des requins et des méduses. L'eau s'engouffrait par-dessus et autour d'eux sans toucher aucune des autres sections puisqu'elles étaient protégées et contenues.

Dans un cercle, se trouvaient tous les animaux qui volaient et planaient. Il y avait des corbeaux, des renards, des papillons et des cacatoès. Ils montaient et descendaient presque comme si un marionnettiste imaginaire les retenait. La bête, sur le dos de laquelle Grace et la petite fille avaient voyagé, prenait place à l'intérieur de ce cercle.

Ensuite, après un autre cercle de sable, il y avait une section de reptiles, de marsupiaux et de nombreuses autres sections d'animaux, de sorte que chaque phylum et chaque espèce étaient représentés.

Il y avait beaucoup trop de sections pour que Grace puisse toutes les compter. Les sons qui en provenaient s'élevaient de la terre, presque comme s'ils parlaient d'une seule voix.

Alors qu'ils s'approchaient de plus en plus, Grace pouvait voir des cercles de personnes.

Des hommes et des femmes, jeunes et vieux, étaient divisés en sections. Ils venaient du monde entier et représentaient toutes les cultures autochtones et indigènes. Certains portaient des vêtements traditionnels. Certains portaient des lances. D'autres portaient des boomerangs. D'autres étaient parés de fourrures et de plumes, et quelques-uns avaient le visage peint. D'autres encore faisaient de la musique avec des bâtons de pluie et des tambours.

À mesure qu'ils se rapprochaient, tous les habitants du cercle ressentaient intrinsèquement la présence de Grace. De façon synchronisée, chaque segment a commencé à se balancer. Le sable rouge s'élevait et s'abaissait à l'intérieur des limites du cercle.

Ils volaient de plus en plus près et pendant un instant, elle a cru voir Vincente. C'était vrai. Il se tenait dans un cercle avec d'autres garçons qui avaient le même âge que lui. Chaque garçon avait des cheveux blonds et portait une longue robe de chambre comme celle que porterait un moine.

Les yeux de Vincente se sont croisés avec ceux de Grace. Il a agité en l'air son bonhomme sculpté aborigène pour saluer sa présence.

À la lumière du soleil, Grace a remarqué que sa bague, héritage familial, était de nouveau à son doigt. Ensemble, les garçons ont levé les bras dans sa direction. Grace a été aveuglée momentanément lorsque la lumière du soleil a frappé chacune de leurs bagues en même temps. Ils portaient tous exactement la même bague que Vincente.

En clignant des yeux pour revenir à la réalité, Grace a vu chacun des garçons retirer sa bague et la placer devant lui sur un petit carré de tissu.

À l'intérieur de la section des garçons se trouvait un cercle de filles. Là encore, il y en avait des milliers, une fille pour chacun des garçons. Les filles étaient toutes vêtues de chemises de nuit en lin blanc avec des attaches rouges autour des cols. Chaque fille tenait une couverture dans ses bras.

Alors qu'elles sont sur le point d'atterrir, Grace observe les cravates rouges qui montent et descendent au gré de la brise, puis s'arrêtent, et montent et descendent à nouveau.

Les yeux de Vincente se fixèrent sur ceux de Grace. Elle faillit sauter du dos de la bête, mais Vincente détourna le regard, comme si elle était morte pour lui. Ses pieds touchèrent le sable. Elle aurait couru vers lui si la petite fille ne l'en avait pas empêché en lui prenant la main.

Grace s'est jointe au cercle où les filles attendaient en silence. Grace avait beaucoup, beaucoup de questions qu'elle voulait poser, auxquelles elle avait besoin de réponses. La petite fille a mis un doigt sur ses lèvres et a dit : "Shhhh".

La cravate rouge de Grace se soulevait et s'abaissait en même temps que les autres filles, car la brise chaude les caressait. Bien qu'elle ait chaud, Grace frissonne.

"Pose la couverture sur le sol devant toi", demande la petite fille.

Les autres filles du cercle ont suivi l'exemple de Grace.

Grace tenta à nouveau de poser une question, mais comme auparavant, la petite fille se contenta de dire : "Chut !

CHAPITRE 43

Quatre nouvelles sections ont été ajoutées. Un cercle de sable rouge, suivi d'un cercle de tissu avec un anneau dessus devant les garçons. Un autre cercle de sable et un cercle de couvertures devant les filles.

C'est alors que les chants ont commencé. Il a commencé à l'extérieur et s'est déplacé d'une section à l'autre. Chaque segment avait un son à produire, qui, ensemble, formaient une chanson. Ensemble, ils chevauchaient les ailes de la mélodie tandis que le soleil se frayait un chemin de plus en plus haut dans le jour qui venait de naître.

Aussi rapidement qu'il avait commencé, le chant s'est arrêté.

Pendant un moment, il y eut un silence absolu. Puis, ensemble, ils ont rugi d'une seule voix, d'une seule chanson.

C'était un son magnifique, calmant et apaisant, pas du tout ce que l'on pourrait imaginer, mais il était si fort que Grace se couvrit les oreilles.

La petite fille a vu la peur de Grace et elle lui a chuchoté à l'oreille : "La douleur a été supportée par la Terre pendant si longtemps, très longtemps. La Terre libère maintenant la douleur. Sa survie en dépend. N'aie pas peur. Tu es témoin de la guérison."

Grace a baissé les mains et fermé les yeux et lorsqu'elle n'a plus eu peur, elle a pu ressentir et apprécier tout cela.

Mère Soleil a déversé ses rayons dans le cœur de tous ceux qui étaient présents. Elle semblait aspirer les battements de cœur, les synchroniser. Elle les faisait se répercuter dans l'unique battement de cœur de l'univers.

"Dis-le maintenant", dit la petite fille. "Grace, prononce les mots."

Grace a haussé les épaules, confuse. Elle n'avait aucune idée de ce que la petite fille attendait d'elle.

"Dis-le maintenant. Dis les mots, les mots. Les mots qu'on t'a enseignés. Tu es la dernière. Tu dois les dire maintenant. Nous attendons tous."

L'esprit de Grace s'envola vers la chanson que la petite fille lui avait dite il y a quelque temps. Elle n'était pas certaine de se souvenir des paroles. Pourtant, d'une manière ou d'une autre, elle savait instinctivement qu'elle s'en souvenait.

Tout le monde était silencieux. Tous attendaient.

Grace respire profondément, mais elle n'arrive pas à émettre un seul son.

"Parle avec ton cœur", dit la petite fille. "Et les mots jailliront."

Grace a calmé sa respiration et a fermé les yeux. Les mots se déversèrent de sa bouche dans l'air libre comme un cadeau :

"Je suis la femme-tireuse,

Je suis le cri ;

Je suis la voix secrète,

Je suis le soupir ;

Je suis celle que l'on entend

Tout bas dans le crépuscule ;

Les oiseaux par une note répondent,

Les fleurs dans le musc ;

Je suis cette plante dolente,

Qui s'exprime par des appels

Un oiseau solitaire se promène

Les chutes d'eau ;

Je suis la femme qui dessine,

Ne me laisse pas passer ;

Je suis la voix secrète,

Écoutez mon cri ;

Je suis le pouvoir que la nuit

Perd à l'étranger ;

Je suis la racine de la vie ;

Je suis l'accord." *

Les filles de la section ont commencé à chanter. Une chanson pour une, une chanson pour toutes. Puis elles ont joint les mains et se sont balancées dans la chaleur de Mère Soleil.

La petite fille a souri à Grace et s'est retransformée en corbeau. Elle s'est envolée vers la section où elle a été accueillie par le bruit de leurs ailes qui battaient.

Pendant qu'ils chantaient, des hommes et des femmes ont commencé à se rassembler à l'extérieur du cercle. Ils étaient vêtus d'habits traditionnels et étaient venus au rocher rouge depuis de très nombreux pays lointains. Ils se tenaient par couples et se tenaient la main. Bientôt, les mains se sont séparées, et les hommes se sont placés dans la ligne menant au cercle des hommes et les filles se sont placées dans la ligne menant au cercle des filles.

Un garçon autochtone s'est placé devant le premier garçon blond et ils se sont embrassés. Ensuite, le garçon blond a pris sa bague et le carré de tissu et les a placés dans la main ouverte du garçon autochtone. Le garçon autochtone a passé l'anneau à son doigt. Ils se sont de nouveau embrassés et le garçon autochtone a attendu.

La partenaire du garçon s'est placée devant la première fille, vêtue d'une robe de lin blanche. Les deux filles se sont embrassées comme l'avaient fait les garçons. La fille a donné à la fille autochtone le ruban rouge de sa robe. Elles se sont à nouveau embrassées, puis elle s'est baissée, a ramassé la couverture et elle et son partenaire ont marché en direction du soleil. Alors que le couple marchait vers la lumière, ils ont disparu.

Ce même incident s'est produit à plusieurs reprises pendant de très nombreuses heures. Ensemble, les hommes et les femmes ont comblé le fossé du temps. Il y a eu beaucoup de pleurs et d'embrassades. Bientôt, il ne resta plus que Vincente et Grace et un couple à l'extérieur du cercle.

Le dernier homme autochtone est entré dans la section, et Vincente et lui ont fait l'échange.

C'est alors que le paquet posé aux pieds de Grace s'est mis à pleurer.

Ce n'était pas seulement une couverture. Ce n'était pas un paquet vide. C'était un enfant. L'enfant de Grace et Vincente.

Grace s'est penchée en avant pour tapoter la couverture, mais la femme autochtone était déjà là, et la cérémonie avait déjà commencé.

Le bébé a continué à brailler aux pieds de Grace.

Elle a regardé la main de la femme et a vu qu'elle tremblait.

La femme a pris Grace dans ses bras.

Grace a jeté un coup d'œil par-dessus son épaule pour confirmer que le partenaire de la femme portait maintenant la bague de Vincente. C'était le cas, ce qui signifiait que Vincente avait donné sa permission.

Une larme de défi coula sur la joue de Grace.

L'étape suivante de la cérémonie était le don de la cravate rouge. Si Grace refusait de le remettre, le marché ne serait pas conclu. Elle voulait voir son bébé, le réconforter.

La femme a embrassé Grace une fois de plus.

Et c'est alors que cela s'est produit.

CHAPITRE 44

LES VAGUES ENTOURANT LE monolithe rouge s'élevèrent, de plus en plus haut, jusqu'à ce qu'elles s'enroulent autour du rocher rouge et forment une nouvelle section d'écrans de cinéma ginormous-max circulaires.

Une fois le nouveau cercle d'écrans terminé, le sol sous les pieds de Grace s'est mis à trembler et à frémir, tandis qu'il se désagrégeait. La plate-forme a soulevé Grace et son enfant de plus en plus haut.

Devant elle, l'histoire des peuples autochtones et indigènes du monde entier a commencé à défiler sur les écrans. Elle a vu des bébés être enlevés, volés et remis à des étrangers et des parents pleurer sans cesse pendant des jours, des années et des siècles.

Et à chaque enfant enlevé, l'olivier se tordait et entaillait une plaie sur le corps de Grace. Au début, elle a pleuré sous l'effet de la piqûre, mais en regardant les yeux blessés de ces bébés arrachés à leur famille, elle a ouvert les bras, accueilli la douleur et l'a intégrée à son être. Elle reconnaît maintenant que l'olivier est une constante. Le lien entre ici et là-bas, entre eux et nous, entre les mondes.

Après avoir accepté la douleur dans son corps, elle a jeté un coup d'œil en direction de Vincente. Il avait essayé de courir vers elle, mais ses pieds ne le lui permettaient pas. C'était comme s'ils avaient été bétonnés dans le sol.

Elle tournoya, le sang dégoulinant de ses plaies béantes, et appela la Terre Mère qui fit descendre les écrans et ramena Grace sur le sol plat où l'aborigène l'attendait.

Dès qu'elle est revenue sur la terre ferme, Grace n'hésite pas à embrasser l'Autochtone, à lui chuchoter des excuses à l'oreille et à lui remettre le ruban rouge.

La femme autochtone a pris dans ses bras ce qui était maintenant son propre bébé. Elle fit un signe de la main et ne se retourna pas pour réconforter son enfant, et ils se dirigèrent vers les chauds rayons du soleil.

Au début, les pleurs du bébé ont repris, mais bientôt elle a été réconfortée, et l'air était calme, très calme et sensiblement silencieux.

Puis vint un pandémonium de bruits, tous les arbres et les animaux poussant des mugissements synchronisés.

Un corbeau a volé jusqu'à l'endroit où se tenaient les deux derniers, Grace et Vincente. Elle est redevenue une petite fille et a tendu la main à Vincente, puis à Grace.

L'équilibre étant maintenant rétabli pour notre mère la Terre, le trio se dirigea vers la lumière du soleil.

"Encore une chose", murmura la petite fille, puis elle leur lâcha la main.

CHAPITRE 45

L A TERRE A COMMENCÉ à trembler et à se convulser sous leurs pieds.

Grace et Vincente se sont accrochés l'un à l'autre alors que les forces les poussaient l'un vers l'autre, l'un vers l'autre, l'un vers l'autre, l'un vers l'autre.

Ils se tenaient la main alors qu'ils se soulevaient du sol.

Ils virevoltaient et virevoltaient dans un tunnel noir, presque comme s'ils étaient à l'intérieur d'un parapluie noir tourbillonnant.

Ils se sont tenus l'un à l'autre. Ils se sont embrassés.

Un appel unifié a retenti.

En un clin d'œil, notre mère la Terre a ramené tout et tout le monde là où ils devaient être.

Et une fois de plus, le monolithe rouge s'est dressé seul.

EPILOGUE

U N JEUNE HOMME CHEVAUCHE sa planche de surf à Manly Quay.

Il attendait la grosse vague.

Au loin, il aperçoit quelque chose qui clignote et qui oscille.

Il a pagayé dans cette direction. C'était un appareil photo.

Il a mis la courroie autour de son cou et lorsque la grosse vague est enfin arrivée, il a surfé sur le rivage.

Plus tard, il a marché sur la plage pendant un certain temps, demandant si quelqu'un avait perdu un appareil photo. Personne ne l'a réclamé.

Curieux, il l'a apporté au magasin de photos local. La pellicule à l'intérieur n'était ni endommagée ni mouillée. Il a demandé à le faire développer.

Quelques heures plus tard, lorsque la pellicule était prête, le surfeur est retourné au magasin d'appareils photo. La jeune femme derrière le comptoir s'est excusée parce qu'il n'y avait qu'une seule photo sur le film.

Il a ouvert l'enveloppe.

Un jeune homme aux cheveux blonds, portant une veste de smoking noire, torse nu et une paire de jeans noirs se tenait bras dessus bras dessous avec une femme aux cheveux auburn, portant un diadème et une robe de mariée en dentelle. Ils avaient l'air très heureux. Derrière eux, des lumières féeriques, la lune et l'océan avaient constitué le décor parfait pour leur mariage.

Ne reconnaissant ni l'une ni l'autre, il jeta la photo et l'appareil dans la poubelle.

Trois corbeaux ont crié au loin.

MOT DE LA FIN

Tel qu'il était

Et comme il en sera toujours ainsi...

Les enfants paient le prix,

pour l'histoire.

REMERCIEMENTS

***DAME MARY GILMORE (1865-1962)**

Le poème de Dame Mary Gilmore intitulé "The Song of The Woman-Drawer" ("La chanson de la femme-tiroir") est inclus dans ce livre avec l'aimable autorisation de l'éditeur ETT Imprint, Sydney, Australie.
Pour en savoir plus sur l'œuvre de Mary, suis les chemins énumérés ci-dessous qui étaient actifs au moment de la publication :

https://adb.anu.edu.au/biography/gilmore-dame-mary-jean-6391

https://banknotes.rba.gov.au/australias-banknotes/people-on-the-banknotes/dame-mary-gilmore/

https://www.portrait.gov.au//portraitofanation/gilmore-biography.html

https://trove.nla.gov.au/people/463377?c=people

SUGGESTIONS DE LECTURE

TOUS LES LIENS ÉTAIENT ACTIFS AU MOMENT DE LA PUBLICATION.

GADIGAL DE LA NATION EORA ET DES AUTOCHTONES AUSTRALIENS

https://www.sydneybarani.com.au/whats-on-this-website/

https://aiatsis.gov.au/explore/australias-first-peoples

BIOGRAPHIES DE FEMMES MATHÉMATICIENNES

https://mathwomen.agnesscott.org/women/women.htm

https://www.ams.org/publicoutreach/posters/women-mathematicians□

https://exhibits.lib.berkeley.edu/spotlight/women-who
-figure/feature/great-women-of-mathematics

FEMMES SCIENTIFIQUES:

https://www.sciencefocus.com/science/10-amazing-women-in-
science-history-you-really-should-know-about□

https://my.nsta.org/collection/AG9!plus!DDwdppg_E

LEONARDO FIBONACCI (1175-1250)

https://www.mathsisfun.com/numbers/fibonacci-
sequence.html□

https://www.britannica.com/biography/Fibonacc

ALBERT EINSTEIN (1879-1955)

https://www.nobelprize.org/prizes/physics/1921/summary/□

https://www.history.com/topics/inventions/albert-einstei

UNE NOTE DE L'AUTEUR :

Chers lecteurs ,

J'ai vécu à Sydney, en Australie, pendant plus de quinze ans avec mon fils et mon mari, et j'ai découvert les œuvres de Mary Gilmore. Le poème inclus dans ce roman m'a beaucoup inspirée et je voulais que d'autres le découvrent, ainsi que l'ensemble de son œuvre, comme je l'avais fait.

Lorsque les personnages de Grace et Vincente se sont présentés à moi pour la première fois, je n'étais pas certaine d'être préparée à la tâche qui m'attendait. Elle était une protégée en mathématiques et il était un joueur de cricket - ni l'un ni l'autre ne m'était familier. Il m'a fallu beaucoup de réflexion, de recherche, de construction - avant même de m'asseoir pour écrire la première version.

J'étais occupée à travailler sur la première version lorsque j'ai participé à une retraite d'écrivains avec la Society of Women's Writers NSW Inc. et, au cours d'un des exercices du séminaire, je me suis ouverte et je me suis donné la permission de l'écrire.

Ces jours-ci, je suis de retour chez moi, dans l'Ontario, au Canada, avec mon mari, mon fils, nos deux chats et notre chien.

Merci et, comme toujours, BONNE LECTURE !

Cathy

AUSSI PAR :

FICTION YA

E-Z Dickens super-héros livres 1 et 2 : TATOUAGE DE L'ANGE,
LES TROIS

E-Z Dickens super-héros Livre 3 : CHAMBRE ROUGE

E-Z Dickens super-héros Livre 4 : SUR GLACE

NON-FICTION

103 idées de collecte de fonds pour les parents bénévoles des
écoles et des équipes (3RD PLACE BEST REFERENCE 2016
METAMORPH PUBLISHING)

www.ingramcontent.com/pod-product-compliance
Lightning Source LLC
Chambersburg PA
CBHW031510010826
48973CB00012B/36